Andrea Barrett

Die Luft zum Atme

Zu diesem Buch

Von den Balkonen des Sanatoriums fällt der Blick auf die nebelumschlungenen Flüsse und Berge, einen einsamen Fuchs und die gewundene Straße zum Dorf. Während Europa im Ersten Weltkrieg versinkt, führen die Patienten der Tuberkuloseklinik hier am Tamarack Lake ihren eigenen Kampf ums Überleben. Als ein Neuankömmling vorschlägt, einmal die Woche für einen Vortrag zusammenzukommen, gerät der Alltag im Hospital aus den Fugen. Leidenschaftlich stürzen sich die Bewohner in ihre Studien, teilen ihr Wissen und erobern – neben der Welt Einsteins und Madame Curies – auch die längst verloren geglaubte Schönheit des Lebens zurück. Barrett erzählt von einer Schicksalsgemeinschaft, in der Erkenntnis zum Lebenselixier gereicht und Wissenschaft zu Poesie wird.

»Andrea Barrett ist eine Klasse für sich. Ein nahezu perfektes Gleichgewicht zwischen leichtgängigem Erzählen und der Andeutung tieferer Wahrheiten.« *Newsday*

»Ein Wunderwerk intelligenter Erzähltechnik von einer der interessantesten und unkonventionellsten amerikanischen Autorinnen der Gegenwart.« *Kirkus Reviews*

Die Autorin

Andrea Barrett, geboren 1954 in Boston, wuchs in Cape Cod, Massachusetts, auf und studierte Zoologie. Nach ihrem Studium wandte sie sich dem Schreiben zu und wurde seither mehrfach für ihre Werke ausgezeichnet, u. a. mit dem National Book Award für ihren Erzählband *Schiffsfieber,* dem MacArthur Fellowship und dem Rea Award for the Short Story. Sie lehrt Kreatives Schreiben am Williams College und am Warren Wilson College und lebt in North Adams, Massachusetts.

Im Unionsverlag ist außerdem lieferbar: *Die Reise der Narwhal*

Die Übersetzerin

Karen Nölle (*1950) studierte Anglistik und Germanistik und ist als Autorin, Lektorin, Herausgeberin und Übersetzerin tätig. Sie übersetzt Belletristik aus dem Englischen, u. a. Werke von Andrea Barrett, Annie Dillard, Alice Munro, Patricia Duncker, Barbara Trapido, Doris Lessing und Tony Earley.

Mehr über die Autorin und ihr Werk auf *www.unionsverlag.com*

Andrea Barrett

Die Luft zum Atmen

Roman

Aus dem Englischen
von Karen Nölle

Unionsverlag

Die amerikanische Originalausgabe erschien 2007
bei W. W. Norton & Company, Inc. in New York.
Die deutsche Erstausgabe erschien 2008 im Dörlemann Verlag, Zürich.

Im Internet
Aktuelle Informationen, Dokumente und Materialien
zu Andrea Barrett und diesem Buch
www.unionsverlag.com

Unionsverlag Taschenbuch 934

Originaltitel: The Air We Breathe

Neptunstrasse 20, CH-8032 Zürich
Telefon +41 44 283 20 00
mail@unionsverlag.ch

Reihengestaltung: Heinz Unternährer
Umschlagmotiv: Hintergrund Hi-Story (Alamy Stock Foto);
Versteinerungen aus William Smith, *Strata identified by organized fossils*,
1816–1819 (Natural History Museum London)
Umschlaggestaltung: Sven Schrape
Satz: Greiner & Reichel, Köln
Druck und Bindung: CPI – Clausen & Bosse, Leck
ISBN 978-3-293-20934-3

Der Unionsverlag wird vom Bundesamt für Kultur mit einem
Verlagsförderungs-Strukturbeitrag für die Jahre 2021–2024 unterstützt.

Auch als E-Book erhältlich

Für Heather

»Die Menschen gleichen überall den Pflanzen. Ihr Gedeihen hängt von dem Boden und der Sonne ab, die ihnen zu Theil wird. Was wir sind, das sind wir durch die Luft, die wir einathmen, durch den Himmelsstrich, unter dem wir wohnen, durch die Regierung, der wir gehorchen, durch das Religionssystem, zu dem wir uns bekennen, und die Geschäfte, welche wir treiben. Man findet in Amerika nur wenige Laster: denn noch haben sie unter uns nicht Wurzel gefaßt.«

J. HECTOR ST. JOHN DE CRÈVECŒUR, *Sittliche Schilderungen von Amerika in Briefen eines amerikanischen Guthsbesitzers*, Dritter Brief: »Was ist ein Amerikaner?« (1782, deutsch 1784)

»Tuberkulose ist vornehmlich eine Krankheit der Armen – jener Leute, die an oder unter der Armutsgrenze leben. Wir müssen uns aber zudem darüber im klaren sein, dass es zwei Sorten armer Menschen gibt: nicht nur solche, die wegen finanzieller Bedrängnis nicht in der Lage sind, ihr Leben zu meistern, sondern auch solche, denen es an geistiger und moralischer Kraft fehlt und an Intelligenz, Willenskraft und Selbstbeherrschung mangelt. Die Armen, welcher Natur auch immer, bilden eine Klasse, an deren Umgebung nur schwer etwas zu ändern ist. Wir müssen der Tatsache ins Auge sehen, dass diese Patienten in ihrem Zuhause von ihresgleichen umgeben sind – ihren Familien und Freunden –, die ebenfalls arm sind. Das ist es, was unsere Aufgabe so schwierig macht und Vorbeugung und Heilung einer an sich abwendbaren und heilbaren Krankheit zu einem äußerst komplexen Problem werden lässt.«

ELLEN N. LAMOTTE, *The Tuberculosis Nurse: Her Function and Qualifications* (1915)

I

Stellen Sie sich einen Berg vor, geformt wie ein Hundekopf, dessen Schnauze nach Süden gerichtet ist und auf den gekreuzten Vorderpfoten liegt. Dort, wo die Augen wären, befinden sich die Hauptgebäude des Tamarack State Sanatorium, der staatlichen Lungenheilanstalt von Tamarack Lake, einschließlich der beiden langen Ziegelbauten, in denen wir früher untergebracht waren. Am Fuß des Bergs liegt ein überdachter Bahnsteig – vier Pfosten, ein Blechdach, Platz für einen Karren und den Tritt –, an dem die Eisenbahn bei Bedarf hält und wo am Ankunftstag jeder von uns beim Blick bergauf das Gefühl hatte, die Anstaltsfenster würden auf uns niederstarren. Ebenso haftet uns noch allen im Gedächtnis, wie wir, nachdem wir uns in einem der Flügel eingerichtet hatten, zum ersten Mal von oben zuschauten, wenn sich die Neuankömmlinge die Stufen hinunterschleppten oder auf Tragen durch die Zugfenster nach draußen gereicht wurden.

Damals lagen wir säuberlich aufgereiht auf unseren Balkonlogen, die beiden jeweils einem Zimmer zugewiesenen Liegestühle noch durch Stoffmarkisen geschützt und von den anderen durch schulterhohe Paravents getrennt. Wir waren – und sind immer noch – von Feldern umgeben, von einem Fluss, drei kleinen Seen und der Straße, die im weiten Bogen zum Dorf hinunterführt. Für uns, die wir aus Städten kamen, war es die reinste Wildnis. Flüsse, Berge, trompetende Wildgänse. In den Wäldern das Rauschen der keimfreien Luft, die uns heilen sollte. Die Adirondacks waren uns neu, und wir waren entsetzt, als wir hörten, dass Kanada so nahe war. Auch der Schnee entsetzte uns, ebenso wie die dunklen

Wintertage und der schwere Nebel, der bisweilen wie eine Decke auf den Feldern lag. Gelegentlich wischte ein Fuchs auf der Jagd mit seinem Schwanz über die Oberfläche und hinterließ eine Spur, die wir mit den Augen verfolgten. Enten, auf der Flucht vor dem Fuchs, stoben in die Luft, als wäre auf sie geschossen worden. Der Anblick weckte in uns den Gedanken, dass unsere Leben, ähnlich verborgen, womöglich doch noch in die richtige Bahn zu lenken waren.

Schon damals waren wir keine große Gruppe – sechzig Frauen und sechzig Männer, wenn alle Plätze belegt waren –, und jede Neuankunft verrückte das gesamte Gefüge der Beziehungen ebenso wie jede Entlassung und jeder Tod. Auf den Balkonen schwatzten wir so eifrig, wie wir atmeten. Zweimal die Woche hielt die Eisenbahn an unserem unbeschilderten Bahnsteig, und wenn der Nebel uns nicht die Sicht verwehrte, besahen wir uns, wer sich wohl als nächstes zu uns gesellen würde.

Ende Juli 1916 brachte uns der Zug aus New York Leo Marburg. Hochgewachsen, dünn, schwarzes Haar, das er zu lang trug, und große Hände mit breiten, platten Fingerspitzen. Er blieb auf dem Tritt stehen, bis ein Schaffner ihn wie einen Sack Weizen an den Kutscher unseres Karrens übergab. Der Kutscher legte Leo, ohne zu fragen, hinten auf dem Strohlager ab. Mühsam richtete Leo sich wieder auf.

»So krank bin ich nicht«, sagte er. Von oben auf dem Berg blinzelten unsere Fenster ihm zu. »Lassen Sie mich neben sich sitzen.«

Er drehte sich vorsichtig auf allen vieren und rutschte, vom Kutscher widerwillig gestützt, nach vorne auf die Bank, sodass er über die Pferde hinweg in Fahrtrichtung schaute. Der Karren holperte vom Bahnsteig den schmalen Fahrweg hinauf. Die über den unteren Hang verstreuten Häuser flimmerten leicht in dem drückenden Dunst. Angestelltenhäuschen, Wäscherei, Müllverbrennung, Heizwerk; er erkannte nur die Ställe als das, was sie waren, alles andere sollte er später kennenlernen. In den Bergen sei es kühl, hatte man ihm in der Stadt gesagt, die Luft frisch und belebend. Was war das also für eine feuchtwarme Watte, die ihn umhüllte?

Im Inneren unseres Haupthauses wurde Leo noch heißer. Der Linoleumboden klebte, die Hände der Schwester, an die der Kutscher ihn übergab, waren heiß und feucht, und sie behandelte ihn, fand Leo, wie einen Sack Rohzucker, der von einem Schiff abgeladen wird. Bums in einen Rollstuhl, bums landete die Reisetasche auf seinem Schoß, bums landete auf der Reisetasche ein olivgrün gebundenes Heft: nützlicherweise mit *Hausregeln* beschriftet.

»Lesen Sie das«, sagte die Schwester.

Bevor er Zeit hatte, einen Blick auf mehr als die ersten paar von offenbar Hunderten von Regeln zu werfen, zeigte sie ihm seine Patientennummer, die in weißer Tinte auf dem Heftumschlag eingetragen war, und dann eine Seite, auf der er mit seinem Namen unterschreiben sollte. Darüber stand eine Erklärung zur Bestätigung, dass er die Regeln gelesen habe und bereit sei, sich an sie zu halten. *Mir ist bewusst, dass ich ein Bett besetze, das dringend für andere benötigt wird, dass ich mich glücklich schätzen darf, hier zu sein, und dass ich mich nur durch gewissenhaftes Einhalten der Regeln als wertvolles Mitglied der Gemeinschaft erweisen kann.*

»Unterschreiben Sie«, sagte die Schwester. So war es uns allen ergangen, und wir hatten uns, wie Leo, persönlich gemaßregelt gefühlt.

Sie hielt ihm einen Stift hin, stieß seine Hand an, sagte »gut«, als seine Hand ihrer Aufforderung nachkam, und rollte ihn energisch durch den Korridor und in den Fahrstuhl, mit dem es zur Krankenstation hinaufging. Was hatte er unterschrieben? Wie um seine Langsamkeit wettzumachen, trug sie unterwegs Regeln vor. In der ersten Phase strenger Bettruhe ist das Sprechen verboten. Rauchen, Lachen, Singen, Lesen, Schreiben verboten. Aufstehen strengstens verboten, ganz gleich aus welchem Grund,

Toilettengang wird später gestattet. Denken Sie keine trüben Gedanken. Essen Sie auf, was Ihnen vorgesetzt wird. Schonen Sie sich. Denken Sie an nichts als Ruhe.

Inwiefern war das hier besser als Brooklyn? Als der Fahrstuhl aufging, sah er Eisenbetten, in denen lange Buckel lagen, die nicht sprachen, sich nicht regten, nicht sangen. Dann war er in einem Waschraum mit dunkelrotem Fußboden. Toiletten auf einer Seite, Waschbecken auf der anderen. Im angrenzenden Raum stand eine riesige weiße Wanne, in der die Schwester ihn nun abkochte. Dass er gebadet hatte, bevor er in den Zug stieg, tat für sie nichts zur Sache: *Alle* neuen Patienten müssen bei der Einlieferung gebadet werden, sagte sie streng. Das sei so vorgeschrieben. Vorgeschrieben war auch die erstaunliche Temperatur des Wassers, das Desinfektionsmittel, von dem sie reichlich hineinschüttete, die scharfe Kernseife, mit dem sie ihm die Haare wusch. Er bemühte sich, nicht vor Schmerzen das Gesicht zu verziehen, als sie ihm die Arme und den Rücken schrubbte. Sich nicht zu verschlucken, als sie ihm den Handballen auf den Kopf legte und ihn sanft, aber durchaus fest unter Wasser drückte.

»Einatmen«, sagte sie, dann war er unten und wurde so prompt von Panik erfasst, dass er schon, bevor es dann tatsächlich geschah, vor sich sah, wie sein Körper aus dem Wasser schnellte, in die Höhe sprang und die Tropfen abschüttelte wie ein Hund. Nackt und schwer atmend stand er da.

»Das wird uns auch nicht helfen«, sagte sie ruhig, »ich muss Sie noch abspülen. Aber ich kann einen Krug nehmen, wenn Ihnen das lieber ist.«

Er hockte sich wieder in die Wanne und kniff die Augen zu, während sie ihm Wasser über den Kopf schüttete. Zählen, dachte er, als ihm das beißende Wasser über das Gesicht rann. *Einszweidreivierfünfsechssieben* … Er hatte es schon immer schlecht unter Wasser ausgehalten, aber woher hätte sie das wissen sollen? Als sie fertig war, wickelte sie ihn in Handtücher, streifte sich weiße

Handschuhe über und inspizierte seine Tasche. Stück für Stück holte sie mit spitzen Fingern hervor und legte alles auf einem Metalltisch aus: zwei Flanellschlafanzüge, einen schäbigen wollenen Morgenmantel, einen Pullover, eine Hose, ein paar Hemden, Unterwäsche, Bücher.

»Warum haben Sie keine wärmeren Sachen mitgebracht?«

»Ich habe genau das eingepackt, was die Tuberkuloseschwester in Brooklyn mir gesagt hat«, antwortete Leo.

Sie schüttelte den Kopf und notierte sich etwas auf ihrem Klemmbrett. »Wir sagen es ihnen immer wieder – das hier ist vollkommen unzureichend. Ziehen Sie für den Augenblick diesen Schlafanzug an.« Während er sich anzog, stopfte sie seine Sachen wieder in die Tasche. »Keine Bücher, Sie werden eine ganze Weile nicht lesen dürfen. Wir werden Ihnen geeignete Kleidung aus dem Lager zuteilen. Die anderen Sachen werden wir ausräuchern und wegpacken. Ich brauche die Anschrift Ihrer nächsten Angehörigen, damit wir wissen, wen wir im Bedarfsfall zu benachrichtigen haben.« Sie hielt ihren Bleistift bereit.

»Ich *habe* keine Familie in diesem Land«, sagte er schließlich. »Weshalb wäre ich sonst hier?«

»Wenn Sie nicht zu würdigen wissen, was für ein Glück es bedeutet, diese Gelegenheit zu einer Kur zu bekommen«, sagte sie, »und vom Staat unterstützt zu werden, während Sie genesen, dann gibt es reichlich andere, die froh wären, mit Ihnen zu tauschen.« Wie oft haben wir das zu hören bekommen? »Sie haben *überhaupt* keine Familie?«

»Nein«, sagte er.

Sie schüttelte den Kopf. »Schon wieder einer. Wo kommt ihr bloß alle her?«

Hätte er gewusst, wohin, wäre er vielleicht gegangen. Stattdessen sagte er: »Ich *bin* dankbar, hier zu sein.« Er war sechsundzwanzig Jahre alt, und die Schwester hatte gerade alles angefasst, was er besaß. An einer Maschinistenhand konnte er die Freunde abzählen – Vincenzo aus der Zuckerraffinerie, Meyer von der Fähre –, die wussten oder sich darum scherten, wo er war.

Sie verfrachtete ihn in einen leeren Saal, in dem auf den Betten um ihn herum die oberen Laken so stramm gezogen waren, dass die Säume über den Decken schwebten. Wir alle, so erfuhr er später, verbrachten unsere erste Zeit hier, in einem der weißlackierten Betten, zwischen die Baumwolllaken gezwängt, jeweils durch ein weißes Schränkchen vom Nachbarn getrennt. Er lernte, mit nur ganz leicht erhöhtem Kopf zu essen, von einem weißen Tablett auf einem Rollständer, das ihm über die Brust geschwenkt wurde. Er lernte, eine Bettpfanne zu benutzen, sich im Bett die Zähne zu putzen und das Gesicht zu waschen, stets in ein Papiertaschentuch zu husten, in einen gewachsten Papierbecher auszuspucken und Becher wie Taschentücher in eine an seinem Ständer befestigte Papiertüte zu entsorgen. Er lernte, dass seine Mahlzeiten, auf Tabletts serviert, fast immer kalt bei ihm ankamen, aber mit einem kleinen, gefalteten Stück Buntpapier garniert wurden, einer Art Tageslosung: *Zum Ruhen gehören Körper UND Geist. Ob Du gesund wirst, liegt an Dir.*

Am Donnerstag, seinem wöchentlichen Badetag, kniff er ängstlich die Augen zu, als ein Pfleger kam, ihn aus dem Bett auf eine Trage hob und die Trage in den Waschraum fuhr, aber die Wanne war nun für ihn tabu; er wurde behutsam mit dem Schwamm abgewaschen und anschließend trockengetupft, in Decken gehüllt und wieder ins Bett gesteckt. Essen kam ohne Ende, mehr als er seit seiner Kindheit gesehen hatte. Auf den Wagen mit dem Essen folgte die Schwester, maß seine Temperatur und seinen Puls, und sobald sie ging – »Husten kann man *unterdrücken*«, schimpfte sie –, bellte und röchelte und rasselte er in Tönen, die er sich früher nicht hätte vorstellen können. Am frühen Abend machte ein Anstaltsarzt die Runde, gönnte ihm einen flüchtigen Blick und machte Eintragungen auf seinem Kurvenblatt. Wenn alles gutgehe, sagte der Arzt, und er sich gründlich ausruhe und alles aufesse, könne man ihm in ein paar Wochen vermutlich erlauben, einmal am Tag zur Toilette zu gehen, fünfzehn Minuten auf einem Liegestuhl zu sitzen und weitere fünfzehn zu lesen oder zu schreiben.

Während der strengen Bettruhe auf der Krankenstation, Wochen, die er damit verbrachte, aus dem Fenster zu schauen, während die Zeit stockte wie Blut in einer Schüssel, weilte Leo in Gedanken oft in den litauischen Wäldern seiner frühesten Sommer, dunkel und grün und voll von Männern, die Bäume fällten und sie zu Flößen schnürten und polternd flussabwärts stießen. Da er die russische Staatsangehörigkeit besaß, wurde er von den Leuten, die er hierzulande kennenlernte, gewöhnlich für einen Russen gehalten. In Wirklichkeit jedoch waren seine Vorfahren väterlicherseits Baltendeutsche und mütterlicherseits Polen, von zweierlei Art: Ihre Eltern waren konvertiert. Als er klein war und seine Mutter noch lebte, hatte er in der Nähe ihrer Eltern gelebt, in Grodno. Doch hatte er auch jeden Sommer sechs Wochen in einem Wald mit dem Namen Bialowieza verbracht, bei den anderen Verwandten seiner Mutter, die Juden waren. In Grodno lernte er zu sprechen wie seine Mutter: Polnisch mit ihren Eltern und deren Freunden, Russisch mit seinem Vater, der beim Staat angestellt war, und mit dessen Freunden. Die andere Sprache seiner Mutter, die sie im Wald sprach, ging ihm durch ihren Tod verloren.

Mit ihr ging ihm auch der Wald verloren und blieb ihm nur in seinen Träumen. Als sein Vater das Haus verkaufte und mit ihm vom Dorf in die Stadt zog und von da in die Marschlande, Stück um Stück nach Süden, bis sie sich schließlich am Stadtrand von Odessa niederließen, zog sich Leo im Schlaf in den Wald zurück, wo ihm seine Vettern beigebracht hatten, wie man mit einer Axt umgeht. Sein Vater heiratete eine dicke Ukrainerin mit blitzblondem Haar und schmalen Augen, und er bekam Brüder und Schwestern, die aussahen wie Butterblumen. Er schoss in die Länge, schlaksig und dunkel, und staunte über die schwarzen Haare, die auf seinem Handrücken sprossen. In dem Jahr, als er dreizehn wurde, wurden im nahen Chişinu Juden von Soldaten ermordet, und sein Vater tobte im Haus herum, bis die neue Frau Leo bei den Schultern nahm, ihn vor seinen Vater stieß und sagte: »Wegen dem da regst du dich so auf. Dem Sohn von diesem Judenweib.«

»Sie war katholisch«, sagte sein Vater. »Meine Frau.«

»Pfff«, machte die neue Frau, »einmal Jude …«

Dann war er also Jude? Für seine Stiefmutter ja, für seinen Vater nein, in Odessa ja, in New York nein. Sein Vater war ihm nicht zu Hilfe gekommen, und alles, was in den Jahren unmittelbar nach Chişinu geschehen war, nachdem er von zu Hause fortgelaufen war, ging ihm im Kopf durcheinander. In Odessa war ein junger Herumtreiber, der mehrere Sprachen beherrschte, keine Seltenheit gewesen; die Stadt war voll von Ausländern, die in Italien und Deutschland und der Türkei und Schweden geboren waren und sämtlich eifrig Handel trieben und Geld verdienten. Er hatte in der Böttcherei eines Griechen Arbeit gefunden und später bei einem französischen Weinhändler, der ihm Kost und Logis bot. Er sei gescheit, meinte der Händler anerkennend. Und habe geschickte Hände. Mit der Unterstützung des Händlers studierte er am Polytechnikum Chemie und eignete sich nebenbei Kenntnisse über Gärungsprozesse und Weinerzeugung an. Eine Zeitlang hatte er in einer Weinkellerei gearbeitet, doch später, als die Streiks und die Ausschreitungen nicht aufhören wollten und seine Freunde einer nach dem anderen weggingen, war auch für ihn die Waage gekippt. Mit zwanzig fühlte er sich wie ein alter Mann; was hielt ihn zu Hause? Seine Mutter war tot und sein Vater für ihn so gut wie tot. Er brach nach Amerika auf, überzeugt, dass ihm hier alle Türen offenstehen würden.

Stattdessen war irgendwann zwischen seinen ersten Tagen in der Lower East Side und seinem Wechsel nach Williamsburg in die Zuckerfabrik, zwischen der Arbeit im Filterhaus, die er gehasst hatte, und seiner selbstgeschaffenen Stelle als Assistent des chemischen Leiters seine Lunge kaputtgegangen, und alle seine Hoffnungen waren zerronnen. Eines Tages kurz vor Feierabend war er in der Raffinerie aus dem Zimmer oben getreten, wo er die Flüssigkeit aus dem Schmelztopf kontrolliert hatte, war die vier Treppen hinuntergestiegen und an dem Korridor vorbeigelaufen, der zum Filterhaus führte, um sich von dort durch die Halle, in der die Sortierer arbeiteten, in das Laboratorium in der Ecke unmittelbar am Kai zu begeben, wo der chemische Leiter eine Probe vom Schiff analysierte. Er hatte Karl seine Ergebnisse überreicht, ihm einen guten Abend gewünscht und war wieder hinausgegangen. In der Nähe der Tür hatte ein Behälter mit Rohzucker gestanden, der letzte, der noch zu untersuchen war. Er hatte sich darüber gebeugt, um nach der Farbe zu sehen, und eine Prise zwischen den Fingern zerrieben. Dann hatte er gehustet – genauso wie er schon das ganze Frühjahr hustete, mehr nicht – und erstaunt beobachtet, wie Blut über die hellen Kristalle spritzte.

Alles, was danach kam, hatte ihn ebenso überrascht, und das an sich war überraschend gewesen. Auch nach sechs Jahren in New York, nach seinen vielen Anstellungen und den vielen Leuten, die ihm begegnet waren, nach den Abendkursen für seine Staatsbürgerschaftsprüfung, war er nicht darauf gefasst gewesen, wie, sobald sich der Staat einschaltete, ein Schritt zum nächsten und wieder nächsten führte, bis es kein Entrinnen mehr gab und er gezwungen wurde, hierher zu kommen. Eine Krankenschwester kam in die Wohnung in Brooklyn, in der er zur Untermiete wohnte. Jemand, der den Vorfall in der Raffinerie beobachtet hatte, hatte es einem anderen weitererzählt, und der hatte es jemandem erzählt, der in der Klinik arbeitete. Was für ein Dummkopf er gewesen war, nicht über die Kaimauer zu spucken, seinen Husten nicht zu verstecken! Ein Mundvoll Blut auf einem Berg Zucker, und dann dies.

In ihrer Eile, die Formulare auszufüllen, ließ die Krankenschwester Leos Diagnose so lässig in die Unterhaltung einfließen, als wäre sie ihm schon bekannt, und spazierte anschließend von einem Ende der Wohnung zum andern, im Bogen um die Koffer und Betten der Untermieter herum, inspizierte die Kleidung an den Wandnägeln und die Wäsche auf der Leine im Hof. In der Küche zählte sie wortlos die Teller und Tassen. Wieder bei Leo, begann sie mit ihren Fragen: Wie viele Leute wohnen hier, was machen sie, wo schlafen sie? Als er ihr von Tobias und Rachel und ihren beiden Kindern erzählte, von den vier weiteren Untermietern, und erklärte, wer wann wo schlief, sagte sie: »Kinder, und Sie sind ansteckend.« In einer Broschüre, die sie ihm daließ – *Rundbrief Nr. 2: Rat an Patienten mit Lungentuberkulose (Schwindsucht)* – las er wie betäubt einen Absatz:

Seien Sie hoffnungsfroh und munter, denn Ihre Krankheit ist heilbar, auch wenn es längere Zeit dauern wird. Zur Behandlung Ihrer Krankheit sind frische Luft, gutes Essen und die richtige Lebensführung wichtiger als Medikamente. Nehmen Sie keine Medizin, die nicht von Ihrem Arzt verordnet wird. Verschwenden Sie weder Zeit noch Geld für Patentrezepte oder Heilmittel aus Zeitungsanzeigen: Sie sind wertlos. Wenn Ihnen ein Platz in einem Sanatorium angeboten wird, nehmen Sie ihn unverzüglich an. Halten Sie sich bis dahin so viel es geht im Freien auf, wenn möglich in Parks, Wäldern und Feldern. Halten Sie sich nie, auch nicht zum Schlafen, in einem überheizten oder stickigen Zimmer auf. Lassen Sie nachts in Ihrem Schlafzimmer mindestens ein Fenster auf. Schlafen Sie, wenn möglich, allein in einem Zimmer.

Als ob jemand wie er ein Schlafzimmer hätte, oder ein Fenster. Als ob es in seinem Teil von Williamsburg einen Park gäbe. Die Krankenschwester ließ ihn in einen Becher spucken, befahl Rachel, seine Kleidung und sein Geschirr von den Sachen der anderen getrennt zu halten, und überwies ihn in ein schwimmendes Tageslager für Schwindsüchtige. Dort lag er während der Stunden, die er sonst bei der Arbeit verbracht hatte, auf dem Achterdeck einer Fähre, die früher auf dem East River zwischen Brooklyn und Manhattan verkehrt hatte, in einem Liegestuhl. Die Brise wehte über die offenen Decks, Mahlzeiten erschienen auf einem langen Tisch in der Mitte, wo früher Maschinen und Kessel gestanden hatten, Ärzte untersuchten sie in Räumen entlang der Seiten. Männer auf dem unteren Deck, Frauen auf dem oberen, alle Einwanderer, alle arm. An Bord kamen und gingen Mitarbeiter des Gesundheitsamts, Krankenschwestern, Sozialarbeiter, und alle waren bemüht, die Patienten unterzubringen. Sie horchten sie über ihre Vergangenheit aus, inspizierten ihre Lebensumstände, suchten ihre Kleider nach Läusen ab. Nach einem Monat, an den er sich lieber nicht erinnern wollte, händigte ihm eine Frau mit schiefem Mund eine Bahnfahrkarte aus und befahl ihm, seine Sachen zu packen.

Die Aufnahme-Schwester im Tamarack State hatte recht: Er brauchte mehr Kleidung, und er sehnte sich bald nach der Hitze zurück, die ihm bei der Ankunft so zuwider gewesen war. Das Laub wurde bunt, weit früher, als er erwartet hatte. Regen und Wind fegten durch die hohen, Tag und Nacht geöffneten Fenster; ihm war ständig kalt, eiskalt. Einige von uns hatten Verwandte, die an Besuchstagen weitere Kleidung oder Leckereien mitbrachten, aber er hatte niemanden, und nichts von dem, was er mitgebracht hatte, war richtig. Er lernte, dankbar zu sein für die getragenen, aber wärmenden Kleidungsstücke, die widerstrebend an die bedürftigen Patienten ausgegeben wurden – zu denen er, wie er lernte, gerechnet wurde. Was er nicht lernte, obwohl er wieder und wieder gescholten wurde, war das Stillhalten. Er sprach mit jedem in seiner Nähe, wälzte sich von einer Seite auf die andere, schlich aus dem Bett, um sich eine Zeitschrift zu holen, die er auf einem Tisch am Ende des Saals entdeckte, und las sie heimlich unter der Decke. Die Schwestern schnauzten ihn an, und Dr. Petrie kam, um ihn zur Rede zu stellen.

»Warum können Sie nicht gehorchen?«, fragte unser stellvertretender Direktor. »Begreifen Sie nicht, wie krank Sie sind?«

»Ich halte es nicht aus«, sagte Leo leidenschaftlich und funkelte den kleinwüchsigen Arzt wütend an. Mit seinem borstigen dunklen Haar, dem Spitzbart und der kleinen ovalen Brille ähnelte Dr. Petrie dem Erfinder Charles Steinmetz, allerdings ohne den Buckel. Keine einsfünfzig, schätzte Leo. Ohne Zweifel ein Mann mit ganz eigenen Problemen. Er überließ sein linkes Handgelenk Dr. Petries Daumen, Zeige- und Mittelfinger.

Dr. Petrie zählte mit abgewandtem Blick Leos Herzschläge. »In Ihrer Lunge«, sagte er, »liegen verstreut kleine Infektionstaschen, die Ihr Körper einzukapseln versucht. Im Augenblick ist das Narbengewebe um die Bazillentaschen noch ganz schwach, wie Spinngewebe.« Er ließ Leos Hand los. »Wenn Sie sich abrupt bewegen oder tief Luft holen oder den Arm ausstrecken – wie eben gerade, als Sie nach Ihrem Kissen gelangt haben: *Unterlassen Sie das* –, zerreißen Sie das Narbengewebe und lassen die Bazillen heraus. Die bilden dann neue Krankheitsherde, und wir müssen noch einmal von vorne anfangen. Sie wirken wie ein intelligenter Mann. Können Sie das nicht begreifen?«

»Doch, natürlich«, sagte Leo, »aber bis jetzt hat sich niemand die Mühe gemacht, mir zu erklären, warum ich hier liegen soll wie eine Leiche.«

Mit einem halben Lächeln sagte Dr. Petrie: »Wir werden uns bemühen, Sie besser zu informieren.«

Mitte September war sein Fieber gefallen, sein Husten besser, er hatte sechs Pfund zugenommen, und die Schwestern erlaubten ihm, zur Toilette zu gehen und, jeden Tag ein bisschen länger, auf dem Balkon der Krankenstation auf einem Liegestuhl zu sitzen. Er war seit der ersten Zeit nach seiner Flucht aus dem Elternhaus nicht mehr so allein gewesen, für so lange Zeit. Eines Tages musste er sich in einen Rollstuhl setzen, und ein Pfleger brachte ihn im Fahrstuhl nach unten und durch einen Tunnel in den

Röntgenraum unter dem Speisesaal. Dort stand er mit entblößtem Oberkörper im Dämmerlicht, drehte und beugte sich nach den Anweisungen der Technikerin, hielt die Luft an und atmete dann aus, vom Studium in Odessa her damit vertraut, was eine Röntgenaufnahme war, ohne jedoch das hiesige Gerät zu kennen. Dass dieses von einer Frau bedient wurde, erschien ihm merkwürdig, ebenso wie der lila Handschuh an ihrer linken und die entzündeten Stellen an ihrer rechten Hand.

Seine Röntgenbilder, sagte Dr. Petrie ihm später, zeigten ein kleines Loch im Gewebe am oberen Ende seines linken Lungenflügels.

»Werde ich sterben?«, fragte Leo.

»Wie es weitergeht, hängt jetzt wesentlich von Ihnen ab«, antwortete der Arzt. Immer tun sie so, als hätten wir es in der Hand. »Die Heilung braucht Ihre ganze Zeit und Kraft. Aber Sie haben gute Fortschritte gemacht, und es gibt Anzeichen, dass das Loch bereits zu schrumpfen beginnt. Wir werden Sie nächste Woche in den Männerflügel verlegen. Dort wird Ihnen ein wenig mehr Bewegung gestattet sein. Aber Sie müssen weiterhin sehr aufpassen.«

An einem Mittwochmorgen im Oktober brachte ein Pfleger Leo im Fahrstuhl aus der vierten Etage des Haupthauses nach unten, schob ihn durch die Korridore und Laubengänge und deponierte ihn auf einem Balkon vor seinem neuen Zimmer im ersten Stock des Männerflügels. Zwei Liegestühle füllten den winzigen Platz im Freien fast vollständig aus: Einer davon stand für ihn bereit. Gesellschaft, dachte Leo, so erpicht darauf, mit der Person auf dem anderen Liegestuhl bekannt zu werden, wie früher darauf, eine Frau kennenzulernen. Als er sich vorstellte, raste sein Herz.

»Ephraim Kotov«, erwiderte der Mann und wartete geduldig, während sich Leo zurechtlegte und mit seinen Decken kämpfte. Über seine Zehen und das Holzgeländer hinweg sah Leo Wald, der sich bis nach Kanada dehnte, Tausende von Bäumen, die auf und ab über die Hügel marschierten, fast schwarz, wo sie von Wolken beschattet wurden, und dazwischen von der Farbe seiner Kindheit.

»In Minsk hieß ich Kotovachesky«, fuhr sein neuer Mitbewohner fort, »aber hier bin ich beschnitten. Kotov.« Er hielt Leo die Hand hin. »Kleiner Scherz. Willkommen.«

»Danke«, sagte Leo und schüttelte Ephraims Rechte.

Ephraim, der wie wir anderen während Leos Wochen in der Isolation Mutmaßungen über ihn angestellt hatte, sagte: »Das war Hirams Liege. Aber jetzt ist es deine; er ist letzte Woche verschieden. Spielst du Schach?«

»Mehr schlecht als recht«, gestand Leo.

»Schade. Hiram war gut.«

Leo streckte die Beine aus und fragte sich, was Hiram wohl sonst noch gekonnt hatte. Was er gemocht hatte, was nicht, und wie er gestorben war. Sollte er sich dafür entschuldigen, dass er Hirams Platz übernahm? Er wandte den Blick wieder dem Wald zu, da und dort gesäumt von einer Birke. Unten fuhr ein Zug an der Haltestelle ein, und winzige Gestalten bewegten sich auf dem Bahnsteig. Von dort unten gesehen musste er ein Fleck im rechten Auge des Hundes sein. »Ich bin aus New York hierhergekommen«, sagte er. »Du auch?«

»Von einer Apfelfarm bei Ovid«, antwortete Ephraim. Als er Leos verwunderte Miene sah, fügte er hinzu: »Eine der kleinen Städte in der Nähe der Finger Lakes, mitten im Staat New York, die nach Orten und Dichtern der Antike benannt sind. Troy, Ithaca, Homer, Virgil …«

»Ein Jude aus Minsk unter Bauern auf dem Land«, sagte Leo mit einem Lächeln. »Wie ist das gekommen?«

Leise – während der Ruhestunden ist uns schon immer jegliches Gespräch untersagt – steckten die beiden Männer die Köpfe zusammen und verstießen gegen die erste von vielen Regeln, indem sie sich miteinander unterhielten.

2

In der Ortschaft Tamarack Lake, zweieinhalb Meilen westlich von uns gelegen, sind die Straßen, die fächerförmig vom See bergan führen, von privaten Kurpensionen gesäumt. Zu der Stunde, als sich Leo in seinem Zimmer einrichtete, war Naomi Martin in der Pension, die als »Mrs Martin's House« bekannt war – das Haus ihrer Mutter, nicht ihr eigenes: acht Zimmer, vermietet an Kranke, die ständiger Pflege und Nahrung bedurften –, eben dabei die nachmittäglichen Tabletts zu den Gästen zu tragen. Dreimal täglich bediente sie im Speisesaal und servierte zwischendurch Leckereien auf den Balkonen, wo sie ihre Liegekuren absolvierten. Aus einer Wochenend- und Ferienbeschäftigung war, seitdem sie im Juni die High School abgeschlossen hatte, ein Ganztagselend geworden. Tag für Tag war sie in dem Haus gefangen, in dem sie auch nach einem Jahrzehnt noch nicht heimisch geworden war.

Zuhause, das war, wie sie ihrer Freundin Eudora oft erzählt hatte, das Haus, in dem sie geboren war: gelbgrauer Stein mit zwei Schornsteinen, in der Mitte eine Tür mit einem Oberlicht und davor ein Rasen, der von einem Plattenweg in zwei Hälften geteilt wurde. Auf dem Rasen verstreut standen Tulpenbäume und Stechpalmen, und in den Staudenbeeten wurden die Pfingstrosen und Schwertlilien jedes Jahr dichter. Das Städtchen Chester war klein und ruhig, aber Philadelphia lag nahe genug zum Einkaufen und für besondere Ausflüge. Alles war in bester Ordnung gewesen, sie hatten Dienstboten gehabt. Ein Mann – er hatte George geheißen, glaubte sie – kümmerte sich um das Grundstück, den Wagen und die Pferde; und dazu hatten sie ein Hausmädchen gehabt, das

Katie hieß, und eine Köchin. Nach dem Unfall, als die Dienstboten fort waren, hatte ihre Mutter die Küche selbst übernommen und sich aus einem Buch das Kochen beigebracht.

Was Naomi von dem Unfall noch wusste, war dies: ein Tag im Frühling 1903, als sie fünf Jahre und ihr Bruder Thomas fast vier Monate alt war. In der großen Wanne, am Ende des Tages, hatte sie fröhlich im Wasser geplanscht, das Katie in Kesseln auf dem Herd zum Kochen gebracht hatte. Draußen teilte ihre Mutter noch die Schwertlilien. Drinnen machte sie eine Überschwemmung, und Katie trocknete sie unsanft ab, schimpfte sie aus und ging neues Badewasser für Thomas aufsetzen. Sie lief in ihr Zimmer und bürstete sich die Haare. Ihre Mutter kam herein – damals hatte sie sie »Mama« genannt – und zog die Gartenhandschuhe aus und ging nach oben, um Thomas zu baden, denn das machte sie gern selbst, in der für ihn vorgesehenen Porzellanschüssel. Katie goss Wasser in die Schüssel und wandte sich ab, um frische Handtücher zu holen. Und ihre Mutter, die mit Katie über den Garten redete und in Gedanken vielleicht bei ihren Pflanzen war, tauchte Thomas in die Schüssel, ohne vorher die Temperatur zu prüfen.

Blaue Augen oder braune? Braunes Haar oder schwarzes? Nach einer Weile wusste sie es nicht mehr. Sie erinnerte sich an Thomas' Weinen und die Schreie ihrer Mutter und Katies Schluchzen. An die lauten Schritte ihres Vaters auf der Treppe und die Dinge, die er zu Katie und ihrer Mutter sagte. An den nächsten Tag, als Katie türenknallend das Haus verließ, nachdem ihr Vater sie entlassen hatte. Naomi hatte einen Onkel, der Arzt war, und einen anderen, der Apotheker war, und keiner von beiden konnte etwas tun; sie erinnerte sich an ihre Gesichter. Aber nicht an die Beerdigung, weil sie dahin nicht mitdurfte. Und später auch nicht mehr an ihren Vater: jedenfalls nicht mehr daran, wie er vor dem Unfall gewesen war. Wenn sie an ihn dachte, sah sie ihn *danach*, in dem Jahr, als er aufhörte, in die Kanzlei zu gehen, und dafür den ganzen Tag trank und ihr nie mehr Geschichten erzählte oder mit anderen Leuten sprach.

Das Haus verwahrloste, der Rasen verkam zur Wiese, Obst verfaulte am Boden, und überall wucherte Unkraut. Eines Tages verschwand ihr Vater, und später, als ihn jemand in Texas entdeckte, ließ sich ihre Mutter von ihm scheiden. Seine Brüder, Naomis Onkel, übernahmen das Haus. Anwälte und Bankangestellte gingen ein und aus, und auch die Frauen, die mit ihrer Mutter befreundet gewesen waren. Ihre Mutter fuhr ständig nach Philadelphia, bis sie eines Abends mit entschlossener Miene heimkam und Naomi befahl, ihre Sachen zu packen. Später war da noch die Bahnfahrt nach Norden und die grauhaarige Frau, die sie am Bahnhof abholte: Elizabeth Vigne, Eudoras Tante. Die Kurpension, ein großer Holzhaufen aus Zimmer um Zimmer, Balkonen über Balkonen, konnten sie haben, wenn sie wollten; Naomis Mutter nahm das Angebot an, und sie machten sich an die Arbeit.

Naomi war acht gewesen, als sie in Tamarack Lake ankamen, mit nichts als ein paar Kleidungsstücken und dem Rezeptbuch, das den Tisch ihrer Mutter berühmt machen sollte. Inzwischen war »Mrs Martin's House« bei potentiellen Gästen in so weit entfernten Städten wie Atlanta bekannt, und das, behauptete ihre Mutter, sei ihre Rettung. Naomi wäre fast alles andere lieber. Im Wald leben, am Meer leben, in einem anderen Land oder auf einem Schiff leben, überall, nur nicht an diesem Ort des Leidens. Bergauf, bergab standen Pensionen, von Balkonen verunstaltet, bis unters Dach voll kranker Leute. In manchen wohnten bevorzugt Kubaner, in manchen Varietékünstler, in manchen Versicherungsangestellte. In ihrem Haus die Reichen.

An diesem Nachmittag hegte sie die Hoffnung, Miles Fairchild, den wohlhabendsten der Gäste ihrer Mutter, zu einem Gefallen zu bewegen. Bald nach seiner Ankunft war er in ihr größtes Zimmer eingezogen, wo er in den Genuss eines roten Sessels, eines Nussbaumbettes und eingebauter Bücherschränke beidseits des

Kamins kam. Seine Heizung lief ständig, und sein Liegestuhl bot, wie sie beim Hinaustreten auf den Balkon erinnert wurde, einen ausgezeichneten Blick. Am Fuß des Bergs leuchtete grün und still der See, wie ein Fausthandschuh geformt, hier und da mit Booten getupft. In weiche Kapokpolster gebettet hätte sich Miles an den Paaren erfreuen können, die auf Segelbooten tändelten, den Kindern, die Angelschnüre aus Ruderbooten hängten, einem Blaureiher, der aus dem Schilf aufstieg und mit langsamen Flügelschlägen dicht über dem Wasser zum Park am anderen Ende flog – doch stattdessen war er in ein Buch vertieft. Den an seiner Rückenlehne befestigten Schirm hatte er so gestellt, dass der Schatten auf die Seiten fiel und seine Augen vor jedem Zuviel an Helligkeit schützte.

Sie straffte die Schultern und ging mit dem Tablett auf ihn zu. Ein rotes Band hielt ihre Haare auf eine Weise, von der sie wusste, dass es sie kleidete. Die umgeschlagenen Ärmel gaben ihre Handgelenke frei, ihre Schürze war frisch und ordentlich gebügelt, und als sie seinen Milchreis absetzte, legte sie es darauf an, dass er sie ansah. Er war siebenunddreißig, fast zwanzig Jahre älter als sie, aber noch nicht tot; in den letzten Monaten hatte er zugenommen und eine Unrast entwickelt, die sie möglicherweise zu ihren Gunsten zu wenden hoffte.

»Reizend«, sagte er, mit einem Blick zunächst auf die Schüssel, aber dann auf sie, wobei er seine Beine verschob und das Buch zuklappte. »Danke schön.«

»Mit extra viel Schlagesahne«, verkündete sie und trat einen Schritt zurück, sodass sie von der Aussicht gerahmt vor ihm stand. Als seine Augen ihr folgten, fuhr sie fort: »Zu dem, was Sie gestern Abend sagten …«

Beim Abendessen, als sie das gebratene Hähnchen und die Pastinaken herumreichte, hatte er gefragt, ob vielleicht jemand wisse, wo er ein Auto mit Chauffeur mieten könne. Er wolle ein neues Projekt in Angriff nehmen, hatte er gesagt, offensichtlich mit sich zufrieden. Irgendetwas, das mit den Insassen von Tamarack State zu tun hatte, wo er einen Nachmittag die Woche hinwollte; er brauche einen Chauffeur. Sie ging weiter um den langen weißen Tisch und schob die Platte zwischen dunkle Schultern, während ihre Mutter sich der Sauciere annahm, nickte stumm, wenn ein Gast ihr dankte, und sagte noch immer nichts, als sie die Platte auf der Kredenz absetzte und die Vasen geraderückte. Doch noch ehe sie die Pendeltür zur Küche aufstieß, hatte sie begonnen, einen Plan zu schmieden.

»Ja?«, sagte Miles jetzt, den Löffel über der Schüssel bereit.

»Ich dachte, vielleicht könnte ich Sie zum Tamarack State fahren«, sagte sie. »Ich bin eine ausgezeichnete Fahrerin; ich mache jetzt schon die meisten Besorgungen für das Haus, aber ich hätte gern eine Möglichkeit, selbständig zu arbeiten. Um ein wenig Geld zu verdienen.«

In den letzten sechs Monaten, erklärte sie, als er zweifelnd auf ihre Hände blickte, habe sie bei Eudoras Bruder, der in der Tankstelle von Tamarack Lake arbeite, eine gründliche Fahrschule absolviert. Außerdem habe sie eine Reihe einfacher Reparaturen gelernt, darunter das Reifenwechseln und den Gebrauch der Werkzeuge im Kasten auf dem Trittbrett. »Von daher brauchen Sie sich keine Sorgen zu machen, dass Sie liegenbleiben«, schloss sie. »Außerdem kenne ich jede Straße im Dorf und die meisten Strecken zwischen hier und Lake Placid. Ich kann Sie überall hinfahren, wohin Sie wollen, jederzeit.«

»Mittwochs würde ich Sie brauchen«, sagte er. »Zumindest fürs Erste. Sind Sie da frei?«

Sie schob die nimmer endenden Forderungen ihrer Mutter sowie die Tatsache beiseite, dass der Model T in der Remise eigentlich gar nicht ihnen gehörte, und sagte: »Ich kann es einrichten.« Die Eigentümerin des Autos, wie ihrer gesamten Habe abgesehen von ihren persönlichsten Dingen, war in Wirklichkeit Eudoras Tante, die auch noch weitere vier der renommiertesten Häuser in Tamarack Lake besaß. Jedes wurde von einer ehrgeizigen Frau geführt, die wie Naomis Mutter nicht die Mittel besaß, sich ein eigenes Objekt zu kaufen.

Letztes Jahr hatte Eudoras Tante alle fünf Vorsteherinnen gezwungen, sich identische Ford Model T zu kaufen und die Darlehen dafür in monatlichen Raten abzuzahlen, die auf die Hausmiete aufgeschlagen wurden. Eigentlich dazu gedacht, künftige Gäste zu gewinnen, denen die Vorstellung gefiel, dass ein Arzt schneller zu holen war, hatte das Auto Naomi wider Erwarten ein Stückchen Freiheit eingebracht, weil ihre Mutter sich geweigert hatte, fahren zu lernen. Wehmütig strichen die Gäste, deren eigene Autos zu Hause geblieben waren, über die schwarzen Kotflügel, doch sie durften sich wegen der Anstrengung nicht ans Lenkrad setzen, und das Auto blieb unbenutzt, bis Naomi ihre Chance witterte. Es verging kein Monat, bis sie sich zur Tankstelle begab und Eugene überredete, ihr Fahrunterricht zu geben. Bald erledigte sie die Einkäufe und brachte die Wäsche weg, holte Pakete am Bahnhof ab und fuhr dann und wann einen Gast in die Kirche oder zu einem Freund – alles mit der widerstrebenden Billigung ihrer Mutter. Wenn sie bei diesen Botengängen gelegentlich ein paar Minuten für eigene Zwecke nutzte, ging das nur sie selbst etwas an.

Sie strich sich das Haar glatt und sah Miles direkt an. »Sie würden mir einen Gefallen tun«, sagte sie. »Ein wenig Zeit in Ihrer Gesellschaft zu verbringen, um von meiner Arbeit hier wegzukommen …«

»Sie arbeiten wirklich sehr hart«, bemerkte er. »Ich sehe sie unablässig arbeiten.«

Sie zuckte lächelnd die Achseln, als gehörte sie zu den Menschen, die sich niemals beklagen. Noch ein paar Minuten Konversation, eine ungezwungene Verhandlung über ihren Lohn, und sie waren sich einig. Mit einem Lächeln im Gesicht verließ sie sein Zimmer, schlüpfte, ohne dass ihre Mutter etwas davon mitbekam, vorne aus dem Haus und lief zur Tankstelle, um Eugene zu erzählen, was sie soeben vollbracht hatte. Eine kleine Aufgabe jetzt konnte womöglich später zu etwas Größerem führen; wer wusste, was noch kommen mochte, wenn Miles erst wieder gesund war und zu Hause wieder sein Unternehmen übernahm? Sie sah sich schon in einer Stadt, vor der Schreibmaschine in einem hübschen Büro; vielleicht konnte sie mit Miles nach Pennsylvania gehen. Jeder Weg aus den Bergen schien wie eine Verheißung.

An unserem Ende der Straße hatte Miles einige Wochen zuvor unseren Leiter Dr. Richards überredet, die folgende Ankündigung im Speisesaal ans Schwarze Brett zu heften:

BILDUNG EINER GRUPPE AB SOFORT

zum Zwecke der Weiterbildung in Vortrag und Gespräch. Männliche Patienten, die des Englischen in gesprochener und geschriebener Form mächtig sind, sind eingeladen, mit uns zum Austausch über berufliche Kenntnisse und andere Wissensgebiete zusammenzukommen. Die Treffen werden mittwochs stattfinden, von 16 bis 18 Uhr im großen Solarium. Die ersten ein oder zwei Vorträge werde ich persönlich halten. Mit der Bitte um rege Beteiligung an diesem Bildungsexperiment,

Miles Fairchild

»Miles Fairchild«, sagte einer von uns damals, »wer ist das?«

»Was heißt *uns*?«, fragte ein anderer. Das wusste keiner, aber wir sahen, dass er seine Sache ordentlich vorbereitet hatte; die vorgeschlagene Zeit lag an der einzigen möglichen Stelle in unserem Tagesprogramm. Damals wie jetzt wurden wir täglich mit einer Glocke um halb sieben geweckt. Danach hieß es Waschen, Anziehen und Frühstück um acht; Arztvisiten und Behandlungen bis zehn; Liegekur bis zum Mittagessen um zwölf; nach dem Essen erneut auf die Balkone und Ruhe bis um vier. Um sechs gab es

Abendessen, und danach ruhten wir wieder von sieben bis neun, und um halb zehn hatte das Licht auszugehen. Unsere einzige Freizeit, sehr kostbar, war die Lücke zwischen vier und sechs: An dem Mittwoch nach Leos Entlassung aus der Krankenstation opferten diese zweiundzwanzig von uns.

Es war ein sonniger Nachmittag, aber die Luft, die durch die offenen Fenster strömte, hatte bereits Biss, und als wir ins Solarium kamen, stand vor uns am Kamin, die Jacke wegen der Kälte zugeknöpft, ein schmächtiger Mann, der die gleiche eingefallene Brust hatte wie viele von uns und dessen eine Schulter tiefer hing als die andere. Um ein Jahrzehnt älter als die meisten von uns, trug er einen grauen Wollanzug, der trotz seines altmodischen Schnitts neu und teuer aussah. Während wir der Reihe nach eintraten, studierte er mit abgewandtem Kopf die gerahmten Dokumente über dem Sims. Auf der Fensterbank, die ihm am nächsten war, saß ein schlankes Mädchen – ungefähr sechzehn, schätzten wir; in Wirklichkeit war sie achtzehn – mit seidigem, dunklem Haar, einem dunklen Teint und tiefliegenden blauen Augen. Sie betrachtete uns aufmerksam, während wir uns zögernd in den Stuhlreihen verteilten.

»Guten Tag«, sagte der Mann, sich uns zuwendend, und ließ den Blick über unsere Gesichter wandern, »mein Name ist Miles Fairchild, und das« – er deutete auf das Mädchen – »ist meine Chauffeurin Naomi Martin. Vielen Dank, dass wir heute hier bei Ihnen sein dürfen.«

Selbstsicher auf und ab schreitend, mit in der Sonne schimmerndem Gesicht, verkündete er, er wolle uns zu Anfang erst einmal ein wenig von seiner Person erzählen. Er sei siebenunddreißig Jahre alt und seit einiger Zeit immer wieder krank gewesen. Vor etwas über einem Jahr hätten sowohl sein Hausarzt als auch ein Facharzt in Philadelphia ihm zu einer Kur in den Adirondacks geraten. Seitdem wohne er in Mrs Martins Pension im Dorf, die wir gewiss kennten.

Ein kleiner Patzer, aber er fiel uns auf; wir kamen selten ins Dorf, obwohl es so nahe war. Wer hatte Geld, um etwas zu kaufen? Dass dies Miles entging, verriet uns, wie wenig er von unserem Leben wusste.

»Seit kurzem geht es mit meiner Gesundheit aufwärts«, fuhr er fort, »und das hat es mir ermöglicht, darüber nachzudenken, wie ich anderen nützlich sein könnte. Kranksein ist, von allem anderen abgesehen, einsam. Und langweilig. Wir alle brauchen Gespräche und geistige Anregung – und das hoffe ich Ihnen zu bieten. Ich stelle mir vor, dass wir uns wechselseitig unser Wissen vermitteln und mithin unsere Horizonte erweitern.«

Im Reden ging er vom Fenster – wo er, wie einige von uns bemerkten, beinahe den Rock der dunkelhaarigen Chauffeurin streifte, die unbeirrt in die andere Richtung blickte – zum Kamin, zum Fenster und wieder zurück, mit der Regelmäßigkeit eines Weberschiffchens. Wir mochten zwar, fuhr er fort, dieweil wir über seinen Gebrauch des Wortes »mithin« nachdachten, in einer staatlichen Anstalt untergebracht sein, während er in einer privaten Kurpension wohnte; wir mochten im Gegensatz zu ihm über wenig Mittel verfügen; wir mochten womöglich nicht lange in die Schule gegangen sein: das alles tue nichts zur Sache. Jeder von uns besitze wertvolle Kenntnisse, die weiterzugeben sich lohne. Er zum Beispiel habe bei sich zu Hause, in der Nähe von Doylestown in Pennsylvania, eine Zementfabrik, die er von seinem Vater geerbt habe.

Einen Augenblick lang, während er seine wohlfunktionierende Fabrik beschrieb, glaubten wir zu wissen, worauf er hinauswollte. Da war sein Steinbruch mit den reichen Kalkstein- und Ölschiefervorräten; da waren seine Mahlanlage und seine begabten Chemiker und Ingenieure, seine technisch so hochmodernen vertikalen Brennöfen. Seine Spezialrezeptur zum Gebrauch für Mörtelspritzen.

»Ich war einer der Ersten, die das Potential von Akeleys Erfindung erkannten«, erläuterte er. »Nach der Zementausstellung von 1910, wo die vervollkommnete Mörtelspritze ausgestellt war, sind andere aufgesprungen, aber da hatten meine Ingenieure bereits begonnen, das Gerät abzuwandeln, und seither haben wir unterschiedliche Arten von Spritzbeton entwickelt, die sowohl die Eigenschaften unseres Zements nutzen als auch optimal für die Anwendung in der Doppelkammerspritze geeignet sind. Unsere Werkstoffe sind beim Bau von Staudämmen und Wasserröhren zum Einsatz gekommen, beim Neuverputz alter Gebäude wie bei der Verkleidung von Stahlpfeilern für neue …«

Wir lauschten mit Interesse seinem Vortrag über diese Dinge. Doch nach einer Weile hielt er inne – komischerweise, wie wir fanden; was ist das für ein Sprecher, der, kaum hat er das Publikum gewonnen, das Thema wechselt? –, atmete einmal tief durch und sagte: »Aber das ist nur meine Arbeit, und davon erst einmal genug. Seit ich ein kleiner Junge war, habe ich meine gesamte Freizeit damit verbracht, die Fossilien ausgestorbener Wirbeltiere zu sammeln und zu konservieren, und das ist eigentlich das, wovon ich Ihnen berichten möchte.«

Auf einmal erging er sich in Schilderungen von Wochenendfahrten nach New Jersey und Westpennsylvania, längeren Reisen nach Kansas, Winterabenden, an denen er seine Funde sortiert und katalogisiert hatte. Es sei nicht nur ein Hobby, sondern seine Leidenschaft, seine Lieblingsbeschäftigung, sagte er, und er sei sich sicher …

Als er erneut innehielt, geschah das weder, um zu fragen, ob einer von uns schon einmal in einer Zementfabrik gearbeitet hatte, wie das bei einigen tatsächlich der Fall war, noch um zu hören, was wir, die wir bis zu unserer Ankunft hier lediglich an Sonntagen freigehabt hatten, davon hielten, dass jemand einer »Lieblingsbeschäftigung« nachging, sondern um sich zu erkundigen, ob wir wüssten, was ein Fossil sei. Die meisten von uns wussten es nicht – eine Gesteinsart, glaubten einige –, aber das wollte keiner zugeben. Ein paar von uns waren neugierig, was Miles sagen würde, wenn keiner ihn unterbrach. Wie lange kann ein Mann über sich reden, bis er merkt, dass niemand ihm zuhört?

Eine ganze Weile, wie sich herausstellte. Wobei dies manche von uns bereits voneinander gelernt hatten. Als Miles einmal das Wort »Paläontologie« ausgesprochen hatte, war er über den Wasserfall in die Stromschnellen geraten und nicht mehr zu bremsen, die eingefallene Brust geschwellt fuchtelte er mit den Armen, während ein Büschel Haare, grau und fein, über seiner Stirn wippte. Gesteinsformationen, Schichten, Erdzeitalter, Epochen: »Was Sie über solche Dinge wissen oder nicht, tut nichts zur Sache«, sagte Miles wegwerfend, »die Einzelheiten werde ich später erklären. Meine beste Reise war die vor zwei Jahren, als ich den Sommer in Westkanada verbrachte, um in den dortigen Felswänden versteinerte Dinosaurier auszugraben. Es war berauschend!«, rief er aus, während wir uns Blicke zuwarfen. »Ich habe eine Karte der Felsschichten mitgebracht, um Sie Ihnen zu zeigen.«

Vor Millionen Jahren, sagte Miles, ein kleines Quadrat voll geschwungener Linien aufblätternd, war die Erde von riesigen Tieren bewohnt, die vollkommen anders waren als alle, die heute noch leben. In den Meeren schwammen Ichthyosaurier und Plesiosaurier; durch die Luft flogen Pterosaurier; auf dem Land trampelten Dinosaurier durch tropische Wälder. Heute sind bloß noch ihre Spuren, ihre Fußabdrücke und ihre Knochen übrig, in versteinerter Form. In Alberta, im westlichen Kanada, schneidet der Red Deer River eine riesige Schlucht in die Prärie und legt die Knochen frei. Die Stätte ist seit Tyrrells ersten Ausgrabungen in den 1880ern gründlich erkundet worden und …

Sehen Sie, wir entsinnen uns tatsächlich. Damals hingegen guckten wir Löcher in die Luft. Ornithomimus, der Vogelnachahmer; Trachodon, der mit Schwimmhäuten zwischen den Zehen und einem Entenschnabel – was sollten wir davon halten? Auf einer steilen Felswand lag der Ankylosaurus mit einer Keule am Schwanz. Miles erklärte, dass er mit einem Freund aus

Doylestown und dessen Sohn (dies sollte unser erster Hinweis auf die Hazeliusse sein) als ehrenamtlicher Assistent bei einer von einer berühmten kanadischen Forschungsgruppe geführten Dinosaurier-Expedition mitgereist war.

Unser Flachboot, erzählte Miles weiter, lag zwischen den Wänden der Schlucht im Wasser. Tag für Tag, ein winziger Fleck unter der Prärie, dermaßen von Mücken umschwärmt, dass wir ständig Handschuhe trugen und uns über die Hüte Netze zogen, die wir in die Hemden stopften. Das Boot konnte zehn Tonnen Knochen aufnehmen, und beinahe so viel gruben wir aus. Der Humerus groß wie ein Mensch, das Femur wie ein Baum (an dieser Stelle klopfte sich Miles an den Oberarm und den Oberschenkel); der Schädel wie ein Ruderboot, die Klaue wie ein Fuß. Mit den endlosen Mühen, die er schilderte – graben, meißeln, ummanteln, schleppen, verstauen, lagern, verschiffen –, mit der Arbeit, tonnenweise Zeug von einer Stelle zur anderen zu schaffen, konnten wir mehr anfangen. Wir hatten Tunnel für die Untergrundbahn gegraben, Beton für den Hausbau gegossen, Ziegel und Getreide geschleppt oder Tausende von Hemdkragen ausgeschnitten, Millionen Fische gesalzen. Was uns schleierhaft blieb, war, was dieser Mann, der mit so viel Begeisterung und so wenig Verstand redete, bei uns suchte.

Bis zur Woche davor, als er für Naomi plötzlich zu jemandem geworden war, den sie beeinflussen konnte, war Miles in ihren Augen kaum mehr als ein älterer Mann gewesen, der eine lästige Vielzahl von Paketen von weit entfernten Buchhändlern bekam und dessen Bettwäsche besondere Sorgfalt verlangte. Im Auto war sie von seinen Fragen und seinem anscheinenden Interesse an ihr überrascht gewesen; jetzt staunte sie darüber, wie viel er wusste und mit welcher Leidenschaft er über seine Fossilien sprach. Alte Knochen – wen scherte so was? Doch er wirkte vollkommen begeistert von dem, was er uns zu vermitteln suchte. Mit dem

Rücken zum Fenster, uns gegenüber, sah sie die gleichen Dinge wie er: unsere abgetragenen, nicht zueinander passenden Sachen und Hausschuhe und unsere schlechten, fast identischen Frisuren, verpasst von dem Friseur, der einmal im Monat kam und uns allen auf einmal die Haare schnitt. Unsere Gesichter, die verrieten, aus welchen Ländern wir stammten, und die ihr, weil sie anders waren als jene, die sie bisher kannte, langweilig erschienen.

Ein Gesicht, von einem Rollstuhl gerahmt, hob sich von den anderen ab und erregte ihre Aufmerksamkeit: das von Leo Marburg. Sein seidiges dunkles Haar, in Farbe und Dichte dem ihren so ähnlich; seine schmalen, ungewöhnlich langgezogenen und tiefliegenden Augen, die ebenfalls ihren ähnelten; seine knochigen Hände und seine weiche, gerundete Nase. Es war das erste Mal, das sie ihn sah, und keiner von uns bekam mit, ob sie ihn anstarrte oder rot wurde oder den Blick abwandte und dann wieder hinsah, während sie bei Leo damals fast keinen Eindruck hinterließ. Er hörte Miles konzentriert zu und sah sich gleichzeitig in unserem großen Solarium um, das er noch nicht kannte.

Zwei Reihen blanker Fenster, vorne und hinten, die makellos sauber gehalten wurden und außer bei bitterster Kälte stets ein wenig offen standen. An der Decke sechs elektrische Kronleuchter; ein Klavier, mehrere runde Tische, schlichte Schaukelstühle aus Holz und jede Menge leichte Wiener Stühle. Der sauber geschrubbte, nie befeuerte Kamin und darüber zwei der gerahmten erzieherischen Aushänge, die bei uns sämtliche öffentlichen Räume zierten:

I.

Wie gegen die Schlangen in Irland, so gibt es gegen Lungentuberkulose kein Heilmittel in der Form eines bestimmten Medikaments oder einer direkten Behandlung der Krankheitsursache – des Tuberkelbazillus. Es sind unzählige vermeintlich spezifische Heilmittel vorgeschlagen und erprobt worden, doch haben sich alle als mangelhaft erwiesen. Die einzige Behandlung, die sich über die Zeit und durch Erfahrung bewährt hat, ist die indirekte Methode der Entwicklung und Erhaltung der Widerstandskraft des Einzelnen mit dem Ziel, eine Ausbreitung der Bazillen durch Ausschwemmung zu verhindern. Wir nennen dies die »hygienisch-dietätische« oder die »Frischluft«-Therapie. Kurz gesagt sind ihre Bestandteile (a) das Schöpfen von reiner Außenluft bei Tag und Nacht; (b) gesunde Kost im Überfluss; (c) Ruhe an frischer Luft, durchgehend, solange der Patient Fieber hat, und zumindest einen Teil des Tages, wenn er fieberfrei ist; (d) die richtige Entsorgung des Sputums zur Vermeidung einer Reinfektion; (e) die Bekämpfung aller Symptome und Umstände, welche die Heilung beeinträchtigen.

II.

Der Tuberkelbazillus ist ein unendlich winziger, schlanker Stab von nicht einmal der halben Länge des Durchmessers eines roten Blutkörperchens. Er ist häufig mehr oder weniger gekrümmt und hat bisweilen eine unregelmäßige, knotige Oberfläche. Er kann in Ketten oder kleinen Klumpen auftreten. Er ist ein langlebiger, zäher Parasit, der seine Lebensfähigkeit über mehrere Monate zu erhalten vermag, wobei er sich außerhalb des Körpers nicht vermehrt, es sei denn, er wird auf einem günstigen Träger gezüchtet. Er gelangt im Wesentlichen auf zweierlei Wegen in die Lunge: (1) direkt durch Einatmung über die Atemwege, und (2) indirekt durch Nahrungsaufnahme über den Magen-Darm-Trakt.

A, b, 1, 2, d. Auch Naomi nahm die Aushänge wahr, bevor sie sich dem Garten mit seinem Innenhof und dem Springbrunnen in der Mitte zuwandte. Von Mai bis September wurde Wasser durch als Schilf verkappte Rohre nach oben gepumpt und fiel sprudelnd in eine muschelförmige Schale. Über der Schale stand eine fast lebensgroße Frauenfigur, aus weißem Marmor gehauen. Ihre ausgebreiteten Arme und aufgehaltenen Hände öffneten die Falten eines Umhangs, unter dem ein riesiges, vom Gürtel bis zum Kragen ins Kleid gemeißeltes Kreuz mit nicht einem, sondern zwei horizontalen Balken zu sehen war. HYGEIA stand auf der Plakette zu ihren Füßen. QUELLE DER HOFFNUNG. Der Brunnen im Garten ihrer Mutter war kleiner, aber ebenfalls mit einer gemeißelten Inschrift versehen: *Hoffnung fließet ewig*. Ein hübscher Spruch, der nach Naomis Ansicht einen Schlüssel zum wahren Wesen ihrer Mutter bot: eine Frau, die früher Geld gehabt hatte und jetzt nicht mehr, und die stolz darauf war, dass sie es trotzdem zu etwas gebracht hatte, und alle Welt hasste, weil sie gezwungen gewesen war, selbst ihren Weg zu machen. Die Mädchen, die sie zur Arbeit in der Küche anstellte, grinsten hinter ihrem Rücken.

Einige von uns grinsten über Miles: mehr Gerede, ein einziger langer Wortstrom. Wir hörten zu oder träumten oder dösten ohne jede Ahnung, wohin der Strom führen mochte, und dachten dabei an ein Kindergesicht, die Berührung einer Frau, einen braunen Hund mit drei Beinen. Jaroslav, der früher als Techniker in einem Filmstudio gearbeitet hatte, malte sich eine Sequenz aus, in der vor einem schwarzen Hintergrund ein hohles, von links oben beleuchtetes Ei, dekoriert mit geometrischen Formen in Rot und einem hauchdünnen goldenen Strich – eines der sorgfältig gehüteten Ostereier seiner Mutter –, elegant der Länge nach vor sich hin purzelte. Albert dachte an den letzten Brief seines Vaters und den Abschnitt, den er nicht verstanden hatte, nicht weil der harte Bleistift seines Vaters so dünne Striche machte, sondern weil das wenige, was er vom norwegischen Vokabular seines Vater noch kannte, immer mehr schwand, wie früher schon seine Kenntnisse des Serbischen, das seine Mutter gesprochen hatte. Der Rest von uns war auf ähnliche Weise beschäftigt, was eigentlich nicht unangenehm war.

Schließlich, ein paar Minuten nach sechs, gelangte Miles zum Ende, sodass wir zu spät zum Essen kamen. Damals waren wir anders aufgeteilt, die Frauen und Männer in getrennten Flügeln, der Speisesaal eine der wenigen Stätten, wo wir einander begegneten. Selbst dort trennte ein breiter, von zwei Aufpassern bewachter Gang unsere Territorien. Über die Grenze hinweg durfte weder geredet noch gewitzelt noch geschäkert oder gezwinkert werden, nicht einmal Briefe durften hin- und hergehen. Miles sollte bald lernen, sich diese Trennung zunutze zu machen, aber an diesem Abend bestand unsere Gruppe noch ausschließlich aus Männern, die untereinander über die Veranstaltung am Nachmittag diskutierten.

Als wir im Speisesaal ankamen, hatte die Hälfte von uns bereits entschieden, nicht wieder hinzugehen. Dieser Miles, sagte einer – was war das für einer? Ein gelangweilter Bonze mit zu viel Zeit für sich und sein Vergnügen. Ein anderer, der sich darüber geärgert hatte, wie Miles' vornehme Schuhe auf dem Dielenboden klickten, pflichtete ihm bei. Doch Leo und Ephraim und einige andere meinten, wir sollten Miles noch eine Chance geben, der Vortrag sei teilweise interessant gewesen und es sei eine Abwechslung in unserem Programm. Wie oft gab es so was?

Noch in die Diskussion vertieft, traten wir durch die große Flügeltür, jeder für einen Moment im Blickpunkt aller anderen. Wir hatten damals Sechsertische, gleichmäßig zu beiden Seiten des Mittelgangs aufgereiht, und dadurch war es immer leicht zu erkennen, wie viele anwesend waren; wir wurden bei jeder Mahlzeit von der Bedienung im Speisesaal gezählt. Ephraim betrat den Saal als Letzter, er schob Leos Stuhl. Und Leo – dies war sein erster öffentlicher Auftritt, abgesehen von der Veranstaltung – blickte ruhig in die Runde und winkte, worauf einige von uns lachten.

Ephraim schob ihn an Hirams früheren Platz und begab sich dann in die Schlange an der Essensausgabe. Allein am Tisch, sah sich Leo im Saal um. Clarice, die an jenem Abend servierte, brachte ihm einen Teller: ein Privileg, das er dem Rollstuhl verdankte. Hähnchenragout, Eiernudeln mit Sauce, Apfelmus, grüne Bohnen, ein heißes Brötchen mit Butter. Als Ephraim sich mit seinem eigenen vollen Teller hinsetzte, sah er, dass Leo auf seinem herumstocherte. »Du weißt, dass du aufessen musst«, sagte Ephraim.

»Sie hat mir zu viel gebracht«, klagte Leo.

»Das ist die Standardportion«, sagte Ephraim. Er deutete auf die Zuckerdose, an der die Tageslosung lehnte. Auf dem rosa Rechteck las Leo: *Essen ist Leben. Iss dreimal so viel, wie Du zu brauchen meinst: einmal für das Fieber, einmal für die Bazillen und zu guter Letzt für Dich selbst.*

»Ich dachte, mit der Entlassung aus der Krankenstation wäre es mit einigen dieser Regeln vorbei«, sagte Leo.

»Eigentlich gibt es hier noch mehr Regeln«, sagte Ephraim, »aber sie sind nicht aufgeschrieben. Es wird von uns erwartet, dass wir sie voneinander übernehmen, uns gegenseitig reglementieren.«

»Wie dürfen wir uns glücklich schätzen«, sagte Leo, und Ephraim lachte laut.

3

Am selben Nachmittag platzte im Dorf ein Rohr, sodass in der Straße darunter alle Häuser eine Zeitlang ohne Wasser waren. Mrs Martin entschuldigte sich, und dennoch war Miles, der sich auf sein abendliches Bad gefreut hatte, unverhältnismäßig erbost. Als Ersatz für seine exquisite emailbeschichtete Wanne, seinen Bademantel, der während seines Bades an der Heizung gewärmt wurde, musste er mit den vertrauten Linien seines Liegestuhls vorliebnehmen, einem Buch, das er mit großen Erwartungen bestellt, an dem er jedoch seither das Interesse verloren hatte, und dem Licht einer Lampe, die, so gut sie zum Lesen war, alles verschwinden ließ, was durch die Fliegengitter vor seinem Balkon normalerweise zu sehen war. Außerhalb ihres Kreises waren Sterne, Bäume, Dächer, waren Leute mit ihren Hunden ausgelöscht, sodass er von der Außenwelt abgeschnitten, selbst jedoch vollkommen exponiert war. Von der Straße, das wusste er, war der Himmel mit Balkonen gesprenkelt wie mit Filmleinwänden, die jede Handlung offen zeigten. Er schielte, hielt die Hände an die Ohren und wackelte mit den Fingern; sollte doch jeder, der an Mrs Martins Pension vorbeiging und unhöflich genug war, hinzuschauen, ihn dabei sehen. Jenseits des Balkons – wo unsichtbar Männer arbeiteten, die immer noch das geplatzte Rohr zu flicken versuchten – schepperte Werkzeug gegen das vergrabene Eisen.

Wie arbeiteten sie im Dunkeln? Mit Stirnlampen vielleicht oder mit Bergarbeiterlaternen, die die Stelle beleuchteten, an der das Wasser herausschoss. Ähnlich wie er für uns am Nachmittag die Begeisterung zu beleuchten versucht hatte, die seit fast dreißig

Jahren sein Leben erfüllte. An seinen besten Tagen verspürte er sie noch: die helle Freude, die ihn als Achtjähriger durchströmt hatte, als ihm sein Freund Edward Hazelius einen Zeitschriftenartikel über eine verschwundene Welt gezeigt hatte. Ein zweispaltiger Text mit farbigen Abbildungen: Der Künstler hatte ein Binnenmeer gezeichnet, welches das heutige Kansas bedeckte und von Plesiosauriern mit Paddelflossen, Riesenschildkröten, Mosasauriern und gigantischen Muscheln wimmelte. Über dem Wasser flogen Pterodactyli, und am Ufer tapste schwerfällig der gehörnte Monoclonius. Jeden Monat, las er staunend, wurden neue Tiere entdeckt, die unsere Vorstellungen von der Geschichte der Erde über den Haufen warfen. Auf einen Schlag hatten Edward und er ihre Berufung gefunden.

Danach war Miles jahrelang täglich von der Natursteinvilla seiner Familie zu dem seltsamen Betonhaus gelaufen, das Edwards Vater mit Zement aus dem Werk von Miles' Vater gebaut hatte. Das Hazelius-Haus hatte Zimmer, die wie Tortenstücke, wie Kissen oder Tipis geformt und sämtlich mit den bunten Fliesen verziert waren, die Edwards Vater aus verschiedenen Erdteilen mitgebracht oder in der Fliesenfabrik hinter dem Haus hergestellt hatte. Die Bibliothek war mit naturgeschichtlichen Büchern und Zeitschriften gefüllt, und am Kamin mit seinem Rahmen aus Fliesen, auf denen die Sparten der Wissenschaft dargestellt waren, verschlangen die Jungen alles, was sie finden konnten. Edwards Vater bestellte Bücher für sie, und seine uralte Großtante Grace, die in einem separaten Flügel des Hauses wohnte, spornte sie in ihrer Wissbegier an. Zwar wirkte sie auf Miles selbst runzlig und verwarzt wie ein Dinosaurier, aber sie hatte vor langen Jahren die Badlands von Dakota bereist und mit ihrer Schwester zusammen Fossilien ausgegraben und Schätze gesammelt, die nun ihre Zimmer füllten. Zähne von Säbelzahnkatzen, die Kiefer eines urzeitlichen Kamels; wo, wollte Miles wissen, hatte sie diese Dinge gefunden? Weder er noch Edward beherrschten die

Zeichensprache, und sie war taub, deshalb schrieben sie ihre Fragen auf. Sie antwortete in gestochener, winziger Schrift und enthüllte so interessante Geheimnisse, dass die Jungen sich ein Leben als Fossilienjäger ausmalten.

Vielleicht war das umso verlockender, weil sie wussten, was ihnen in Wirklichkeit bevorstand. Sie waren beide die einzigen Söhne – auf Miles wartete das Zementwerk und auf Edward die Fliesenfabrik. Auf dem College eigneten sie sich pflichtgemäß die Kenntnisse in Chemie, Physik und den Ingenieurswissenschaften an, die in Zukunft von ihnen verlangt waren, aber sie besuchten auch Geologie- und Paläontologievorlesungen und lasen heimlich weiter. Im Sommer unternahmen sie Exkursionen, wohnten in Kansas oder Nebraska im Zelt und erwanderten täglich die Felswelten. Sonne, Himmel, pulvriger Boden, das Gefühl von versteinerten Knochen und der Klang von Edwards durchdringendem Pfiff, wenn er von einem anderen Hang einen Fund anzeigte: Die Reisen gingen in Miles' Gedächtnis durcheinander, aber gewisse Momente waren als Ganzes erhalten, als wären sie so, wie sie waren, in die Teergrube seiner Erinnerung gefallen.

Wie schwer war es ihm gefallen, diese Reisen aufzugeben! Im Herbst zu Beginn ihres dritten Collegejahres lernte Edward ein Mädchen namens Chloe kennen und heiratete sie – leichtsinnigerweise, wie Miles fand; sie war siebzehn – im folgenden Frühjahr. In jenem Sommer fuhr Miles alleine nach Wyoming, doch nachdem er seinen Abschluss gemacht und die Arbeit in der Fabrik seines Vaters aufgenommen hatte, gab auch er das Reisen auf. Zu Edward, der sich mit Chloe und Lawrence, ihrem Neugeborenen, in dem labyrinthischen Haus niedergelassen hatte, waren es noch immer bloß ein paar Minuten zu Fuß, und obwohl beide Männer viel zu tun hatten, trafen sie sich fast täglich, um sich über Neuigkeiten aus der Welt der Knochenjäger auszutauschen.

Bis sie Ende zwanzig waren, hatten sie weiterhin gemeinsam Bücher gelesen und Gespräche geführt. Chloe ging gewöhnlich ihre eigenen Wege, wenn sie sich trafen; auch nach Lawrences Geburt trug sie weiter ausgefallene Kleider und benahm sich, wie Miles fand, immer noch wie ein junges Mädchen. Sie zeigte keinerlei Interesse an dem Familienunternehmen, das sich unter Edwards Leitung zusätzlich der Herstellung von keramischen Werkstoffen für den Schiff- und Automobilbau annahm. Als ihr zweiter Sohn, Charles, geboren wurde, kaufte Miles eine Wiege, die einem der Erben eines solchen Unternehmens würdig war. Sowohl die Wiege als auch Charles nahm Chloe mit, als sie verschwand.

Danach gab es eine Zeitlang keine Diskussionen mehr über die Anschaffung eines fast vollständigen Apatosaurus durch das Carnegie Museum oder den neu benannten Albertosaurus; beide Männer waren voll und ganz auf Lawrence konzentriert, der nach dem Weggang seiner Mutter fast ein Jahr lang nicht sprach. Ihren Brief verbargen sie vor ihm: *Lawrence kommt jetzt ohne mich zurecht*, hatte sie geschrieben. *Wenn ich noch länger hierbleibe, gehe ich ein. Ich habe Charles mitgenommen, er ist zu klein, um ihn dazulassen.* Auf den Hüten, die sie auf dem Bord im Schrank gelassen hatte, sammelte sich ein gelblicher Pollenschleier, bis Lawrence sie mit der Gartenschere zerschnitt.

In ihrem Bemühen, den Jungen zu trösten und durch die Tagesroutine von seinem unüberwindlichen Verlust abzulenken, kamen sich Miles und Edward noch einmal näher. Miles stattete den Hazelius täglich einen Besuch ab, aß jeden Abend mit den beiden, half Lawrence bei den Schulaufgaben und beantwortete seine Fragen. Selbst noch ein Junggeselle, gab er möglichst viel von dem, was er wusste, an Lawrence weiter und wurde, wenn er ihm einen Satz Knochen oder ein Modell zeigte, abermals von der Begeisterung erfasst, die er im gleichen Alter empfunden hatte. Dinosauria, so erzählte er Lawrence, besaßen für ihn wieder den gleichen Glanz wie in Kindertagen. Seither freilich durch Seeley in zwei Ordnungen aufgeteilt: Ornithischia, die Vogelbecken-Dinosaurier, und Saurischia, die Echsenbecken-Dinousaurier.

»Ni-this-chia«, lispelte Lawrence.

Er war groß für sein Alter und spielte am liebsten draußen. Von seinem elften Lebensjahr an nahmen Miles und Edward ihn in den Sommerferien zu Fossilienexpeditionen mit. Miles, dessen Lungenleiden sich mittlerweile so verschlimmert hatte, dass er zwei Liebesbeziehungen beendet und die Idee, eine Ehe einzugehen, aufgegeben hatte, stellte fest, dass ihm das Zelten wohltat und dass Lawrence in der Sonne und der trockenen Luft prächtig gedieh. Im Sommer 1914 gelang es Edward, bei einer von einer berühmten Paläontologengruppe geführten Sammlungsexpedition für sie alle drei Posten als ehrenamtliche Assistenten zu ergattern.

Anfang Juni brachen zwei große Flachboote auf, jedes mit einem mittig aufgebauten Zelt, das Feldbetten, einen Herd und Lebensmittel sowie Werkzeuge zum Ausgraben von Versteinerungen und Säcke mit Gips beherbergte. Die Experten auf dem ersten Boot, welche die Fossilien in den Felsen ausfindig machten und Markierungen und Anweisungen hinterließen, trieben so weit voraus, dass Miles sie nicht oft zu Gesicht bekam, doch war es für ihn aufregend genug, schlicht zu folgen und wie befohlen zu graben und zu schleppen. Gelegentlich wurden sie von den beiden für sie zuständigen kanadischen Studenten – Ewan und Alistair – gelobt.

Zuerst durften Miles und Edward und Lawrence nur die groben Arbeiten verrichten. Doch sobald sie sich bewiesen hatten, wurde ihnen das Privileg eingeräumt, die Knochen mit Meißeln aus dem Muttergestein zu lösen und dabei zu helfen, sie mit Gips zu ummanteln. Heiße, schwere Arbeit, wie Miles sie liebte. Steine und Dreck schaufeln, Wasser holen, Haferbrei kochen oder Hemden im Fluss waschen: Auch das alles war ein Vergnügen. Jeder Tag brachte eine neue Entdeckung. Die Sonne brannte, die Mücken stachen durch ihre Kleidung. Riesige Hagelkörner prasselten mit einer solchen Gewalt nieder, dass ihre Zelte zusammenbrachen und ihre Arme, mit denen sie sich das Zelttuch über die Köpfe hielten, nachher mit blauen Flecken übersät waren. Die Arbeit war so aufregend, dass es ihnen nichts ausmachte.

Miles, der in jenem Sommer fünfunddreißig geworden war, fühlte sich so vital wie zur Collegezeit und verlor den Husten, der ihn den ganzen Winter gequält hatte. Lawrence, der rasch bewies, dass er genauso schwer heben, genauso kräftig rudern und treffsicher schießen konnte wie Ewan oder Alistair, wirkte ebenfalls glücklich. Manchmal gingen die drei jungen Leute zusammen jagen, während Miles und Edward auf dem Boot blieben und, braungebrannt und zufrieden, unter der Zeltplane dösten. Ihre Gruppe aus fünf Männern, fand Miles, bildete eine perfekte Gemeinschaft, indem sie alle Aufgaben gleichberechtigt untereinander verteilten und sich in den langen Zeiten, in denen sie den Fluss hinuntertrieben, gegenseitig beibrachten, was sie wussten. Ewan führte sie in die Astronavigation ein, die sich Miles und Edward schon immer hatten aneignen wollen. Miles brachte Ewan und Alistair eine Methode bei, brüchigen Schiefer so zu behandeln, dass er nicht splitterte. Ewan und Alistair lehrten Lawrence, das Flachboot zu lenken. Und wenn Miles am Bug stand und zusah, wie Lawrence hinten das riesige Steuerruder handhabte, war er sicher, dass Edward und er, auch ohne die Mitwirkung einer Frau, gute Arbeit geleistet hatten.

Dieses tagelange Treiben auf dem Fluss, zwischen mit Fossilien gespickten Felsen, wie herrlich war das gewesen! Er war seinem Vater in das Zementwerk gefolgt und hatte sich hochgearbeitet, bis er die Leitung übernehmen konnte, aber das war seine Pflicht: Dies war seine Liebe. Anfang September erreichten sie schließlich den winzigen Ort, in dem sie die Knochenproben ausladen und zur Verschickung nach Osten vorbereiten mussten. Dort erst erfuhren sie vom Krieg.

Miles konnte es Ewan und Alistair nicht verdenken, dass sie nach Erhalt der Nachricht Hals über Kopf aufbrachen, um sich bei den kanadischen Streitkräften zu melden; ebenso wenig konnte er es ihnen verdenken, dass sie es ihm und Edward überließen, das Packen und Verschiffen der vielen Tonnen von Proben in die Hand zu nehmen. Nicht verzeihen konnte er ihnen jedoch, dass sie ihre Begeisterung auf Lawrence übertrugen. Den einen Tag war Lawrence auf dem Boot, und am nächsten fanden sie, wo er hätte sein sollen, ein paar aufgeregte, reumütige Zeilen, wohlmeinender als die von seiner Mutter, aber genauso verheerend in der Wirkung. Er war nicht mehr aufzufinden. Erst nach Monaten, in denen Miles und Edward einander abwechselnd beschuldigten – wer hatte die Idee zu der Reise gehabt? Sie beide, wurden sie sich schließlich einig –, schrieb Lawrence aus Frankreich. Durch Angabe eines falschen Alters und der falschen Staatsangehörigkeit war es ihm gelungen, mit einem kanadischen Bataillon, das von anderen eifrigen, illegalen amerikanischen Freiwilligen durchsetzt war, nach Übersee geschickt zu werden.

Nacht für Nacht sprachen Miles und Edward darüber, was sie tun sollten. Sie waren nicht machtlos; sie hätten Lawrence zur Heimkehr zwingen können. Aber seine Briefe waren beseelt von Hoffnung und dem Wunsch, sich zu beweisen. *Lasst mich hier*, schrieb er. *Lasst mich das hier tun. Ich muss es tun, und ich will es tun.* Chloe war vollständig verschwunden – sie schrieb Edward nie, und keiner wusste, wo sie steckte, nur dass sie mit einem Unbekannten durchgebrannt war –, und ohne sie redeten die Männer wie zwei Elternteile miteinander. Am Ende waren sie sich einig, dass sie ihm erlauben mussten, in Frankreich zu bleiben.

In Alberta hatte sich Miles so gesund gefühlt, dass er noch einmal erwogen hatte, auf die Suche nach einer passenden Frau zu gehen, mit ihrer Unterstützung dann das Zementwerk zu verkaufen und sich ganz und gar der Arbeit mit Fossilien zu widmen. Das Gefühl der Knochen, ihrer heißen bröckligen staubigen Oberflächen an seiner Haut, und das Empfinden, wenn er über die verborgenen Teile eines nie von Menschen gesehenen oder zu sehenden Tiers strich, die Geschichte der Erde in Händen zu halten, erschien ihm als das Einzige, was ihn jemals glücklich gemacht hatte. In den letzten Tagen, bevor sie mit dem Flachboot anlegten und vom Krieg erfuhren, hatte er sich nachts auf dem Deck ausgestreckt und sich vorgestellt, wie er sein Leben ändern wollte. Dieses einzige Mal – in den Monaten, als er sich so stark und gesund fühlte, vor dem Ausbruch des Krieges, bevor Lawrence sich absetzte – hatte er geglaubt, er werde seine Pflichten hinter sich lassen.

Aber dann waren seine Lungenbeschwerden wiedergekehrt und er war in Mrs Martins Pension gelandet, gehätschelt und gemästet mit ihrer fabelhaften Kost, aber unsäglich gelangweilt. Er ließ sich kistenweise Bücher kommen, unterhielt ein Dutzend Zeitschriftenabonnements. Edward schrieb jede Woche, und Miles schrieb zurück, aber das alles war kein Ersatz für echte Gespräche. Eines Tages, nach einer ruhelosen Nacht, in der ihm durch den Kopf ging, wie viel Freude er daran gehabt hatte, Lawrence zu unterrichten, war ihm ein Plan für Tamarack State gekommen. Unverzüglich wurde ihm klar, dass dies seine Rettung war. Die meisten von uns waren jünger als Lawrence, was unsere Bildung betraf, auch wenn wir älter an Jahren waren; wenn er Lawrence unterrichten konnte, meinte er, dann konnte er auch uns unterrichten.

Wie rätselhaft also, dass nur zwölf von uns zu seinem zweiten Treffen erschienen, die meisten in Vorfreude auf den versprochenen »Austausch über berufliche Kenntnisse«. Wenn es dazu nicht kam, hofften wir auf mehr zum Thema Spritzbeton; nach Miles' erstem Vortrag hatte Ephraim erzählt, dass ein Vetter seiner Frau bei der Auskleidung eines Dükers für eine Wasserleitung nach New York mit einer Mörtelspritze gearbeitet hatte, und das hatte uns Miles' Arbeit interessanter erscheinen lassen. Aber stattdessen bekamen wir einen Vortrag über Verfahren bei der Ausgrabung von Knochen. Miles verbreitete sich über die notwendigen Fertigkeiten, die benötigten Werkzeuge, die erforderliche Geduld. Anscheinend brauchte man spezielle kleine Handbesen mit steifen, biegsamen Borsten und feine Dorne, mit denen man sich von der Oberfläche aus an Knochenstücken entlang nach innen vorarbeitete und dabei sorgsam darauf achtete, den Knochen selbst nicht zu beschädigen.

Stetig auf und ab schreitend, in einem Anzug im gleichen Schnitt wie der von der vorigen Woche, nur diesmal braun statt grau, schilderte er in allen Einzelheiten die Herauslösung eines bestimmten Exemplars und dessen Ummantelung mit Gips und Juteleinen. Nach zwanzig oder dreißig Minuten erhob sich Naomi leise von ihrer Fensterbank und verließ den Raum; drei Viertel von uns beneideten sie, nur Leo und Ephraim hörten weiter zu. Hinterher beim Abendessen beschlossen noch weitere von uns, nicht wieder hinzugehen.

Beim dritten Treffen, am 25. Oktober, waren außer Naomi und Miles bloß sechs von uns anwesend. Ein paar Minuten nach Beginn kam Eudora MacEachern dazu, die wir bis dahin nur als Stationshilfe kannten. Als sie zur Tür hereintrat, wurde uns durch die Art, wie sie lächelte, und die Flinkheit, mit der Naomi von der Fensterbank sprang und ihr zur Begrüßung entgegenging, klar, dass sie Naomis Freundin war.

Während Miles sprach, lehnten Naomi und Eudora zu beiden Seiten des Türrahmens, machten leise Bemerkungen und sahen aus, fand Leo, wie zwei Tiere von ähnlicher Gesundheit und Agilität, aber unterschiedlicher Natur: Krähe und Reiher etwa, oder Kojote und Hund. Links stand Eudora – um die zwanzig, wie er richtig vermutete –, groß und kräftig gebaut, ausgesprochen muskulös, aber keinesfalls dick, die nussbraunen Augen und ihre blasse, sich leicht rötende Haut von hellbraunen Haaren umrahmt. Leo hatte schon häufiger einen Blick von ihr erhascht, wenn Ephraim und er zur Morgenruhe auf dem Balkon lagen und sie hereinkam, um die Betten zu machen und den Boden zu wischen, aber in dieser Umgebung sah er endlich mehr als den langen blauen Baumwollkittel, die Kämme, die ihr das Haar aus der Stirn hielten, und ihre rissigen Hände.

»Mein Fehler«, sagte Miles, während Leo die beiden jungen Frauen musterte, »ich habe mir anfangs nicht bewusst gemacht, wie wenig die meisten von Ihnen vom Umfeld der Arbeit wissen, die ich geschildert habe. Das war dumm von mir. Lassen Sie es mich noch einmal versuchen.«

Wir wandten ihm unsere Aufmerksamkeit zu und hofften auf etwas, das uns vertrauter war, nur um bald zu merken, dass er unter »Umfeld« nichts verstand, was mit unserem Leben zu tun hatte. Sondern Geschichte. Der Megalosaurus, berichtete er, sei 1824 von William Buckland entdeckt worden, einem Engländer, der mit seiner Familie in einer Menagerie gelebt habe, zu der unter anderem eine Hyäne und ein Tanzbär gehörten. Das Iguanodon habe Gideon Mantell mit seiner Frau zufällig entdeckt, und darauf habe Richard Owen, der diesen und andere Funde untersucht habe, den Namen für die Gruppe erfunden. In London habe Waterhouse Hawkins 1854 den Crystal Palace mit Modellen der prähistorischen Lebewesen beschickt und später in Philadelphia das erste Skelett des Hadrosaurus zusammengebaut.

Zwanzig Minuten, vierzig Minuten, eine Stunde. Während der ersten beiden Sitzungen hatte Miles vergessen, eine Pause für unseren Imbiss einzulegen, obwohl Gebäck und Getränke einladend bereitgestanden hatten. Da waren wir noch zu schüchtern gewesen, um uns zu beschweren, aber diesmal, in der kleineren Gruppe, erhob sich Ephraim gegen Anfang der zweiten Stunde und deutete auf den reichgedeckten Tisch.

»Ach ja, natürlich«, sagte Miles ein wenig irritiert. »Unterbrechen wir doch zehn Minuten. Guten Appetit allerseits.«

Wir warteten, während sich Miles eine Tasse heiße Schokolade einschenkte und ans Fenster ging, anscheinend von den Tauben angezogen, die sich in so präzisem Abstand zueinander auf Hygeias Kopf und Schultern niedergelassen hatten, dass es aussah, als hätten sie ein Maßband zu Hilfe genommen. Mit Ausnahme von Leo scharten wir anderen uns um den Imbiss. Leo ging auf Miles zu und fragte ihn, ob ihm die Arbeiten des russischen Paläontologen Wladimir Kowalewski bekannt seien.

Miles' Miene hellte sich auf. »Darwins russischer Korrespondent!«, sagte er. »Seine Arbeit über fossile Pferde hat Huxley inspiriert. Ein so interessanter Denker. Woher kennen Sie ihn?«

»Er hat in Odessa studiert«, sagte Leo, »wie eine Weile auch ich. Er ist dort noch in aller Munde, wegen seines Einflusses auf Dollo – ist das Dollo'sche Gesetz Ihnen hierzulande ein Begriff?«

»Ja, selbstverständlich«, antwortete Miles begeistert. »Bei uns heißt es: ›Alle größeren evolutionären Entwicklungen sind irreversibel.‹ Während der Evolution der Hufe werden einmal verlorene Zehenknochen nie wieder ausgebildet.«

»In Russland lautet die Formulierung anders«, sagte Leo, »aber die Bedeutung bleibt sich gleich: Was einmal verloren ist, ist für immer verschwunden.«

Miles sah ihn nachdenklich an und stellte noch ein paar Fragen. Dabei wurde Leo lebhafter und strich sich das feine dunkle Haar aus dem Gesicht. Er nahm als Erster wieder Platz, und als Miles nach der Pause zum Thema seiner eigenen Funde zurückkehrte, lauschte er so aufmerksam der Beschreibung eines gigantischen Lebewesens mit einem knöchernen Rüschenkranz am Nacken, dass er es kaum mitbekam, wie die Abendschwester kurz zur Tür hereinschaute und Eudora auf den Arm tippte.

Diese Knochen standen ab wie eine Halskrause, dachte Eudora, als sie der Schwester durch den Korridor folgte. Jetzt würde sie nie erfahren, wozu einem Lebewesen so etwas am Kopf wachsen mochte. Aber das lag in der Natur ihrer Arbeit als Stationshilfe: Sie wurde ständig von einer Aufgabe zur nächsten gezerrt, ohne je ein Gespräch zu Ende mitzuhören. Alle – Schwestern, Ärzte, Pfleger – konnten sie um Hilfe angehen, und alle taten es. Ohne zu klagen, brachte sie Akten, holte Laboratoriumsergebnisse ab, machte Betten, putzte Böden, wischte Wände und Möbel mit einem in Desinfektionsmittel getränkten, gut ausgewrungenen Tuch. Es gab Stationshilfen, denen diese Unterbrechungen auf die Nerven gingen, aber für sie waren sie so natürlich wie ihre Kindheit.

Sie konnte sich noch gut daran erinnern, wie es war, von ihrem Bettchen aus zuzusehen, wenn ihre älteren Geschwister in die Küche fegten und sich alle vier überschrien, um dann mit irgendeiner Leckerei im Mund, die ihre Mutter gekocht oder gebacken hatte, wieder zu verschwinden. Als sie endlich laufen konnte, wurde sie wie ein Haustier behandelt. Ernest trug sie auf den Schultern durch die Gegend, damit sie in seinem Spiel mit Eugene etwas für ihn ausspionierte. Helen verkleidete sie mit abgelegten Sachen von Eugene, schwärzte ihre Augenbrauen, stopfte ihr die Haare unter eine Mütze und erklärte sie zum Landstreicher, und Sally nahm ihr die Mütze wieder ab, fesselte sie an einen Baum und machte sie zu einer Prinzessin, die auf Rettung wartet.

Manchmal diente sie an einem einzigen Tag als Maskottchen in vier verschiedenen Fantasiewelten, ohne je ein Spiel zu Ende bringen zu dürfen, war aber bei allen Abenteuern immer begeistert dabei. Wenn sie müde wurde oder wenn Eugene, der Bärenkräfte besaß, aus Versehen zu grob wurde, konnte sie sich in die Präparationswerkstatt ihres Vaters verziehen und zwischen den trocknenden Tierhäuten, den Messern und Meißeln und offenen Schachteln voller Glasaugen verstecken. Oder aber, wenn sie in eine von Sallys Fallen getappt war, in die duftende Küche ihrer Mutter laufen und sich dort ein rohes Beefsteak aufs Auge legen lassen, damit es nicht blau anlief. Sie war so groß geworden, dachte sie oft, und hatte so starke Arm- und Beinmuskeln entwickelt, nur um endlich mit ihren wilden Geschwistern mithalten zu können. Später, als sie begonnen hatte, in der Kurpension ihrer Tante Elizabeth auszuhelfen, hatte sie gelernt, ihre Aufmerksamkeit auf ein Dutzend Dinge zugleich zu verteilen, ohne einzelne dabei zu vernachlässigen. Sie hatte Spaß daran, sich flink auf ständig wechselnde Umstände einzustellen, und genoss es als inneren Triumph, wenn es ihr gelang, allen Gästen und deren Wünschen gerecht zu werden.

Eines Tages würde sie anspruchsvollere Arbeit finden, bei der diese Flexibilität ein Gewinn war. Im Augenblick allerdings passte ihr diese Anstellung bestens. Auf ihren Etagen schwatzte sie mit allen, während sie sorgsam die an unsere Nachttische gehefteten braunen Papiertüten zufaltete, in den mit Deckel versehenen Blechgefäßen auf ihrem Wagen verstaute und zur Verbrennungsanlage hinter dem Gebäude fuhr. Saubere Laken und Handtücher aus der Wäscherei zu holen und die schmutzigen abzuliefern war ein Klacks; uns ins Laboratorium oder in den Röntgenraum zu fahren, wenn die Pfleger zu viel zu tun hatten, liebte sie wegen der überraschenden Aufschlüsse, die sich auf diesen kurzen Wegen boten. Auch die Lohntüte gefiel ihr, und die Gelegenheit, Leute aus so vielerlei Orten und Ländern kennenzulernen.

Tatsächlich gefiel ihr fast alles außer dem Aufputzen nach dem, was die Schwestern als »Vorfall« bezeichneten. Manchmal war damit ein Todesfall gemeint. Manchmal so etwas wie diesmal: Raymond, der sich zum Fiebermessen aufgesetzt und unversehens Unmengen Blut gehustet hatte. Die Schwester, die Eudora in das geräumte Zimmer führte, sagte: »Sie machen das so gut«, als würde die Schmeichelei ihr die Arbeit erleichtern. »Niemand ist so gründlich wie Sie, und wir sind heute Abend knapp dran.«

Saubere Lappen, kaltes Wasser, kochendes Wasser, Desinfektionsmittel. Sie machte es wirklich gut, das wusste sie; sie hatte den richtigen Dreh heraus und wischte schnell und ohne Druck, dabei aber außerordentlich genau. Ohne je das infizierte Blut über den ohnehin vorhandenen Fleck hinaus zu verbreiten, ohne sich je damit zu bespritzen, ohne je Wasser von den benutzten Lappen auf etwas anderes tropfen zu lassen. Jeden Lappen rasch in den Deckelbehälter und mit diesem, nachdem beide Betten frisch bezogen, der Fußboden geschrubbt und die Möbel gewischt waren, sofort nach draußen, damit die Lappen verbrannt wurden. In einer Stunde konnte sie ein Zimmer komplett säubern.

Es wurde sechs und später, während sie arbeitete, sodass ihr der Rest von Miles' Vortrag entging. Doch wie sie feststellte, als sie sich den Mantel überzog und vor die Tür trat, hatte immerhin Naomi auf sie gewartet.

»Willst du mit uns nach Hause fahren?«, fragte Naomi. Sie drehte sich nach hinten und sah Miles an, der in einer dicken wollenen Winterjacke auf der Rückbank saß. »Ich meine, wenn Sie nichts dagegen haben …«

»Es wäre mir eine Freude«, sagte Miles. »Ihre Freunde sind meine Freunde.«

»Das wäre wundervoll«, sagte Eudora. »Ich glaube, es fängt gleich an zu schneien. Und es war ein langer Tag. Ihr Vortrag hat mir gefallen – das, was ich davon gehört habe, jedenfalls.«

Zusammen mit Naomi band sie ihr Fahrrad hinten auf Mrs Martins Model T fest und kurbelte den Motor an. Als er gerade ansprang, fragte Miles, ob sie Hilfe bräuchten.

»Danke«, sagte Naomi geduldig, »schon erledigt – ich mache es sonst immer allein. Eudora hilft mir nur, weil sie selber fahren lernen will.«

Eudora setzte sich zu Naomi nach vorne, damit sie die Anzeigen und Messuhren beobachten konnte. Der Wind blies, die Wolken jagten einander über den Mond, und das Automobil flog zwischen den Bäumen hindurch und um die gewaltige Kurve, die, von unseren Plätzen auf den Balkonen aus gesehen, lange Zeit alle Ankommenden und Abfahrenden verschluckte. Miles beobachtete die Wolken, während Naomi zum dritten oder vierten Mal versuchte, Eudora zu erklären, wie man Zünd- und Gashebel bediente.

»Noch mal«, bat Eudora. Warum fiel es ihr so schwer, das zu behalten? Sie war doch sonst technisch begabt.

»Schau«, sagte Naomi und tippte, als sie sich einem Anstieg näherten, auf die Hebel am Lenkrad. »Wenn du in einem hohen Gang an einen Berg kommst, schiebst du den Zündhebel nach hinten in die zweite oder dritte Stellung und öffnest den Gashebel bis zur siebten oder achten. Sobald du hörst, dass der Motor kämpft, bedienst du die Kupplung, schaltest in einen niedrigen Gang und bewegst die Hebel dann wieder in diese Stellung. Ganz einfach.«

»Diesmal werde ich es behalten«, sagte Eudora, obwohl sie bereits spürte, wie ihr die Einzelheiten entglitten. Im Licht der Scheinwerfer, die heller wurden, als sie ihr Tempo beschleunigten, begannen dicke weiche Schneeflocken auf die Windschutzscheibe zuzusausen. Sie drehte den Kopf nach hinten und sagte zu Miles: »Ich habe das Ende Ihrer Geschichte verpasst. Wären Sie vielleicht so nett, mir noch etwas mehr über diesen Dinosaurier zu erzählen?«

Dieser beugte sich eifrig nach vorn und wiederholte, während Naomi schaltete und Eudora befahl, danach zu horchen, wie sich das Motorengeräusch veränderte, noch einmal, was er uns erzählt hatte. Naomi lenkte am Seeufer entlang, wo ein paar Gänse, die früher nach Süden hätten aufbrechen sollen, um die Parkbänke kauerten, und fuhr von dort weiter ins Dorf, an den Lichtern und den Leuten vorbei, die durch die nassen Flocken spazierten. Miles brachte seine Geschichte zu Ende und bemerkte schüchtern, er finde, es sei ein gelungener Nachmittag gewesen.

Eudora pflichtete ihm bei. Sie fuhren an zwei Ärzten aus dem privaten Sanatorium oben an der Schlittenbahn vorüber; an drei Gästen aus Mrs Martins Pension, die vor dem Theater standen; dem Bürgermeister, der seinen Dackel ausführte; einem der Apotheker, der sich mit dem Direktor des zweitbesten Beerdigungsinstituts unterhielt. Der Dackel, sah Eudora im Licht, das aus dem Theater schien, tippelte auf seinen kurzen Beinen einher, als wäre er genauso wichtig wie der Bürgermeister.

Sie fuhren am Bahnhof des Dorfes vorbei, der um so vieles einladender war als die Haltestelle von Tamarack State, und hielten dann vor Eudoras Haus. Drinnen, wusste sie, saßen ihre Eltern am Tisch und warteten mit dem Essen auf sie und lauschten in die leeren Zimmer hinein. Wenn sie Glück hatte, war Eugene in Hoffnung auf eine warme, selbstgekochte Mahlzeit von der Tankstelle gekommen. Wenn nicht, würde sie allein sein, gefangen im Schweigen ihrer Eltern. Was machten sie jetzt den ganzen Tag, wo sie in der Heilanstalt arbeitete und alle anderen fort waren?

»Das war sehr nett«, sagte sie zu Naomi und öffnete die Autotür. »Danke schön.«

Als sie nach hinten gehen wollte, um ihr Fahrrad loszubinden, räusperte sich Miles und sagte durch die geöffnete Tür: »Möchten Sie vielleicht – Sie beide, meine ich – ich weiß, dass Sie beide viel zu tun haben, aber Sie wirkten so interessiert an unserem Thema … Möchten Sie vielleicht als Teilnehmerinnen bei unseren Treffen dabei sein? Offiziell, meine ich, nicht bloß als Zuhörerinnen am Rande wie bisher.«

Naomi zögerte, da sagte Eudora schon: »Ja, sehr gern.«

Miles freute sich, dass sie Ja gesagt hatten. Noch in derselben Woche schrieb er, behaglich in seinem Bett in Mrs Martins Pension sitzend, an Edward Hazelius:

Ich hoffe, Du bist wohlauf. Mir selbst geht es gut, ich fühle mich in meinem schönen Zimmer außerordentlich wohl. Im Augenblick bin ich in meinem vorzüglichen Bett, die Fenster weit geöffnet, den Alpakaschal, den Du aufmerksamerweise geschickt hast, um die Schultern. Die elektrische Lampe scheint von oben auf mein Tablett, auf dem mein Stift und mein Schreibpapier gut zusammen Platz haben; die Decken liegen mollig über meinen Beinen; was könnte ich mir mehr wünschen?

Nun, Gesundheit, natürlich. Und dass ich wieder in meinem eigenen Haus wäre und wenn schon nicht an meinem Posten, dann wenigstens beim Reiseplänesсhmieden mit Dir und Lawrence. Unsere letzte Fahrt steht mir in diesen Wochen lebhaft vor Augen, weil ich meine Tagebücher aus unserem gemeinsamen Sommer durchgehe und Fremden von unserer Arbeit berichte. Das Experiment, das ich Dir geschildert habe, dauert fort – diese Woche ist unsere Gruppe zum dritten Mal zusammengetroffen –, und wenngleich ich nur in der ersten Sitzung sprechen wollte, und nur als Beispiel für die anderen, so habe ich mich überraschenderweise von der Freude, andere an meinem Wissen teilhaben zu lassen, zu mehr hinreißen lassen. Außerdem hat mich die Erkenntnis angeregt, wie wenig die Insassen von Tamarack State über die Welt um sie herum wissen. Was ihre Schulbildung (oder den Mangel daran), ihre berufliche Bildung und ihren Hintergrund betrifft, sind sie den Leuten in Deinem oder meinem Werk nicht unähnlich.

Deswegen bin ich bei meinen Schilderungen von Abschnitten unserer Reise und dem, was wir gefunden haben, oft gezwungen, abzuschweifen und Begriffe zu erklären; ihnen sind nicht einmal die einfachsten Prinzipien der Sedimentbildung bekannt. Aber diese Woche habe ich, denke ich, einen echten Fortschritt gemacht. Einer der Insassen wirkt besonders gescheit, und ich benutze sein Gesicht als eine Art lebendiges Barometer; wenn ich seine Aufmerksamkeit halte, weiß ich, dass ich gut spreche. Diese Woche hat er mich nach Kowalewski gefragt! Dass ein Mann von seinem Stand diesen Namen kennt …

Verzeihung – der Klecks zeigt das Eintreten meiner äußerst energischen Wirtin Mrs Martin an, auf ihrer Runde mit unserer heißen Milch und frischen Ingwerplätzchen. Eine frisch gestärkte Schürze, perfekt frisiertes Haar und ein Lächeln im Gesicht – man könnte keine bessere Wirtschafterin finden; es gibt gute Gründe dafür, warum dies die teuerste Pension am Ort ist. Wie immer bekommen wir das, wofür wir zahlen: Ihre Tochter, die ihr in der Pension zur Hand geht, hat angeboten, mich einmal die Woche in die Heilanstalt zu chauffieren.

Ich sehe, wo ich gerade von Abschweifungen sprach, dass ich wieder einmal vom Thema abgekommen bin. Das passiert mir jetzt so häufig, dass ich mich frage, ob mein tägliches Fieber nicht vielleicht meine Denkfähigkeit beeinträchtigt hat. Doch vermutlich ist es eher eine Folge davon, dass ich so viel Zeit im Bett verbringe, so untätig bin: wie leid ich das bin. Die Insassen von Tamarack State dürften genauso darunter leiden, aber anders als ich verfügen sie nur über minimale Möglichkeiten der persönlichen Weiterentwicklung. Ihre sogenannte Bücherei ist haarsträubend, schlecht sortierte Regale voll ausrangierter Bücher, die von den Dorfbewohnern gespendet wurden: alte Lexika, neue religiöse Traktate, Groschenromane, Gartenratgeber, Anthologien mit kitschiger Lyrik, Memoiren unbekannter Militärs, überholte Almanache. Ich könnte heulen, wenn ich an die ordentlichen Leseräume denke, die wir in unseren Werken eingerichtet haben. Wenn unsere öffentliche Bücherei in der Lage ist, auf wöchentlicher Basis gute und nützliche Bücher zu liefern und ein systematisches Leseprogramm für die Arbeiter zu unterstützen, warum ist das hier nicht möglich? Und wenn in unseren gut geführten Kantinen aktuelle Zeitschriften für die Arbeiter ausliegen, wieso müssen die Insassen hier auf zerlesene Ausgaben jiddischer, russischer und deutschsprachiger Zeitungen angewiesen sein, die ihnen Wochen oder Monate nach Erscheinen von Besuchern aus New York mitgebracht werden? Warum gibt es keinen täglichen Englischkurs? (Viele beherrschen die Sprache alles andere als fließend.) Oder andere Annehmlichkeiten, wie wir sie in unseren Werken eingeführt haben?

Was ich mir vorgenommen habe, ist bescheiden, aber ich weiß, dass es richtig ist – wenn sie bei ihrer Rückkehr in die Gesellschaft bessere Voraussetzungen dafür mitbringen, glückliche und produktive Arbeitskräfte zu sein, von der Art, wie wir sie gern beschäftigen, werde ich mehr als zufrieden sein. Ich halte es mit Taylor und seiner Philosophie der Unternehmensführung: »Menschen, nicht materielle Dinge, bilden das Endprodukt einer Fabrik.«

Und das gilt für Männer wie für Frauen. Ich habe diese Woche einen mutigen Schritt getan, Edward. In der zweiten und dritten Sitzung ist die Teilnehmerzahl ein wenig zurückgegangen, deshalb habe ich die Tochter der Wirtin, die als meine Chauffeurin dient, eingeladen, sich der Gruppe offiziell anzuschließen. Und dazu eine Freundin von ihr, eine Stationshilfe, die zunächst kam, um sie zu sehen, und dann blieb, um zuzuhören. Beide wollen kommen, und das gefällt mir. Ich denke, ich werde eine allgemeine Einladung im Frauenflügel aushängen lassen, damit die Gruppe einen echten koedukativen Charakter bekommt. Die Männer und die Frauen werden überwiegend getrennt gehalten, sie treffen sich nur bei den Mahlzeiten, Andachten und gelegentlichen Filmvorführungen. Sie müssten eigentlich diese Möglichkeit zur weiteren Interaktion begrüßen.

In Deinem letzten Brief hast Du nichts von Lawrence gesagt – ich mache mir unentwegt Sorgen um ihn. Ich habe seit einem Monat keinen Brief von ihm bekommen, und Du? Oft kann ich nachts nicht schlafen (das würde Dir genauso gehen, wenn Du immer den halben Tag herumliegen würdest), und dann sehe ich unsere Reise in der Erinnerung wieder vor mir. Ich denke dran, wie wir nach den langen Tagen der Schufterei in den Felsen so durstig waren, dass wir abends, wenn wir wieder zum Boot kamen, die Köpfe in den Fluss hielten und wie die Pferde tranken: Du und ich und Lawrence in einer Reihe. Ich denke an den kleinen Jungen, der uns die Sioux-Legende über die riesigen Ungeheuer erzählt hat, die einst das Land bewohnten, bis sie der Große Geist mit Blitzen niederstreckte. Ihre Erklärung für die versteinerten Dinosaurier, das ging uns beiden sofort auf. Als der kleine Junge erzählte, dass die Knochen noch immer genauso auf der Erde lägen, wie sie gestürzt seien, weil kein Sioux sie berühre, aus Angst, dass sie auf ähnliche Weise vernichtet werden könnten, sagte Lawrence: »Ich werde sie berühren!« Ein wackerer Junge. Was ist aus alledem geworden?

Es gibt wenig Neues; mein Zustand ist mehr oder weniger unverändert, weder schlimmer noch, leider, auch nur im geringsten besser. Schreib, wenn Du kannst, Deine Briefe sind immer eine schöne Aufmunterung für mich.

4

Unbeirrt ließ sich Miles jeden Mittwoch aus dem Dorf ins Tamarack State und wieder zurück fahren, verwundert, dass er nicht mehr von uns gewonnen hatte, aber in der Gewissheit, dass sich mit der Zeit der Erfolg einstellen würde, und durch Naomis Gegenwart an seiner Seite aufgerichtet. Die beiden Frauen, um die er früher ernsthaft geworben hatte, waren groß und füllig gewesen, während Naomi so klein war wie ein Kind: Ihr Scheitel reichte kaum an seine Nase, und sie war von sehr zierlicher Statur. Doch neben ihr im Auto, stets eingedenk, dass sie diejenige gewesen war, die auf *ihn* zugegangen war, sah er, dass ihm die Schönheit ihrer Augen entgangen war, ihre zarte Haut und ihr großer, beweglicher Mund. Auch war ihm früher nicht aufgefallen, wie scharf sie die Menschen ihrer Umgebung beobachtete. Während sie auf ihren Fahrten über Buckel im Pflaster und um Ecken lenkte oder verängstigten Kaninchen auswich, hatte sie über alle anderen Gäste im Haus ihrer Mutter etwas zu erzählen. Der eine wirke besorgt, jene zwei hätten sich gestritten, eines Dritten Husten habe sich verändert. Was, fragte er sich, erzählte sie wohl über ihn? Eingedenk dessen, was sie vermutlich mit Eudora beschwatzte, begann er sich mittwochs sorgfältiger zu kleiden, seine Fingernägel zu kontrollieren und die Hände einzucremen.

An einem dieser Nachmittage, er war gerade bei der Aufzählung erdgeschichtlicher Epochen – Perm, Devon, Karbon –, unterbrach er sich, beflügelt davon, dass sie auf der Fensterbank saß, mitten im Satz und begann auf einmal darüber zu reden, dass jeder von uns mindestens eine Gabe besitze. Ganz gleich wie wenig

Schulbildung wir besäßen, wie kümmerlich unser Leben sei, habe jeder von uns etwas, das mitteilenswert, für andere von Interesse sei. »Deswegen habe ich diese Treffen ins Leben gerufen«, sagte er und ging auf das Fenster zu. »Das ist meine feste Überzeugung. Sehen Sie her –« Er bückte sich rasch, nahm Naomi den Zeichenblock weg, den sie immer bei sich hatte und auf dem sie, das hatten wir schon gesehen, unsere Umgebung und manchmal unsere Gesichter skizzierte, und hielt ihn empor. Leo und Ephraim Seite an Seite, beide ausgezeichnet getroffen.

»Ein perfektes Beispiel«, sagte Miles. »Naomi hat unter anderem die Begabung, dass sie alles zeichnen kann.«

Naomi runzelte die Stirn, nahm ihm den Block ab und blätterte, sich wundernd, was er noch alles über sie zu wissen meinte, zu einer Zeichnung von schlafenden Krähen. Offenbar studierte er sie. Als wäre sie eine Gesteinsformation, in der ein großer Schädel verborgen ist. Den ganzen Monat schon spürte sie, wie sein Blick ihr folgte, wenn sie seine Wäsche brachte oder seine Liste für die Bücherei abholte, und wie er sie neuerdings, nachdem sie monatelang für ihn unsichtbar gewesen war, oft aufmerksam ansah und das Gespräch mit ihr suchte. Seine Blicke hatten auf ihrer Haut geprickelt, während sie zeichnete, und sie war sich fast sicher, dass er sie und Eudora vorhin auf dem Korridor belauscht hatte. Sie hätte ihn schlicht und offen um Arbeit bitten sollen, statt es mit Charme zu versuchen – warum hatte sie das getan? Auf den letzten paar Fahrten hatte sie wenig gesagt und seine Fragen knapp beantwortet, um mehr wie eine Angestellte als eine Begleiterin zu erscheinen, aber er hatte das nicht wahrgenommen. Blind, wie alle Alten: ihre Mutter, Eudoras Eltern, Mr Baum, der ihr Stoff und Knöpfe verkaufte, die dicken Gänse mit ihren runden Bäuchen und dürren Hälsen, die im Dorf das Sagen hatten. Sie alle waren sich sicher, dass sie wussten, wie die Welt lief, und hatten keine Ahnung, dass ihre guten Ratschläge nutzlos waren und sie ihr nichts zu sagen hatten, worauf sie hören konnte. Was wussten sie davon, was sie fühlte, was sie brauchte, wie die Welt hinter diesen Bergen leuchtete und darauf wartete, dass sie nach ihr griff? Sie hatten alles vergessen, was das Leben in Wirklichkeit ausmachte.

»Bedenkt man also«, sagte Miles gerade, der inzwischen zu seinem ursprünglichen Thema zurückgeschwenkt war, »dass man nur über vergleichsweise dürftiges Material über die Fossilien verfügt ...«

Vor ihm aufgereiht, blickten wir gehorsam auf: ebenfalls wie die Gänse, dachte Naomi. Aber wir waren nicht so dumm, wie sie glaubte. Wir waren Leute, die in einer Situation, in der sich wenig anderes bot, und zu einer Zeit, in der wir die Zerstreuung brauchten, etwas zu lernen suchten. Der November brachte, während Naomi bereits bestrebt war, das von ihr in Gang gesetzte ungeschehen zu machen, auch die Wiederwahl von Präsident Wilson. Trotz seiner Wahlversprechen glaubte niemand wirklich, dass es ihm gelingen würde, uns noch längere Zeit aus dem Krieg herauszuhalten. Der November brachte aus Frankreich die Nachrichten vom schleppenden Ende der Schlachten von Verdun und an der Somme. Er bescherte uns Regen und eine neue Köchin in der Küche und den Abschied von zwei Pflegern; die Rückverlegung von Morris und Pinkie auf die Krankenstation, und den Tod von Sam – sechsundzwanzig Jahre alt, Geliebter zuerst von Pearl und später von Celia. Der November bescherte einen Himmel, der wie ein Topfdeckel auf unsere Berge drückte, bis uns selbst die Beschreibung eines dreifach gehörnten Pflanzenfressers angenehmer war als unsere eigenen Gedanken.

Eine wechselnde Gruppe von uns erschien weiterhin zu den Treffen mit Miles, doch sorgten wir dafür, dass unsere Erfrischungspause jede Woche ein wenig länger wurde, und nutzten diese, um uns über alles zu unterhalten, was wir wollten. Eines Nachmittags blickte Ian, der ein paar Türen weiter von Ephraim und Leo wohnte, in die Runde, als wir mit unserer heißen Schokolade und mit Marmelade und Butter bestrichenen Broten dastanden, und begann von seinem Bruder zu erzählen, der das Glück hatte, in einer Fabrik zu arbeiten, die Kinderspielzeug herstellte. Seit drei Jahren, erklärte er, baue sein Bruder Stabilbaukästen, indem er Stahl zu Miniaturstreben presse. Jedes kleinste Element werde ganz präzise hergestellt und mit glänzendem Nickel beschichtet, und die Streben passten so sauber zusammen, dass Jungen daraus eine Brücke oder ein Schlachtschiff in Miniatur konstruieren könnten. Statt als Bergmann, wie er es in Wales geblieben wäre, arbeite er über Tage, sei nicht mehr vom Kohlenstaub geschwärzt und genieße die geregelte Arbeit in einer gut geführten Fabrik.

»Ich habe selbst auch eine sehr gute Fabrik«, sagte Miles und beugte sich in unseren Kreis hinein. »In meinem Werk …«

Ian lächelte, nickte und fuhr fort, als hätte Miles nichts gesagt: »Ich hatte die Hoffnung, auch da arbeiten zu können, bevor ich krank wurde«, sagte er. »Mein Bruder war sicher, dass er mir eine Stelle besorgen könnte.«

»So eine Gelegenheit darf man sich nicht entgehen lassen«, sagte Leo.

Wir anderen nickten, hatten wir doch oft schon in Schaufenstern die glänzenden Elemente in ihren stabilen Holzkästen bewundert. Diese Kästen, fuhr Ian fort, waren genau das, was er zu bauen gehofft hatte; in Flushing hatte er als Möbeltischler gearbeitet, sodass er just die erforderlichen Vorkenntnisse besaß. Einige von uns, die nur allzu gern den preiswertesten Kasten für ihre Söhne gekauft hätten, erkundigten sich bei Ian, ob er vielleicht Rabatt bekäme, und rückten näher, als er sich von Naomi ein paar Blatt Papier erbat. Er zeichnete Streben und Winkel und Verbindungsstücke, Räder und winzige Motoren und fertigte Skizzen von einigen der Modelle an, die Jungen aus dem ganzen Land zu den jährlichen Wettbewerben eingeschickt hatten. Eine Windmühle, ein Bagger, dessen Schaufel tatsächlich funktionierte. Eine Straßenbahn mit Rädern, die sich drehten.

In diesem Stil plapperten wir noch einige Minuten weiter und ignorierten Miles' Versuche, uns zu unterbrechen. Beim Abendessen fragten wir uns, ob unser Gespräch ihn geärgert hatte, doch zu unserer Überraschung stand am folgenden Wochenende plötzlich ein riesengroßer Stabilbaukasten in unserer Bücherei. Die drei von uns, die ihn auspackten und die Teile ausbreiteten, waren beeindruckt, einen Elektromotor und ein zusätzliches Schaltgetriebe zu finden.

»Wenn wir über Bücher geredet hätten«, sagte Frank, »ob er uns dann eine Kiste voll geschickt hätte?«

»Schallplatten?«, fragte Pietr, der ein großer Opernliebhaber war.

»Er will etwas«, sagte Abe nüchtern. »Er muss was wollen. Aber was?«

»Warum muss er etwas wollen?«, fragte Pietr und legte den Deckel des Kastens beiseite. »Es ist ein Spielzeug, das ist alles. Aber trotzdem – es sind genug Teile da, um fast alles zu bauen.«

Zusammen mit Abe und Frank konstruierte er ein einfaches Gebäude mit einem Schornstein, das unserem Heizwerk ziemlich ähnlich sah, und sie ließen es auf dem Tisch in der Bücherei neben dem offenen Kasten stehen. Bald darauf verschwand das Gebäude und wurde durch eine Bogenbrücke ersetzt. Dann erhob sich ein Wolkenkratzer und schmolz wieder dahin, wurde zuerst durch einen Eisenbahnwaggon und anschließend durch den gewagten, aber nicht durchdachten Entwurf eines Schlachtschiffs ersetzt. Eines Abends nach der Arbeit schaute Eudora in der Bücherei vorbei, und da stand Leo vor dem Schiff, dem inzwischen ein Teil des Decks fehlte. In der rechten Hand hatte er einen blanken sechseckigen Ring von der Größe eines Esstellers.

»Was haben Sie da gebaut?«, fragte sie.

»Ein Modell des Benzolmoleküls.« Er hängte ihr das Sechseck über das ausgestreckte Handgelenk. »Haben Sie in der Schule Chemie gehabt?«

»Zwei Jahre«, sagte sie. »Ich hätte gern mehr gehabt, aber mehr gibt es für Mädchen hier nicht. Benzol kenne ich immerhin – sechs Kohlenstoffatome?«

»Die von Kekulé entdeckte Struktur«, sagte er. Er hatte sie beinahe unbewusst gebaut, die Streben fast automatisch in die ihm vertraute Ordnung gebracht.

»Komischer Name«, sagte Eudora und drehte den eckigen Ring an ihrem Arm.

Leo schob das, was vom Schiff übrig war, über den Tisch und dachte dabei an die abgewetzten Eichentische in seinem alten Klassenzimmer, die glatten, bauchigen Glasgefäße und gebogenen, fadendünnen Röhren, das Summen, die fast unsichtbare Flamme des Bunsenbrenners. Den beißenden, sinnenklärenden Geruch von Essigsäure, den fauligen Geruch von Schwefel – wie immer dachte er wehmütig an seine Versuche mit aromatischen Substitutionen zurück, herrlich einfach und dabei so vielfältig. Während seiner wenigen Studienjahre in Odessa hatten die von der Bank aufspritzenden Chemikalien ihm Löcher in die Hemden gebrannt. Wie hatte er in den ersten Jahren in New York nach Arbeit gesucht, die in irgendeiner Weise mit seiner Ausbildung zu tun hatte! Und wie kläglich war er gescheitert. Eine Drecksarbeit nach der anderen, allein die Zuckerraffinerie hatte den Hauch einer Chance geboten. Hier oben, wo jetzt, da er wusste, dass er nie mehr Chemiker werden oder eine Arbeit finden würde, die er liebte, alles gleichermaßen interessant oder gleichermaßen sinnlos erscheinen konnte, seien es Miles' Beschreibungen seiner Mörtelspritze oder seine versteinerten Dinosaurier, bemühte er sich nach Möglichkeit, für alles aufgeschlossen zu sein, was sich ihm bot. Seine Hände indes schienen sich noch nicht damit abgefunden zu haben.

»Wo haben Sie das gelernt?«, fragte Eudora.

»Im Studium«, antwortete er und fragte sich, wie lange sein Schweigen gedauert hatte. »Lang ist's her.« Kurz und munterer, als ihm zumute war, beschrieb er seine Ausbildung in Odessa und die Mühen der Arbeitssuche nach der Auswanderung.

»Sie sollten sich mal mit Irene Piasecka unterhalten«, sagte sie, »der Leiterin des Röntgenlaboratoriums.«

»Eine Frau hat ein Radiogramm von meinem Oberkörper gemacht«, sagte er. »War sie das?«

Eudora nickte. »Sie ist auch nicht hier aufgewachsen.«

Die glänzende Metallstruktur, die er gebaut hatte und die sie jetzt wie einen Teller vor sich hielt, war vollkommen nutzlos, hatte aber wenigstens ihre Aufmerksamkeit gewonnen. »Behalten Sie das, wenn Sie mögen«, sagte er.

Im Keller, zwei Stockwerke tiefer, lag Irenes Reich: ein langer, trüb beleuchteter, kühler Raum, fensterlos und unter der Erde, in dem es nach Ozon und dem Natursteinboden roch, nach Chemikalien aus der Dunkelkammer und anlaufendem Silber. An dem Ende, das am weitesten vom Röntgengerät entfernt lag, saß damals Dr. Petrie oft stundenlang, sah über den niedrigen Tisch hinweg in Irenes Gesicht und erzählte ihr beim Licht einer einzigen Lampe von seinen Patienten – uns – und von den jungen Männern, die er früher geliebt hatte und die beide verstorben waren. Ephraim, Leo, Pietr, Zalmen, Polly, Nan, Lydia, Abe – wir alle hatten, beruhigt von Irenes Stimme, absolut still gestanden, während sie in unsere Brustkörbe spähte. Sadie hatte Irene lang und breit von den Hunden erzählt, die sie züchtete und hatte verlassen müssen; Ladislav hatte ihr von den Lieblingsorten seiner Kindheit erzählt, die Irene teilweise selbst auch gekannt hatte; wir mochten den Röntgenraum, wir fühlten uns dort wohl. Zu beschreiben, wie er jetzt aussieht, wollen wir uns hier lieber ersparen.

An dem Tag, als Leo Eudora das Modell schenkte, ging sie in den Keller weiter, zu Irene. Als sie zur Tür hinein war, steckte sie das Sechseck in ihre Manteltasche und vergaß es anschließend. Sie hatte absichtlich vor Leo wie vor Naomi und allen anderen verborgen, wie viel Zeit sie hier zubrachte. Abend für Abend fand sie sich bei Irene ein, die sie gern empfing, wenn sie nicht zu beschäftigt war. Im Lauf der letzten Monate hatte sie gelernt, was eine Crookes-Röhre war, wie Elektroden funktionierten und, obwohl sie noch nie eine Kamera in der Hand gehabt hatte, wie man in einer Dunkelkammer arbeitete und Filme entwickelte. Sie hatte Irene geholfen, Bilder zu entwickeln, die früher einmal Skiagraph – Schattenbild – geheißen hatten, aber inzwischen als Radiogramm oder Röntgenogramm bezeichnet wurden, Aufnahmen also von Dingen, die Röntgenstrahlen absorbierten beziehungsweise nicht absorbierten. Knochen und Zähne warfen einen kräftigen Schatten; Organe und Gewebe hinterließen je nach ihrer Dichte hellere oder dunklere Schatten. »In Ihrer Vorstellung«, sagte Irene, »müssen Sie die dreidimensionale Form sehen, die den eindimensionalen Schatten wirft. Deswegen ist es so schwer, die Bilder richtig zu interpretieren. Deswegen sind sie verschieden auslegbar.«

Das leuchtete Eudora ein, die von den Schatten unserer Organe fasziniert war. In den Lungen derer, hinter denen sie aufwischte, vermehrten sich die Bakterien wie wild: Wie sah der Schatten dieser Invasion aus? Im Biologieunterricht auf der High School hatte sie blutlose Zeichnungen menschlicher Körperteile und, in schweren alten Gefäßen an der rückwärtigen Wand des Zimmers, konservierte Organe gesehen – Gehirn, Leber und, ja, ein kleines Paar Hundelungen, noch mit Bronchien und Luftröhre verbunden –, in trüber Flüssigkeit schwimmend. Sie dagegen interessierte, wie Lunge und Herz, Magen und Zwerchfell im Brustkorb eines Menschen beieinanderlagen. Bis sie Irene zu besuchen begann, rührten ihre vagen Vorstellungen davon nur von den in der väterlichen Präparationswerkstatt herumliegenden Innereien her.

Als sie ihrer Tante Elisabeth zur Hand ging, hatte sie sich dann und wann gefragt, ob sie sich vielleicht zur Krankenschwester ausbilden lassen wollte. Seitdem sie in der Heilanstalt arbeitete und feststellte, wie wohl sie sich unter uns fühlte und wie wenig ihr das Blut und die anderen Unannehmlichkeiten des Krankseins ausmachten, zog sie es ernsthaft in Betracht. Und war einstweilen Irene dankbar, die ihr ungeachtet ihrer Unwissenheit erlaubte, unser Innenleben auszuspähen. Jemand anders hätte sich vielleicht geweigert, ihr etwas über Röntgenstrahlen beizubringen, weil sie so wenig Ahnung von Physik und Chemie hatte, oder abgelehnt, ihr kranke Lungen zu zeigen, wo sie so wenig über gesunde wusste, oder gezögert, sie Röntgenbilder entwickeln zu lassen, bevor sie gelernt hatte, mit einer Kamera umzugehen. Doch Irene, deren eigener Weg von Zufällen bestimmt gewesen war, schien sich an Eudoras unsystematischer Herangehensweise nicht zu stoßen.

Über einige Abende verteilt hatte sie Eudora ein wenig aus ihrem Leben erzählt. Sie war in Kraków bei ihrem Vater aufgewachsen, nachdem ihre Mutter an Schwindsucht gestorben war. Sie hatte Chemie studiert und einen Fotografen geheiratet, aber war nach nur drei Jahren Witwe geworden. Noch unter dreißig, hatte sie beschlossen, ihrer Schwester und deren Mann, einem umtriebigen Tschechen, nach Amerika zu folgen. Ein Jahr lang, bis auch bei ihr ein leichter Fall von Tuberkulose festgestellt wurde, hatte sie mit ihnen in New York ein Haus geteilt. Dann waren sie auf den Vorschlag ihres Schwagers hin, der inzwischen seine Ausbildung zum Arzt abgeschlossen hatte, alle drei nach Colorado Springs gezogen, einem Ort voller Leute, die in der Bergluft kurten.

Nicht lange nach Röntgens Entdeckung der Strahlen hatte sie sich von der Aufregung anstecken lassen. Mit einem geliehenen Gerät machte sie Aufnahmen vom Brustkorb ihres Schwagers und danach von ihrem eigenen; nachdem sie einmal die von ihrer Krankheit zurückgebliebenen Narben gesehen hatte, konnte sie nicht mehr aufhören zu experimentieren. Ihr Schwager, der von der Entdeckung und ihren neuen Möglichkeiten genauso hingerissen war wie sie, wollte medizinischen Nutzen daraus ziehen, während sie es dank ihrer Chemiekenntnisse rasch verstand, ein

Optimum aus den Geräten herauszuholen. Gemeinsam hatten sie ein kleines Röntgenstudio eingerichtet.

»Ein wunderschönes Zimmer«, hatte sie Eudora vorgeschwärmt, »im hinteren Teil von Joes Praxis; einer seiner Patienten spendete das Geld für den Bau zum Andenken an seinen Sohn. Ich bekam endlich meine eigene Dunkelkammer, meine eigene Induktionsspule, Röhrenständer und Batterie; ich bestellte sie nach einer Anzeige im *Scientific American*. Später ersetzte ich das erste Gerät durch ein weit stärkeres. Ich baute mein erstes Fluoroskop und meine ersten Plattenhalterungen. Ich sah mir meine Hände von innen an, die Brustkörbe meiner Schwester und ihrer Freundinnen, Katzen und Frösche und die Forellen, die wir im Fluss fingen.« Sobald sie das Gerät aufgestellt hatte, erzählte sie, hatte sie Arbeit bekommen. Joe hatte seine Kollegen ermuntert, ihr Patienten mit Knochenbrüchen zu bringen, und schon bald waren andere hinzugekommen, Leute mit alten Brüchen, die schlecht verheilt waren, und Leute, bei denen Nierensteine vermutet wurden. So habe sie Übung bekommen, die sie auf keine andere Weise hätte bekommen können.

Beim Licht der rubinroten Glühbirne in der Dunkelkammer, mitschreibend, während Irene die Chemikalien anrührte und den Film erst in eine Lösung und dann die nächste tauchte, hatte Eudora aufmerksam zugehört und versucht sich alles zu merken. Ein- oder zweimal hatte sie nachfragen müssen und war durch die leise Gereiztheit in Irenes Miene daran erinnert worden, wie viel Langmut diese bereits bewiesen hatte. »Manchmal«, hatte Irene unlängst gesagt, »lernt man am besten schlicht durch Experimente am eigenen Leib.«

Und so war es zu diesem Abend gekommen, an dem Eudora endlich in den eigenen Brustkorb hineinsehen durfte. Sie hatte die Schuhe aufgeschnürt und ausgezogen, den blauen Kittel abgestreift, damit die Knöpfe nicht störten, und die Bluse abgelegt. Nur mit Rock, Strümpfen und Mieder bekleidet stand sie reglos in dem abgedunkelten Raum zwischen den beiden aufrechten Stangen des Röhrenhalters. Irene stellte die Höhe der Querstange ein. In dem aufgehängten Holzkasten, unsichtbar bis auf die gerundete Oberfläche, die hinter der Glasluke leuchtete, lief die starke neue Röhre warm – eine kürzlich von Irene angeschaffte Hochvakuum Coolidge-Röhre mit Wolframkathode.

Nach einem Blick auf die beschichtete Pappe des fluoroskopischen Schirms trat Irene hinter Eudora und öffnete die Luke, um eine Bleiblende durch eine andere zu ersetzen. »So sollte es besser gehen«, sagte sie.

Dann trat sie wieder an den Schirm, zog die Schutzbrille vor die Augen und blickte durch das dunkelrote Glas. »Heben Sie die Arme. Wenn ich es sage, atmen Sie tief ein und halten die Luft an. Sind Sie so weit?«

»Ja«, sagte Eudora.

»Prima«, sagte Irene und blieb darauf eine halbe Minute still. »Ausatmen – gut. Und jetzt eine Weile normal atmen.«

Was, fragte sich Eudora, konnte sie sehen?

»Ausgezeichnete Lunge«, sagte Irene lobend. »Wenn Sie mir noch ein paar Minuten Zeit geben, mache ich eine Röntgenaufnahme.«

Vorher in der Dunkelkammer hatte sie Eudora gezeigt, wie man die weichen, biegsamen Nitrozellulosefilmbögen in die Halterungen einlegte. Die Glasplatten, die sie früher benutzt habe, gebe es nicht mehr, erzählte sie, sie würden in Belgien hergestellt. Allerdings besitze der Film auch gewisse Vorteile, und diese begann Eudora allmählich zu erkennen, als Irene sie aufforderte, sich von dem Röhrenständer zu entfernen, Maß nahm und einen anderen Ständer aufstellte. Der Filmhalter ließ sich, weil er so leicht war, mühelos in den Rahmen am Ständer schieben.

»Jetzt noch einmal die Luft anhalten«, befahl Irene. Etwas surrte, und sie blickte aufmerksam auf ihren Zeitmesser. »Mir gefällt diese Röhre, sie ist so viel leichter zu handhaben. Und die

Belichtungszeit ist auch viel kürzer – aber sie macht mich beinahe überflüssig. Die alten Gasentladungsröhren waren so eigen, dass man für jede einen besonderen Dreh brauchte, um damit gute Aufnahmen zu machen, wogegen diese hier – ich könnte Sie in 8 Wochen daran anlernen. Sie können jetzt raustreten.«

Die rote Schutzbrille lag auf dem Tisch; Eudora hob sie auf und hielt sie sich vor die Augen, ohne etwas sehen zu können. Als sie Irene die Brille wiedergab, erzählte diese scheu, aber mit leisem Stolz in der Stimme, sie habe in ihren Anfangsjahren so viele Experimente gemacht, dass sie zu Tagungen eingeladen worden sei, Aufsätze veröffentlicht und Ärzte im ganzen Land beraten habe. »In Colorado bin ich beinahe ohne mein Zutun zu meinem Ruf gelangt«, gestand sie Eudora, »aber der reichte immerhin so weit, dass die Ärzte hier, als sie jemanden suchten, der ein Röntgenlaboratorium einrichten und betreuen konnte, auf mich verfielen, obwohl ich gar keine ausgebildete Medizinerin bin.«

»Es hat sie nicht gestört, dass Sie …?«

»Dass ich eine Frau bin?« Irene kräuselte die Lippen. »Doch, wahrscheinlich schon. Aber nicht so, dass es sie daran gehindert hätte, die qualifizierteste Kraft einzustellen, die sie für das jämmerliche Gehalt, das sie boten, finden konnten.«

Interessant, dachte Eudora. Diese kleinen, selten herausgelassenen wütenden Spitzen. »Haben Sie sich dabei Ihre Hände verletzt?«, fragte sie, »beim Aufbau der Geräte hier?«

Irene steckte ihre behandschuhte Linke – der Handschuh hatte uns alle neugierig gemacht, er wurde nie erklärt, war aber immer da und immer lilafarben – in die Tasche und hielt Eudora die Rechte zur Inspektion hin. Die Haut besaß die Farbe und Konsistenz von Leder, drei Nägel fehlten ganz, während die anderen beiden verdickt und verkrüppelt und von Nagelhaut überwuchert waren. Sie reckte die steifen Finger und schloss sie dann zur Faust.

»Ich glaube, den meisten Schaden habe ich in Colorado angerichtet«, sagte sie, »in den letzten Jahren vor und den ersten Jahren nach der Jahrhundertwende, als wir noch nicht auf die Idee gekommen waren, dass die Strahlen schädlich sein könnten. Damals habe ich die verschiedenen Crookes-Röhren geprüft, indem ich meine linke Hand zwischen die Röhre und den fluoreszierenden Schirm hielt und dann die Anode verstellte, bis ich ein gutes Bild hatte.«

Es hatte nicht lange gedauert, bis die Haut an ihrer linken Hand trocken und rissig wurde, und dann war die Hand angeschwollen wie bei einer Verbrennung. Später hatte sich die Haut vollkommen abgelöst, die Fingernägel waren ab- und die feinen Härchen ausgefallen. Aber so war es, erklärte sie, allen ergangen; sie hatten es für eine Art schlimmen Sonnenbrand gehalten und gemeint, die Auswirkungen der Röntgenstrahlen-Dermatitis wären temporär. Sie hatten sich zum Schutz mit Vaseline eingerieben und Handschuhe getragen. Später, als mehr über die Leute bekannt wurde, die mit den Geräten gearbeitet hatten, hatte sie ihre Hände mit Aluminiumfolie geschützt und den Strahl anders abgeschirmt. Vielleicht war dadurch ihre rechte Hand vor den schlimmsten Schäden bewahrt worden.

»Aber für diese war es wahrscheinlich schon zu spät«, sagte sie und holte die linke Hand aus der Tasche, um sie dann hin und her zu wenden, als suchte sie den lila Stoff nach Löchern ab.

»Darf ich mal sehen?«

Irene zuckte die Achseln. Bis zu diesem Zeitpunkt hatte sie nur Dr. Petrie gezeigt, was sich unter dem Handschuh verbarg. »Wenn Sie wollen.« Langsam, an den Fingerspitzen ziehend, streifte sie den Handschuh und damit zugleich drei Finger ab.

»Watte«, bemerkte sie und hielt Eudora den Handschuh hin. »Ich stopfe die Fingerlöcher aus, damit sie wie eine normale Hand aussieht und Leute nicht darüber nachdenken müssen, was drunter ist.«

Empfindlich wirkende Stümpfe, wo die drei mittleren Finger amputiert waren; offene Wunden am kleinen Finger, dem das oberste Glied fehlte; dunkle, hornhautartig verdickte Stellen, wo sonst niemals Hornhaut wuchs. An Handrücken und Daumen sah Eudora verkrustete Geschwülste, aber nirgends etwas, das Ähnlichkeit mit normaler Haut besaß.

»Viele Jahre«, sagte Irene, den Blick auf ihrer Hand, »habe ich mir mit einer Frau in San Francisco geschrieben, die, wie ich, früh mit Röntgenstrahlen experimentiert hat. Kurz bevor ich herkam, hörte ich, dass es mit ihren Händen, die ihr schon länger ziemlichen Kummer bereiteten, viel schlimmer geworden war und sie eine Art Krebs hatte. Ihr wurden die Finger amputiert, dann die linke Hand am Handgelenk, danach am Ellbogen und schließlich an der Schulter, aber da war der Krebs schon in die Knoten in der Achselhöhle gewandert. Ein Jahr später war sie tot. Fast genauso erging es dem Assistenten von Mr Edison. Als ich ihn das letzte Mal sah, hatte er die ganze linke Hand verloren. Als er starb, hatten die Ärzte den einen Arm an der Schulter, den anderen am Ellbogen amputiert.«

Sie betrachtete die Hand ohne Handschuh, und Eudora versuchte sich vorzustellen, dass sie ganz weg war und dann auch der Arm: unmöglich. »Nicht lange nach meiner Ankunft hier fing der Ärger mit meinen eigenen Händen an«, fuhr Irene fort. »Ich ließ mir erst den Zeigefinger und dann die anderen beiden amputieren. So war das bei vielen von uns – Ärzten, den Leuten, die die Röhren herstellten und prüften, anderen Spezialisten. Wie könnte ich mich beklagen? Ich erinnere mich noch, wie ich die erste Vorstellung der Strahlen erlebte, auf einem Jahrmarkt. Eine Schlange von Leuten, die im Gänsemarsch an der offenen, leuchtenden Wand vorbeiliefen: auf der einen Seite Menschen aus Fleisch und Blut, auf der anderen die Gerippe. Von da an wollte ich unbedingt lernen, diese Strahlen so einzusetzen, dass ich in die Körper hineinsehen konnte.«

»Tun sie weh?«, fragte Eudora.

»Mehr, als Sie sich vorstellen können«, sagte Irene ruhig. »Ich kann vor Schmerzen nicht schlafen. Nachts laufe ich durch mein

Zimmer und halte die rechte oder linke Hand hoch über den Kopf, in nassen Verbänden oder dick mit verschiedenen Salben eingeschmiert. Nicht einmal Dr. Petrie weiß, wie es weitergehen wird, was als Nächstes abgeschnitten werden muss.«

Sie warf Eudora einen scharfen Blick zu und griff nach ihrem Handschuh. »Aber im Grunde wissen wir nie, was uns widerfahren wird – und Sie haben nichts dergleichen zu befürchten, die Geräte sind inzwischen vollkommen sicher. Zu dem Zweck ist die Röhrenfassung mit Blei ummantelt. Und die Blende auch. Kommen Sie doch her und versuchen es selbst einmal.«

Eudora befolgte Irenes sorgfältige Anweisungen und machte eine Aufnahme von ihrem Brustkorb. Sie ließen das Abendessen ausfallen und naschten stattdessen ein paar Stücke Schokolade und Salzgebäck, das Irene in einer Schublade hatte, und dann meinte Irene, es sei zwar schon spät, aber sie könnten noch in die Dunkelkammer gehen, um die Aufnahmen zu entwickeln. Als sie fertig waren, betrachteten sie die Filme in Irenes Guckkasten.

»Die schmale Seite vor die Augen«, sagte Irene.

Wie geheißen nahm Eudora den Griff und hob die schwarze Pyramide vors Gesicht. In die Unterseite war eine rechteckige Glasscheibe von etwa 28 mal 36 Zentimetern eingelassen, der Größe ihrer größten Filmbögen. Nach oben lief die Pyramide spitz zu und weitete sich dann zu einer augenmaskenartigen Form, mit schwarzem Pelz umrandet, der an ihrer Haut kitzelte.

»Und jetzt drücken Sie den Film ans Glas und drehen sich zum Licht.«

Anfangs sah Eudora, als sie unsicher den Kopf und den Kasten drehte, gar nichts. Dann fand sie das Licht, und der Film nahm verschiedene, fein abgestufte Grautöne an. Brustbein, Zwerchfell, Rippenbögen und in der Mitte eine dichtere Region, in der ihre ungeübten Augen nichts zu erkennen vermochten. Als sie danach fragte, nahm Irene den Kasten und hielt ihn sich selbst ans

Gesicht. Da sah Eudora, wie sie ausgesehen hatte: ein Schreckgespenst mit dem Körper und dem Mund einer Frau, augenlos über einer weit klaffenden schwarzen Schnauze, die am vorderen Ende stumpf schimmerndes Licht gab und durch die Art, wie sie sich umherbewegte, nach Essbarem zu schnüffeln schien.

Irene gab ihr den Kasten wieder. »Sehen Sie sich noch einmal die verdichtete Gegend an«, sagte sie. »Haben Sie sie?«

»Ja.«

»Gut – dann folgen Sie jetzt meiner Hand.« Sie langte zur beleuchteten Fläche an der Unterseite des Kastens, und ihr Finger huschte wie ein U-Boot durch die Schatten, während sie Eudora ihr Rückgrat und die Umrisse ihres Herzens zeigte.

Eudora betrachtete den Film noch einen Augenblick, dann entfernte ihn Irene und ersetzte ihn durch die Aufnahme ihres eigenen Brustkorbs. »Sehen Sie die schwachen kleinen Schatten da zwischen den Rippen? Das sind Tuberkulosenarben von meiner Erkrankung; das ist ein klassisches Bild.«

Auch diese Aufnahme inspizierte Eudora genau. Nach ein paar Minuten entfernte sie den Film vom Glas, ersetzte ihn durch den ersten und tauschte sie dann noch einmal aus, um sich die Unterschiede einzuprägen.

»Sie machen den Eindruck, als wären Sie dafür begabt«, sagte Irene. »Haben Sie schon mal von Madame Curie gehört?«

Eudora nickte. »Die Französin, die mit ihrem Mann zusammen die Radioaktivität entdeckt hat.«

»Polin«, entgegnete Irene. »Die Curies sind seit vielen Jahren meine Helden, vor allem Marie. Ich habe immer daran denken müssen, was sie darüber gesagt hat, wie es war, nachts in ihr Arbeitszimmer zu kommen und ihre Gefäße auf den Regalen leuchten zu sehen. Das war für mich der Grund, Chemie zu studieren – ich wollte, dass mein Leben auch so wird. Hart arbeiten, aber dann, hinterher, etwas haben, das von mir war und im Dunkeln leuchtete.«

Nicht ein einziges Mal während des Abends hatte Eudora an das Sechseck aus Metall in ihrem Mantel gedacht, doch jetzt fiel ihr ein, was Leo über seine eigene Zeit als Chemiestudent gesagt hatte. Einen Augenblick wünschte sie, er wäre hier und könnte Irene zuhören.

Mit ihrer Linken im Handschuh tippte Irene auf die Aufnahme von Eudoras Brustkorb und sagte: »Aber am Ende habe ich beschlossen, bei Röntgens Strahlen zu bleiben. Die sind für mich geheimnisvoll und mächtig genug.«

»Für mich auch«, pflichtete ihr Eudora bei und dachte: Im Vergleich wozu?

»Madame Curie befasst sich jetzt auch mit Röntgenstrahlen«, sagte Irene, »obwohl sie sich früher nie mit ihnen auseinandergesetzt hat. Als der Krieg ausbrach, brachte sie sich alles Notwendige bei. Dann überredete sie einige Hersteller, Teile zu spenden, und reiche Frauen, ihre Automobile zu verschenken, und baute sie zu mobilen Röntgenstationen um. Kleine Curies heißen sie bei den Soldaten. Jede ist vollständig ausgerüstet, und der Dynamo wird vom Automotor angetrieben. Sie fährt mit ihnen in die Feldlazarette und hilft den Chirurgen beim Auffinden von Kugeln und Granatsplittern. Für die Soldaten ist sie eine Heilige. Wo es möglich ist, lässt sie feste Röntgenstationen zurück. Und sie bildet Techniker aus, in Scharen – allein bis jetzt hat sie über hundert Leute ausgebildet.«

»Was für welche?«

»Alle, die wollen«, sagte Irene. »Krankenschwestern natürlich und Ingenieure – aber auch Soldaten und andere, ohne höhere Schule. Fotografen eignen sich vorzüglich als Röntgentechniker, sie kennen sich schon mit Glasplatten und Filmen und Dunkelkammern und der Entwicklung von Bildern aus.«

»Könnte ich das auch machen?«, fragte Eudora.

»Das kann jeder machen«, sagte Irene noch einmal.

5

Manchmal spalten wir uns in Parteien auf, weil sich eine Hälfte von uns mit der anderen darüber entzweit, wie wir die Ereignisse wiedergeben sollen: Muss dies oder das zuerst kommen, muss hier etwas mehr betont werden oder weniger?

Wir müssen zeigen, wie sie waren, beharrt die eine Seite. *Morris, Edith, Denis. Damit sie nicht vergessen werden.*

Das können wir nicht, widersprechen wir anderen.

Wieso nicht? Es wäre berührender, wenn sie lebendig wären.

Im Gegenteil. Es wäre weniger berührend.

Irgendwann kommen wir zu einer Einigung und machen weiter. Wir können nicht allen Raum geben, und einige – Irene war längst überfällig – müssen Vortritt haben. Tage und Nächte, die nicht interessant sind, übergehen wir. Wir tun unser Bestes.

So lassen wir unser fünftes Treffen aus, bei dem Miles erneut mehr oder weniger dasselbe redete. Und obwohl wir unsere Filme lieben – für uns gibt es hier nicht viel zu sehen außer unseren eigenen Zimmern, unseren schmalen Balkonen, den Laubengängen zwischen den Gebäuden und der Aussicht, die zwar wunderschön, aber sehr von Bäumen und Bergen eingeengt ist –, lassen wir den Kinoabend im November aus, bei dem keine heftigen Streitigkeiten und keine neuen Romanzen zu verzeichnen waren. Und übergehen auch das anschließende Wochenende, das, ohne den Klatsch, der normalerweise auf die Filmabende folgte, ungewöhnlich langweilig war. Montag lagen wir programmgemäß wieder frierend und feucht auf unseren Balkonen. Die meisten von uns lasen: Wir mühten uns mit dem ab, was wir fanden, und sehnten uns derweil nach Besserem. Ephraim blickte von den Seiten des Romans auf, mit dem er sich seit einer Woche quälte, und sagte laut: »Warum um Himmels willen schreibt jemand so was?« Jenseits des Geländers hingen schwer die Äste.

Leo blickte auf. »So schlecht?«

»Schlechter als schlecht«, sagte Ephraim, »aber ich habe auch selbst Schuld – warum lese ich weiter?«

»Warum haben wir mit dem Stabilbaukasten gespielt?«, fragte Leo mit einer Grimasse. »Erwachsene Männer – ich langweile mich so, dass Teile von mir vor lauter Dumpfheit nicht einmal mehr mitbekommen, was die anderen machen.«

»Den Wolkenkratzer habe ich gebaut«, gestand Ephraim.

»Das warst *du*?«

Ephraim nickte, zerknüllte ein Blatt Papier und warf es in den Papierkorb zwischen ihren Liegen. »In meiner ersten Zeit in New York«, sagte er, »war ich entschlossen, eines Tages in einem von diesen Hochhäusern zu arbeiten, hoch oben in einem Büro mit großen Fenstern und einem Blick über die Stadt –«

»Und was hast du dir als Arbeit da gedacht?«

Ephraim lachte. »Das war das Problem – ich war so ahnungslos, dass ich mir überhaupt keine Vorstellung von der Arbeit machen konnte.«

Leo wartete auf eine Fortsetzung – er fand Ephraims Geschichten immer interessant – aber Ephraim blinzelte, beugte das Haupt und kehrte zu der Lektüre zurück, über die er gerade geschimpft hatte. In Leos Kopf tauchte ein Satz aus einer längst vergangenen Physikstunde auf: *Jeder Körper verharrt in seinem Zustand der Ruhe oder der gleichförmigen geradlinigen Bewegung, wenn er nicht durch einwirkende Kräfte gezwungen wird, seinen Zustand zu ändern.*

Damit senkte sich auch sein Haupt wieder. Insgeheim zufrieden, dass er aus der letzten Kiste mit Bücherspenden etwas Besseres herausgefischt hatte, und sich zugleich schämend, dass er, nachdem er etwas Vergnügliches gefunden hatte, seinem Freund noch nichts davon erzählt hatte, kehrte er zurück zur *Befreiten Welt* von H. G. Wells. Die ersten Seiten waren langweilig gewesen, doch bald hatte sich das Tempo beschleunigt, und jetzt war er ganz und gar in einer Zukunftswelt gefangen – 1949, 1950, ob er dann vielleicht sogar noch lebte? –, in der eine neue, aus Atomen bezogene Energie die Menschen von aller schweren Arbeit befreite und, nach einem letzten furchtbaren Krieg, alle Kriege sinnlos machte.

Gebannt las er, wie der geschickte Bombenwerfer, die Henkel einer kugelförmigen Atombombe fest im Griff, den Kopf zum kalten Metall der Oberfläche beugte und einen kleinen Zelluloidstreifen abbiss. Luft strömte ein, die Reaktion setzte sich in Gang; in der Flugmaschine hockte sich der Werfer nieder und schleuderte die Bombe hinunter auf das Ziel. Auf dem Boden erhob sich ein großer Vulkan, in dem es brodelte und siedete – für immer?

Er las die Seite noch einmal. *Die von den Alliierten verwendeten bestanden aus reinen Carolinumklumpen, von außen bestrichen mit nicht oxidiertem Cydonator als Beschleuniger und luftdicht umschlossen von Membranium.* Eine seltsame Chemie! Doch es hatte in den wenigen Jahren seit dem Ende seines Studiums so viele erstaunliche Entdeckungen gegeben, dass selbst dies möglich war. Herschel, einer seiner Kommilitonen in Odessa, würde es wissen; er war nach England gegangen statt nach Amerika und hatte in einer Färberei in Manchester Arbeit als Chemiker gefunden und ihm früher von dort begeisterte Briefe geschrieben. Einmal hatte er eine Veranstaltung der Literarischen und Philosophischen Gesellschaft dort geschildert, die er in Erwartung der üblichen Berichte über das Verhalten der Zugvögel oder neue Bergbautechniken besucht hatte. Stattdessen aber hatte ein Physiker namens Ernest Rutherford über die innere Struktur des Atoms gesprochen, das, wie er bewiesen hatte, keineswegs aus einer soliden Kugel bestand, sondern aus einem winzigen Kern, der von einer Wolke negativ geladener Elektronen umkreist wurde. Er habe, schrieb Herschel, vor Erregung geweint, und Leo, der das Blatt auf dem Kai vor der Zuckerraffinerie las, die Hände schwarz von der Knochenkohle aus dem Filterhaus, hatte ebenfalls gespürt, wie ihm die Tränen in die Augen stiegen. Dieser Kern, schien es, spielte in Wells' neuer Welt eine Rolle. Gefesselt las er weiter, während Ephraims Augen über den unregelmäßigen Druck hin und her wanderten und er dabei von Rosa und seinen Mädchen träumte.

Als Miles am Ende unseres sechsten Treffens verkündete, er sei mit seinem Thema am Ende und nun seien wir anderen an der Reihe, beratschlagten wir eine Weile, wer als Nächstes zur Gruppe sprechen und wie die Reihenfolge sein sollte. Einige von uns wollten Leo hören – wir waren alle gespannt darauf, mehr über ihn zu erfahren –, doch die Mehrheit fand, dass die am längsten in Tamarack State Ansässigen als Erstes die Gelegenheit zum Reden bekommen sollten. Schließlich beschlossen wir, dass Ephraim den Anfang machen sollte, gefolgt von jenen, die mehr als ein Jahr hier waren. Für Leo und alle anderen Neuankömmlinge, die zu uns stießen, war später Zeit. Und so ließ Ephraim an einem Nachmittag, an dem es so heftig schneite, dass die weißen Flocken in Schwaden übers Feld trieben, den langweiligen Roman auf dem Balkon liegen und kam nach unten, um uns eine Geschichte zu erzählen.

An dem Tag erschienen sechzehn von uns im Solarium, unter anderem die fünf Frauen, die auf die von Eudora im Frauenflügel ausgehängte Einladung hin gekommen waren. Dr. Petrie schaute aus Neugier herein, weil er gehört hatte, wie einige von uns über die Treffen diskutierten; er wollte eigentlich nur ein paar Minuten bleiben, machte es sich dann aber auf einem Stuhl bequem und hörte, sich gelegentlich mit einer Hand durch die drahtigen Haare fahrend, aufmerksam zu. Die meisten von uns wussten, dass Ephraim Apfelbauer gewesen, aber nicht, wie er es geworden war. Und obwohl er häufig von seinen Töchtern und seiner Frau sprach, hatte er bis zu dem Nachmittag nur wenig über seine Vergangenheit oder den Alltag auf der Farm in der Nähe von Ovid erzählt.

»Als kleiner Junge lebte ich in Minsk«, begann er, »aber ich erinnere mich an kaum mehr als den Geruch der Luft. Und unsere Überfahrt.«

Sein Jiddisch behauptete er nicht in Minsk, sondern an der Lower East Side gelernt zu haben, wo er vom Alter von elf Jahren an von Leuten aus der Gegend umgeben war, die seine Familie verlassen hatte. Wie die meisten von uns hatte er zu schwer gearbeitet, zu wenig Lohn bekommen, sich schlecht ernährt, stundenlang über Politik diskutiert, ohne jemals zu erleben, dass sich etwas änderte. Nachdem er wie sein Vater und seine Brüder in eine Sockenfabrik gegangen war, hatte er Abendkurse besucht, die ihn nicht weiterführten; hatte er die Jiddischen Theater besucht und Stücke gesehen, die bei ihm Heimweh verursachten, ihn mit ihrer Sentimentalität aber zugleich erbosten; hatte er davon geträumt, seiner engen Wohnung, seinem engen Leben zu entkommen – und niemals, bis er Rosa und ihre Familie kennenlernte, daran gedacht, aus der Stadt wegzugehen.

Wir alle hatten so oder ähnlich gelebt, wenn nicht in New York, dann in Utica oder Birmingham, Syracuse oder Rochester, deshalb nickten wir; wir kannten das. Während wir an unser früheres Leben zurückdachten, war Eudora, deren Bord in ihrem Zimmer inzwischen das glänzende Modell zierte, das Leo ihr geschenkt hatte, mit der Frage beschäftigt, warum er es geschafft hatte. Sie versuchte sich vorzustellen, wie ihr zumute wäre, wenn sie in einem Land eine qualifizierte Ausbildung genossen hätte, mehrere Sprachen fließend beherrschte, sich mit Musik und Theater und Chemie auskannte, und in einem anderen Land, auf der anderen Seite des Ozeans, zu einer Person geworden wäre, die gerade mal dazu taugte, Felsen für den Bau einer Untergrundbahn zu sprengen.

Verglichen mit Leo oder Ephraim, dachte sie, hatte sie wie in einem Schneckenhaus gelebt. Ihre Mutter und ihre Tante hatten England als kleine Mädchen unter der Obhut ihrer Eltern verlassen, die noch immer durch die Welt streiften; der grauhaarige Alte mit dem runzligen Gesicht, der gelegentlich für eine Woche bei ihnen aufkreuzte und von einem Jahr in Sibirien oder sechs Monaten in Tibet erzählte und ihre Mutter und Tante Elizabeth musterte, als wären sie seltene Rhododendren – das war ihr Großvater Max Vigne. Manchmal wurde er von ihrer Großmutter Clara begleitet und manchmal nicht, aber niemand sagte je, warum. In der Familie ihres Vaters gab es Geschichten über seine Mutter, Nora MacEachern, die von Irland über Kanada nach Tamarack Lake gekommen war, wo sie Schwindsüchtige gepflegt und später Tante Elizabeth ausgebildet hatte, das Gleiche zu tun. Noras Bruder Ned war ebenfalls in Irland geboren und, bevor er das Northview Inn baute, einmal als Schiffskoch bis fast an den Nordpol gereist.

Doch das war alles so lange her. Als sie geboren wurde, schienen ihre Verwandten schon ewig in Tamarack Lake gelebt zu haben, ihre Namen – Kynd, Vigne, MacEachern – genauso eng mit der Gegend verbunden zu sein wie die der Familien, die seit Generationen hier waren. Wenn sie durch die Einkaufsstraße im Zentrum ging, sah sie hier eine Anzeige für eine von Tante Elizabeths Kurpensionen, da ein von ihrem Vater ausgestopftes Tier und dort eines der mittlerweile verstaubten Plakate, die Ned stolz aufgehängt hatte, als sein Neffe mit ins Geschäft eingetreten war: *Ned Kynd und Michael MacEachern, Taxidermie. Kunsthandwerk.* Alle waren in dieser kleinen Ortschaft verwurzelt, aus der sie, die doch so rastlose Verwandte besaß, nie weiter herausgekommen war, als ihr Fahrrad sie trug.

New York sei sein Zuhause gewesen, erläuterte Ephraim, während Eudora ihre Gedanken wandern ließ, und ihm habe die Fantasie gefehlt, sich ein anderes Leben vorzustellen. Sein ganzes Wesen sei dort geformt worden, zwischen den Handkarren und

Mietskasernen und winzigen Geschäften, die ja viele von uns gut kennen. Nur durch Rosa habe er es geschafft, von dort wegzugehen. »Wir haben uns in einem Café kennengelernt«, sagte er mit strahlendem Gesicht.

Ein Seufzen ging durch den Raum, als wir uns an Cafés erinnerten, in denen wir auf frei gewählten Plätzen mit frei gewählten Freunden und Liebsten gesessen hatten. Oder vielleicht wurde das Seufzen von der fühlbaren Inbrunst ausgelöst, mit der Ephraim Rosas Namen ausgesprochen hatte. Von den Ehemännern und Ehefrauen und Geliebten, die wir zurückgelassen hatten, warteten einige geduldig, aber einige hatten uns auch verlassen; ist es verwunderlich, dass wir uns einander zuwandten? Einige der Frauen, die inzwischen mit bei uns saßen, waren nicht wegen der Vorträge zu uns gestoßen, sondern weil wir bei den Treffen beisammen sein konnten. Ihnen waren wiederum mehr Männer gefolgt, und wir hatten in unserer Gruppe inzwischen mehrere Paare – »Verbandelte«, wie wir sie hier nennen; Polly und Frank, Nana und David, die sich über die neue Möglichkeit, sich zu treffen, freuten.

Ephraim, der sich nie verbandelt hatte, ging nun dazu über, Rosas Brüder und ihre Freunde zu beschreiben, Sozialisten, die in der alten Heimat an Protestmärschen teilgenommen, in Fabriken Flugblätter verteilt und erlebt hatten, wie ihre Genossen nach Sibirien verbannt wurden – ein Gebiet von solcher Größe, behaupteten sie, dass dieses ganze Land und noch mehr hineinpasste. In Sibirien, fiel Leo ein, war der Chemiker Dimitri Mendelejeff geboren und aufgewachsen und von seiner Mutter unterrichtet worden, der Inhaberin einer Glasfabrik, die ihren Sohn später nach Moskau auf die Schule schickte, Tausende Meilen von daheim. Noch später, lange bevor Leo auf die Welt gekommen war, hatte Mendelejeff ein paar Jahre lang an einer Schule in Odessa Chemie und Physik unterrichtet.

»Rosas Brüder meinten, das Klima in Sibirien ist grausam«, fuhr Ephraim fort, »aber wenigstens hat man da Luft zum Atmen.

Ich weiß nicht, ob das stimmt, aber sie überzeugten mich, dass auch wir alle unbedingt *Platz* brauchten.«

Warum, fragte er sich schließlich, hatten seine Eltern sich genau im selben Viertel niedergelassen wie alle anderen, die aus ihrer Ecke der Welt stammten? Wir kannten die Antwort: Verwandtschaft, vertraute Lebensmittel, in den Straßen Sprachen, die man verstand. Rosas Brüder, so erfuhr Ephraim, als er ihr einen Heiratsantrag machte, hatten auf die Anzeige eines jüdischen Wohltätigkeitsvereins geantwortet, der Familien fern der Stadt Ackerland vermittelte. Grund und Boden gratis, sagten die Brüder. Land, das wir gemeinsam bebauen, Ernten, die wir gemeinschaftlich verkaufen werden. Frische Luft, keine Hauswirte oder Vorgesetzte; Sibirien mit besserem Klima. Ephraim hatte sich der Gruppe aus Rosas erweiterter Familie, drei weiteren Familien und ein paar jungen Männern angeschlossen und war mit ihnen quer durch den Staat in die Gegend an den Finger Lakes aufgebrochen, um sich auf dem Stück Land anzusiedeln, das ihnen der Verein überlassen hatte.

»Als wir umzogen, war ich einundzwanzig«, sagte er. »In der Stadt hatte ich mir, wenn jemand vom Landleben redete, nur die Gegend von Minsk vorgestellt, und dort lebte man im Dreck. Aber Ovid war schön. So schön, dass ich mich, als ich es sah, meiner Unwissenheit schämte. Ich hatte bis dahin gar nicht gewusst, dass es so etwas gab.«

Draußen war der Himmel dunkel geworden, während er sprach, und wir sahen die Scheinwerfer der Nachtwachen den Berg heraufkommen, in der Ferne leuchten und dann, wenn sie zur großen Kurve in unserer Straße gelangten, wieder verlöschen. Leo, der sich einen Platz am Ende der zweiten Reihe ausgesucht hatte, damit er unbemerkt Eudora am anderen Ende der ersten Reihe anschauen konnte, nahm das Schauspiel kaum wahr. Der Raum roch nach angebrannter Milch, warmer Schokolade, dem Filz unserer Hausschuhe und dem Desinfektionsmittel, mit dem unsere Böden gewischt wurden, wovon noch eine Spur an Eudoras Händen zu riechen war. Der Flaum an ihrer Wange war zu sehen, als sie sich Naomi zuwandte, die ihr etwas ins Ohr flüsterte.

Er hatte es, neulich in der Bücherei nach dem unbeholfenen Gespräch über sein Benzolmodell, geschafft, sich zehn Minuten vernünftig mit ihr zu unterhalten. Lange genug, um ein paar spärliche Tatsachen in Erfahrung zu bringen: Sie wohnte im Dorf, ihre Tante hatte eine Kurpension, sie war die Jüngste von fünf Geschwistern. Schule – sie war gern auf die Schule gegangen und vermisste sie jetzt. Und er? Als er antwortete, hatte er auf das reagiert, was er hinter den gewöhnlichen Worten zu spüren meinte, lange ruhige Wellen, die ihm wie Musik ihr wahres Wesen zu übertragen schienen.

Ihr könnte er, dachte er sich, von seiner Mutter erzählen. Vom Wald, von dem er immer noch träumte, oder von der Schule, wo er sich eine Zeitlang für Mendelejeffs Periodensystem der Elemente begeistert und sich ausgemalt hatte, was für unbekannte Elemente eines Tages wohl die Lücken in der Tafel füllen mochten. Drei mit haargenau dem postulierten Atomgewicht und den vorausgesagten Eigenschaften hatte man bereits entdeckt: Germanium, Scandium, Gallium. Eudora beugte das Haupt, die klare Linie ihrer Nase neigte sich zu Naomis Malblock, und sie griff nach Naomis Bleistift. Sie schrieben sich Briefchen, sah Leo halb amüsiert und halb verärgert.

Ephraim erzählte, dass ihn die tiefen schmalen Seen überrascht hatten, ebenso wie die sanfte, fruchtbare Landschaft, die alten Höfe und Dörfer mit ihren Feldsteinhäusern. In dieser Umgebung hatten sie versucht, ein anderes Leben aufzubauen – eine Kommune, wie er es vermutlich nennen müsse. Keiner von ihnen hatte etwas von Landwirtschaft verstanden. In Russland hatten sie Läden gehabt oder mit Waren gehandelt; in New York hatten sie Ärmel und Kragen und Manschetten zugeschnitten und Stoffballen durch die Straßen gefahren; in Ovid sollten sie Äpfel anbauen. Was wussten wir, fragte Ephraim, über Äpfel? Aber sie hatten sich durchgeschlagen, einige, indem sie sich als Tagelöhner bei Farmern in der Gegend verdingten, während andere die Wälder rodeten, zu bauen begannen, Gemüse anpflanzten und die ersten kleinen Bäume auf die Wiesen setzten.

Als die ersten Ernten nichts wurden, schickte der Wohltätigkeitsverein Lehrer, und karitative Organisationen schickten Nahrungsmittel; die Kolonisten arbeiteten in Teilzeit bei ihren Nachbarn und lernten dazu. Binnen weniger Jahre wohnten alle verheirateten Paare in eigenen Häusern, und nur die jungen Männer lebten noch gemeinschaftlich in dem großen Schlafhaus, das die Kolonie als Erstes errichtet hatte. Aber auch dann hielten sie sich weiter an die Tradition ihrer Anfangszeit. Nach Feierabend trafen sie sich im Gemeinschaftsraum des Schlafhauses zu Vorträgen und Debatten. Manchmal Konzerten: Einige der Männer hatten Geigen mitgebracht, andere hatten Ziehharmonikas und Flöten. Sie lasen sich Bücher vor – gemeinsam verfügten sie über eine ausgezeichnete Bibliothek – und diskutierten darüber; sie brachten den Älteren, denen systematische Kenntnisse fehlten, Englisch bei und den Kindern, die nur Englisch konnten, Jiddisch.

»Bildungszirkel«, sagte Ephraim, »Arbeiterzirkel – einige von euch werden wissen, was ich damit meine, oder?«

Wieder nickten wir bejahend und lachten, als Ephraim uns, von seinen eigenen Worten inspiriert, aufforderte, uns von unseren Holzstühlen zu erheben und anstelle der beiden steifen Reihen, in denen wir wochenlang gesessen hatten, einen losen Kreis zu bilden. Naomi fummelte beim Aufstehen mit ihrem Malblock herum, riss das oberste Blatt ab und steckte es nach hinten. Dr. Petrie machte sofort mit, während Miles aussah, als wollte er Einwände erheben, und die Sitzfläche seines Stuhls fest umklammert hielt, bis er sah, dass wir anderen uns umsetzten, und sich achselzuckend ebenfalls einen neuen Platz suchte. Als wir wieder saßen, war Ephraim in unserer Mitte statt frontal gegenüber und beschrieb, wie diese Zirkel in Ovid Teil des Alltags gewesen waren und wie sehr sie ihm fehlten. Wir hatten vielleicht keine Äpfel angebaut, aber das konnten wir nachempfinden.

Einige von uns erinnerten sich daran, wie sie als Kinder bei der Educational Alliance Englisch und amerikanische Geschichte gelernt und Turnhalle und Duschen genutzt hatten, während sich andere an Kurse für Erwachsene dort oder anderswo erinnerten: einen George-Eliot-Kreis, einen Mechanikerzirkel. Diese Vereine und Kurse hatten unser Leben verändert, doch bis zu Ephraims Vortrag hatten wir vergessen, wie sehr sie uns fehlten. Hier war alles linear geordnet, in säuberlichen Reihen. Unsere Liegen auf den Balkonen, unsere Tische im Speisesaal und die Aufnahmen unserer Lungen in den Registern im Keller. Ist es da nicht natürlich, dass wir vergaßen, wie es war, sich unter Gleichen zu treffen und gegenseitig etwas beizubringen? Wochenlang hatten wir uns wie Schüler verhalten, die zu einem Lehrer aufsehen, aber jetzt nahmen wir als Gruppe Anteil an den Erfahrungen eines unserer Mitglieder. Zum ersten Mal hatten wir das Gefühl, hier wie dort zu sein, drinnen wie draußen.

»Wir waren arm«, sagte Ephraim, »aber wir haben ein gutes Leben daraus gemacht.«

»Aber wann«, unterbrach Miles, »haben Sie mit Ihrer Ernte endlich Profit gemacht? Ab wann konnte sich Ihre Kolonie selber tragen?«

»Das war das Haar in der Suppe«, sagte Ephraim und verzog das Gesicht.

Sie hatten Häuser, erläuterte er, und eine Schule und ein paar kulturelle Einrichtungen aufgebaut, aber Geld hatten sie nicht verdient. So schlugen sie sich eine Weile durch, bis schließlich – eigentlich hätten wir selbst darauf kommen müssen, sagte er – zwei jüdische Unternehmer aus Syracuse, gar nicht weit entfernt, die Kolonie besuchten und, nachdem sie sich die Probleme angesehen hatten, beschlossen, eine Konservenfabrik zu bauen, die einige der Kolonisten einstellen und für ihr Obst eine Absatzmöglichkeit bieten sollte.

»Wir weckten Äpfel ein«, sagte Ephraim. »Wir kochten Apfelmus und Apfelkompott. Alle verdienten den gleichen Lohn, und die Besitzer sorgten für die Vermarktung der Erzeugnisse; wir machten gleich im ersten Betriebsjahr Profit, was ein kleines Wunder war.« Ein paar Leute gingen weg, aber die meisten blieben, und als die Konservenfabrik wuchs, ließen auch einige Einheimische aus Ovid sich dort einstellen, während andere die Abendschule für Erwachsene besuchten.

»Am Ende gehörten wir einfach dazu«, schloss Ephraim, »und ich kenne mich inzwischen tatsächlich ganz gut mit dem Anbau von Äpfeln aus. Ich hätte es mir nie vorstellen können, aber ich bin ein Farmer geworden.«

»Nicht ganz«, sagte Leo, und alle lachten.

»Er ist witzig«, flüsterte Naomi Eudora zu. »Das mag ich an ihm.«

Eudora nickte, aber da sie beim Umräumen der Stühle Naomis Malblock gesehen hatte, wandte sie sich ab, bevor ihre Freundin sich weiter auslassen konnte. Auf ihren gemeinsamen Heimfahrten nach den Mittwochstreffen war ihr aufgefallen, dass Naomi mit Miles kokettierte. Ein Finger streifte seinen Handrücken, ein Blick wurde etwas zu lange erwidert – ohne dass, wie Eudora vermutete, etwas davon die geringste Bedeutung besaß. Sie hatte es genauso gemacht, als sie jünger war, und ihre neuen Möglichkeiten erprobt, wie ihr Vater vielleicht eine Messerklinge prüfte. Sobald Miles reagiert hatte und offensichtlich wurde, dass er sie anziehend fand, hatte sich Naomi zurückgezogen, amüsiert und, so wirkte es auf Eudora, ein wenig abgestoßen. Jetzt schien sich ihre Aufmerksamkeit, ärgerlicherweise, auf Leo verlagert zu haben. Eudora war den verstohlenen Blicken ihrer Freundin gefolgt und auch dem Bleistift, der sich über den Block bewegte; die Seite, die Naomi versteckt hatte, war mit Zeichnungen von ihm gefüllt. Leo im Profil, Leo in Dreiviertelansicht, eine Studie von Leos linkem Ohr.

Der Rest von uns, der die Zeichnungen nicht gesehen hatte, schenkte den beiden jungen Frauen keine Beachtung und freute sich an der neuen Sitzordnung. Miles war im Anschluss an seine Frage nach dem Geld verstummt und schien uns zu mustern; auch ihm schenkten wir keine Beachtung. Bea strich sich das dichte rote Haar aus dem Gesicht und sagte: »Stellt euch vor, was wir aus dieser Anstalt machen könnten, wenn wir hier allein wären, ohne all die Ärzte und Verwaltungskräfte, und auf dem Gelände Lebensmittel anbauen könnten, und die Wäscherei, die Küche und den Speisesaal benutzen und uns irgendwie wechselseitig pflegen ...«

Einen Augenblick lang schwebte die Idee vor uns allen im Raum. Dann redeten alle auf einmal, und Ephraim beugte sich auf seinem Stuhl vor, lenkte die Diskussion und beantwortete alle Fragen, auf die er etwas zu sagen wusste. Es war wundervoll. Wir vergaßen unsere Pause, wir vergaßen die Zeit. Als die Glocke zum Essen läutete, schüttelte Dr. Petrie, der während der ganzen Diskussion geblieben war, Ephraim die Hand und sagte ihm, wie gut es ihm gefallen habe. Ephraim strahlte und führte ihn dann zu Miles.

»Ich hatte meine Zweifel«, sagte Dr. Petrie zu Miles, während wir anderen zum Abendessen aufbrachen, »aber ich halte das, was Sie hier machen, für eine sehr gute Idee, jedenfalls solange es für alle gesundheitlich zu verkraften ist. Ich verstehe jetzt, warum Dr. Richards Sie unterstützt hat, und ich hoffe, Sie werden weitermachen.«

»Ja, es war gut«, sagte Miles. »Nicht ganz so, wie ich es erwartet hatte, aber ...«

Er musterte Dr. Petrie so abschätzend, dass dieser sich mit der Hand über die Hemdbrust strich, um zu festzustellen, ob er einen Knopf verloren hatte. »Kommen Sie gerne wieder«, sagte Miles. »Vielleicht gibt es etwas, was Sie uns gerne vortragen würden?«

»Ich kann weder über Medizinisches sprechen noch über Behandlungsmethoden oder Anstaltsdisziplin«, sagte Dr. Petrie. »Das wäre gegen jede Regel.«

»Das sehe ich ein«, sagte Miles. »Aber vielleicht haben Sie andere Interessen, von denen Sie berichten möchten. Reisen? Irgendetwas, womit Sie sich beschäftigen?«

Dr. Petrie überlegte. »Ich war letztes Jahr in Frankreich. Um Feldlazarette zu besuchen und zu helfen, wo ich konnte.«

»Ich habe einen lieben Freund in Frankreich«, sagte Miles. »Eine Art Neffe. Ich bin immer interessiert, so viel wie möglich über die Zustände dort zu erfahren. Wenn Sie von Ihren Erfahrungen berichten wollten, wären gewiss auch die anderen froh, dazuzulernen.«

Dr. Petrie meinte, er werde sich die Sache durch den Kopf gehen lassen, und ging. Leo, der gelauscht hatte, wandte sich Ephraim zu und sagte: »Ich hoffe, er kommt wieder. Unser kleiner Lernzirkel wird größer ...«

»Meinst du, es ging heute?«

»Es war prima«, sagte Leo und klopfte seinem Freund auf den Arm. »Es hat uns allen gut gefallen.«

Und so war es. Wir hatten an dem Nachmittag ein Gefühl dafür bekommen, was aus unserem Kreis werden konnte. Und aus uns. Angenommen, Bea würde von ihrer Gewerkschaftsarbeit berichten und Kathleen von ihrem Musikunterricht. Albert von den Feinheiten der Herstellung von Glühbirnen und Zalmen von seiner Methode, Sellerie zu bleichen. Wie viel könnten wir alle lernen! Es war peinlich, dass wir zuerst den Anstoß durch Miles gebraucht hatten, aber jetzt waren wir in Gang gekommen und steuerten – nun ja, nach irgendwo, auch wenn keiner wusste wohin. Nach Ephraims Vortrag herrschte unter uns allgemeine Zufriedenheit darüber, wie wir unsere Mittwochnachmittage zu verbringen beschlossen hatten.

6

Vor Jahren kam ein Mann aus New York nach Tamarack Lake, weil er hoffte, hier seine Gesundheit zu bessern. Er heiratete die Tochter des Beerdigungsunternehmers, arbeitete in einer Bank und errichtete später das Fernsprechamt. Als er 1912 wegen eines Rückfalls seinen Posten aufgab, begann er die Geschichte seiner Wahlheimat aufzuschreiben. Aus Urkunden, Dokumenten, alten Briefen, Zeitungen, Anekdoten in Reiseführern und Erinnerungen von Besuchern trug er zusammen, wer die Bank gegründet, die Kirchen erbaut, die Schulen und das Krankenhaus eingerichtet hatte. Er beschrieb, wann der letzte Gast im Northview Inn gewohnt hatte, wann das Bootshaus in den See gekippt, wie es mit Dr. Kopeckny und den ersten Sanatorien zugegangen war. Wer diesen Institutionen Geld spendete und welche Ärzte in welchen Institutionen beschäftigt waren. In seinem gesegneten Ruhestand – das Fernsprechamt hatte er mit einem hübschen Gewinn veräußert –, umsorgt von seiner Frau, arbeitete er viele Jahre an diesem Projekt, allerdings ohne uns jemals zu erwähnen.

Manchmal blättern wir in seinem Buch und suchen nach Spuren unseres Lebens und Stellen, an denen sich unsere Geschichten überschneiden. Brände, Unfälle, Festtage; wobei Festtage immer Komplikationen mit sich bringen, unten im Dorf genauso wie hier oben. Jemand wird auf die Krankenstation überwiesen, weil er vor lauter Schwermut nichts essen kann; jemand geht ins Wasser und ertrinkt beinahe; zwischen Freunden bricht ein heftiger Streit aus. Das Thanksgivingfest in diesem Jahr, bei dem es auch nicht anders war, hatte außerdem den Nachteil, dass unser Mittwochstreffen ausfiel, als wir gerade begonnen hatten, regelmäßig die Vorträge selbst zu gestalten.

Dass die Mitarbeiter der Heilanstalt aus Ärger darüber, an dem Tag arbeiten zu müssen, deutlich zeigten, wie sehr wir ihnen eine Last waren, machte die Sache nicht besser. Auch im Dorf hatten diejenigen, die Patienten versorgten, das Gefühl, alles andere als einen Feiertag zu erleben. In den Kurpensionen und -heimen und -hotels gab es mehr zu kochen, mehr einzukaufen, mehr sauberzumachen. Der Fleischer machte Überstunden, zusätzliche Schaffner entluden Sonderzüge, Fahrer legten Sonderschichten ein. In Mrs Martins Pension tafelte Miles den ganzen Nachmittag lang – Truthahn mit Maronenfüllung und Sauce aus Truthahnklein, dazu Bries, Zunge in Aspik, Herzoginkartoffeln und zum krönenden Abschluss Mrs Martins Nesselrode Pudding, serviert mit heißer Vanillesauce –, ohne etwas davon mitzubekommen, dass Daisy und Darlene in der Küche Naomi erklärten, sie würden ihre Arbeit am liebsten hinschmeißen. Am anderen Ende des Dorfes wünschte sich Eudora zur gleichen Zeit, sie hätte jemanden, bei dem sie murren durfte. Sie hatte sich auf ihre freien Tage gefreut. Irene hatte ihr zwei Lehrbücher geliehen, und sie hatte gehofft, sie in Ruhe lesen zu können. Stattdessen wurde sie, wie so oft, seit sie alt genug war, ein Messer zu führen, und noch viel öfter, seit ihre älteren Schwestern verheiratet waren, von ihrer Mutter bei der Vorbereitung ihres aufwendigen Mahls zu Hilfe geholt.

Nicht bloß ein Truthahn, sondern ein Schinken dazu, Maisbrotfüllung mit Austern und Pilzen, eine klare Suppe mit selbstgemachten Klößchen, gebratene, mit Ahornsirup glasierte Kürbisschnitze, die Kartoffeln püriert, gratiniert und überbacken, Schüsseln mit Bergen von Mais und Möhren, Zwiebelchen in Sahnesauce mit Muskat bestäubt, zum Dessert drei Sorten Pie. Obschon die ganze Familie kräftig zulangte, alle fünf Brüder und Schwestern samt Sallys und Helens Ehemännern und Kindern, hätten die Reste, die nach der Mahlzeit auf dem Tisch standen, gereicht, einen weiteren Haushalt satt zu bekommen. Eudora kochte, trug auf, aß, räumte ab, spülte und trocknete Geschirr und stellte die Sachen weg, als ob sie nicht arbeiten ginge; als ob sie noch ein Mädchen wäre.

Zwischendurch unterhielt sie sich mit Ernest, der zu den Feiertagen aus New York gekommen war, und mit Sally, die sie seit Wochen nicht gesehen hatte. Als sie in der Küche endlich fertig war, hatten sich schon alle zu dem Nickerchen auf die Sofas und Sessel verzogen, das auf die Festessen ihrer Familie so sicher folgte wie der Nachtisch auf den Braten. Einer nach dem anderen schlief ein, bis ihr das Haus so tot vorkam wie das Northview Inn, das immer mehr in sich zusammensackte. Alle paar Monate schlossen ihre Eltern den Haupteingang des Gasthofs auf, sahen sich die Fliegen und die Löcher im Fußboden an, bissen sich auf die Lippen und ließen ihr Erbe wieder Erbe sein. Wenn Eudoras Vater, der das Haus in seiner Blütezeit gekannt hatte, von den Gästen mit ihren Flinten und Bergführern erzählte, von seinem Onkel, der in einem Speisesaal voller Jäger aus New York und Boston von Tisch zu Tisch ging, um leutselig mit den Gästen zu plaudern, war es, als wäre das nicht dreißig, sondern tausend Jahre her.

Sobald ihr Vater aufwachte – noch schnarchte er –, würde er in seine Präparierwerkstatt zurückkehren und ihr, das wusste sie schon jetzt, zu verstehen geben, wie gut er ihre Hilfe brauchen konnte. Sie würde nachgeben und sich zu ihm setzen und dabei zusehen, wie der Abend genauso dahinschwand wie der ganze bisherige Tag. Voll Auflehnung sprang sie auf ihr Fahrrad, ließ See und Familie hinter sich zurück und machte sich zur Pension von Mrs Martin auf. Vielleicht, so rechnete sie sich aus, war auch Naomi mit dem Servieren des Essens fertig und hatte für eine oder zwei Stunden frei.

Draußen war es kälter als erwartet; sie hatte die Handschuhe vergessen. Sie fuhr an Eugenes Tankstelle, dem Feuerwehrhaus und dem Fernsprechamt vorbei, wo in einem unbenutzten Zimmer im zweiten Stock der Amateurhistoriker an den Seiten schrieb, auf denen wir immer fehlten. Vorbei an der Bücherei, dem Theater, zwei der Kirchen, der Bank und dem Stromversorgungsunternehmen. Im Zuge des sanften Anstiegs radelte sie an den Reihen der Cottages vorbei, die von Lage zu Lage größer und eleganter wurden. An der Pension von Mrs Martin, fast ganz oben, hielt sie an, stieg ab und lehnte ihr Fahrrad gegen die hohe Hecke.

Den gepflegten Weg, die Stufen zur Kassettentür hinauf. Sie klopfte mit einem Messingdelphin ans Holz und betrachtete den frisch aufgehängten, gigantischen, über und über mit vergoldeten Kiefernzapfengebinden und Beeren und goldenen, drahtversteiften Schleifen besetzten Kranz. Auf den Zweigen saßen Meisen mit biegbaren Beinen und Füßen aus Draht – ihres Vaters Arbeit, erkannte sie genauso eindeutig, wie sie erkannt hatte, dass die Eule im Solarium von Tamarack State Onkel Neds Werk war. Wie es wohl wäre, an einem Ort zu leben, wo die eigene Familie nicht überall präsent war? Sie ließ den Delphin ein zweites Mal gegen die Tür fallen.

Zu ihrer Bestürzung machte ihr Mrs Martin persönlich auf, mit der enttäuschenden Nachricht, dass Naomi in der Küche sei und Zimtbötchen für das Frühstück am nächsten Morgen backe und den ganzen Rest des Tages beschäftigt, restlos beschäftigt sei. Sie trat vor die Tür und zog sie hinter sich zu: »Aber das trifft sich trotzdem gut; ich will schon eine Weile mit dir reden.« Sie verschränkte die Arme vor der Brust. »Kalt, nicht?«

Warum bittest du mich dann nicht hinein?, dachte Eudora. Sie deutete auf ihr Fahrrad und sagte: »Die Bewegung hält mich warm.«

»Gut«, antwortete Mrs Martin. »Denn ich weiß, dass es für dich praktisch ist, dich Mittwochabends von Naomi nach Hause mitnehmen zu lassen, wenn sie Mr Fairchild aus der Anstalt zurückfährt, aber ich wollte dich bitten, eine Zeitlang selbsttätig nach Hause zu kommen.«

»Das ginge natürlich, aber –«, begann Eudora und stockte dann, weil ihr aufging, dass Naomi ihrer Mutter nichts von den Fahrstunden gesagt hatte.

»Ich möchte, dass Naomi ein bisschen Zeit mit Mr Fairchild allein bekommt«, fuhr Mrs Martin fort, »damit sie miteinander reden können, ohne dass sich jemand dazwischensteckt«, und fragte gleich im Anschluss, ohne eine Miene zu verziehen, so als wäre nichts Verwunderliches an dem, was sie gerade gesagt hatte: »Wie geht es deinen Eltern?«

»Ich stecke mich nicht dazwischen«, sagte Eudora. »Wie sollte ich? Meinen Eltern geht es prima.«

»Gut«, wiederholte Mrs Martin, »dein Vater wirkt ein wenig mitgenommen, finde ich.« Den Blick unverwandt auf Eudora gerichtet, fügte sie hinzu: »Miles ist ein reicher Mann. Und ein gütiger Mann. Ich sehe, wie er Naomi anschaut. Wenn sie ihn ein bisschen ermutigte – du willst doch bestimmt das Beste für sie? Du bist immer ihre Freundin gewesen.«

»Das bin ich immer noch«, bemerkte Eudora steif und wandte sich zum Gehen. »Würden Sie ihr sagen, dass ich hier war?«

Sie zog ihr Fahrrad aus der Hecke und strampelte den Berg hinunter und durch die Dorfstraßen heimwärts. Wie konnte es sein, fragte sie sich, an der Gabelung zu ihrem Haus vorbeisausend, um noch ein Stück nach Westen zu fahren, dass Mrs Martin die eigene Tochter so wenig verstand? Immer schien ihr das Offensichtlichste zu entgehen, wie zum Beispiel die Tatsache, dass Naomi in den letzten zwei Jahren ein halbes Dutzend Mal kurz davor gewesen war, von zu Hause auszureißen.

Vor ihr ragte Bakers Ridge auf, schwarz vor dem grau werdenden Himmel, und warf seinen Schatten schon über das Dorf. Eudora trat fester in die Pedale. Sie erinnerte sich daran, wie Mrs Martins Unbeholfenheit sie und Naomi zueinandergebracht hatte. Zwar war ihre Tante die Chefin von Naomis Mutter, aber sie hätten sich vielleicht nicht unbedingt angefreundet, wenn sie Naomi nicht eines Nachmittags heftig weinend unter einer Tanne in der Nähe von Tantes Elizabeths Haus entdeckt hätte. Damals hatte Mrs Martin in der Schule einen ihrer Vorträge über Hauswirtschaft gehalten, und Eudora hatte zunächst gedacht, Naomi weine aus Ärger darüber; der Vortrag war außerordentlich langweilig gewesen. Doch Naomi gestand ihr, dass der neueste Gast ihrer Mutter, ein Mr Elliot, sie morgens, als sie seine sauberen Handtücher brachte, in sein Bad gezerrt und sich dort strahlend und nackt vor ihr aufgebaut hatte.

»Und dann«, fuhr Naomi fort – aber Eudora war wie versteinert angesichts dieser Vorstellung und hörte einen Moment gar nichts.

»Und es ist auch nicht das erste Mal«, schloss Naomi. »Andere Männer machen ähnliche Sachen, als ob sie meinen, ich wäre in ihren wöchentlichen Zahlungen genauso inbegriffen wie ihre Mahlzeiten. Jedes Mal, wenn ich es meiner Mutter zu sagen versuche, behauptet sie, ich übertreibe, oder wenn es sich nicht leugnen lässt, dass einer etwas gesagt oder getan hat, dann hat er es nicht so gemeint, oder er ist bloß durch sein Fieber vorübergehend schwach geworden.«

»Sie fassen dich an?«, fragte Eudora. Damals waren sie, dachte sie jetzt, dreizehn oder vierzehn gewesen.

Naomi schüttelte ungeduldig den Kopf. »Eigentlich tun sie mir nichts – die meisten sind so schwach, dass ich sie umschubsen könnte, wenn es sein müsste. Aber allein sie anzuhören, und die Art, wie sie mich beglubschen, wenn ich ihnen das Essen bringe – und jetzt das.« Sie ließ sich gegen den Baum sinken und deutete auf das Haus. »Ich wollte gucken, ob deine Tante nicht mal mit meiner Mutter drüber reden könnte.«

»Vielleicht«, sagte Eudora eingedenk der Strenge ihrer Tante gegenüber ihren Verwalterinnen, »ist das keine so gute Idee.«

Stattdessen hatte sie selbst mit Naomi geredet; sie waren zu zweit um den See gelaufen, während Naomi sich über ihre Mutter und die vielen Pflichten in der Pension beschwerte. Eudora, die ähnliche Pflichten hatte, war überrascht, wie sehr sich Naomi dagegen auflehnte. In der Kurpension ihrer Tante, wo sie nach der Schule und am Wochenende aushalf, hatte sie Spaß daran gefunden, sich nützlich zu machen. Zu dem Zeitpunkt war ihre älteste Schwester Helen schon verheiratet und hatte kleine Zwillingstöchter; Ernest war bereits nach New York gezogen, und Eugene war gerade mit seinen beiden Freunden in eine gemeinsame Wohnung über der Werkstatt gezogen. Sally stand kurz vor dem Aufbruch nach Pittsburgh, sodass sie – immer die Kleine, die von allen vergessen wurde – bald allein zurückbleiben würde, ohne jemanden zum Reden und ohne eine vernünftige Beschäftigung. Ihr Vater war immer nur in der Werkstatt hinter dem Haus, wo er sich bemühte, mit den wechselnden Moden in der Taxidermie Schritt zu halten, und immer ein paar Jahre hinterherhinkte. Ihre Mutter lebte in der Küche, kochte, als ob noch alle sieben am Tisch säßen, und schien jedes Mal überrascht, wenn zum Essen nur Eudora und ihr blinzelnder, mit Sägemehl verdreckter Vater erschienen. Nur bei ihrer Tante Elizabeth hatte sie das Gefühl, täglich etwas Neues zu lernen.

»Meine Tante sagt, ich soll immer die Augen aufhalten«, berichtete sie Naomi. Am anderen Ende des Sees waren die hölzernen Parkbänke regennass, deshalb liefen sie weiter. »Um die Gäste und ihre Gewohnheiten kennenzulernen, damit ich ihre Bedürfnisse vorausahnen kann. Damit ich das Haus und dessen Bedürfnisse kennenlerne. Sie sagt, ein Haus wie ihres ist lebendig, es ist wie ein riesiger Organismus.«

»Unser Haus nicht«, entgegnete Naomi. Sie lachte und erschreckte eine Handvoll Frösche im Schilf, die aufwachten und sich ärgerlich ins Wasser plumpsen ließen. »Unseres ist ein reines Geschäft. Bei allem was meine Mutter macht, auch die Art, wie sie mich einsetzt, geht es nur um *Effizienz.*«

Naomi besaß, wie Eudora bald mitbekam, die gleiche Neugier der Außenwelt gegenüber wie sie, war genauso stur und genauso eigenständig. Die kleine energische Miss Olafson, die fünf Sprachen fließend beherrschte und erst Eudoras und danach Naomis Lehrerin war, drängte ihnen mengenweise Lesestoff für Sonderpunkte auf und bestärkte sie in ihrer – erst im letzten Jahr abgebrochenen – Gewohnheit, vieles gemeinsam zu lesen. Bei Spaziergängen durch den Wald oder auf meilenlangen Fahrradfahrten redeten sie ohne Unterlass. Die Werke von George Eliot hatten sie über die Berge gejagt, während Tolstoj ihre Räder nach Lake Placid geschoben und Samuel Butler ihnen zum stundenlangen Schlittschuhlaufen im Kreis verholfen hatte. Von den Figuren aus den Büchern ging ihr Gespräch zu ihnen selbst über; worin waren sie gut, was konnten sie nicht leiden, was wollten sie eines Tages machen. Naomi war fasziniert von dem Chor der Stimmen und widerstreitenden Wünsche, durch die sich Eudora als Teil ihrer großen Familie seelenruhig durchfand, und Eudora staunte über die Zeichenkünste ihrer neuen Freundin.

»Die Bilder kommen einfach«, sagte Naomi. »Meine Hand bestimmt. Es kann passieren, dass ich eine Sache im Sinn habe und meine Hand einen Stift nimmt und etwas völlig anderes zeichnet.«

Meine Hand, das sagte sie, wie ein anderer vielleicht sagen würde: *mein Hund*. Eudora hätte das als Unsinn abgetan, wären da nicht die Zeichnungen von Leuten und Dingen gewesen, die Naomis Bleistift über das Papier verteilte, während sie sich über etwas ganz anderes unterhielten. Als Kind hatte Eudora ebenfalls gern gemalt, aber sie hatte die Gabe irgendwann plötzlich verloren, und sie staunte darüber, dass jemand, ohne zu denken, etwas tun konnte, was ihr inzwischen große Mühe bereitete. Ebenso erstaunlich fand sie die Art, wie Naomi über die verschiedenen Seelen in ihrer Brust sprach, die ständig miteinander kämpften. Die Naomi, die Eudora kenne, behauptete sie, sei nicht dieselbe, die zu Hause für ihre Mutter schufte, und nicht die Naomi, die einst in der Nähe von Philadelphia gewohnt habe, oder die, die sich nachts im Winter bei bitterer Kälte an einen zugefrorenen Bach stelle und im Mondlicht Hals und Brust entblöße.

In solchen Momenten hätte Eudora alles gegeben, um zu verstehen, wie es sich anfühlte, Naomi zu sein. Sie selbst hatte zwei Hände, die taten, was sie ihnen auftrug, und stark und geschickt waren, und eine Seele, die sich manchmal uneins war, was sie wollte, aber immer unverkennbar ihre war. Wie langweilig das war gegen die Dramen, die Naomi durchlebte! Und wie wenig, dachte sie – sie war oben auf dem Kamm angekommen, wo der Wind ihr Gesicht kühlte und ihr eine herrliche Talfahrt bevorstand –, sie inzwischen noch von diesen Dramen mitbekam. Sie mochte sich kaum eingestehen, dass sie, seit sie im Tamarack State arbeitete und vor allem seit sie Irene kennengelernt hatte, viel weniger von Naomi sah.

Erst nach dem Abendessen am folgenden Tag gelang es Naomi endlich, dem Haus ihrer Mutter zu entkommen. Es machte sie rasend, so lange eingesperrt zu sein; noch rasender, erst beim Mittagessen zu erfahren, dass Eudora am Tag zuvor vorbeigekommen war, um sie besuchen. Was, dachte Naomi wütend, bewegte ihre Mutter dazu, ihr eine Botschaft über Nacht vorzuenthalten? Durch kalten Nebel lief sie den Berg hinunter und durch das Dorf, von einer Straßenlaterne mit ihrem hellen Lichtkegel durch die dunklen Zwischenräume zur nächsten. Kurz vor dem Ortsausgang bog sie in den Natursteinweg ein, der zum Haus von Eudoras Eltern führte.

»Komm, setz dich zu uns«, sagte Mrs MacEachern, als sie ihr die Tür aufmachte und sie freundlich einließ. »Wir sind gleich mit dem Essen fertig – Eudora wird sich bestimmt freuen, dich zu sehen.«

Naomi ging durch die unordentliche Diele in das volle, angenehm unaufgeräumte Esszimmer, das so anders war als das ihrer Mutter mit seinen gepflegten, steifen Accessoires. Auf dem Tisch ein Wachstuch anstelle von gestärktem weißen Leinen; karierte Servietten und zwei Lampen mit Schirm; zusammengewürfeltes Besteck und große Keramikschüsseln. Sie setzte sich auf den Stuhl, den Eugene für sie herauszog, nahm den Teller entgegen, den Mrs MacEachern ihr reichte, und vertilgte, obwohl sie schon gegessen hatte, mit Genuss den aufgewärmten Truthahn zu gedünstetem Gemüse und Maisbrot mit frischer Butter. Eudoras Mutter konnte es als Köchin in jeder Hinsicht mit ihrer Mutter aufnehmen, aber sie machte kein Getue darum und kam, soweit sie wusste, auch ganz und gar ohne Kochbücher aus.

Um den Tisch saßen Eudora und ihre Eltern, Eugene und zwei seiner Freunde von der Tankstelle, Sally und ihre Kinder, aber nicht ihr Mann, der gerade jemand anders besuchte, und Ernest, den Naomi so gut wie nie sah. Als sie und Eudora noch klein gewesen waren, hatte er seine Arbeit in der Werkstatt hinten hingeworfen und war, ohne irgendjemand in seine Pläne einzuweihen, nach New York gegangen. Ein halbes Jahr später hatte er bei einem Besuch zu Hause verkündet, dass er eine Lehrstelle in der Präparationswerkstatt des Museum of Natural History bekommen habe und auf keinen Fall beabsichtige, wieder nach Hause zu ziehen. Inzwischen hatte er sich so hochgearbeitet, dass er mehrere Leute unter sich hatte.

Wenn sie einen großen Bruder hätte, dachte sie – einen großen, nicht einen kleinen, an Thomas dachte sie nie mehr –, den sie um Hilfe bitten und der ihr die Welt zeigen könnte, dann wäre alles anders. Sie beugte sich zu Ernest hinüber und fragte ihn, woran er gerade arbeite.

»An einem Elefanten«, sagte er und lachte, als sie große Augen machte. »Für ein Diorama, eine ganze afrikanische Szenerie, die in eine der großen Hallen im Parterre kommt – macht großen Spaß, wirklich. Faszinierend.«

Sie hörte zu, wie er die riesigen schweren Hautstücke beschrieb, die ein halbes Jahr in Eichenlohe gegerbt und anschließend tropfnass über eine mit nassem Ton verkleidete Form gehängt wurden, auf der sich sämtliche Falten abbildeten. Bei seinem Weggang vor sieben Jahren war er ein stiller, unbeholfener, ziemlich schwerfälliger Bursche gewesen, der von niemandem wahrgenommen wurde. Jetzt, als er sich breitbeinig auf seinem Stuhl zurücklehnte und die Arme hängen ließ, strahlte er ein lässiges Selbstvertrauen aus, das sie wünschen ließ, sie würde ihn besser kennen.

Doch bevor sie ihn weiter ausfragen konnte, standen Sally und ihre Kinder auf und sagten, es sei Zeit für sie zu gehen. Eudora nutzte den Wirbel des Abschiednehmens, um sich bei ihren Eltern zu entschuldigen, und reichte Naomi ihren Mantel. Plötzlich waren die beiden draußen, und allein.

»Siehst du, warum ich gestern zu euch gekommen bin?«, fragte Eudora auf dem Weg an den See. Jedes Mal wenn sie in den Kegel einer Straßenlaterne traten, wurde ihr Haar zu Gold. »Bei uns an Festtagen ...«

»Meine Mutter hat mir erst heute Mittag gesagt, dass du da warst«, sagte Naomi. »Ich wünschte, ich hätte dich klopfen hören.«

»Sie hat es dir erst heute gesagt?«

Der Nebel wurde lichter, als sie zum See kamen, und hinter den Wolken erschienen ein paar Sterne, gefolgt von dem fast vollen Mond. Sie redeten so schnell, wie sie gingen, um einander aufs Laufende zu bringen, bis Naomi an der Bucht gegenüber des Northview Inn auf einmal stehenblieb und in die Tasche griff.

»Mutters Beitrag zum Haushalt heute Morgen«, sagte sie. »Ich musste ihn abnehmen, bevor Darlene und Daisy ihn zu Gesicht bekamen.«

Eudora neigte das schwere Blatt Papier, damit das Mondlicht darauf fiel. »Ich kann es nicht lesen«, sagte sie. »Das Übliche?«

»So ziemlich«, sagte Naomi und nahm das Blatt wieder an sich. Größtenteils aus dem Gedächtnis zitierte sie, was sie über dem Spülbecken an der Wand gefunden hatte:

NOTIZEN ZUM HAUSHALT IN DIESER WOCHE

1. *Spinnweben* – Mir sind ungewöhnlich viele aufgefallen in den oberen Zimmerecken und insbesondere in den Treppenhäusern und dem Flur zwischen Küche und Vorratskammer.
2. *Zimmerbedienung* – Da momentan vier unserer Gäste ein Tablett aufs Zimmer bekommen, müssen wir besonders darauf achten, dass der Letzte sein Essen genauso heiß und ansprechend arrangiert bekommt wie der erste (Darlene, das gilt vor allem für Sie).
3. *Wäsche* – Wie immer die Erinnerung: Das Wasser muss *kochendheiß* sein, vor allem beim letzten Spülen.
4. *Weihnachtsdekoration* – Bis zum Abend muss sämtlicher Adventsschmuck, drinnen wie draußen, aufgehängt und aufgestellt und ansprechend arrangiert sein; alle Mahlzeiten werden auf Weihnachtsdecken mit passenden Servietten serviert; die Väschen für die Tabletts sind in Grün, Rot und Weiß gehalten.

»Deine Mutter«, sagte Eudora, weniger belustigt, als Naomi erwartet hatte, »hat gestern …« Sie stockte verlegen. Dann fuhr sie fort: »Sie hat was ganz Komisches gesagt, bevor ich wieder gegangen bin. Sie hat mich gebeten, mittwochs nicht mehr mit dir nach Hause zu fahren – wegen Miles, meinte sie. Weil sie will, dass du und Miles Zeit allein miteinander verbringt. Sie scheint zu glauben, dass er sich für dich interessiert.«

Naomi stöhnte. »Miles«, sagte sie. »Wenn sie mir bloß erlaubt hätte, mir eine richtige Anstellung zu suchen, hätte ich ihn nie um Arbeit gebeten.«

»Aber wer mit ihm kokettiert hat, das war nicht deine Mutter«, meinte Eudora.

»Ich habe nicht mit ihm *kokettiert*«, entgegnete Naomi, »oder kaum.«

Eudora schob die Füße durch das feuchte Laub, als verdiente das ihre ganze Aufmerksamkeit. In dem Schweigen glaubte sich Naomi beinahe die eben geäußerten Worte. Die Vorstellung, dass ihre Mutter, mit ihrem typischen Blick für alles, was sie im Leben voranzubringen vermochte, sie und Miles zu verkuppeln suchte, war ihr zuwider. »Soll er doch denken, was er will«, sagte sie, »ich interessiere mich bestimmt nicht für ihn.«

»So übel ist er gar nicht«, wandte Eudora ein. »Wenigstens versucht er etwas zu *tun*.«

Naomi zog eine Grimasse und wechselte das Thema. Es war ihr ein Rätsel, warum Eudora ihre Empörung nicht teilte. Kein Mensch – nicht einmal sie selbst – verstand, wieso sie immerzu nicht wollte, nicht wollte, nicht wollte. Sie wollte nicht länger in Tamarack Lake leben, unter der Knute ihrer Mutter. Nicht mit irgendeinem Jungen von hier enden, bloß weil es sonst niemanden gab. Nicht jemanden wie Miles nehmen müssen, bloß weil sie ihn zum Zittern bringen konnte, indem sie ihre Strümpfe blitzen ließ, wenn sie die Beine übereinanderschlug. Sie und Eudora hatten sich beide von den Jungen, die sie aus der Schule kannten, ins Kino einladen lassen, zum Schlittschuhfahren in der Gruppe, zu Heufahrten. Manchmal hatten sie auch einen geküsst oder sich küssen lassen, aber darüber redete Eudora nicht gern, und als Naomi ihr einmal hatte davon erzählen wollen, wie sie und Liam O'Connor letzten Sommer im Wald noch ein bisschen weiter gegangen waren, hatte Eudora entschieden weggehört.

Aber das war nur Liam gewesen, lieb und dumm wie ein großer Golden Retriever. Naomi hatte bloß mal sehen wollen, was er machen würde. Liam, die Dalton-Brüder, Mrs Flahertys Mann, Miles: alles vertane Zeit, dachte Naomi. Was sie wirklich wissen wollte, war, wie es sich anfühlte, wenn man mit jemandem zusammen war. Wie es sich anfühlte, verliebt zu sein, und zwar in jemanden, der sich nicht benahm wie ein Hund an ihrer Leine.

In ihrem Kopf blitzte ein Bild von Leo Marburg auf, der bei aller Ähnlichkeit ihrer Haare und Augen so faszinierend anders war als sie. Sein Leben vor Tamarack State war ein unbeschriebenes Blatt; er bekam keinen Besuch, und er redete nie von Geschwistern oder Eltern oder einer Freundin. Hatte er Familie? Er musste arm sein, sonst wäre er nicht dort. Und gescheit – abgesehen von den Fragen, die er Miles stellte, schien er viel zu lesen, und Eudora hatte ihr das Spielzeug gezeigt, das er mit Teilen aus dem Stabilbaukasten gebastelt hatte. Er war seit sechs Jahren in diesem Land; er kam von irgendwo in Übersee. In seiner Nähe fühlte sie sich wie früher in Chester morgens vor dem Aufstehen, wenn sie sich nicht vorstellen konnte, was der Tag bringen würde, aber kaum abwarten konnte, aus dem Bett zu springen und sich hineinzustürzen.

Er war einsam, dachte sie, und er hatte keine Ahnung, wie attraktiv er war. Er schien nicht zu wissen, warum Leute sich von ihm angezogen fühlten und ihm, wenn sie sich mit ihm unterhielten, oft eine Hand auf den Arm legten. Manchmal hatte sie ihn dabei ertappt, wie er in ihre Richtung sah und sie zu mustern schien, genauso wie sie ihn musterte, und sie hatte sich vorgestellt, wie sie aufstand, während wer immer gerade sprach weiter vor sich hin dröhnte, wie sie in den Garten schlüpfte und er ihr folgte. Draußen vor der Solariumstür gab es eine Nische am Schornstein gegenüber dem Springbrunnen, und in diese Nische presste er sie, nicht ungeschickt und grob wie Liam, sondern zärtlich, und er strich ihr mit den Händen über den Rücken, als suchte er …

»… und Eugene hat gesagt, er würde dich bitten«, sagte Eudora. »Was meinst du?«

Naomi blieb stehen. »Wozu?« Sie hatte ein halbes Gespräch verpasst, und der riesige Findling, der so lässig dastand, als hätte ein Riese ihn mit zwei Fingern auf die Spitze des Landdaumens im See gesteckt, ragte vor ihr auf, als hätte ein anderes Paar Füße sie dahin getragen.

»Ich rede seit fünf Minuten – wo warst du mit deinen Gedanken?«

»Nirgends, bloß …«, Naomi deutete auf den See, in dessen Wasser sich die Sterne schwach spiegelten, aber dessen fernes Ufer unsichtbar war, und auch die Berge waren verschwunden. »Wird dir das hier nicht über?«

»Was?«

»Ich weiß nicht. Die Arbeit. Unsere Familien, alles. Diese Leere hier.«

»Ich bin hier zu Hause.«

»Ich nicht«, sagte Naomi. »Nicht so richtig.« Sie versuchte es besser zu erklären. »Als ich klein war, haben wir in Chester gewohnt. Wenn ich dort morgens in meinem Zimmer aufwachte, war ich fast wild vor Aufregung und konnte es nicht abwarten, zum Fluss und sonst wohin zu laufen oder mit den Fischern oder den Nachbarn zu plaudern. Wenn ich unter einem Tulpenbaum eine Blüte fand, hat mir das den ganzen Tag vergoldet. Einen Kiefernzapfen. Oder wenn ich das graue Pferd von unserem Nachbarn sah. Warum ist das jetzt anders?«

»Ist es denn anders?«, fragte Eudora.

»Meistens – spürst du das nicht? Ich kann die Welt um mich herum sehen, ich kann sie zeichnen. Aber jetzt stehe ich draußen, irgendwie am Rand. Als ob ich auf der falschen Seite eines Fensters gefangen wäre. Wenn ich kratzen könnte, bis ich durch die Scheibe wäre, vielleicht wüsste ich dann, was alle anderen wollen und fühlen.«

»Was ich fühle, weißt du«, sagte Eudora und blieb stehen, um Naomi ins Gesicht zu sehen. Ihre Miene war gekränkt. »Ich erzähle dir alles.«

Naomi schüttelte den Kopf. »Das tust du nicht«, sagte sie. »Das macht doch keiner, oder? Das ist das, was ich meine. Du erzählst mir vieles, aber nicht das, was dir am wichtigsten ist, was tief in dir verborgen ist. Alle anderen, die ich kenne, machen es genauso.

So sind wir alle, und manchmal halte ich das nicht aus. Ich halte es einfach nicht aus.«

Ihre Augen waren feucht, ihre Stimme war laut, sie fuchtelte mit den Armen, und Eudora sah sie an, als hätte sie mit dem Model T einen Hund angefahren. Warum sagte sie das alles, wie kam sie überhaupt darauf, das zu wollen, was sie gerade gesagt hatte? Angenommen, Eudora wüsste, was sie wirklich über Miles dachte, über Leo, über Ernest oder die Männer, die ihr auf der Straße begegneten. Angenommen, Eudora, deren Umgang mit den Patienten im Tamarack State so liebenswürdig war, wüsste, wie sie mit einigen der Gäste ihrer Mutter umsprang? Den jungen Frauen vor allem – wie sie ihnen den Rücken kehrte, wenn sie ihr etwas Trauriges anvertrauen wollten, wie sie trödelte, wenn sie ihnen die wehleidigen Bitten erfüllte. Es war unerträglich, wie sie sich trotz ihres vielen Geldes benahmen, als wäre ihr Leben vorbei und sie hätten nichts mehr zu erwarten. Unerträglich, dass sie sie mit den Bediensteten verwechselten und im selben Ton mit ihr redeten.

Eudora wusste nicht, dass sie ihnen manchmal etwas stiebitzte. Kleine Dinge, zu denen es ein Pendant gab, sodass sie monatelang nach einem Manschettenknopf, einem Ohrring, einem zweiten Kalbslederhandschuh suchten. Einen türkisen Strumpf, der erst nach Wochen vermisst wurde. Oder Briefe, die sie gerade so häufig entwendete, dass es ihnen Rätsel aufgab. Die Hausbewohner legten ihre Post in den Korb auf der Anrichte und vertrauten darauf, dass sie von ihr im Postamt aufgegeben wurde. Dann und wann zweigte sie einen Brief für sich ab und hielt sich auf diese Weise auf dem Laufenden darüber, was sie dachten. Oder sie stahl einen eingehenden Brief aus dem Stapel, den sie mitbrachte, und hörte dann mit ausdrucksloser Miene zu, wie sie darüber jammerten, dass ihre Angehörigen ihnen nicht schrieben.

Eudora griff nach ihrer Hand, sie blickte besorgt. »Was ist los?«, fragte sie. »Was entgeht mir bei dir?«

Sie hatten am Findling kehrtgemacht und liefen nun zurück ins Dorf, zu ihren Familien und ihrer Arbeit und zu ihrem Leben, das sich nie, nie mehr ändern würde, dachte Naomi, höchstens, um sie noch mehr einzuschränken. Sie saugte die kalte Luft ein und versuchte sich auf die kahlen Lärchen, die Tamarakbäume, am Wegrand zu konzentrieren, die hier so gewöhnlich waren, dass sie dem Ort ihren Namen gegeben hatten. Jeder Ast von Zweigen gesäumt, jeder Zweig mit winzigen Knospen besetzt, aus denen im Frühling unglaublich zarte, weiche, blassgrüne Nadeln sprossen, die den Sommer über nachdunkelten und, wenn es wieder kälter wurde, sich erneut heller färbten, bis sie ein wunderhübsches Gelb annahmen und kurz vor Thanksgiving zu Boden rieselten. Auf der Erde bildeten sie einen goldenen Schleier. Hundertmal schon hatte sie die Lärchen gemalt, sie waren zu jeder Jahreszeit schön. Nicht ein einziges Mal hatte sie Eudora oder einem anderen Menschen erzählt, wie sehr sie die Bäume liebte.

»Was ist los?«, wiederholte Eudora.

»Nichts«, gab Naomi zur Antwort. *Alles*, dachte sie.

7

An dem langen Thanksgiving-Wochenende schien durch unsere neue Sitzordnung, zu der Ephraim bei seinem Vortrag so beiläufig den Anstoß gegeben hatte, in uns etwas aufzubrechen. Ausgehend von Miles' Annahme, dass vermutlich jeder von uns etwas Interessantes mitzuteilen habe, fingen wir an, darüber zu spekulieren, was für Themen wir vielleicht so aufpolieren konnten, dass sie den anderen an einem Mittwochnachmittag zu präsentieren waren. Alte Steckenpferde, neue Passionen, hart erarbeitete Fertigkeiten. In unserem früheren Leben geliebte Bücher. Einige fanden neuen Geschmack am Lesen oder an Gesprächen, einige begannen Tagebuch zu schreiben, einige fingen an, nicht mehr nur über ihre Vergangenheit nachzudenken, sondern auch über ihre Zukunft: Man könnte es Hoffnung nennen; es führt immer zu Unruhe. Eine Weile schien die Luft um unsere Balkone zu flimmern, als stünden die Geländer unter Strom. Auf dem Schiff von Hamburg nach New York, erinnerte sich Leo, hatte das der Himmel auch getan.

In der folgenden Woche kam ein Brief von seinem alten Freund Vincenzo aus dem Filterhaus in der Zuckerraffinerie, wo Leo anfangs gearbeitet hatte. Voll Zorn schrieb dieser, nach einem Brand in der Lagerhalle seien drei Arbeiter mit ungarischen Namen entlassen worden, ohne dass es mehr Beweise gegen sie gab, als dass sie mit einem früheren Mannschaftsmitglied eines der deutschen Handelsschiffe befreundet waren, die im Hafen festgehalten wurden. Dunkle Daumenabdrücke säumten das mit großen schwarzen Wörtern vollgeschriebene Blatt, auf dem die Zeilen schräg zur rechten unteren Ecke hin verliefen. *So ist das jetzt – ist besser, dass Du weg bist. Jeder, der im Ausland geboren ist, wird verdächtigt, wenn was passiert. Manchmal wünschte ich, ich wäre da oben bei Dir. Kriegt Ihr gut zu essen?*

Gedankenverloren strich Leo über das schmuddelige Papier, eine Erinnerung an die Zeiten, als er Knochenkohle in die riesigen Filter zur Klärung des Zuckersaftes gefüllt hatte. Vincenzo und er hatten Seite an Seite gearbeitet, von oben bis unten so schwarz, dass sie nur an den Zähnen und Augen zu unterscheiden waren. Ohne Vincenzos Anleitung – ohne Vincenzo, der mittags Brot und Käse mit ihm geteilt, ihm die billigsten Schuster gezeigt, die besten Zeiten in der öffentlichen Badeanstalt verraten und ihn dem chemischen Leiter vorgestellt hatte – hätte er nicht überlebt.

Er hatte die Arbeit angenommen, als er kurz vorm Verhungern war, nach wochenlangen Bemühungen um eine Stelle in einem Krankenhaus oder einer Universität, irgendeinem Betrieb mit Laboratorium. Je nach Aussehen des prospektiven Arbeitgebers hatte er auf Russisch, Deutsch und manchmal auf Jiddisch Auskunft über seine Ausbildung und seine Lehrjahre gegeben – er hatte bei der Landung nur wenig Englisch gekonnt. Mit der Zeit lernte er, nicht überrascht zu sein, dass er nicht verstanden wurde. Nicht überrascht zu sein, dass man ihn für dumm hielt. Als er schließlich bei der Raffinerie landete, hatte er gelernt, jedem dankbar zu sein, der ihm überhaupt entgegenkam.

New York war völlig anders, als er es sich vorgestellt hatte, aber er hatte sich, in seinem engen, mit mehreren anderen geteilten Zimmer in Tobias' und Rachels Wohnung, beim gleichen billigen Bier zu billigen Mahlzeiten wie seine Kameraden, mit denen er zusammen irgendwelche Drecksarbeit verrichtete, lange Zeit eingeredet, dass er Fortschritte machte. Er lebte genauso wie die Iren, Sizilianer, Ruthenen und Polen, die er traf, genauso wie die Finnen, Juden und Deutschen, als Teil der großen Masse – bis ihm mitten in einem Satz oder bei einer Arbeit etwas einfiel, das er gelesen oder studiert hatte, oder ein Experiment, das ihn früher einmal vollkommen in den Bann gezogen hatte. Dann sah und hörte er nichts mehr von dem, was um ihn herum geschah, und fühlte sich für ein paar Minuten mutterseelenallein. Er war wieder ein Junge, der in einer weißen Porzellanschale Zucker und Kaliumchlorat verrührte und mit Schwefelsäure beträufelte, und wenn es dann qualmte, einen Schritt zurück trat und zusah, wie sich in der Schale ein Kohlenstoffkegel bildete.

Irgendjemand, dem seine Tagträumerei auf die Nerven ging, pöbelte ihn an, und der Junge mit dem Experiment verschwand. Anstelle seiner sauberen Hände, seiner Ambitionen und der munter plappernden aufgeweckten Freunde, die sich mit Physiologie oder chemischen Bindungen befassten, arbeitete er mit Männern zusammen, die bei den Bereitschaftsparaden mit durch die Straßen marschierten. Gemeinsam mit den Arbeitgebern, die sich an den Kosten für das gigantische Leuchtbanner über der Fifth Avenue beteiligt hatten – ABSOLUTE UND UNEINGESCHRÄNKTE TREUE ZU UNSEREM LAND –, und Fremden, die beim Klang seines Namens die Augen zusammenkniffen. In Brooklyn, erinnerte ihn Vincenzo, nahmen viele neue Namen an. Der Sprengstoffanschlag auf Black Tom Island, der verübt worden war, während er auf der Krankenstation lag, und für den man deutsche Spione und ein paar Deutschamerikaner, bei denen sie gewohnt hatten, verantwortlich machte, hatte die Situation noch verschlimmert.

Trotzdem, dachte Leo, hätte er die Stadt nicht aus freien Stücken verlassen. Wie hatten Ephraims Rosa und ihre Brüder den Mut gefunden? Für sie, wie für ihn, war New York seit der Landung mit dem Schiff ihr Zuhause gewesen. Erst nachdem die Stadt ihn ausgestoßen hatte, war ihm klar geworden, dass er nicht richtig an den Rest dieses riesigen Landes geglaubt hatte. Ephraim behauptete, westlich der Adirondacks gehe der Staat New York noch mehrere hundert Meilen weiter: grüne Hügellandschaften,

Flüsse und Täler, Ortschaft um Ortschaft, und hinter der Grenze kamen Pennsylvania, Ohio, Nebraska … wer konnte sich Nebraska vorstellen?

Leo las den Brief noch einmal und ging dann widerstrebend ins Bett, wo er schlecht schlief. Ein paar Tage darauf bekam er einen zweiten, noch weniger erwarteten Brief. Als er seine Anstaltszeitung aufschlug – *Die Gute-Laune-Postille* –, sah er zu seiner Verwunderung einen kleinen weißen Umschlag ohne Adresse und ohne Briefmarke aus den Matrizenabzügen fallen und auf seinem Schoß landen. Er enthielt einen mit blauer Tinte beschriebenen Zettel: *Ich liebe Dein dunkles Haar, ich verliere mich in Deinen Augen, Du hast wunderschöne Hände. Ich träume davon, sie zu berühren. Und alles andere an Dir auch. Ich träume von Dir. Ich träume davon, Dich zu berühren.*

Keine Unterschrift, keine Anrede. Vielleicht war er für einen anderen gedacht? Nachdem er einen Tag lang versucht hatte, den Brief zu ignorieren, zeigte er den Inhalt zunächst Ephraim und dann den anderen an seinem Tisch im Speisesaal. Dahinter müsse einer der Patienten stecken, die das Wochenblatt zusammenstellten, meinte jemand.

»Eine Patien*tin*, hoffentlich«, setzte Ephraim hinzu und sorgte damit hier und da für ein Grinsen. Ian dachte sofort an die Dicke, die die Besucherliste führte, während Frank vermutete, es könnte die Kleine sein, die das Gedicht über die sterbenden Chrysanthemen geschrieben hatte. Oder vielleicht diese traurige Frau – Abigail? Adelaide? – Anfang dreißig, die die Zeitungen verteilte, ohne je einen von ihnen anzusehen.

Leo legte den Brief beiseite, konnte sich aber nicht entschließen, ihn wegzuwerfen. Irgendetwas daran rührte ihn, nicht sein Inhalt, sondern die rätselhafte Form seiner Übermittlung, und das veranlasste ihn, mehr Zeit in unserer armseligen Bücherei zu verbringen. Die Frauen hatten andere Ausleihzeiten, und ihm würde dort keine begegnen. Trotzdem setzte er sich so, dass er vom Korridor aus zu sehen war, vertiefte sich in alte *Scientific-American*-Hefte und fragte sich dabei, ob die Briefeschreiberin ihm vielleicht im Vorbeigehen ein Zeichen geben würde. Wer mochte sich von ihm angezogen fühlen? Mit seinem blassen Gesicht, den dünnen Beinen, den eingesunkenen Schultern; jetzt wo er so viel Gewicht und Kraft verloren hatte. Als er jünger war, war er stolz auf seinen Körper gewesen, doch wenn sich je wieder eine Frau für ihn interessierte, dann gewiss nicht mehr wegen seines Aussehens. Seine letzte Romanze – sie waren alle nicht von langer Dauer gewesen – war vor über einem Jahr zu Ende gegangen, und seitdem hatte es bloß Arbeit und die Krankheit gegeben. Ganz unmöglich war es nicht, dachte er, dass die Frau, die ihm geschrieben hatte, auch ihm gefiel. Er saß in der Bücherei, las einen Artikel über die Geometrie der Schneeflocken, betrachtete die Mikrofotografien und wartete darauf, dass die Briefeschreiberin sich zeigte. Und auf die Weise verpasste er den Besuch von Ephraims Freund.

BESUCHSZEITEN: Zweimal im Monat am späten Nachmittag, zur gleichen Stunde wie unsere Treffen, doch glücklicherweise nicht am selben Tag. Der erste Dienstag im Dezember wurde spärlich genutzt, wie wir es erwartet hatten; viele würden auf den dritten Dienstag warten, wenn Weihnachten näher war. Bennys Schwester kam und brachte eine Topfpflanze. Ians Mutter kam aus Albany. Polly bekam Besuch von ihrem früheren Verlobten, der die Verlobung gelöst hatte, als sie krank wurde, aber neuerdings, weil er von einem gemeinsamen Freund gehört hatte, dass sie sich mit einem Schweißer aus Yonkers zusammengetan hatte, wieder Interesse zeigte. Zwei junge Männer aus dem privaten Sanatorium auf der anderen Seite des Dorfes statteten Lydia einen Besuch ab – sie war eines Abends heimlich zu einem verbotenen Tanz dort ausgebüxt –, und Ottos Neffe kam mit einer Kiste voll selbstgemachter Geschenke von seiner Familie in Utica.

Auch Ephraim hatte an diesem Nachmittag ausnahmsweise einen Gast. Rosa kam, weil er es so wünschte, nur ganz selten zu Besuch; sie wurde zu Hause in Ovid von ihren Töchtern gebraucht, und von ihren Eltern, und er zählte darauf, dass sie die Familie durchbrachte, bis er wieder gesund war. Einmal waren seine eigenen Eltern aus New York angereist, und verschiedentlich waren freundlicherweise ein paar junge Männer aus Ovid vorbeigekommen, die in der Nähe geschäftlich zu tun hatten, aber Felix war noch nie dabei gewesen, und deshalb war Ephraim überrascht, ihn jetzt zu sehen.

Um fast zehn Jahre jünger als Ephraim, war Felix der kleine Bruder von Rosas Schwager: lebhaft, aufbrausend, ungeduldig beim Äpfelpflücken und Bäumebeschneiden. Das Arbeitskomitee hatte ihn in die Konservenfabrik versetzt, aber dort hatte es ihm auch nicht gefallen, obwohl er sich bei der Reparatur von Maschinen als sehr geschickt erwiesen hatte. Schließlich hatte ihn ein Vorarbeiter, der es leid war, ihn zu erziehen, aber nach Möglichkeit seine Begabung fördern wollte, nach Syracuse geschickt, wo die Brüder, die die Konservenfabrik aufgebaut hatten, eine Gießerei besaßen. Kurz vor Felix' Ankunft war das Werk in ein Montagewerk für Granaten umgewandelt worden. Man gab ihm eine Stelle in der Putzerei, wo er zusammen mit sechzig weiteren Männern Granathülsen bürstete und mit benzingetränkten Lappen von Schmierfett befreite.

Ephraim hatte Felix nie gut gekannt, aber es war angenehm, mit ihm auf einer Bank im Garten draußen vor dem Solarium zu sitzen. Den Rücken von der hohen Mauer geschützt, bei gleißendem Sonnenschein, war ihm so warm, dass er seine Jacke aufknöpfte, während Felix die Spatzen am Springbrunnen mit Brotkrumen fütterte. Den größten Teil seines Lohns, erklärte Felix, schicke er nach Ovid – *nach Hause*, dachte Ephraim, und stellte sich das weiche braune Muttermal auf Rosas Oberschenkel vor –, und bald sei er dran, in die Gießerei selbst versetzt zu werden, wo er vielleicht ein paar nützliche Dinge lernen könne.

Er zerkrümelte noch ein altes Brötchen und streute aus den Krumen einen Weg, der von der Erde über die Spitze eines seiner Arbeitsschuhe und wieder auf die Erde führte. »Ob die Vögel das mitmachen?«, fragte er.

»Warte nur ab«, sagte Ephraim. »Sie sind genauso zahm wie wir; sie wissen, dass wir ihnen nichts tun können. Manchmal fressen sie uns direkt aus der Hand.«

Während ein Spatz auf seinen Stiefel zuhüpfte und die Krumen aufpickte, fuhr Felix mit der Schilderung seiner Pläne fort – ganz so, als ob, dachte Ephraim, Plänemachen jemals einen Sinn hätte. Bis vor kurzem, berichtete Felix, sei die Arbeit in Ordnung gewesen, aber jetzt habe der Betrieb Bestellungen für Millionen von Granaten aus Russland und England, und die Besitzer würden die Arbeiter bis an ihre Grenzen treiben. Um das Werk war ein Zaun errichtet worden; man hatte einige Gewerkschafter verhaftet. Jetzt wurden alle, bevor sie aufs Gelände durften, von Wachposten durchsucht, nach dem, was sie Hetzschriften nannten, und sogar nach einfachen Zündhölzern. Felix' Schuppen mit den dichtgedrängten Arbeitstischen, auf denen die Männer Schüsseln voll Benzin und Berge von getränkten Lappen stehen hatten, befand sich in unangenehmer Nähe zu Gebäuden, in denen Sprengkapseln, Schrapnell und Pulver gelagert wurden. Jede Woche stieg das Soll, und mit ihm die Unzufriedenheit. Die spätabendlichen Versammlungen, die Beschwerden bei den Vorarbeitern nahmen zu.

»Ich mache mir Sorgen«, sagte Felix und klopfte mit der Schuhspitze auf den Boden, sodass der Spatz davonschoss, »dass was passiert.«

»Was soll denn passieren?«, fragte Ephraim.

Statt ihm direkt zu antworten, griff Felix in den mitgebrachten Stoffbeutel – ein sauberes Hemd und Proviant für die Bahnfahrt, hatte Ephraim geglaubt – und holte eine brotlaibgroße Blechschachtel hervor.

»Was ist das?«

»Mein Freund Joe hatte sie in seinem Schrank, und als er suspendiert wurde, weil er ein paar Arbeiter versammelt hatte, um über einen möglichen Streik zu beraten, hat er sie mir zugeschmuggelt, bevor die Wache kam, um seine Sachen zu durchsuchen. Er meinte, wir würden alle entlassen werden, wenn sie jemand entdeckte, und bat mich, ein Versteck zu finden, wo sie bis zu einem großen Treffen, zu dem er im Sommer will, sicher ist. Ich habe sie noch am selben Abend in meinem dreckigen Arbeitszeug mitgenommen, aber dann wusste ich nicht, wohin damit. Da wo ich wohne, bleibt nichts vor den anderen verborgen.«

Er machte die Schachtel auf und zeigte Ephraim die Artikel aus den sozialistischen Zeitungen, die Flugblätter der IWW, eine Ausgabe einer anarchistischen Monatsschrift in russischer Sprache, zwei kompakte Spulen aus Kupferdraht, eine ungefähr spielkartengroße Scherbe einer weißen Keramikfliese und drei Bleistifte, die bei näherer Betrachtung nicht ganz wie Bleistifte aussahen. Ephraim strich über den Draht und drehte dann einen der Stifte zwischen den Fingern. »Und das ist …?«

»Zuerst war ich nicht sicher«, sagte Felix, »aber ich lese Zeitung wie du auch, ich sehe, was du siehst: Mit solchen Dingern haben Spione Brandanschläge gemacht. Wobei der Draht und die Fliese … vielleicht sind das einfach Sachen, die Joe anderen Arbeitern abgenommen hat.«

»Aber warum gibt er sie dir?«

Felix hob die gespreizten Hände vor die Brust. »Das weiß ich nicht. Aber als ich ihn bat, mir die Schachtel wieder abzunehmen, hat er gemeint, das kann er nicht, und ich musste ihm versprechen, sie bis zu dem Treffen im Sommer sicher zu verwahren. Du weißt ja, was überall mit den Gewerkschaften los ist. In unserer Fabrik wird es erst mal ziemlich schlimm werden.«

Er sah Ephraim an und schaute dann wieder weg. »Also – ich habe Joe gesagt, ich würde die Schachtel herbringen und bei dir lassen. Du bist so weit weg, so was würde niemand hier vermuten.

Ihr habt hier keine Arbeiterbewegung, keine Streiks oder Kundgebungen. Bloß lauter Kranke und jede Menge Wald.«

Als er Ephraims finsteren Blick sah, schoss ihm die Röte ins Gesicht. »Ich weiß, ich hätte dich vorher fragen müssen.«

»Ich verstehe nicht, warum du mich da mit hineinziehen musst«, sagte Ephraim. Eingerahmt zwischen den Gartenmauern, wurde der Wald, der Bazillen und Sorge von ihm fernhalten sollte, ein wenig unscharf, ein Zeichen, dass es wieder Schnee geben würde.

»Weil«, sagte Felix und sah dabei über Ephraims Schulter, »ich ein bisschen mehr mit den Gewerkschaftsaktivisten zu tun habe, als gut ist. Und wen soll ich sonst fragen? Du gehörst zur Familie.«

Es war offensichtlich verkehrt, dachte Ephraim, und jedenfalls riskant, die Schachtel zu behalten. Doch genauso unmöglich war es, Felix' Bitte abzulehnen. Er gehörte wirklich zur Familie und zugleich zur Gemeinschaft in Ovid, und Felix würde sich nicht an ihn wenden, wenn es nicht wichtig wäre. Aber er würde deswegen auch nicht in seiner Schuld stehen wollen. Beiläufig, so als wäre nichts gewesen, wandte Ephraim den Blick von den Bäumen und sagte: »Du wirst sie wieder abholen?«

»Wahrscheinlich eher Joe«, sagte Felix, »oder ein anderer Freund von ihm. Aber irgendwer kommt auf jeden Fall.«

Dann wechselten sie übergangslos das Thema und redeten über Felix' Eltern und Rosas Schwestern und Rosa selbst und schließlich über Ephraims Fortschritte und die Frage, wann er – »Bloß noch ein paar Monate«, sagte Ephraim, »da bin ich mir sicher« – entlassen würde und nach Hause dürfe.

Leo erfuhr von dem Besuch erst nach dem Abendessen, als Ephraim und er gemeinsam in ihr Zimmer zurückkehrten. Sobald sie draußen auf ihren Liegen saßen, reichte ihm Ephraim die äußerlich unschuldig wirkende Schachtel und bat Leo hineinzuschauen. Genau wie Ephraim vorher, blätterte Leo die

Zeitungsausschnitte und Hefte durch – die meisten nicht brisanter als das, was nach jedem Besuchstag in unserer Bücherei auftauchte –, sah sich die Drahtspulen und die Keramikscherbe an, nahm die seltsamen Bleistifte in die Hand und lauschte dabei Ephraims Bericht über den Besuch.

»Was meinst du, wie tief Felix in der Sache drinsteckt?«, fragte Leo.

»Keine Ahnung«, sagte Ephraim. »Er neigt zu Übertreibungen, aber trotzdem … wüsste ich wirklich gerne, was er treibt. Und ich wünschte, er hätte die Schachtel nicht hergebracht. Aber er ist ein guter Junge. Kein so komischer Kauz wie ich jedenfalls.«

»Na ja, gegen ihn ist vielleicht nicht unbedingt was zu sagen«, erwiderte Leo. »Bloß … es wird alles so verzwickt. Jetzt soll eines Tages irgendein Fremder vorbeikommen und sie abholen. Ich hätte Felix die Bitte abgeschlagen.« Stirnrunzelnd dachte er an die vielen ärmlichen Dinge – alte Flinten, abgewetzte Messer, selbstgebastelte Sprengkörper, hingeschmierte Flugblätter –, die ihm in seinem letzten Jahr in Odessa zu Gesicht gekommen waren. Menschen waren verhaftet worden, bloß weil man solche Dinge in ihrer Nähe gefunden hatte.

»Nein, nicht wenn er dein Verwandter wäre«, sagte Ephraim und erinnerte Leo wieder einmal daran, was ihm fehlte.

Auch Miles war in dieser Woche verstört. Auf unterschiedlichen Wegen erreichten ihn zwei Briefe, der erste in einem kleinen, schweren Paket. Aus Doylestown schrieb sein Freund Edward Hazelius:

Schlechte Neuigkeiten, mein Freund. Nicht von Lawrence, Gott sei Dank, obwohl ich schon seit Wochen nichts von ihm gehört habe. Aber so vieles von dem, was uns wichtig war, ist untergegangen. Die unvergleichlichen Entenschnabelsaurierknochen, die wir mit den restlichen Funden der Expedition gen Osten verschifft haben und die für das Museum in London bestimmt waren, sind allesamt verloren. Der Dampfer, der sie in Halifax übernommen hat, ist von einem U-Boot beschossen worden und liegt nunmehr auf dem Meeresgrund. Einige, aber nicht alle Mitglieder der Crew konnten von einem vorbeifahrenden Handelsschiff gerettet werden. Die Fossilien sind alle weg. Wenn ich an unsere Mühen denke, all das Hauen und Bürsten und Einwickeln in Gipsbandagen und die Arbeit, sie auf die Wagen und ins Boot zu laden, ganz abgesehen von der Arbeit derjenigen, die anschließend zwei Jahre lang die Knochen restauriert und für die Verschiffung vorbereitet haben – ich kann nicht glauben, dass das alles durch einen einzigen Akt der Barbarei verlorengegangen ist.

Ich wünschte, wir würden endlich losschlagen – Du nicht auch? Dass wir in diesen Krieg eintreten, ist unausweichlich, unser Zögern wird mit jedem Tag nur künstlicher. Ich schäme mich immer mehr, ein Amerikaner zu sein, und wenn ich jünger wäre, würde ich es wie Lawrence machen, ich würde auf der Stelle nach Kanada reisen und mich freiwillig melden und hoffen, mich an denen zu rächen, die unsere schönen Entenschnäbel versenkt haben. Es tut mir leid, der Überbringer dieser schlechten Nachrichten zu sein, aber ich wusste, dass Du gerne Bescheid wissen würdest. Lawrence kämpft für eine gerechte Sache; das ist ein Trost.

Mit ins Paket stecke ich – es ist ein verfrühtes Weihnachtsgeschenk, ich habe eine Entschuldigung dafür – eine Fundsache, an der Du vielleicht Vergnügen finden wirst. Du erinnerst dich ja gewiss an meine Großtante Grace, die uns unsere ersten Versteinerungen gezeigt hat. Letzten Monat hat Mrs Smithson beim Aufräumen des Dachbodens ein paar Bücherkisten gefunden, die Grace dort vor Jahren abgestellt hatte. Sie enthalten lauter Exemplare eines Traktats von Caleb Bernhard, meinem Urgroßvater. Weißt Du noch, wie wir als Jungen in dem Buch geblättert haben? Damals hatte ich keine Ahnung von der verwandtschaftlichen Beziehung.

So verschroben das Buch auch heute wirkt, schätze ich es doch als etwas, das damals unser Interesse an der Sache geweckt hat, und ich dachte, Du würdest vielleicht gern ein eigenes Exemplar besitzen. Möge es Dich an Deinen langen Abenden im Bett unterhalten. Ich werde daran denken, wie Du es liest, während ich durch Arizona reise (wo ich meinen Weihnachtsurlaub verbringen werde; eine ganz kleine Exkursion, bei der du mir bitter fehlen wirst).

Von Mr Maskers wirst du gehört haben, dass es in Deinem wie meinem Werk ein paar kleine Zwischenfälle gegeben hat. Nichts Besorgniserregendes, nur das übliche Murren. Die Unruhestifter sind entlassen worden.

Das Paket enthielt ein braunes, nach Leder und Stockflecken riechendes Buch. Miles empfand beim Anschauen nichts. Keine Wehmut, kein plötzliches Wiedererkennen. Was sollte er mit diesem alten Traktat von eher theologischem als paläontologischem Charakter? An Edwards Großtante konnte er sich kaum noch erinnern; ihr Gesicht war weg, und wenn er an sie dachte, sah er nur noch ihre schmalen runzligen Hände, wie sie Fossilien umfassten oder wie ihre Rechte mit schnellen steilen Strichen Zeile um Zeile füllte. Er wollte keine Erinnerungen an die Vergangenheit, sondern sehnte sich nach Arizona, Knochenfundstellen, Bergen, klarer Luft. Reisen, Freiheit, Arbeit. Wenn nicht das, dann wollte er wenigstens – zumindest bis er zwei Tage später den nächsten Brief bekam – Post von Lawrence.

Ich habe meinem Vater nicht geschrieben. Was sollte ich ihm sagen? Ich lebe. Ich kann Dir nicht sagen, was ich hier durchmache. Was ich gesehen habe. Was ich getan habe. Und wo ich hier bin. Dreck über mir, Schlamm unter mir, neben mir lebendige Männer, die schlafen, und um uns verstreut Tote, so gründlich mit Erde vermischt, als wären sie von vornherein zu Dünger bestimmt gewesen.

Heute Nachmittag sind wir vollständig in weiße Nebel gehüllt. Ich kann die Männer rundherum hören, aber nicht sehen. Ich kann den Briefbogen nur sehen, wenn ich ihn mir dicht vor die Nase halte. Die

Luft steht, der Nebel rührt sich nicht. Nebel, Gas, Dunst, Rauch – ich kann den Unterschied nicht mehr erkennen, bevor es zu spät ist, aber bis er gekommen ist, habe ich auf ein Flugzeuggerippe im Baum neben mir geguckt. Der Mann, der drinsaß, vollkommen verkohlt, die Arme und Beine völlig verbrannt, sah aus wie eine Zigarre. Ich vermisse Euch und denke oft an unsere gemeinsame Zeit in Alberta.

8

Kurz nachdem Miles diese Briefe erhalten hatte und ohne jede Ahnung davon, wie sie sich auf uns auswirken würden, kamen wir zu unserem üblichen Mittwochstreffen zusammen. Wir freuten uns mehr darauf als sonst: Dr. Petrie war mit seinem Vortrag an der Reihe, und wir hofften, vielleicht etwas Neues über ihn persönlich zu erfahren. Er kannte Teile von uns, die wir selbst nicht kannten: nicht nur die Verkalkungen in unseren Lungen, die tuberkulösen Veränderungen an unseren Knochen, die Wunden und Entzündungen, die wir unter unseren Kleidern voreinander verbargen, sondern auch unseren Anblick, wenn er uns die traurige Mitteilung machte, dass wir uns mit einem weiteren halben oder ganzen Jahr in diesen Mauern abfinden mussten. Er wusste eine Menge über uns, aber wir wussten damals fast nichts über ihn als Privatmenschen.

Er hätte uns damals beispielsweise niemals erzählt, warum er so klein war. Es wäre ihm unangebracht erschienen, dass wir von seiner eigenen Tuberkulose erfuhren, die seine Wirbelsäule befallen hatte, als er noch ein Kind war, sodass seine Wirbel verformt wurden und sein Wachstum endgültig zum Stillstand kam, bevor er einen Meter fünfzig erreichte. Obwohl er vor Schmerzen manchmal ein wenig abwesend und wortkarg war, verbarg er die Ursache und kleidete sich so, dass die Verkrümmung unterhalb seines Halses und der Höcker an seiner schiefen Schulter möglichst kaschiert wurden. Als er an diesem Tag den Raum betrat, rieb er sich sogar ausnahmsweise die Schulter, hörte aber sofort damit auf, als er merkte, dass Ephraim ihn beobachtete.

Es waren nur noch wenige Wochen bis Weihnachten, und das Personal hatte an den Balken riesige Girlanden aufgehängt und einen gigantischen Baum geschmückt. Die Ähnlichkeit zwischen dem um den Fuß arrangierten Tuch und dem in fast dem gleichen Farbmuster gehaltenen grünkarierten Schal, der Dr. Petries spitzen Bart vorschob, löste bei einigen von uns verwunderte Blicke aus. Er lächelte über dem Schal, entspannte seine Schultern und begann unser achtes Treffen mit der Ankündigung, er wolle uns von dem berichten, was er im Frühjahr 1915 in Frankreich erlebt habe. Die französische Regierung, erklärte er, hatte ihn gebeten, ihre Militärkrankenhäuser zu besichtigen und ihre Pläne zur Behandlung tuberkulosekranker Soldaten zu begutachten.

»Miles hat mir von seinem jungen Freund Lawrence erzählt, der mit den kanadischen Truppen drüben kämpft«, fügte er hinzu, »und dadurch habe ich noch einmal über meine Zeit dort nachgedacht. Ich hatte es schon länger aufschreiben wollen.« Sein Blick wanderte zu etwas auf seinem Schoß. »Ich weiß, dass diese Vorträge zwanglosen Charakter haben sollen. Aber ich habe noch nie ohne Notizen sprechen können, deshalb hoffe ich, Sie haben keine Einwände, dass ich von diesen hier ablese.«

Gewöhnlich stand er über uns, während wir passiv im Bett lagen; er fragte, und wir antworteten; er schrieb mit kräftigem Strich auf, was unsere Körper ihm offenbarten. Bei seinen Runden wirkte er so stark und beruhigend, dass wir oft vergaßen, wie klein er unter seinem Stethoskop und dem gestärkten weißen Kittel war. Doch hier, wo er als Gleichberechtigter in unserem Kreis saß, zitterten ihm die Finger mit den Karteikarten, seine Stimme bebte, und er konnte nicht verbergen, dass er die Zehen strecken musste, um mit den Füßen auf den Boden zu kommen. Das mag der Grund dafür gewesen sein, weshalb seine Schilderung der Verbreitung von Tuberkulose in Frankreich ein wenig langweilig war.

Mit heller, tonloser Stimme berichtete er von der eiligen Mobilisierung der französischen Armee und der Tatsache, dass man versäumt hatte, alle Soldaten gründlich zu untersuchen. Viele, erklärte er, hätten an latenter oder beginnender Tuberkulose gelitten, die sich unter den feuchtkalten Bedingungen in den Schützengräben rasch zur akuten Krankheit entwickelte und in den überfüllten Unterkünften schnell unter den Männern ausbreitete. Lydia schnitt eine Grimasse und sah Nan an, die zur Antwort die Augenbrauen hochzog – wollten wir so etwas hören? –, doch fiel das Dr. Petrie nicht auf, der sich stattdessen durch Eudoras interessierte Miene ermutigt fühlte. Die Kranksten wurden nach Hause geschickt, fuhr er fort, obwohl es dort keine ausgebildeten Tuberkuloseschwestern, nur sehr wenige Sanatoriumsbetten und keine Spezialabteilungen in Krankenhäusern gab. Am schlimmsten war Paris, wo die Soldaten auf die Flüchtlinge trafen, die vor dem Einmarsch der Deutschen geflohen waren. Und nur wenige französische Ärzte besaßen die Erfahrung der Sanatoriumsärzte in unserem Land. Dr. Petrie hatte Krankenhäuser und Flüchtlingsheime, Truppenlager und Gefängnisse besucht, Rat gegeben und Material für seine Berichte gesammelt. Einige der Daten habe er dabei, auf diesen Karten zusammengefasst …

Wir mieden es, uns anzusehen. Dank eines New Yorker Arztes, der, seitdem Dr. Petrie ihm vor ein paar Monaten unsere beklagenswerte Bücherei geschildert hatte, die Tageszeitungen sammelte und sie uns in Paketen abgepackt mit der Eisenbahn zusandte, konnten wir neuerdings aktuelle Nachrichten über den Krieg lesen. In Anbetracht dessen wären wir jetzt auf Einblicke von jemandem, der unmittelbar dabei gewesen war, gespannt gewesen, aber dies war alles andere als das. Es gab bloß Diagramme, Tabellen und Zahlen. Unsere Augen wurden trübe, nur Miles beugte sich begierig nach vorn.

Als Dr. Petrie endete, murmelten wir höflich; Pietr lobte seinen Schal und Olga die ordentlichen Tabellen. Wir schafften es, einander nicht zu sagen, was wir dachten oder wie viel lieber wir etwas von ihm persönlich erfahren hätten, doch in der folgenden Woche erschien nur die Hälfte von uns zu seinem Vortrag. Wir waren innerlich vorbereitet auf eine trockene Aufzählung von Fakten. Aber bei seinem zweiten Vortrag überraschte uns Dr. Petrie: Mit seinem dämlichen Schal war auch seine Nervosität verschwunden. Nach einigen wenigen Sätzen über die Pflege tuberkulosekranker Soldaten ging er auf einmal zu einer Beschreibung der ersten Tage Anfang Mai über, als er zusammen mit allen anderen verfügbaren Ärzten und Wissenschaftlern im Land eilends in ein riesiges Behelfslazarett gebracht worden war, um bei der Behandlung der Opfer des ersten deutschen Gasangriffs zu helfen.

Er schilderte seine hastige Anreise, die Straßencafés mit ihren vielen kleinen Tischen, die Männer, die mit Mädchen ohne Kopfbedeckung spazierengingen, das bunte Bild der Soldaten und Seeleute aus Siam und Senegal zwischen *Poilus* und Tommys. »Platanen«, sagte er, den Blick auf die gegenüberliegende Wand gerichtet, als wären sie dort aufgemalt, »und die Gärten, die Strohdächer, die Birnen als Spalierbäume an den Hauswänden – Sie sollten sehen, was man da drüben alles mit Obstbäumen anstellt.«

Er beschrieb die Felder, die so wie hier mit Klee und Alfalfa und Roggen bestellt, aber mit unvertrauten leuchtenden Mohnblumen getupft waren. Als er uns diese vor Augen holte, fingen wir an, das zu sehen, was er gesehen hatte – wunderschön war das, sagte er, die unversehrten Regionen von Frankreich waren so schön –, und auf diese Weise kam es, dass wir auch die Verwüstung näher an der Front sahen, die zerfetzten Bäume und die zerwühlte Erde, die verbogenen Automobilwracks und, sobald er in Boulogne eintraf, die weit schlimmeren menschlichen Wracks.

In der Nähe von Ypres, berichtete er, hatten die Deutschen ein giftiges Gas ausströmen lassen, das Tausende französische Soldaten getötet und Tausende weitere verwundet hatte; ein paar Tage darauf sei der nächste Gasangriff erfolgt, diesmal gegen ein kanadisches Bataillon (an dieser Stelle zog Miles scharf die Luft ein);

dann seien rasch weitere gefolgt, und keiner habe gewusst, wie den Verwundeten zu helfen sei. Diejenigen, die nicht in den Schützengräben gestorben oder auf der Flucht umgekommen waren, waren in den primitiven Sanitätswachen unmittelbar hinter der Front zusammengebrochen.

»Als ich diese Männer sah«, sagte Dr. Petrie, »da – nichts hätte mich auf den Schock vorbereiten können.«

Seine Füße bebten gegen die untere Sprosse seines Stuhls. Gaskrieg, sagte er entrüstet, das sei das glatte Gegenteil von allem, wofür er sich zeitlebens eingesetzt habe. Er habe genauer gewusst als die meisten, was die Opfer durchmachten, und wir, die sich ebenfalls gut damit auskennen würden, wie beschädigte Lungen einem das Leben schwermachten, müssten eigentlich nachempfinden können, wie die Männer gelitten hätten. Das konnten wir; wir waren fasziniert von dem, was er erzählte, aber zugleich auch erschüttert, und die meisten von uns wären froh gewesen, wenn er es dabei belassen hätte. Doch irgendetwas an dem, was er gesehen hatte, zwang ihn weiterzureden und zwang uns, weiter zuzuhören. Wir machten keine Pause, sondern blieben starr vor Entsetzen in unserem Kreis sitzen. Und er fuhr fort:

»Eine Wolke«, sagte er, »eine grüne Wolke, vier Meilen lang und eine halbe breit, die langsam auf die Schützengräben zutrieb, mit dem Wind.«

In den ersten Minuten, so berichteten Dr. Petrie die Überlebenden, verursachte die Wolke Husten und einen trockenen Mund. Bald darauf jedoch zersetzte das Gas – ein ätzendes Gift – das Lungen- und Bronchialgewebe und führte zur sofortigen Entzündung. Die Männer husteten becherweise schaumige gelbe Flüssigkeit aus; einige husteten so stark, dass es ihnen die Lunge zerriss; er sah mit eigenen Augen zu, wie die Männer schäumten und in ihrer eigenen Körperflüssigkeit ertranken. Einige Männer, die auf der Oberschule Chemie gehabt hatten, hatten den Geruch von Chlor erkannt und sich daran erinnert, dass das im Urin enthaltene

Ammoniak seine Wirkung neutralisierte. Diese wenigen hatten so vielen wie möglich empfohlen, in ihre Taschentücher und Socken zu pinkeln und sich diese in den Mund zu stopfen. Durch die Wolken, die sich über sie ergossen, hatten sie über Zylinder gebeugte deutsche Soldaten gesehen, die durch die blitzenden Gläser ihrer Masken spähten.

Doch um die Wahrheit zu sagen, meinte Dr. Petrie, hätten ihm die meisten Soldaten im Lazarett gar nichts erzählt; sie hätten gewürgt und gekeucht und gehustet und sich erbrochen und wären krepiert. Hilflos hatte er mit den anderen Ärzten und Wissenschaftlern aus der Besuchergruppe versucht, die Leiden der Männer zu lindern. Wenn er sie zu sehen bekam, ertranken sie bereits, lagen schon reglos da und ertranken nach und nach, die Gesichter erst blau und zum Schluss dann schwarz. Damals habe er gedacht, sagte er – die Karteikarten hatte er inzwischen in seiner Hand zerknüllt –, dass eine Nation, die imstande sei, eine so niederträchtige Kampfmethode so kaltblütig einzusetzen, ihr Existenzrecht verwirkt habe und es verdiene, ihrerseits in die Enge getrieben und mit Leiden überzogen zu werden.

Ihm gegenüber im Kreis umklammerte Miles, der ganz bleich geworden war, seine Knie. »So ist es«, flüsterte er.

An diesem Punkt hätte jeder von uns etwas zu sagen gehabt; einige hatten Verwandte in Europa oder hatten früher welche gehabt, teils in dem sich ausdehnenden Block von Europa, der zurzeit unter dem Namen Zentralmächte zusammengefasst war, und teils in überrollten Gebieten. *Wir* hatten diese Gräueltaten nicht begangen, weder wir noch Leute, die wir kannten – aber wer denn überhaupt? Von Miles' gedämpfter Bemerkung überrascht, wechselten Leo und Ephraim einen Blick. Dr. Petrie atmete tief und röchelnd durch, dann fuhr er fort.

»Da ich keine direkte Hilfe leisten konnte«, sagte er leiser als zuvor, »versuchte ich an den Sterbenden möglichst viel zu lernen, in der Hoffnung, zur Entwicklung eines geeigneten Schutzes beitragen zu können. Bei den Autopsien sah ich, dass die Lungen, sobald der Brustkorb aufgeschnitten wurde, herausquollen und mit schäumender gelber Flüssigkeit gefüllt waren. Ein Anblick, der mindestens so schlimm, vielleicht schlimmer war als der einer total verseuchten Tuberkuloselunge. Und deshalb kam ich darauf ...«

Miles' Hände rutschten von den Knien. Seine Lippen, die genauso blass geworden waren wie sein Gesicht, öffneten sich, und er sank ohnmächtig zu Boden.

Rückblickend konnte Dr. Petrie nicht fassen, was er getan hatte. Unser Kreis bleicher, ungesunder Gesichter, die ihm so ernst entgegenblickten – was hatte er sich dabei gedacht, uns von zersetzten Lungen zu erzählen? Jetzt, wo wir alle so viel dichter zusammengeworfen sind und so wenig Privatsphäre haben, gesteht er dann und wann, dass er damals einsam war und trotz seiner Vorbehalte dagegen, sich unserem Kreis als Gleichberechtigter anzuschließen, der Verlockung unserer wöchentlichen Treffen nicht widerstehen konnte. Und er gesteht auch, dass er, einmal dabei, sein Publikum schlicht vergessen hat. Erst als Miles zu Boden sackte, ging ihm auf, was er getan hatte.

Das Treffen endete im Chaos. Die meisten von uns flohen ängstlich und besorgt aus dem Raum, während Dr. Petrie Miles mit Eudoras Hilfe wiederbelebte. Wenige Minuten darauf half er Miles in Naomis Auto und erbot sich, für den Fall, dass Miles erneut schwach wurde, mit ihr hinunterzufahren.

»Das ist bestimmt vorbei«, sagte sie und drückte gleichzeitig Miles beruhigend die Hand. »Es war bloß – ich glaube, er musste bei Ihrer Geschichte an seinen Freund Lawrence denken. Kommen Sie mit, wenn Sie wollen.«

Was war er für ein Idiot gewesen. Stotternd stieß er eine Folge von Entschuldigungen hervor und saß dann stumm vor Entsetzen über das, was er getan hatte, auf der Rückbank, um bei

Mrs Martin hastig zu erklären, was vorgefallen war, und schließlich Miles in sein schönes möbliertes Zimmer hinaufzubegleiten.

»Ich habe keine Kinder«, erklärte Dr. Petrie, während er Miles zwischen die frischen, sauberen Laken half und die Decken hochzog, »überhaupt keine Familie. Manchmal habe ich den Eindruck, dass ich deshalb wenig Gefühl für die Bindungen anderer habe.«

Miles griff nach einem hellbraunen Schal und sagte: »Den hat mir Lawrences Vater geschenkt.«

Was war das für ein Stoff?, fragte sich Dr. Petrie, als er ihn Miles um die Schultern legte. Kaschmir, Moschusochse, irgend so etwas Rares und Kostbares; er war unglaublich weich: Alpaka vielleicht? Alles in diesem Zimmer, konnte er nicht umhin zu bemerken, von den silbernen Bürsten zum Schlafanzug mit Monogramm und den lammfellgefütterten Hausschuhen, war teuer und elegant, wohingegen seine eigenen Zimmer in der Heilanstalt schrecklich kahl waren und seine wenigen Luxusdinge – ein schwerer Morgenmantel, der Schal mit dem grünen Schottenmuster – ihm von dankbaren verstorbenen Patienten vererbt worden waren.

»Edward hasst die Deutschen auch«, fuhr Miles fort, »genauso sehr wie Sie.« Und dann, während Dr. Petrie peinlich berührt von einem Bein aufs andere trat, erzählte Miles ihm von dem beschossenen Schiff und den versunkenen Dinosaurierknochen, und zeigte ihm erst den Brief von Edward Hazelius und anschließend den furchtbaren von Lawrence.

»Es hat mich sehr mitgenommen, von dem Gas zu hören und dem, was Sie gesehen haben«, sagte Miles und legte die Briefe wieder auf seinen Nachttisch. »Aber ich bin froh, dass Sie diesem Krieg auch nicht neutral gegenüberstehen.«

»Neutral ist ein komisches Wort«, gab Dr. Petrie unverbindlich zur Antwort. Er war in Frankreich wütend geworden, aber nicht bloß auf die Deutschen; alle hatten Schuld, dachte er, vor allem die Generäle. Um zu verhindern, dass Miles ihm noch mehr Ansichten unterstellen konnte, die er nicht wirklich teilte, wandte er sich zur Tür. »Sie müssen sich ausruhen«, sagte er. »Kann ich noch irgendetwas für Sie tun, bevor ich gehe?«

Mit einem Seufzer ließ sich Miles in seinen weichen Kissenberg sinken. »Darf ich vor unserem nächsten Treffen bei Ihnen hereinschauen? Es wäre schön, wenn ich mich einmal unter vier Augen mit Ihnen unterhalten könnte.«

»Sehr gern«, sagte Dr. Petrie und merkte dabei, wie seine Füße ihn zielstrebig aus dem Zimmer trugen. Er teilte Miles' Ressentiments gegen die Deutschen wirklich nicht, und sein Benehmen im Auto hatte ihn zusätzlich abgestoßen. Dieses Gejammer darüber, wie schwach ihm war und wie ihn schwindelte; die Art, wie er sich, während Naomi Martin zu fahren versuchte, Mitleid heischend an ihre Schulter gelehnt hatte: Widerwärtig war das.

Den ganzen folgenden Tag versteckte er sich im Röntgenlaboratorium, wo er unsere Filme durchsehen wollte, aber immer noch von dem gequält wurde, was er getan hatte, und sich von Miles' peinlichem Verhalten im Automobil verstört fühlte. Den Speisesaal betrat er abends erst um zehn nach sechs, damit wir alle schon saßen. In seinem sauberen Tweedanzug, dem Hemd mit dem hochgeschlossenen Kragen und seinen gepflegten altmodischen Stiefeln stellte er sich vor die Serviertische, trotz seiner kerzengeraden Haltung so klein, dass viele ihn gar nicht sehen konnten.

»Was gestern Nachmittag passiert ist«, sagte er, »es – dafür gibt es keine Entschuldigung. Es tut mir leid. Ich habe in letzter Zeit schlecht geschlafen. All die schlechten Nachrichten aus dem Krieg; sie zermürben mich. Wenn ich bestimmte Dinge in der Zeitung lese, wecken sie Erinnerungen, die mich verstören. Aber das ist keine Entschuldigung. Solches Verhalten ist durch nichts zu entschuldigen, und ich möchte einfach noch einmal sagen: Es tut mir leid.«

Unsere wöchentlichen Treffen waren keineswegs geheim – jeder konnte jederzeit dazustoßen, und das Solarium, in dem wir zusammenkamen, war vom Korridor aus einzusehen –, dennoch konnten sich diejenigen, die nie dabei gewesen waren und keine Ahnung hatten, was wir dort trieben, keinen Reim auf Dr. Petries Bemerkungen machen. Einige, so erfuhren wir anderen später, glaubten, dass er sich dafür entschuldigte, einen Patienten schlecht behandelt zu haben, und dass deswegen seine Hände zitterten.

Die nächsten Tage über war er bei der Visite ungewöhnlich aufmerksam, blieb länger an unseren Liegen stehen und schob die um unsere Beine gewickelten Decken zurecht, doch bis zum Mittwoch darauf hatte er die Sache überwunden. Ungeduldig in seinem Büro auf der ersten Etage des Haupthauses wartend, eine Etage über dem Speisesaal und zwei über der Röntgenabteilung, hatte er den Ausdruck in Miles' Gesicht, als dieser aus der Ohnmacht erwachte, vergessen und wünschte, er hätte ihm nicht versprochen, ihm ein Gespräch zu gewähren. Es war schon ein paar Minuten nach drei, und der Gedanke daran, diese kostbare Stunde zu verschwenden, wo schon die zwei Stunden, die er sich für unser Treffen freinahm, ein solcher Luxus waren, machte ihn rasend.

Punkt drei hatte er mit der Arbeit aufgehört, weil er geistig wie körperlich auf Miles vorbereitet sein wollte; sein Füllfederhalter war zugeschraubt und lag seitlich neben dem Bericht, den er gerade für die nächste Mitarbeiterbesprechung verfasste. Wenn er ihn nahm und weiterschrieb, würde Miles bestimmt mitten im Satz hereinplatzen. Wenn er hier saß und wartete, würde Miles nie kommen, und er würde eine ganze Stunde verschwenden. Wenn er aufstand und ans Fenster ging, um auf dem Gelände nach Naomis Model T Ausschau zu halten, würde er ihn entweder sehen und sich darüber ärgern, wie lange sie brauchten, um zu seinem Büro zu gelangen, oder er würde ihn nicht sehen und sich noch mehr aufregen. Wenn …

Vor Zorn mit den Zähnen klappernd, setzte er sich hin – acht Minuten nach drei –, schraubte den Federhalter auf und wandte sich wieder dem neuesten Stapel mit Autopsieberichten zu. Charles

Goldstein, Frank Mistretta, Alice Jurik; alle drei hatten längere Zeit auf der Krankenstation gelegen, und alle waren am Ende spätabends zum Bestattungsunternehmer im Dorf abtransportiert worden. Ihnen war der junge Dr. Dorschel gefolgt, der, weil Tamarack State nicht über ein Leichenschauhaus verfügte, einen Koffer mit seinen in weichgefütterten Taschen gelagerten Instrumenten bei sich trug und am nächsten Morgen nach Tagesanbruch mit seinen Berichten zurückkehrte. Vielleicht, dachte Dr. Petrie, sollte er sich dafür einsetzen, dass sein junger Kollege eine Gehaltserhöhung bekam.

Beim Lesen machte er sich für den eigenen Bericht auf einem getrennten Blatt Notizen. Morgen oder Freitag würde er sich mit Irene hinsetzen, sämtliche Röntgenaufnahmen dieser Patienten heraussuchen und die Befunde, die sie einst aus den Filmen abgeleitet hatten, mit den tatsächlichen Autopsiebefunden vergleichen. Er vertiefte sich in den Bericht über Charlie, spürte, wie seine Gedanken in die vertrauten Bahnen fanden, und wurde nur ein paar Minuten später wieder unangenehm daraus aufgeschreckt, nicht etwa weil er Miles' erwartete, wenn auch säumige Begrüßung vernahm, sondern eine Unterhaltung unmittelbar vor seiner Tür.

Eine weibliche Stimme, die ärgerlich, eine männliche Stimme, die flehentlich klang; er konnte die Worte nicht verstehen, aber die Stimmen machten ihn wahnsinnig. Da gab es die komplette Anstalt mit ihren sämtlichen öffentlichen und privaten Räumen, die Vielzahl geschützter Ecken drinnen wie draußen, in denen, wie jeder wusste und nicht zu wissen vorgab, Dinge geschahen, die weit privater waren als ein Streit – und dieses Paar musste sich einen halben Meter vor seiner Tür zanken? Er schraubte abermals seinen Füllfederhalter zu und nahm die Schuhe von der hölzernen Fußstütze, die ein dankbarer, längst verstorbener und obduzierter Patient eigens für ihn gebaut hatte.

Auf dem Korridor, vor zwei von den Holzstühlen, die unter den Porträts an der Wand aufgereiht waren, beugte sich Miles – das da draußen war Miles – näher zu Naomi hin.

Eine Reihe von Gesichtern schaute auf sie herab, ernste Männer, formell gekleidet, die direkt in die Kamera blickten. Einige von ihnen kannte Miles –, den Gouverneur, Staatsabgeordnete, Mitarbeiter des Gesundheitsamts und der Gesellschaft zur Bekämpfung der Tuberkulose – doch in diesem Augenblick hätte er nicht einmal seine eigene Mutter erkannt. Er zitterte am ganzen Leib. Vor ihm stand Naomi, die er sich beinahe hatte entwischen lassen. Während der Fahrt auf den Berg hatte er das aussprechen wollen, was er schon die ganze Woche im Kopf übte, aber er hatte den Mund nicht aufbekommen, und die Fahrt war schweigend vergangen. Nachdem sie das Automobil abgestellt hatten und zu Dr. Petries Büro aufgebrochen waren, hatte Naomi verkündet, dass sie nicht im Flur auf ihn warten, sondern Eudora besuchen wolle. Erst als sie sich zum Gehen gewandt und er, noch immer an all dem, was er sagen wollte, erstickend, die Hand nach Dr. Petries Tür ausgestreckt hatte, waren die Worte plötzlich aus ihm hervorgebrochen. »Ich möchte gern, dass wir mehr Zeit miteinander verbringen«, hatte er gesagt, »anders, auf verbindlichere Weise –«

»Meine Mutter lässt mir keine Zeit«, hatte sie geantwortet und dabei die Porträts angesehen.

Sie war schüchtern, das verstand er. Und es hatte sie unvorbereitet getroffen. Er sagte: »Letzte Woche, als Sie im Auto meine Hand gehalten haben, da ist mir aufgegangen, dass Sie das mit Lawrence verstehen. Sie sind die Einzige, und in Ihrer Nähe fühle ich mich – Sie wissen, was ich fühle, nicht wahr?«

»Ich muss gehen«, beharrte sie. Sie hob die Hände, wie um ihn abzuwehren, vor den Bauch. »Ich habe Eudora versprochen …«

»Sie wissen es wirklich«, sagte er entzückt. »Ich freue mich so – ich konnte nicht länger damit hinter dem Berg halten. Nicht weil es mir an Willenskraft fehlte, aber seit letzter Woche treibt mich das Gefühl um, wie zerbrechlich wir sind – wissen Sie, was ich meine? So furchtbar zerbrechlich. Die Zeit ist so kurz, ich gehe davon aus, dass ich mit jedem Tag gesünder werde, aber es könnte auch das Gegenteil der Fall sein. Und wenn es so wäre, will ich nicht sterben, ohne versucht zu haben, das zu bekommen, was ich will. Sie müssen das genauso empfunden haben wie ich – weswegen sollten wir warten? Weswegen sollten wir es hinauszögern, das zu sagen, was uns auf dem Herzen liegt?«

Er griff nach ihrer Hand, hielt aber in seiner Bewegung inne, sobald sie zurückwich. Natürlich war es viel zu früh, sie zu berühren; sie war jung, und es musste verwirrend, ja peinlich für sie sein, dass sie so direkt über ihre Gefühle sprachen. Aber die dunkle Wolke, die sich bei Dr. Petries Vortrag vor seine Augen geschoben, und die Erinnerung daran, wie der kalte Fußboden ihn magnetisch angezogen hatte und wie er hinterher beim Aufwachen nicht gewusst hatte, wo er war, und wie er sich nach seiner Mutter, nach Edward und Lawrence gesehnt hatte, aber niemand da gewesen war, der ihn liebte, sondern nur lauter Fremde – alles das trieb ihn, nicht lockerzulassen.

»Ich will nichts überstürzen«, fuhr er leiser fort, »aber ich möchte, dass Sie wissen, was ich für Sie empfinde, und ich will nicht allzu viel Zeit verschwenden. Es trifft sich, dass wir im selben Haus wohnen und dass wir so viel Gelegenheit haben, uns zu sehen. Aber vielleicht könnten wir einmal außerhalb des Hauses Ihrer Mutter zusammen essen gehen oder eine gemeinsame Ausfahrt nach Lake Placid unternehmen?«

»Ich muss jetzt *gehen*«, sagte sie und stürzte durch den Korridor davon. Einen Augenblick starrte Miles, noch immer am ganzen Körper zitternd, ihr hinterher. Ihre Schultern, so zierlich und gerade unter der weißen Bluse. Ihre Taille, so schlank unter dem Gürtel, der die Falten ihres Rockes zusammenraffte. Und darunter – es war gewiss nicht seine Schuld, dass er es bemerkte; die Röcke waren neuerdings erstaunlich kurz – ihre Strümpfe, die über ihren schmalen Stiefeln hervorlugten. So zartgliedrig, so gesund und dabei so winzig, dass selbst er die Hoffnung haben durfte, sie emporzuheben. Immer noch von der Vorstellung erfüllt, wie es wohl wäre, ihre Mitte zu umfassen und sie in die Luft zu heben, klopfte er zwanzig Minuten verspätet an Dr. Petries Tür und trat ein.

Dort saß Dr. Petrie, und Miles ließ sich ohne eine Entschuldigung auf den Lehnstuhl vor dem Schreibtisch fallen. Dort saß Dr. Petrie, wie er abgesehen von seiner Zeit in Frankreich seit zwanzig Jahren dasaß und nicht nur uns zuhörte, sondern unseren Wohltätern, unseren Inspektoren, unseren Angehörigen, unseren Feinden, und jetzt Miles, der sein Gespräch mit Naomi wiedergab. Einmal unterbrach er ihn und sagte: »Mit dem Sterben, das ist Unfug«, aber ansonsten blieb er stumm. Über Dr. Richards hatte er andere wohlhabende Männer kennengelernt, die wie Miles bedeutenden Firmen vorstanden oder große Fabriken besaßen; gewöhnlich waren sie von undurchdringlicher Reserviertheit. Vielleicht war Miles kranker, als er vermutet hatte.

Sich eigentlich wünschend, bei seinem Gast die Temperatur zu messen und ihm von Irene die Lunge durchleuchten zu lassen, fragte er: »Und das haben Sie ihr wirklich alles gesagt?«

»Es ist auf einmal herausgeplatzt«, sagte Miles und löste damit bei Dr. Petrie die unangenehme Vorstellung einer dunklen Lache aus. »Aber was schadet das? Sie muss wissen, dass die Unterschiede zwischen uns keinerlei Bedeutung haben.«

»O je«, murmelte Dr. Petrie. Es war schlimmer, als er gedacht hatte. »Wie alt ist sie, neunzehn?«

»Achtzehn«, erwiderte Miles. »Das macht nichts. Sie sehen selbst, wie sie bei unseren Treffen ist, sie hört so aufmerksam zu und saugt so begierig alle Informationen auf. Sie will lernen, das weiß ich. Und sie hat selbst kein Geld. Das könnte ich ihr geben. Sobald ich wieder gesund bin, könnte ich ihr alles geben, was sie will. Ich weiß, dass ich sie glücklich machen könnte.«

»Sie wollen sie *heiraten*?«

»Zweimal war ich schon in dieser Situation, ich war zwei Frauen sehr zugetan, aber beide Male ist mir mein Leiden dazwischengekommen. Ich fand es in beiden Fällen nicht ziemlich, sie zu bitten, auf mich zu warten, oder sie mit meiner Krankheit zu belasten. Aber mit Naomi ist das etwas anderes. Sie ist umgeben von Leuten wie mir großgeworden. Sie hat ihrer Mutter von Kind auf geholfen, sie versteht mich. Und ich bin« – an dieser Stelle warf sich Miles in die eingefallene Brust und strich mit einer Hand, deren Haut, wie Dr. Petrie sah, die Konsistenz zerknitterten Papiers besaß, sein schütteres, glanzloses Haar glatt – »Sie sind der Einzige, dem ich das sagen kann. Ich liebe sie. Wenn sie mir gestatten würde, ernsthaft um sie zu werben, gäbe es, glaube ich, eine reelle Chance, dass sie mit der Zeit meine Gefühle erwidert.«

»Ich weiß nicht, was Ihr Arzt Ihnen sagt«, meinte Dr. Petrie und hielt dabei den Blick auf seine Beine gerichtet. Sein Anzug wurde schäbig, fiel ihm auf. Miles' Hose war wesentlich schöner als seine, weich mit einem steingrauen Fischgrätmuster. »Aber wenn Sie hier Patient wären, hätten Sie es schon hundertmal von mir zu hören bekommen: Es ist nicht Ihre Aufgabe, sich zu ver- oder entlieben, sich aufzuregen oder heftige Emotionen zu entwickeln oder sich zu streiten. Ihre Aufgabe ist es, stillzuliegen, die gute Luft zu atmen. Und gesund zu werden. Das ist mein voller Ernst«, sagte er und schob seine Autopsieberichte zu einem Stapel zusammen, »ich will nichts mehr davon hören. Aber wenn Sie mit mir über etwas Vernünftiges reden möchten, würde ich mich freuen.«

Miles senkte die Augen. »Vergeben Sie mir«, sagte er, »ich sollte meine Gefühle für mich behalten.«

»Sie sollten sie in Schach halten«, sagte Dr. Petrie. »Oder noch lieber gar nicht haben.« Er blickte auf die Uhr. »Uns bleiben nur noch ein paar Minuten bis zu unserem Treffen. Erzählen Sie mir doch noch von einer anderen Reise, vor Ihrer Reise nach Kanada. Wo waren Sie sonst noch?«

Gehorsam, mit rasendem Herzen, im Kopf ein Kaleidoskop von Bildern von Naomi, wie sie sich an seinem Haus in Doylestown freute, im Garten Löwenmäulchen pflückte, die schmalen Füße in nagelneuen Pumps mit Schleifchen und Schnallen über dem Spann, neben ihm zu Edward spazierte, verbannte Miles die Erregung aus seinem Gesicht, richtete den Blick auf einen Punkt neben Dr. Petries Kinn und erzählte von Nebraska.

9

Von diesen Gesprächen bekamen wir nichts mit; wir sahen nur, wie die beiden Männer zusammen ins Solarium eintraten, Dr. Petrie mit den schmalen verkniffenen Lippen, die er oft bekam, wenn er einem von uns böse war und es zu verbergen suchte, Miles hochrot und fiebrig wirkend, die Haare feucht am Kopf klebend. Sie traten um Punkt vier Uhr ein – gewöhnlich kam Miles ein paar Minuten früher –, und fünf Minuten später folgten Eudora und Naomi, die eine blass und besorgt, die andere erhitzt. Vier Gesichter, keines davon gänzlich normal, zu komischen Zeiten in komischen Paaren eintreffend – gewöhnlich hätte das gereicht, dem Klatsch nicht nur in der Pause, sondern für mehrere Wochen Nahrung zu geben. Aber wir waren so lethargisch, dass wir kaum registrierten, was sich da zutrug.

Es war unser letztes Treffen vor Weihnachten, und wir wussten, dass bis zum nächsten einige Wochen vergehen würden. Unser Kinoabend im Dezember war eine Enttäuschung gewesen – der vorgeführte Spielfilm hatte unter uns Unruhe verbreitet, vor allem wegen einer Szene im Gerichtssaal, in der die betrügerische junge Frau vom Publikum noch angefeuert wurde, als sie die Schuld an ihrem Diebstahl auf einen burmesischen Geschäftsmann abwälzte –, aber wir wurden trotzdem schwermütig, wenn wir an die Zeit bis zur nächsten Ablenkung dachten, unter anderem deswegen, weil es draußen inzwischen so bitterkalt geworden war. Der Schnee, der um Thanksgiving reichlich gefallen war, war weggeschmolzen, obwohl das Thermometer seit Wochen nicht mehr über minus fünf Grad gestiegen war, und jetzt war der Boden hartgefroren und grau. Die Immergrüne standen schwarz vor dem Himmel, selbst das Eis auf dem Teich wirkte dunkel; die Vögel waren stumm, und Tag und Nacht heulte der Wind. Es war der letzte Tag vor der Wintersonnenwende, wie Otto früher am Nachmittag bemerkt hatte. Ein Tag vor dem kürzesten, dunkelsten Tag des Jahres. Dass wir uns so niedergeschlagen, so leer und stumpf fühlten, war zugleich unserer Krankheit und der Tatsache geschuldet, dass die Sonne am Himmel einfach nicht höher steigen wollte.

Apathisch drifteten wir zu Beginn dieses zehnten Treffens in den leeren Stuhlkreis, den wir in der Woche zuvor stehenlassen hatten. Einige der regelmäßigen Teilnehmer fehlten, weil sie zu matt waren, um ihre Betten zu verlassen, aber das fiel weniger auf, weil wir auch eine Teilnehmerin hinzugewonnen hatten: Irene Piasecka, die, nachdem ihr Eudora und Dr. Petrie berichtet hatten, zu dem Entschluss gelangt war, sich unsere Treffen selbst einmal anzuschauen. Auf einer Seite von Dr. Petrie saß Miles, aber der Stuhl zu seiner Linken war frei. Sie nahm Platz und neigte sich dann zu seinem Ohr.

»Ist es Ihnen recht?«, fragte sie. »Ich möchte schon länger mal sehen, was hier läuft.«

»Aber natürlich«, antwortete Dr. Petrie. Eines Abends spät hatte er in ihrem Laboratorium zu lange über die Fehler geredet, die er bei seinem Vortrag und hinterher im Zimmer von Miles begangen hatte; sie hatte geduldig zugehört und versucht, ihn zu überreden, sich nicht öffentlich zu entschuldigen. Ein schlechter Rat, hatte er gedacht, obwohl er ihr gewöhnlich vertraute. Inzwischen fragte er sich, ob seine erbärmliche kleine Rede im Speisesaal womöglich irgendwie Miles' Geständnis ermöglicht hatte, und gab ihr recht, fühlte sich durch ihre Gegenwart aber dennoch verunsichert. War sie gekommen, um auf ihn achtzugeben? Dabei war vielmehr Miles, der jetzt quer durch den Kreis zu Naomi hinüberstrahlte, derjenige, auf den man aufpassen musste.

Uns anderen entging sowohl sein feuchter Blick als auch Naomis konsequentes Wegschauen. Irene neigte den Kopf noch einmal zu Dr. Petrie und sagte: »Wenn mich der Vortrag nicht interessiert, gehe ich in der Pause.«

»Wie Sie meinen«, sagte Dr. Petrie.

Doch zu ihrer Überraschung, zur Überraschung aller, erwies sich Arkady als inspirierter Redner. Binnen weniger Minuten saßen wir aufrecht, beugten uns zu ihm vor, die Köpfe zu einer aufgehenden Blüte gereckt, und lauschten, wie er darlegte, dass er lange darüber nachgedacht habe, worüber er sprechen solle, und sich schließlich entschieden habe, etwas zu erkunden, das ihn seit dem Vortrag von Ephraim bewegte.

Absolut ruhig und klar – wieso war uns früher nie aufgefallen, was für ein fähiger Lehrer Arkady war? – erinnerte er uns an die Tatsache, dass Ephraims Gemeinschaft in Ovid nur eine von vielen sozialutopischen Gemeinschaften und genossenschaftlichen Kolonien in der langen Geschichte unseres Landes war. »Ich will ein paar Beispiele nennen«, sagte er. Und lieferte dann, ähnlich wie ein Lehrer im Arbeiterzirkel es wohl gemacht hätte, eine rasche Darstellung der Shakergemeinden von Mount Lebanon und Niskayuna, der von Robert Owen in Indiana gegründeten Siedlung New Harmony, von Brook Farm in Massachusetts sowie der Fourier'schen Phalanxen im oberen Staat New York unweit von Ovid. Er erwähnte Oneida, ebenfalls im oberen Teil von New York, und die experimentelle Siedlung Topolobampo in Mexiko, von der ihm ein Freund erzählt hatte.

Irene seufzte vor Freude darüber, dass etwas, ganz gleich was, klar erklärt wurde; auch ohne Ephraims Vortrag gehört zu haben, konnte sie die Verbindung zwischen dessen Gemeinschaft verpflanzter Juden aus der Stadt und der langen Tradition sehen, die Arkady beschrieb. Knapp umriss er noch weitere Versuche, ging auf die Unterschiede zwischen den religiös und den weltlich orientierten Gruppen ein, auf die in bereits besiedelten Gebieten gegründeten Gemeinschaften und jene, die sich im Neuland am Rand der sich ausdehnenden amerikanischen Zivilisation angesiedelt hatten. »Sie alle«, sagte er, während sie anerkennend nickte, »sind samt und sonders gescheitert, trotz der besten Absichten ihrer Gründer und Bewohner.«

Mit Ausnahme des aufgewühlten Quartetts hörten wir anderen genauso aufmerksam zu wie Irene, bis es Zeit für die Pause wurde. Während wir unsere Milch und heiße Schokolade tranken, ging Leo zu Ephraim und fragte ihn, ob seine Gemeinschaft von diesen vielen anderen gewusst habe.

Ephraim legte sein mit Butter bestrichenes Brot ab und sagte: »Wir haben nicht weiter nachgedacht. Wir waren Shtetljuden, dann Stadtjuden, bevor Rosas Bruder uns für die Sache gewann – was wussten wir von Shakern und Harmonisten? Wenn wir irgendwas im Kopf hatten, dann die Bewegungen in Russland. Ein Verwandter von Rosa –«

Doch an diesem Punkt, bevor Ephraim seinen Satz vollenden konnte, wurde Leo am Arm berührt. Ein, zwei Mal im Laufe von Arkadys Vortrag hatte er zu der Frau mit dem krausen, über den schmalen Augen lose aufgesteckten Haar hinübergeschaut: War sie es, die vor Monaten die Röntgenaufnahme von ihm gemacht hatte?

»Sie sind Leo Marburg, nicht wahr?«, fragte sie. Sie hielt ihm ein Stück höher als üblich die rechte Hand hin, an der alle Finger außer dem Zeigefinger leicht nach innen gekrümmt waren. Er nahm den Finger zwischen seine Fingerspitzen, wie sie es zu wollen schien, und schüttelte ihn sanft, während sie sagte: »Ich bin Irene Piasecka.«

Sie war es also, die Frau, von der Eudora gesprochen hatte. Im Stehen war sie fast so groß wie er. »Angenehm«, sagte er.

»Eudora hat mir von Ihnen erzählt«, fuhr sie fort. Ihre linke Hand steckte, wie er sah, in einem lila Handschuh, »von Ihrer Ausbildung früher, Ihrer Suche nach Arbeit in diesem Land –«

Eudora erzählte von ihm? Sie war zu spät gekommen, als dass

er sie hätte begrüßen können, und jetzt stand sie mit Naomi an der Tür. Aus Sorge, er könnte keine Chance mehr bekommen, mit ihr zu reden, wollte er sich schon entschuldigen. Doch blieb er starr und stumm, als Irene fortfuhr: »Das, was ich von ihr erfahren habe, hat mich auf die Idee gebracht, Sie zu fragen, ob Sie Lust hätten, im Röntgenlaboratorium vorbeizuschauen und zu sehen, was ich dort mache.«

Er? Sie lud ihn ein? Erstaunlicherweise fügte sie noch hinzu: »Vielleicht könnten Sie mir assistieren, wenn Ihre Gesundheit das erlaubt und wenn Sie Interesse haben.«

»Ja, das habe ich«, brachte er heraus.

»Gut«, sagte sie. Sie lächelte, berührte noch einmal seinen Arm und kehrte, weil Arkady uns herbeiwinkte, in unseren Stuhlkreis zurück.

Später, dachte Leo, würde er Eudora suchen und sich bei ihr bedanken. Dafür, dass sie an ihn gedacht, dass sie diese Vorstellung vermittelt hatte. Sein Kopf summte, als er sich wieder zu den Stühlen begab, wo wir anderen ebenfalls Platz nahmen. Wie bald würde er Irenes Laboratorium besuchen können?

Erneut neigten wir die Köpfe zur Mitte unseres Kreises. Arkady nahm seinen Faden wieder auf und erläuterte, dass für ihn das Interessanteste nicht das Scheitern war, sondern der glühende Idealismus, mit dem angesichts von so viel Scheitern immer neue Versuche unternommen wurden, utopische Gemeinschaften zu gründen. War das mutig, oder war es töricht? Er berichtete von einigen der an den Experimenten beteiligten Leute und erzählte, was sie aufgegeben und was sie zu gewinnen gehofft hatten. Die Beispiele häuften sich. Leo bekam das eine mit, passte beim nächsten nicht auf, folgte wieder einem und wünschte sich halb, dass Arkady zum Ende käme, damit er sich mit Eudora über seine Aussichten bei Irene unterhalten konnte. Zu seinem Verdruss saß sie drei Plätze weiter, wo er weder Kontakt mit ihr aufnehmen noch ihr Gesicht richtig sehen konnte.

Sie passte ebenfalls nicht auf, wenngleich aus einem anderen Grund. Arkady behandelte die gleichen Themen wie das Buch, das sie aus der Dorfbücherei geliehen hatte, nur in eleganterer Form, und sie war an sich interessiert, aber im Augenblick so um Naomi besorgt, dass sie sich nicht konzentrieren konnte. Während der ersten Hälfte des Vortrags hatte Naomi wie eine Wilde gezeichnet, und auch jetzt war sie, noch immer mit geröteten Wangen, ganz und gar auf ihren Bleistift fixiert, den sie in einem fort über das Papier bewegte. Unter der Spitze nahm ein Bauwerk Gestalt an, vier gleich hohe Flügel um einen leeren Hof. Eine Kaserne, ein Gefängnis? Vermutlich eine Darstellung der von Arkady beschriebenen Fourier'schen Siedlung, bloß dass der gesamte Hof von einer menschlichen Figur ausgefüllt wurde, die vollkommen den Maßstab sprengte und Leos Gesicht und Haare besaß. Wieso der? Doch nach dem, was vorhin vorgefallen war, konnte sie Naomi nicht übelnehmen, dass sie zur Ablenkung alles malte, was ihr einfiel. Wahrscheinlich trug jeder, der nicht Miles war, zur Beruhigung bei.

Eudora warf einen Blick auf die andere Seite des Kreises, wo sich Miles auf die Lippen biss, aber ausnahmsweise nicht zu Naomi hinübersah. Seine Weste war zugeknöpft, sein Hemdkragen makellos frisch, und aus seinen Wangen war jede Farbe gewichen. Niemand hätte korrekter wirken können – und dennoch behauptete Naomi, er habe ihr zu ihrem Entsetzen unversehens direkt vor Dr. Petries Büro seine Gefühle für sie offenbart. Eudora hatte kurz darauf zufällig aus einem Fenster gesehen, dass ihre Freundin durch den winterlichen Garten lief. Naomi war so erregt gewesen, dass sie, als Eudora zu ihr hinuntereilte, zunächst nur geifern konnte.

»Dieser Steifbock!«, hatte sie sich empört, nachdem sie erklärt hatte, was passiert war. »Dass ich ihm die Hand gehalten habe, nachdem er in Ohnmacht gefallen war, war *Mitleid*. Er ist fast so alt, dass er mein Vater sein könnte.«

Zwanzig Minuten lang war Eudora mit ihr auf und ab gegangen, hatte geduldig genickt, während Naomi schimpfte, und sie mit keinem Wort daran erinnert, dass sie, weil sie als Erste auf Miles zugegangen war, womöglich eine Mitschuld an den Gefühlen trug, die er entwickelt hatte. Dann waren sie zu Arkadys Vortrag hereingekommen, doch als Naomi in der Pause erneut zu klagen begann, hatte Eudora vorgeschlagen: »Dann fahr ihn nicht mehr.«

»Ich soll auf das einzige Geld verzichten, was ich verdiene, bloß weil er spinnt?«, fragte Naomi mit unglücklichem Gesicht und fuhr fort: »Es wäre einfacher, wenn du noch mitfahren und für den Führerschein üben würdest.«

»Ich weiß«, sagte Eudora, »aber ich bin jetzt so oft abends noch hier …« Vor Wochen hatte sie die Fahrstunden mit einem beiläufigen Satz beendet. Sie war so darauf erpicht, mehr Zeit im Laboratorium zu verbringen, dass alles andere störte. Verglichen mit einem Röntgengerät war ein Auto nicht geheimnisvoller als eine Gabel; fahren lernen konnte sie jederzeit.

»Was du nicht sagst.« Naomis Hand ergänzte Schatten um Leos Augen. »Ist aber auch egal. Ich werde auch so mit ihm fertig.«

Auf der anderen Seite des Kreises sprach Arkady über ein Boot voller Naturforscher, die auf einem Fluss nach Harmony hinunterfuhren. Robert Owen, fuhr Arkady fort – es sollte noch Monate dauern, bis er begriff, warum er von New Harmony erzählte; Monate, bis er aus einem rastlosen Schlaf erwachte und *Nadezhda, Nadezhda* dachte und ihm aufging, dass er uns fast genau das wiedergegeben hatte, was seine Lehrerin Nadezhda fünf Jahre zuvor in seinem Arbeiterzirkel vorgetragen hatte: Bevor er krank geworden, bevor sie gestorben, bevor ihm klar geworden war, dass sie ihren Schülern immer nur ein paar Schritte voraus gewesen war –, Owen habe verheißen, dass auf dem fruchtbaren Land am Wabash eine neue Gesellschaft entstehen werde. Die Siedler in New Harmony jedoch, sagte er, während Eudoras Blick weiter auf ihrer Freundin verweilte und ihr flüchtig durch den Kopf ging, dass

Naomis Hand, obwohl Leos Aussehen gewiss ungewöhnlich war, nur den uninteressantesten Aspekt von ihm einfing, hätten weder Nahrungsmittel noch Behausungen noch Werkzeug noch Material zum Bau derselben gehabt. Owen habe die These vertreten, dass wir als Menschen kraft Vernunft zum Umbau unserer Institutionen und Lebensweisen fähig seien, dass wir unseren Charakter nicht selbst ausbildeten, sondern die Erziehung, und dass sich dieser mithin durch veränderte Lebensbedingungen reformieren lasse. An dem breiten, trägen Fluss jedoch hätten reale Menschen Hunger und Kälte gelitten, und Owens Experiment sei schließlich gescheitert.

Naomi legte gerade letzte Hand an die Schattierung um Leos Backenknochen, als Miles, der bis dahin geschwiegen hatte, einwarf: »Aber unseres wird nicht scheitern.« Dr. Petrie unverwandt ansehend, fuhr er fort: »Auch wenn wir eine kleine Gruppe sind, empfinde ich diesen Raum als eine Art Laboratorium und das, was wir hier tun, als etwas, das uns alle verändern kann.«

»Veränderung«, sagte Dr. Petrie, »ist …«

»Veränderung«, sagte Irene gleichzeitig, »folgt …«

Beide Ansätze gingen in der Diskussion unter, bei der viele von uns auf einmal redeten und Arkady, deutlich zufrieden mit dem, was er in Gang gesetzt hatte, so gut es ging ordnend eingriff. Nur Eudora und Naomi beteiligten sich nicht. Eudora sah Naomi dabei zu, wie sie einen reichverzierten Rahmen zeichnete, und dachte dabei an die vielen Bilder, die Naomi ihr über die Jahre geschenkt hatte und die ihr zum Teil nichts mehr sagten. In dieser Hinsicht ähnelten sie dem kleinen zerknitterten Lederstiefel, den ihr Großonkel Ned ihr vor langer Zeit aufgedrängt hatte. Mit zitternden Händen, milchigen Augen und nuschelnder Stimme hatte er eine Geschichte dazu erzählt: Er hatte die Frau geliebt, der er früher gehört hatte, oder war es ein Freund von ihm, der die Frau geliebt hatte? Eudora hatte nicht aufgepasst, obwohl sie ihn mochte. Weil sie mit den Gedanken woanders gewesen war, besaß sie jetzt den

Stiefel ohne seine Bedeutung, den Zeugen der Vergangenheit ohne seine Geschichte. Wenn sie eines Tages eine Tochter bekam und dieses Stück aus der Familiengeschichte weitergeben wollte, würde sie schuld daran sein, dass der Kontext verloren war. Genauso, dachte sie, würde Naomis Zeichnung ihre Bedeutung verlieren.

In diesem Punkt täuschte sie sich natürlich. Später sollten wir alle wissen, was die Zeichnung bedeutete, und uns fragen, was geschehen wäre, wenn Leo sie damals gesehen hätte. Doch während Naomi zeichnete und wir diskutierten und Eudora an ihren Großonkel Ned dachte, war Leo fast ausschließlich auf Eudora fixiert. Wenn sie ihn Irene gegenüber erwähnt hatte, musste sie ihn wahrnehmen. Wenn sie daran gedacht hatte, dass Irene vielleicht etwas für ihn tun könnte, dann wusste sie also, wer er war? Er war so entzückt, dass er kaum umhinkonnte, die Hand nach ihr auszustrecken.

Einigen von uns war bereits aufgefallen, wie Leo, gleich wer das Wort hatte, immer Eudora ansah; wie er sich in unseren Kaffeepausen stets in ihre Nähe stellte und sich ihr gegenüber hinsetzte, damit sie in seiner Blickrichtung saß. Doch war Irene, die Neue in unserem Kreis und nach ihrem kurzen Gespräch mit Leo besonders auf ihn konzentriert, diejenige, der sein Ausdruck am deutlichsten auffiel. Am Ende des Treffens, während wir nacheinander den Raum verließen, blieb sie noch kurz mit Eudora an der Tür stehen. Als Leo an ihnen vorbeiging, nickte sie und sagte: »Ich hoffe sehr, dass Sie wirklich vorbeischauen.«

»Das werde ich«, sagte er. »So bald wie möglich.« Er wartete, aber als keine der beiden Frauen sich von der Stelle rührte, sagte er ein paar Worte zu Miles und gesellte sich dann im Korridor zaudernd zu Ephraim und Arkady.

»Sie haben mir nicht erzählt, dass er so von Ihnen angetan ist«, sagte Irene zu Eudora.

»Leo?«, fragte Eudora.

»Er sieht Sie in einem fort an.«

»Nicht mich«, entgegnete Eudora, sofort darauf bedacht, das Missverständnis aufzuklären. »Das muss Naomi sein, die er anguckt.« Sie warf über die Schulter einen Blick zurück, in Richtung von Miles und Naomi, die am Kamin standen und sich zu streiten schienen.

»Nein, das ist ein Irrtum«, sagte Irene kopfschüttelnd. »Aber das ist Ihre Angelegenheit, nicht meine. Möchten Sie heute Abend ein paar Stunden zu mir herunterkommen? Wir könnten eine Reihe Filme durchsehen und dabei Material für Dr. Petries Montagsrunde zusammenstellen.«

Schon damals hatte sie bei Eudora eine Eigenschaft entdeckt, die vielen von uns lange entging: Wenn sie sich auf etwas einließ, dann ganz. Im Laboratorium hatte Irene erlebt, wie sie sich Bilder in ihr Gedächtnis einverleibte, Bezeichnungen, ganze Passagen aus den Büchern auf ihren Regalen aufsaugte und integrierte. Hätte sie sich ihr Wissen selbst nicht auf ganz ähnliche Weise angeeignet, zuerst von ihrem Schwager und später anderswo, hätte sie es nicht für möglich gehalten, dass ein Mensch so schnell so viel auffasste. »Ich kann zweimal Abendessen hinunterschicken lassen«, fügte sie hinzu.

Ohne Miles und Naomi weiter zu beachten oder Irenes Bemerkung über Leo nachzuhängen, folgte Eudora Irene zur Tür hinaus.

10

Vier Tage nach Arkadys Vortrag fiel das Thermometer auf minus zwanzig Grad, und wir trugen Fäustlinge, wenn wir durch die Korridore liefen. In der Bücherei war es eiskalt, ebenso im Speisesaal, im Solarium und überall außer dem Keller, wo die Heizkessel standen. Draußen auf den Balkonen, wo wir unsere dicken Zeitungsschichten und Decken und Mützen und manchmal sogar ein wenig Sonne hatten, war uns oft wärmer als drinnen.

Uns fror, wenn wir wach waren, uns fror im Schlaf; wir wohnten in einem Gebäude, das entworfen war, damit unsere Bazillen erfroren, und das bedeutete, wir mussten ebenfalls frieren. Apathisch wie die Bären warteten wir darauf, dass die Weihnachtszeit verging, und waren uns dabei ständig bewusst, dass bei unseren fernen Verwandten und unten im Dorf ohne uns gefeiert wurde. Wir durften uns untereinander nur Karten schenken, weil man uns davor bewahren wollte, allzu sehr unseren Geldmangel zu spüren, aber anderswo tauschten Kranke wie Gesunde in festlichem Rahmen Geschenke aus. Noch immer von Stolz erfüllt, weil er Naomi seine Gefühle offenbart hatte, löste Miles im Haus von Mrs Martin mit seiner Großzügigkeit allgemeine Verlegenheit aus. Die neuen Romane, die Wollschals, die hübschen Knietabletts waren übertrieben, stellten einvernehmlich die anderen Gäste fest, die sich damit begnügt hatten, einander Pralinen oder Spielkarten oder Socken zu schenken. Mrs Martin war von ihrer eleganten Servierplatte begeistert, doch Naomi, die Miles auf seinen Einkaufsfahrten chauffiert hatte und glaubte, alles gesehen zu haben, wäre am liebsten im Boden versunken, als sie neben ihrem Teller eine Halskette fand, an der blitzende Aquamarine prangten.

»Passend zu Ihren Augen«, verkündete Miles.

Sie flehte stumm ihre Mutter an, sie möge ihr bitte, bitte sagen, so ein Geschenk zieme sich nicht, und sie dürfe es nicht annehmen. »Sehr hübsch«, bemerkte stattdessen Mrs Martin, und Naomi hörte Neid in ihrer Stimme.

»Ich kenne einen guten Juwelier in Boston«, sagte Miles mit zufriedenem Gesicht.

Hätte sie sich bei Eudora abreagieren können, wäre es vielleicht weniger unerträglich gewesen – doch Eudora war am Tag nach Weihnachten schon wieder bei der Arbeit, schrubbte munter Böden und wischte Fliesen und half uns, unsere selbstgebastelten Karten an die Pinnwände zu heften. Sobald ihre Schicht zu Ende war, lief sie in den Keller, wo Irene sie mit einem veralteten Röntgenapparat experimentieren ließ. Zwar war er ans hintere Ende des Laboratoriums gerückt worden, als das leistungsfähigere Ersatzgerät eintraf, aber für Eudora war er so gut wie neu. Mit der Gebrauchsanweisung, einer Handvoll Lehrbücher und zwei Schaubildern machte sie sich an die Arbeit, indem sie die Knöpfe und Glühfäden säuberte und die Eigenschaften der Strahlen untersuchte.

Als Objekte verwandte sie eine Reihe alter, mottenzerfressener Tierpräparate, die sie heimlich aus der Werkstatt ihres Vaters entwendet hatte: zwei Enten, ein Streifenhörnchen, dem ein Bein fehlte, ein zerrupfter Fischadler und ein kleines Opossum. Stiche waren zu sehen, Nähte klafften. Ihr Vater hatte sie als Junge ausgestopft, während er von Onkel Ned das Handwerk lernte, und inzwischen hatte der Fischadler nur noch ein Auge, die Zehen des Opossums waren schlaff und schrumplig wie alte Handschuhe, und alle Tiere wimmelten von Ungeziefer. Sie platzierte sie zwischen die Röhre und den Filmhalter und spielte anschließend mit verschiedenen Abständen, Spannungen und der Belichtungszeit.

Das Ungeziefer verschwand. Die Bilder, die sie entwickelte, waren gut, schlecht, besser, schlechter; manchmal, wie sie in ihrer Kladde notierte, waren die Beindrähte und Flügelknochen gestochen scharf, während die in einer verschobenen Ebene befindlichen Halswirbel unscharf waren. Manchmal konnte sie jedes Detail des Schädels erkennen und manchmal nicht. In der Holzwolle, mit der das Opossum ausgestopft war, fand sie ein versehentlich hineingeratenes Stopfgerät mit Scherengriffen, und sie sah, dass die Zehen eingefallen waren, weil, wer immer das Tier gehäutet hatte, die kleinsten Knochen weggelassen hatte. Wie hießen die? Eines von Irenes Tafelwerken zur Anatomie verriet die Antwort: distale Zehenglieder. Silvester blieb sie sehr lange, aß von den Äpfeln, die Irene in einer Kiste verwahrte, und vergaß ganz, was für ein Tag war, bis ihr, als sie mit dem Fahrrad schon halb den Berg hinunter war, beim Aufschauen zum Sichelmond und dem funkelnden Planeten in der Nähe seiner unteren Spitze einfiel, dass die Erde wieder eine Umdrehung um die Sonne vollendet hatte.

Oft hatten sie und Naomi gemeinsam ihre Neujahrsvorsätze gefasst – bestimmte Bücher zu lesen, hierhin oder dorthin zu verreisen –, aber nicht in diesem Jahr. Auf ihrem Fahrrad an den Winterbäumen vorüberfliegend, diesen kahlen Gerippen, verspürte Eudora einen einzigen Wunsch: *Ich will mehr Zeit im Labor verbringen.* Sie hatte Naomi nicht vergessen, natürlich nicht, aber ihr Bild war in diesem Moment nicht lebendiger als das einer früheren Bewohnerin der Pension ihrer Tante Elizabeth, an deren Gesicht sie sich gut erinnerte, doch deren Nachname ihr entfallen war.

Auch wir dachten nicht an Naomi; sie bedeutete uns wenig, und wenn wir sie überhaupt bemerkten, dann nur als Chauffeurin von Miles Fairchild. Miles' kleine Freundin. An diesem Silvesterabend saß sie allein in ihrem Zimmer, blickte aus dem Dachfenster auf denselben Sichelmond und vermisste ihrerseits Eudora sehr. Sie zündete eine Kerze an und schwor sich, dass sie, ehe das

Jahr vorüber war, irgendwo weit weg sein würde. Mit Eudora oder ohne würde sie das Haus ihrer Mutter verlassen und sich einen neuen Ort zum Leben suchen, wo sie etwas Interessantes machen konnte. Etwas, bei dem ihr Zeichentalent zum Tragen kam, vielleicht. Sie konnte Skizzen anfertigen für Modeschöpfer, Illustrationen für Zeitschriften. Zeichnungen für Architekten: Brauchte sie dafür eine Ausbildung? Letzte Woche hatte sie sechzehn Skizzen von Leos Gesicht gezeichnet, aus dem Gedächtnis. Profil, Dreiviertelansicht, die Augen gesenkt oder offen; jede besser als die vorige. Zu Weihnachten hatte Eudora ihr einen dicken Zeichenblock geschenkt, den sie eigens bestellt hatte. »Du bist so begabt«, hatte sie gesagt – aber was sie wirklich gemeint hatte, was die anschließende Pause ausgefüllt hatte, war die Frage: *Warum zeichnest du nicht mal was anderes als Leo?*

Weil ich nachts von ihm träume, hatte Naomi sagen wollen. Sie träumte von ihm, wachte mit Gedanken an ihn auf, dachte beim Frühstückservieren an ihn, dachte an ihn, wenn sie den Model T anwarf, dachte ohne Unterlass an ihn, wenn sie Besorgungen machte und die Post für die Gäste sortierte. In ihrem Kopf führten sie Gespräche, in denen er redete und sie antwortete und die in dem, was sie fühlte und hörte, exakt ihren Erinnerungen an wirkliche Gespräche entsprach. Wie sollte man auseinanderhalten, was tatsächlich Erinnerung war und was sich in ihrer Erinnerung festgesetzt hatte, weil sie es erfunden hatte?

Damals in Chester, auf dem Feld hinter ihrem Elternhaus, hatte es eine Stelle gegeben, die sie manchmal aufgesucht hatte, nicht weit von der Hecke, wo die Hirsche schliefen. Das hohe Gras dort war plattgedrückt, und die Halme breiteten sich im Wirbel um einen Mittelpunkt aus, sodass ein freier Platz entstand, der wie ein Ei geformt war. Wenn sie die Stelle fand – sie war fast nicht zu sehen, bis sie unmittelbar davor stand –, saß sie stundenlang dort. Rundherum wogte das Gras im Wind. Die Sonne schien herein, und die gebogenen Gräser, auf denen sie saß, waren feucht und dufteten und waren manchmal mit Büscheln von hellem Haar besetzt. Sie schlief jedes Mal dort ein, und wenn sie aufwachte, gab es einen Moment, in dem sie nicht wusste, wo sie war oder ob es sie überhaupt gab: So sehr ging sie auf in den Gerüchen und Geräuschen und dem Gefühl der Sonne auf ihrer Haut. Nach dem Umzug nach Tamarack Lake hatte ihr nichts je wieder dieses Gefühl vermittelt, bis sie Leo gesehen hatte – und das war, wie sie wusste, der Grund, weshalb sie sich so elend fühlte. Es lag nicht nur an den Festtagen und der Hektik ihrer Mutter und der vielen zusätzlichen Arbeit, den besonderen Mahlzeiten und den privaten Feiern der Pensionsgäste. Es lag nicht nur an Miles, der in diesen Tagen an ihr hing wie eine Zecke. Und es lag auch nicht daran, dass sie Eudora vermisste, die zwar schwor, dass sie ihr nicht aus dem Weg ging, aber nie Zeit hatte, und wenn sie zu finden war, nur über Röntgenbilder redete.

Ein paar Tage zuvor, als die Bremsen des Model T eingestellt werden mussten, hatte sich Naomi mit Eudora an der Tankstelle von Eugene verabredet, um mit ihr spazierenzugehen, während er die Reparatur ausführte. Erst nachdem Naomi schon dort war, hatte Eudora angerufen, um abzusagen. Ärgerlich hatte Naomi auf der Bank an der Tür gewartet und sich beklagt, bis Eugene meinte, er sehe seine Schwester in letzter Zeit auch kaum noch. Sie ist immerzu beschäftigt, sagte er. Ernest, der für ein paar Tage aus New York da war, kam hinzu, beugte sich über die Bremse und redete mit.

»Liegt in der Familie«, sagte er und reichte Eugene einen Schraubenschlüssel. »Wenn sich jemand von uns für etwas interessiert, dann mit Leib und Seele.«

Als wüsste sie das nicht selbst. Später, als Eugene mit einem Kabel hantierte, hatte Ernest ihr eine Zigarette angeboten. Sie hatte erst wenige Male geraucht und zog deshalb vorsichtig daran, während er von New York erzählte. Mit der Stadt könne nichts anderes mithalten, sagte er und strich dabei sein kleidsames Hemd glatt.

Jeden Tag Kino, wenn er wolle; die Hafenanlagen und die Märkte und die Leute auf den Straßen; Männer, die unter dem Fluss in Senkkästen arbeiteten, und andere, die hoch in der Luft über Eisenkonstruktionen balancierten – allein dabei zu sein sei aufregend. Und wer hätte gedacht, dass die vielen Stunden, die er mit dem Vater und dem Großonkel in ihrer Präparationswerkstatt verbracht hatte, ihm zu einer Stelle verhelfen würden, die ihm so gefiel!

»Du hast Glück«, hatte sie gesagt, ohne ihren Neid verhehlen zu können.

Er hatte sie angesehen und sich zu ihr hingebeugt, wobei ihm seine Haare weich über ein Auge fielen. »Warum kommst du nicht irgendwann einfach mal zu Besuch?«

Sie schenkte ihm ein schwaches Lächeln und verschluckte sich dann am Rauch seiner Zigarette.

Am Sonntag nach Neujahr, an dem es bitterkalt und vollkommen still war, lag auf dem erhöhten Gartenbeet, das sich wie das Schwarze einer Zielscheibe in der Mitte unserer kreisförmigen Auffahrt befand, plötzlich ein toter Falke. Von unseren Frühstückstischen konnten wir den Anblick des Kadavers zwischen den steifen weißen Stängeln nicht meiden. Irene, die den Vogel selbst nicht gesehen hatte, hörte von Leo davon, als er fünf Minuten zu früh zur Führung durch das Laboratorium erschien. Er plauderte nervös, während sie ihm sowohl ihr Röntgengerät als auch den älteren Apparat zeigte, mit dem Eudora experimentierte.

»Seit wann wird es hier so kalt, dass die Vögel tot vom Himmel fallen?«, fragte er. »Man könnte meinen, wir wären in Sibirien.«

Irene zuckte die Achseln, lächelte und deutete auf die neue Coolidge-Röhre. »Haben Sie schon mal mit so einer gearbeitet?«

»Nicht mit dieser Version«, sagte er, »sondern mit älteren, natürlich. Dort, wo ich studiert habe, gab es alle üblichen Geräte zur Erforschung des elektrischen Stroms. Bei Ihnen doch bestimmt auch – Sie haben in Kraków studiert?«

Sie nickte. »Aber das ist lange her. Alles, was ich über Strahlen weiß, habe ich in diesem Land gelernt.«

»Ich habe es dort gelernt«, sagte Leo, »das bisschen, das ich weiß. Ich war sechs, als die Röntgenstrahlen entdeckt wurden; in meiner Studienzeit waren die Strahlen für uns etwas Selbstverständliches, wir haben uns mehr dafür interessiert, was wir mit ihnen machen konnten, als sie einfach zu produzieren.«

»Als ich studiert habe, war das alles noch unvorstellbar«, sagte Irene, »zwanzig Jahre – wie viel das ausmacht.«

Leo sah sich die mit Glasplatten gefüllten Schränke, die langen Reihen der Brustaufnahmen in den Regalen an, die sich um den ganzen Raum zogen, die Dunkelkammer, die Chemikalien und die Gläser. »Schon zehn Jahre sind viel«, sagte er kurz. »Oder zwei. Was mir wirklich das Gefühl gegeben hat, alt zu sein, waren Moseleys Entdeckungen in Rutherfords Laboratorium. Da ist mir klar geworden, dass ich das nie mehr aufholen werde.«

»Ja, über die Röntgenspektroskopie kann man nur staunen, nicht?«, sagte Irene. Dass es inzwischen möglich war, Elemente und ihre Positionen im Periodensystem anhand ihrer Röntgenspektren zu bestimmen: Das erschien ihr genauso magisch wie der Blick durch die Hülle der menschlichen Haut. Die Artikel, die bewiesen, dass jedes Element eine spezifische Zahl von Elektronen besitzt, waren glänzend und klar formuliert, doch sie war trotzdem überrascht, dass Leo sie verstanden haben sollte.

»Sie sind mit Moseleys Experimenten vertraut?«, fragte sie.

Er schüttelte abermals den Kopf. »Ich war schon in New York, als er daran arbeitete«, sagte er bitter. »Schon ein Niemand. Ohne Labor, ohne Bücher, ohne Kollegen ...«

»So eine Vergeudung«, sagte sie und meinte eigentlich Moseleys Tod in Gallipoli, wurde aber sogleich verlegen, weil Leo womöglich annahm, sie meine ihn. »Warum«, fragte sie unwillkürlich, »sind Sie nach Amerika gekommen?«

Er rieb seinen Daumen mehrmals an der Innenseite seines

Zeigefingers auf und ab, eine Geste, die ihr seit Jahren nicht mehr möglich war, und antwortete: »Sind wir nicht alle aus ähnlichen Gründen gekommen? Wir dachten, es würde hier anders sein und wir hätten hier bessere Chancen.« Sein Blick wanderte abermals durch das Laboratorium. »Bei Ihnen hat es funktioniert. Bei mir nicht.«

Seine Hand streckte sich, ohne sie zu berühren, nach drei Erlenmeyerkolben aus, die umgedreht auf einem Holzgestell trockneten, und als sie die Sehnsucht in seinem Gesicht sah, kramte sie in dem Bücherregal neben ihrem Schreibtisch. Beiläufig, als wäre die Geste ohne Bedeutung, reichte sie ihm zwei abgegriffene grüne Bände.

»Meine alte Ausgabe«, sagte sie und sah ihn an. »Ich benutze sie fast nicht mehr, sie ist ein bisschen veraltet.«

Er drehte die Bücher, legte eines davon ab und schlug das andere auf der ersten Seite auf. Das konnte doch nicht das Lehrbuch sein, aus dem er in Odessa seine Chemie gelernt hatte? Doch, das war es, oder vielmehr eine andere Version davon – eine englische Übersetzung der sechsten russischen Auflage von Mendelejeffs *Grundlagen der Chemie*. Seine Ausgabe, ein dicker blauer Band, war ihm im Hafen gestohlen worden, zusammen mit dem größten Teil seiner Habe, an dem Tag vor sechs Jahren, als er in New York gelandet war. Aber hier war, als wäre ihm ein Stück seines alten Lebens wiedergegeben worden, die gleiche Fotografie. Mendelejeff mit offenem Mund und schlecht geschnittenem Haar, sodass er eher wie ein Verrückter aussah als wie das Genie, das er gewisslich gewesen war. Hier war der heißgeliebte Text mit den Tabellen und den unzähligen kleinen Abbildungen, auf denen alles von Lavoisiers Apparatur zur Bestimmung der Zusammensetzung der Luft bis hin zu den hohen Brennöfen für die Trockendestillation von Knochen veranschaulicht war.

Er wusste, dass Irene ihn beobachtete, aber er konnte nicht anders: Er musste das Vorwort des Übersetzers lesen. *In dem wissenschaftlichen Werk, dem sein Leben gewidmet war, hat sich Professor Mendelejeff unermüdlich darum bemüht, die verstreuten Erkenntnisse der Chemie zu einem Regelwerk zusammenzufassen, und war in der Lehre bestrebt, dem Studenten die Grundlagen der Wissenschaft nahezubringen, ihm also jene Generalisierungen zu vermitteln, denen sich die Fakten, soweit sie entdeckt sind, auf natürliche Weise zuordnen.* So war es, dachte Leo, genau so: die *Grundlagen* der Wissenschaft. *Die Chemie*, las er, *bietet eine Einsicht in das unveränderliche Substrat der vielfältigen Formen der Materie.* Er sah das hagere lange Gesicht und die vorstehenden Augen seines freundlichen jungen Dozenten vor sich und hatte plötzlich den Geschmack von Ammoniak hinten im Hals.

»Ich dachte«, hörte er Irene behutsam sagen, im Ton von jemandem, der einen Satz schon mehr als einmal wiederholt hatte, »es wäre vielleicht ein gutes Buch zum Auffrischen.«

»Besser, als Sie meinen«, presste er hervor. Obwohl es im Keller angenehm warm war, zitterte er. »Von diesem Buch – in genau derselben Ausgabe, meine ich, auf Russisch – kannte ich früher jede Seite. Wenn ich es vielleicht eine Zeitlang borgen könnte?«

»Behalten Sie es«, sagte sie sanft. »Da es Ihnen so viel bedeutet. Wenn Sie Zeit gefunden haben, es zu studieren, reden wir darüber, wie Sie mir hier zur Hand gehen könnten, wenn Sie mögen.«

Als er zum Dank Irenes Hand ergriff, verzog sie vor Schmerz das Gesicht und schrie auf. Im gleichen Augenblick trat Eudora, den erfrorenen Falken an den Füßen haltend, ins Laboratorium und sagte: »Oh, nicht zudrücken, Sie tun ihr weh.«

Erschrocken ließ Leo Irenes Hand los und trat einen Schritt zurück. Irene schüttelte die Finger, wie um wieder Gefühl hineinzubekommen. Eudora legte den toten Vogel ab und tätschelte ihr die Schulter.

»Sie können nichts dafür«, sagte Irene, »nicht das Geringste, meine Hände sind bloß« – ihr Blick wanderte zum Falken, dann zu Eudora hinauf – »ungewöhnlich empfindlich. Eudora, ich habe

Leo das Laboratorium gezeigt und ihm ein wenig erklärt, was ich hier mache. Vielleicht kommt er bei Gelegenheit zur Aushilfe. Er wollte gerade gehen.«

»Nett, dass Sie hier waren«, murmelte Eudora. Mit einem Nicken hob sie ihr neuestes Versuchstier auf und begab sich zum alten Apparat.

»Bis bald also?«, sagte Irene zu Leo.

Er nickte verlegen. »Vielen Dank noch mal«, sagte er, »und verzeihen Sie bitte.«

Draußen lag die Temperatur weiter um die minus achtzehn Grad, und der Himmel zeigte sein typisches Adirondack-Grau. In der Bücherei spielte Ian lustlos mit den Teilen aus dem Stabilbaukasten, die ihren Charme verloren hatten, aber wegen ihrer Verbindung zu seinem Bruder interessanter blieben als gar nichts. Diagonal über den Flur arbeitete Dr. Petrie an einem Bericht für die bevorstehende Vorstandsversammlung, während unter ihm Clarice und Deborah unser Abendessen zubereiteten. Zwei der Hausmeister, Bronsen und Andrew, deren Overalls sich über Schals und Pullover wölbten, kehrten verwehten Schnee von den Gehwegen, und das Wisch, Wisch von Stroh auf den Steinplatten war durch sämtliche Flügel zu hören. Drinnen, nervös von dem leisen, regelmäßigen Geräusch und der Erinnerung an Zeiten, als auch wir in der Lage gewesen waren, ein Stück unserer Welt so lässig in Ordnung zu bringen, blätterten wir in Zeitschriften und lasen zum x-ten Mal alte Briefe, gaben Klatschgeschichten weiter und staunten über die Nachricht von Rasputins Tod, der kurz vor Weihnachten ermordet worden war. Wir spielten Karten oder Dame oder Schach, bereuten etwas, das sich bei der Neujahrsfeier zugetragen hatte, freuten uns auf den nächsten Kinoabend, fragten uns, was wohl unsere Familien daheim trieben. Manche von uns, wie Ephraim, lagen auf den Betten und konzentrierten sich darauf, gesund zu werden.

Wir machten uns auf zum Speisesaal, stellten uns in die Schlange und setzten uns, betrachteten unsere Teller und dann uns; wir flirteten über die unsichtbare Barriere zwischen den Frauen und Männern hinweg. Machten das, was wir jeden Abend machten, was wir, schien uns, womöglich ewig machen würden. Zu Beginn der Mahlzeit fragte jemand Leo, wo er gesteckt habe, und er antwortete, er sei im Röntgenlaboratorium gewesen. Er erzählte aber weder, warum er dort gewesen war, noch was er geschenkt bekommen hatte. Als Gordon fragte, ob er etwas darüber erfahren habe, warum Irene den lila Handschuh trug, fiel ihm schlagartig ihr Schmerzensschrei wieder ein, aber er brachte es trotzdem fertig, vollkommen ehrlich zu antworten: »Nein.« Der gibt nichts preis, dachten wir. Wie wir es schon früher gedacht hatten.

Wieder nach draußen auf die Balkone, in die Kälte, unter die Decken, auf die Polster: nebeneinander, frierend. Nach dem Abendessen lagen Ephraim und Leo schweigend da, Ephraim träumte von zu Hause und Rosa und seinen Mädchen, der tiefen Schneedecke auf den Feldern, den Hirschen, die durch das Gehölz strichen, während seine Töchter, in dicke Schichten Flanell verpackt, mit Hilfe ihrer Onkel ein Schneehaus bauten, und gleichzeitig – das passierte uns häufig, dieses Denken oder Träumen in den gleichen Bahnen wie die Kameraden, die uns am nächsten waren – träumte Leo von Schnee und seiner Familie. Nicht von seiner zweiten Familie, den Kindern seiner Stiefmutter, sondern von seiner Mutter und deren Eltern in Grodno, wo in Wintern wie diesem sich der Schnee bis über die Fenster türmte und der Dampf von der Eisenbahn meilenweit zu sehen war. Er konnte sich sehen, das dunkle Haar unter einer Strickmütze versteckt, wie er sich leise zwischen den weißen Wänden bewegte. Aus den Bäumen riefen sich heiser die Krähen zu. Ein Bussard flog und warf seinen Schatten, und die Welt schien groß und weit; es gab unendlich viel zu tun und zu sehen, und er wusste, er würde ewig leben.

Das Kaninchen, das er hinten in einem Käfig gehalten hatte: Wie hatte es noch geheißen?

Diese Welt war verschwunden, als sein Vater mit ihm nach Odessa gezogen war. Dann war eine andere aufgegangen und ebenso verschwunden, aber jetzt – er wandte sich seinen grünen Bänden zu, die gerade leicht genug waren, dass er sie auf der Brust halten konnte und sie sich auch mit Fausthandschuhen gut lesen ließen. Jede Seite wollte ausgiebig genossen werden. In dieser Ausgabe hatte Mendelejeff – Leo war noch in Erinnerung, wie begeistert sich sein Dozent darüber geäußert hatte – nicht nur endlich die vollen Implikationen der von ihm entdeckten Periodizität erkannt, sondern außerdem seinen Fußnoten freien Lauf gelassen, die spekulativ und faszinierend waren und einen parallelen Text bildeten, der nahezu die Hälfte des Buches ausmachte. Jung und davon beseelt, so schnell wie möglich das Wesentliche zu erfassen, hatte er sie nur überflogen, als er den Text auf Russisch gelesen hatte. Aber jetzt – jetzt hatte er, wenn schon sonst nichts, dann Zeit; er nahm sich vor, jede Zeile zu lesen, sich Notizen zu machen. Er neigte den Text zum Licht und vertiefte sich in die erste Fußnote, die eingeschoben war, bevor Mendelejeff den ersten Satz zur Hälfte vollendet hatte:

1 Erforschen heißt: a) das Verhältnis des zu Erforschenden zu dem erkennen, was entweder durch unmittelbare Erkenntnis und die Erfahrung des alltäglichen Lebens gegeben oder das Resultat früheren Erforschens ist, also, Unbekanntes durch bereits Bekanntes bestimmen und ausdrücken; b) alles das messen, was überhaupt messbar und ein Zahlen-Verhältnis des zu Erforschenden zu Bekanntem und zu den Kategorien der Zeit, des Raumes, der Temperatur, Masse u. s. w. ausdrücken kann; c) die Stelle des zu Erforschenden in dem Systeme des Bekannten bestimmen, unter Benutzung sowohl qualitativer als auch quantitativer Daten; d) nach gemessenen Größen die empirische (durch Versuche gefundene, sichtbare) Abhängigkeit (Funktion oder das »Gesetz«, wie zuweilen gesagt wird) von veränderlichen Größen finden, z. B. die Abhängigkeit der Zusammensetzung von den Eigenschaften, der Temperatur von der Zeit, der Zeit von der Lage u. s. w.; e) Hypothesen über den wirklichen, ursächlichen Zusammenhang zwischen dem zu Erforschenden (Gemessenen oder Beobachteten) und seinem Verhalten zu Bekanntem oder zu den Kategorien der Zeit, des Raumes u. s. w. aufstellen; f) die logischen Folgen von Hypothesen durch Versuche prüfen und g) die Theorie des zu Erforschenden aufstellen, d. h. dieses letztere als eine direkte Folge aus Bekanntem und aus den Bedingungen und Kategorien, unter denen es besteht, ableiten.

Er zwang sich, einmal durchzuatmen. Vielleicht würde es nicht so einfach sein, wie er gedacht hatte? Er hatte die Sprache einfacher in Erinnerung, doch vielleicht lag das an der Übersetzung. Er atmete noch einmal durch und tauchte wieder in den Text ein.

Auf der anderen Seite der Trennwand stritten Abe und Arkady heftig, aber freundschaftlich und mit sehr leisen Stimmen – wir durften um diese Zeit eigentlich nicht reden, wir sollten vollkommene Ruhe halten – über Tschernyschewski, der Arkadys Ansicht nach wesentlich zum revolutionären Denken beigetragen hatte, in Abes Augen jedoch ein Dummkopf war. Sean und Otto, ein paar Balkonlogen weiter, waren beide fest eingeschlafen, was bedeutete, dass sie den Rest der Nacht wach liegen und sich unruhig in ihren Betten wälzen würden, während drüben im anderen Flügel Lydia in eine Zeitschrift starrte, wo sie grimmig über einer Spalte mit einer Liste neuer Erfindungen brütete – Spannverschlüsse, ein Erdnussentstieler, eine Vorrichtung zum Walzen und Bearbeiten von Schrapnellfüllungen – und überlegte, wie sie ihre eigene patentieren könnte. Anderswo auf den Frauenbalkonen tuschelten Sadie, Olga, Karin und Pearl über ihre Verbandelten und die Männer, auf die sie sich diesbezüglich Hoffnungen machten, betrachteten Reklameanzeigen für Lippenstift, lasen mit Verzweiflung im Herzen einen von Fehlern strotzenden Brief von einem ihrer Kinder, sahen zu, wie die Mondsichel auf einen Wolkenrand zuschlich, verschwand und allmählich wieder hervorkroch. Die Sterne drehten sich langsam, und im Wald schrie ein Tier. Irene, allein in ihrem Keller, blickte vom Schreibtisch auf.

Wäre doch nur, dachte sie, der Augenblick, in dem ihre beiden Besucher einander zufällig begegnet waren, erhellender gewesen. Wegen des Chemiebuchs, das Leo beschäftigte, und ihres Schmerzensschreis war es zwischen den beiden kaum zu einem Kontakt gekommen, und sie war sich nicht sicher, wie viel sie gesehen hatte. Vielleicht hätte sie Leo direkt fragen können, was er für Eudora empfand, oder zumindest Eudora ein wenig mehr über Leo ausfragen sollen, aber dazu hatte ihr der Mut gefehlt. Leos Blick, das hätte sie Eudora gern gesagt, könne vielleicht ihr ganzes Leben verändern, und so zu tun, als nähme sie ihn nicht wahr, sei zwecklos. Sie musste ihn zur Kenntnis nehmen; schauen, was er für sie bedeutete, und entscheiden, was sie wollte. Doch statt herauszufinden, wie es um die beiden stand, hatte sie sich von Leos Antworten ablenken lassen. Jetzt wusste sie, dass er sich früher in Chemie und Physik genauso gut ausgekannt hatte wie sie; seit Monaten schon hätte sie ihn ebenso anlernen können wie Eudora. Wie dumm, dachte sie, dass ich das nicht geahnt habe.

11

Irene ahnte ebenso wenig – wir auch nicht, aber wie hätten wir es auch ahnen sollen? –, wie schnell eine unserer wichtigsten Seelen aus unserer Mitte verschwinden konnte. Am Dienstag nach Leos erstem Besuch in Irenes Laboratorium erhielt Ephraim eine verzweifelte Nachricht von seiner Frau. Gemma, seine jüngere Tochter, hatte vielleicht Hirnhautentzündung, sie hatte ohne Unterlass stechende Kopfschmerzen und Fieber, das nicht fallen wollte, und obwohl zwei Ärzte sie untersucht hatten und alle in der Ovider Gemeinschaft zu helfen versuchten, schwebte sie in großer Gefahr und rief ständig nach ihrem Vater. *Ich will dich nicht stören, wo du selbst so krank bist*, schrieb Rosa, *aber* …

Bei dem Gedanken, dass Gemma nach ihm rief – Gemma, die, als er nach Tamarack Lake aufgebrochen war, noch zu klein gewesen war, um sprechen zu können –, krümmte Ephraim unwillkürlich die Hände, wie um ihr Köpfchen zu halten. Nichts, was unser Direktor Dr. Richards sagte, konnte ihn davon abhalten, uns zu verlassen. Auch Dr. Petrie, auf den Ephraim sonst immer hörte, konnte ihn nicht zum Bleiben überreden, nicht einmal indem er ihm seine Fieberkurven der letzten Monate zeigte, sein letztes Röntgenbild, das Ergebnis seiner letzten Sputumuntersuchung. »Sie haben einen neuen Fleck, einen aktiven, im linken Lungenflügel«, sagte Dr. Petrie. »Sie müssen unbedingt ein paar Monate Ruhe halten. Sie setzen Ihr Leben aufs Spiel, wenn Sie fortgehen. Von Ihrer Familie ganz zu schweigen.«

»Ich werde bei meinem Cousin auf der Veranda schlafen«, sagte Ephraim. »Ich werde meine Mahlzeiten getrennt einnehmen. Sie haben uns zur Genüge beigebracht, wie wir selbst Quarantäne einhalten können.«

»Aber nicht, damit Sie sich umbringen«, sagte Dr. Petrie. »Ich könnte Sie zwingen zu bleiben, es gibt Formulare …«

Ephraim, der Dr. Petrie weit überragte, schüttelte den Kopf. »Das würden Sie nicht tun.«

»Vielleicht doch, um Sie am Leben zu halten.«

Wir wissen nicht, ob es dazu gekommen wäre; Ephraim zog sich anders aus der Affäre. Abends nach dem Essen lag er stumm neben Leo auf dem Balkon, bis er schließlich mit der flachen Hand auf die Lehne seines Liegestuhls schlug und aufstand. »Ich kann nicht bleiben«, sagte er. »Du musst mir helfen.«

»Wie du willst«, sagte Leo. So dicht neben Ephraims Stuhl liegend, hatte er gespürt, welche Spannung sich in seinem Freund aufbaute. *Rosa, Gemma, Rosa, Gemma.* Wenn er jemanden hätte, den er liebte, eine Familie und ein eigenes Zuhause, dann würde er auch gehen.

Er folgte Ephraim in die vordere Hälfte ihres Zimmers und hielt die Tasche auf, die Ephraim aus seinem Spind holte. Ephraim stopfte zwei Hemden hinein, eine Hose, drei Bücher; weil es an dem Abend sehr kalt war – wir anderen, die wir noch auf den Balkonen lagen, beklagten uns beieinander darüber –, trug er fast alles, was er besaß, am Leib.

»Leuten draußen wird das da auffallen«, sagte Leo und deutete auf die Pyjamahosenbeine, die unter Ephraims dicker Wollhose hervorlugten.

Ephraim zog sich aus, reichte Leo die Pyjamahose und zog die andere Hose wieder an. Leo packte die Pyjamahose in die Tasche und legte einen seiner gestrickten Schals dazu, dann stellte er sich vor seinen Freund und sah ihn an.

»Du willst heute Abend los?«

»Das ist das Beste«, erwiderte Ephraim. »Ich lasse mich von jemand, den ich kenne, in den Ort mitnehmen und fahre von da mit dem ersten Zug. Wenn ich es morgen versuche, wird Dr. Petrie mich aufhalten. Es ist nicht seine Schuld, er muss es tun. Aber es ist auch nicht meine Schuld, dass ich weg muss.«

»Das stimmt«, pflichtete ihm Leo bei. »Aber ich mache mir Sorgen um dich. Ich habe drei Dollar – würdest du die nehmen?«

»Danke«, sagte Ephraim, »du weißt, ich würde für dich dasselbe tun. Aber da ist noch etwas.«

»Soll ich mir was ausdenken, wo du hingefahren bist?«

»Das werden sie wissen«, sagte Ephraim. »Aber ich glaube nicht, dass sie nach mir suchen werden, wenn sie mich erst mal sicher los sind. Sie wollen bloß nicht die Verantwortung dafür tragen, dass ich gehe.«

Er griff noch einmal in seinen Spind und zog hinter ein paar Büchern jene kleine Metallschachtel hervor, die Leo zuletzt nach dem Besuch des jungen Mannes aus Ovid gesehen hatte. »Felix hat gemeint, ein Freund von ihm würde das hier vor dem Sommer abholen. Könntest du sie behalten, bis er kommt?«

»Wie du willst. Du willst sie nicht mit nach Hause nehmen?«

»Es ist besser, wenn sie hier bleibt«, sagte Ephraim. »So weiß ich, dass der Richtige sie bekommt.«

»Ich pass drauf auf«, sagte Leo und umarmte seinen Freund an der Tür. »Du ahnst nicht, wie ich dich vermissen werde.«

»Das ahne ich sehr wohl«, sagte Ephraim mit einem gequälten Lächeln. »Ich wünschte, ich könnte sagen, ich komme bald wieder, aber wenn alles gutgeht, werde ich nicht wiederkommen.«

»Sie wird bestimmt wieder gesund«, sagte Leo und stellte rasch die Schachtel in seinen eigenen Spind. In Odessa, in den letzten Monaten vor seiner Abreise, hatte er glutäugige Männer gekannt, die Kisten unter ihren Betten versteckten, Kisten mit Pistolen, Munition, Messern, ausländischem Geld, Kampfschriften; er hatte das Land unter anderem verlassen, um ihrer Raserei zu entkommen, und er nahm es Ephraims Freund übel, dass er diesen Schatten hierher gebracht hatte. Trotzdem würde er natürlich Ephraims

Bitte erfüllen. »Und du wirst auch gesund«, prophezeite er. »Ich komme dich in Ovid besuchen, sobald ich entlassen werde.«

Ephraim winkte, spähte den Korridor entlang, um zu sehen, ob er leer war, dann schlich er ohne ein Wort zu uns Übrigen – weder zu denen, die er von Anfang an gekannt hatte, noch zu denen von uns, die sich bis zu Leos Ankunft für seine engsten Freunde gehalten hatten – auf Zehenspitzen durch den Flur, die Treppe hinunter und zur Küchentür hinaus.

Nachdem Ephraim fort war, begannen die Frauen unter uns bei den Mittwochstreffen eine größere Rolle zu spielen. Die ersten Redner waren Männer gewesen; zum Ausgleich sprach vom Beginn unseres neuen Jahres an eine Reihe von Frauen – die sämtlich schon länger hier waren als Leo, sodass sein Vortrag abermals aufgeschoben wurde. Den Anfang machte Sophie. Sie beschrieb das soziale Hilfswerk, bei dem sie gearbeitet hatte, bevor sie krank geworden war, und ihre Abendkurse Englisch und Geschichte für Leute wie uns. Dann sprach Pearl, die, bis ihr Geld verbraucht war, in einer recht netten, wenn auch etwas weniger vornehmen Kurpension als der von Mrs Martin gewohnt hatte und zeitweise fast gesund gewesen war, über die Wochen, in denen sie hier im Ort als Komparsin bei einem Film mitgewirkt hatte, in dem die zugefrorenen Flüsse und der graue, wolkenverhangene Himmel die Gegend am Klondike ersetzt hatten. Danach kam es unter uns auf den Korridoren und beim Essen zu Diskussionen über die Ausrichtung unserer Vorträge.

Uns hatten die letzten beiden Spaß gemacht, vor allem Pearls lebhafter Bericht über ihre kurze Schauspielkarriere, aber wie anekdotisch und persönlich sollten diese Nachmittage unserer Ansicht nach werden? Wollten wir darüber reden, wie wir die winterlichen Erkältungen unserer Kinder behandelten, mit welchen Kniffen eine von uns die Rinderbrust besonders zart hinbekam und wie eine andere Lumpen zu geflochtenen Teppichen verarbeitete? Auch diese Dinge seien wichtig, argumentierten einige. Und interessant. Andererseits ließen sie uns das Leben, dem wir entrissen waren, noch mehr vermissen. Besser, sicherer war es, unsere Vorträge wieder in die Bahnen zu lenken, die Miles anfangs abgesteckt hatte: Wissenschaft, Kunst, Ideen. Celia, die ein ganzes Stück älter war als wir anderen und bis zum Alter von dreiundzwanzig in Russland gelebt hatte, bot an, die Werke von Anton Tschechow vorzustellen.

»Ein russischer Schriftsteller«, sagte sie eines Mittwochnachmittags im Januar. Sie sprach Englisch immer noch mit starkem Akzent. »Sehr berühmt dort, wenn auch bislang nicht hier.«

Da sie Symptome in den Knien und der Hüfte entwickelt hatte, entschied sie sich, im Sitzen zu sprechen, und bewegte nur die Hände. Sie wirkten vor ihrer schweren grünen Jacke ungewöhnlich weiß. Wie wir, erzählte sie, habe Tschechow an Tuberkulose gelitten und sei mit Anfang vierzig daran gestorben, aber habe vorher eigenartige, wunderbare Theaterstücke geschrieben, die anfangs kaum jemand verstanden habe. Durch seine Sanatoriumsaufenthalte weit von der Stadt habe er gewusst, wie unser Leben aussehe. »Seine Erzählungen sind genauso schön wie seine Dramen – am besten gefällt mir ein Band mit dem Titel *Chmurye Ljudi*. In der Übersetzung: *Mürrische Menschen*«, sagte sie mit einem Lächeln, »oder *Mürrisches Volk* – so wie wir.«

Sie versuchte für uns einige der geliebten Geschichten zusammenzufassen, verzweifelte aber bald daran und erklärte, dass bei allen Schriftstellern, allen voran jedoch Tschechow, eine Zusammenfassung das Ganze ruiniere: Die Schönheit liege in der Geschichte selbst, in der besonderen Anordnung der Sätze. Doch versprach sie, wenn wir Interesse daran hätten, eine oder zwei Erzählungen zu übersetzen – und tatsächlich kamen Leo, dessen Russisch ziemlich eingerostet war, und einige weitere von uns darauf zurück und fanden später Freude an den Resultaten.

Dennoch, trotz dieser unterhaltsamen Treffen fehlte uns Ephraim mehr, als wir gedacht hätten. Seine Ruhe und sein ungezwungener Humor, mit dem er häufig unsere Stimmung aufgehellt hatte, gingen uns ausgerechnet zu einer Zeit verloren, in der wir sie bitter nötig gehabt hätten. Woche um Woche waren die Nachrichten aus der Außenwelt schlecht, und wir redeten unwillkürlich ständig über den Krieg. In New Jersey flog eine riesige Munitionsfabrik in die Luft; eine halbe Million Granaten explodierte mit einem Krach, der die Menschen meilenweit ringsum erzittern ließ. Nachdem wir davon erfahren hatten, stellte Lydia, mit ihrer großartigen Gabe für praktische Erfindungen, in ihrem Vortrag den Entwurf einer Spritze vor, die sie ursprünglich für Obstbäume entwickelt hatte. Wenn die Nation in den Krieg eintrete, meinte sie, werde sie den Entwurf und ihre Patentanmeldung dem Kriegsministerium einreichen, zusammen mit Ausführungen darüber, wie sie so umzubauen sei, dass sich damit ein entzündbarer Benzinnebel versprühen lasse.

Wir versuchten uns ein solches Gerät vorzustellen, und uns schauderte. Unsere Konzentration litt; wie sollten wir Nans Vortrag über das Frauenwahlrecht würdigen, wo kurz zuvor die deutsche Regierung verkündet hatte, dass ihre U-Boote ab sofort sämtliche Schiffe angreifen würden, die amerikanischen eingeschlossen, sobald sie in die Blockadezone um Großbritannien eindrangen, und wo der Präsident darauf mit dem Abbruch aller Beziehungen zu Deutschland reagiert hatte? Passagierdampfer wurden mit Torpedos beschossen, Menschen ertranken: Es war, als ob die deutsche Regierung *wollte*, dass die Vereinigten Staaten in den Krieg eintraten, und das war unserer Ansicht nach vollkommen sinnlos. In der Bücherei reichten wir Ausschnitte aus unseren Zeitungen hin und her und schmuggelten sie manchmal in unsere Zimmer.

Eine Woche nach dem Valentinstag rollte Kathleen, die in einer progressiven Grundschule in Urtica Musiklehrerin gewesen war, ein Klavier ins Solarium, das den Frauen unter uns so vertraut war wie unsere Liegestühle; es stammte aus unserem Gemeinschaftsraum. Wir hatten stundenlang darauf gespielt, die verstimmten Tasten verflucht, in Gruppen drum herum gesungen – aber für die Männer war es eine Überraschung. Hämmernd, klopfend, zum eigenen Spiel laut singend und Erklärungen liefernd – hier müsst ihr euch Holzbläser denken: *daaaah, da-da-da-da da-daaah*, die wie die Vögel rufen und antworten ... Jetzt die Streicher! Alle auf einmal: *DUM, dum-dum-dum-dum, DUM* – entrang Kathleen dem ramponierten alten Instrument eine reduzierte Version von Strawinskis aufwühlendem Ballett *Le sacre du printemps*. Die Orchesterfassung, versicherte sie uns, sei genauso chaotisch und fragmentarisch wie das, was sie uns präsentierte. Eigentlich noch weit chaotischer – eine neue Art von Musik, die sie gerade mit Hilfe einer Aufnahme einübe.

Dieses Treffen steht uns noch besonders klar vor Augen, und nicht allein deswegen, weil Kathleens Klavierspiel für uns noch eine ganz andere Bedeutung gewinnen sollte. Die Männer waren von ihrem Wissen und ihrem Können hingerissen, während die Frauen, die bereits ihre Bearbeitungen von Rimsky-Korsakow und Mussorgsky kannten, von der Musik an sich fasziniert waren, und von der wachsenden Einsicht, dass sich das Leben im Männer- und im Frauenflügel stärker unterschied als gedacht.

Eifrig stellten wir einander und ihr Fragen. Es war ein wunderbares Gespräch. Zu unserem Gefallen daran trug eine intuitive Wahrnehmung bei, die sich später bestätigte: Kathleens Sitzung war eine der wenigen, bei denen wir fast vollzählig waren. Mit Ausnahme von Ephraim waren an dem Tag alle Mitglieder unserer kleinen Gruppe dabei: Leo, Dr. Petrie, Irene und Eudora; Celia, die in den Anfängen der Übersetzung ihrer Tschechow-Erzählungen steckte, und Polly, die sich darauf vorbereitete, in der folgenden Woche über Lyrik zu sprechen; außerdem Sophie, Pearl und Lydia, die uns bereits mit ihren Vorträgen überrascht hatten. Ian war da, mit neuen, von seinem Bruder geschickten Reklamebroschüren aus der Stabilbaukastenfabrik; Arkady und Abe, die sich derzeit Seite für Seite mit der Geschichte eines Straflagers auf der Insel Sachalin auseinandersetzten, die ihnen Celia zu lesen gegeben hatte; Pietr, der sechs Wochen Bettruhe hinter sich hatte und sich mit David unterhielt, dem es so gut ging, dass er davon träumte, bald entlassen zu werden; Olga und Nan, die beide, obwohl sie sich gezankt hatten, kein Treffen verpassen wollten und deshalb an entgegengesetzten Seiten unseres Kreises saßen. Jaroslav, der Geige spielte, unterhielt sich mit Kathleen über die Möglichkeit, Duette zu spielen. Bea führte die bestickten Hausschuhe, die sie zum einunddreißigsten Geburtstag bekommen hatte, Sean vor, der sich wünschte, er wäre derjenige gewesen, der sie ihr geschenkt hatte. Zalmen, Frank, Otto und Seth, vereinigt durch ihren Plan, nach ihrer Heilung eine Werkstatt für Werkzeug- und Formenbau zu gründen, steckten die Köpfe zusammen, während Albert, wie immer verträumt, durch die Musik angeregt der Frage nachhing, wie sich sein Vater und seine Mutter wohl kennengelernt hatten. Alle waren wir da, mit unseren Hoffnungen und Plänen, unseren widerstreitenden und gemeinsamen Intentionen, unserer Freude über das, was Kathleen uns geboten hatte, und – Naomi saß neben Eudora, aber Miles saß abseits, allein; wieso fiel das keinem von uns auf? – unserem allgemeinen Ignorieren von Miles.

Als Miles zum nächsten Treffen, am letzten Februartag, nicht erschien, fiel uns das anfangs gar nicht recht auf. An dem Tag stellte uns Polly Carl Sandburg vor, in einer Präsentation, die auf ihre Art genauso überraschend war wie die von Kathleen. Nur Pollys zwei engste Freundinnen, Olga und Nan (mittlerweile versöhnt), hatten vorher gewusst, dass Polly selbst Gedichte schrieb und aktuelle Lyrik verfolgte, so gut unsere Bücherei und ihre äußerst beschränkten Mittel dies zuließen. Sie las uns Verse aus Sandburgs Buch *Chicago Poems* vor, die völlig anders waren als alle, die wir in der Schule gelernt hatten. Keine pompöse Sprache, keine Könige und schwebenden Prinzessinnen und heiligen Grale. Hier ging es um zwischen Telegraphenmasten gespannte Kupferdrähte, die unsere Stimmen übertrugen. Um Landstreicher und Soldaten und Fabrikarbeiter, Schiffe, die stampften wie Mastodonten, das Blitzen der Fenster von Eisenbahnwaggons, Dunst und Nebel und Maisfelder in der Prärie und, ja, den Krieg – aber nicht darum, wie ihn sich die Männer vorstellten, die sicher in warmen Zimmern saßen. Diese Gedichte schilderten den Krieg, wie er sich für die Männer darstellte, die kämpften, und wir hatten so etwas noch nie gehört. Wir hörten zu – Polly las gut –, und dann zogen wir unsere Stühle zu einem engeren Kreis zusammen, um uns einige Passagen genauer anzusehen. Erst als wir die Köpfe zusammensteckten, merkten wir, dass Miles fehlte, und mit ihm natürlich Naomi.

Den Grund erfuhren wir in der folgenden Woche, als sie wieder da waren. Miles hörte teilnahmslos zu, wie David, der ein halbes Jahr vor Leo im Tamarack State eingetroffen war und früher in Mexiko gearbeitet hatte, erklärte, welche Auswirkungen das jüngst veröffentlichte Dokument haben werde, das in den Zeitungen als »die Zimmermann-Depesche« bezeichnet wurde. David las die deutsche Depesche in der Übersetzung vor, die, sechs Wochen nach ihrer Übersendung, in den Zeitungen abgedruckt worden war: *Berlin, den 19. Januar 1917. Wir beabsichtigen, am ersten Februar uneingeschränkten U-Boot-Krieg zu beginnen. Es wird versucht werden, Amerika trotzdem neutral zu halten. Für den Fall, dass dies nicht gelingen sollte, schlagen wir Mexiko auf folgender Grundlage Bündnis vor. Gemeinsame Kriegführung. Gemeinsamer Friedensschluss. Reichlich finanzielle Unterstützung und Einverständnis unsererseits, dass Mexiko in Texas, Neu Mexico, Arizona früher verlorenes Gebiet zurückerobert …*

Es sei kein Jahr her, erinnerte uns David, seit Pershing mit amerikanischen Truppen zur Verfolgung des revolutionären Generals Pancho Villa nach Mexiko eingedrungen sei; kaum einen Monat, seit diese Truppen sich zurückgezogen hatten; die Mexikaner seien erpicht darauf, sich an den Amerikanern zu rächen. Auf einer Karte zeigte er uns, wie leicht das verlorene Territorium zurückzugewinnen war. Wir dachten an das nur wenige Meilen entfernte Kanada und wie uns zumute wäre, wenn die Deutschen sich mit den Kanadiern verbünden wollten. Der Krieg, so begriffen wir, war da.

Einige von uns gingen, als David fertig war, während sich andere in Zweier- und Dreiergruppen weiter unterhielten. Nur die Handvoll von uns, die Dr. Petrie umringte, bemerkte, dass sich Miles, als er auf uns zukam, bewegte, als wären sämtliche Knochen in seinen Füßen zertrümmert. Schrittchen für Schrittchen für Schrittchen. Bis er endlich unsere Gruppe erreichte und stehenblieb.

»Ich muss Ihnen sagen«, begann er, seinen Blick auf Dr. Petries Brust geheftet. Die darauf folgende Pause war so lang, dass wir anderen verstummten und uns zu ihm umdrehten.

»Ihnen sagen«, versuchte er es erneut.

Dr. Petrie griff nach seiner Hand. »Ihnen ist nicht gut«, sagte er, »bitte setzen Sie sich.«

Miles wich ein Stück zurück. »Mein Freund ist gefallen«, sagte er leise. »Mein Freund in Frankreich. Das wollte ich Ihnen sagen.«

»Doch nicht Lawrence!«, sagte Dr. Petrie.

Miles nickte. »Gas«, flüsterte er.

Seth begann zu husten, während wir anderen uns fragten, ob wir Miles näher rücken oder lieber mit Dr. Petrie allein lassen sollten. Wir blieben, wo wir waren. Den Blick immer noch auf Dr. Petries Brust geheftet, sagte Miles, dass er seit der Nachricht sein Zimmer nicht mehr verlassen habe, bis heute.

»Mein Beileid«, sagte Dr. Petrie und berührte dabei mit einer Hand sanft Miles' Jackett. Hinter ihm taten wir anderen murmelnd unser Bedauern kund; dies war Miles' erste persönliche Äußerung uns gegenüber, abgesehen von Dr. Petrie natürlich, und wir wussten nicht, wie wir reagieren sollten. »Schön, dass Sie es heute geschafft haben.«

»Es war das, was mich aus dem Bett geholt hat. Ich habe Sie vermisst. Ich habe das hier vermisst.«

Verlegen, aber zugleich gerührt standen wir weiter unbeholfen herum. Nach einer Weile holte Miles ein paar zusammengefaltete Blätter aus der Tasche seines Jacketts und gab sie Leo, der gleich neben Dr. Petrie stand. »Das hat Lawrence geschrieben, kurz vor seinem Tod«, sagte Miles über das erste Blatt, während er Leo bedeutete, er möge es herumreichen. »Sie können erkennen …«

Wahrscheinlich nicht das, was er erkannte: Doch als wir der Reihe nach die hingekritzelten Worte lasen, begriffen wir, dass es ein furchtbarer Brief war. Widerstrebend nahmen wir das zweite Blatt entgegen, den Brief von Lawrences Vater mit der Nachricht vom Tod seines Sohnes. Zusammengenommen waren sie so traurig, dass wir nicht wussten, wohin wir unsere Blicke wenden oder was wir sagen sollten. Pietr rieb sich die Augenbrauen, Arkady nuschelte etwas. Seth, der immer noch in ein Papiertaschentuch hustete, trat beiseite. Leo drückte Dr. Petrie die Briefe in die Hand, als ertrage er es nicht, sie Miles direkt wiederzugeben. Dr. Petrie murmelte stetig weiter tröstend vor sich hin, aber wir anderen waren zu gar nichts gut. Wir konnten einen Mann wie Miles schließlich nicht einfach berühren, und wir hatten keine Ahnung, wie er betete oder ob überhaupt.

Zu unserer Überraschung kam Miles am folgenden Mittwoch wieder und saß stumm sehr dicht neben Naomi, wenn auch ohne sie zu berühren, während Jaroslav seinen Vortrag über Filmkunstkameras hielt. Jaroslav war bis vor ein paar Jahren bei einem Atelier in New Jersey beschäftigt gewesen, wo er für die Wartung und Reparatur der Geräte zuständig gewesen war, und er schaffte es, obwohl er keine Kamera besaß, uns mit ein paar Skizzen und ein paar Streifen auf die Breite des Filmmaterials zugeschnittenen Papiers zu demonstrieren, wie der Film über Rollen vom ersten zum zweiten Magazin gespult wurde, die in jede Kamera eingebaut waren. Er fertigte Zeichnungen der Greifer an und der entsprechenden Perforation im Film, und skizzierte den raffinierten Mechanismus, der den Film synchron mit der Öffnung zur Belichtung ruckweise weitertransportierte, sodass sechzehn Bilder pro Sekunde entstanden. Wenn Bilder mit dieser Geschwindigkeit aufgenommen und abgespielt wurden, sagte er, ergänzten unsere Augen wie durch Zauberei starre Bilder zu Bewegungsabläufen.

Wir lauschten begierig, einige machten sich Notizen; wir liebten unsere Kinoabende, die nie oft genug stattfanden, und es war eine Freude, mehr darüber zu erfahren, was wir da sahen. Polly und Bea fiel, obwohl sie konzentriert zuhörten, auf, wie Naomi jedes Mal, wenn sich Miles' Beine in ihre Richtung neigten, ein Stück von ihm abrückte. Zalmen und Abe dagegen bemerkten, wie sehr sich Miles trotz seines jüngst erlittenen Verlusts bemühte, Jaroslavs Ausführungen zu folgen.

»Im Grunde«, fuhr Jaroslav fort, »friert die Kinematographie Licht ein und lagert es wie Eis in einem Kühlfach. Bei der Vorführung wird das Licht in abgemessenen Dosen freigegeben und belebt das, was andernfalls als tot erschiene.«

Er hielt inne, während Sophie, die kürzlich einen Rückfall erlitten hatte, hustete, würgte, heftiger hustete, Beas geflüstertes Hilfsangebot ablehnte, sich die tränenden Augen wischte und wieder beruhigte. Dann unternahm er einen höflichen Versuch, sein Thema mit dem in Verbindung zu bringen, was Miles uns vorgetragen hatte. »Vielleicht«, sagte er, »ließe sich die Rekonstruktion lebendiger Handlung aus starren Bildern ähnlich sehen wie der Versuch, aus versteinerten Knochen wieder Tiere zu rekonstruieren.«

»Das«, sagte Miles mit unbewegter Miene, »ist eine absurde Analogie.«

Arkady und Sean wechselten einen Blick, und Lydia runzelte die Stirn, während Jaroslav sichtlich verletzt einen Moment innehielt. Er führte seinen Vortrag hastig zu Ende und verließ dann in Begleitung von Pietr und Abe den Raum. Wir anderen gingen langsamer. Häufig verließen wir die Treffen in angeregter Stimmung und blieben auf dem Korridor oder vor den Fenstern stehen, um uns noch über das eben Gehörte zu unterhalten, aber Miles' Bemerkung hatte jede Freude in uns erstickt. Er trauerte, das wussten wir. Seine Worte waren spontan gewesen, unüberlegt – aber das machte sie eher schlimmer, weil es schien, als wären ihm unsere Präsentationen von jeher zu dumm, und er habe jetzt bloß nicht mehr die Kraft, dies zu verbergen. Auf halber Strecke den Flur entlang, vor einem frisch gestrichenen Untersuchungszimmer, sagte Nan zu David: »Wahrscheinlich hat er das gar nicht gewollt.«

»Aber es zeigt eben deutlich, wer er ist«, entgegnete David. »Das ist das Problem.«

Hinter ihnen hatte sich das Solarium geleert, bis auf Leo, der in den Alkoven links des Kamins getreten war, und Miles, der sich einen Augenblick später zu ihm gesellte. Leo sah aus dem Fenster, und er zuckte zusammen, als Miles fragte: »Werden Sie nicht zu spät zum Essen kommen?«

»Ich wusste nicht, dass Sie noch da sind«, sagte Leo.

»Ich kann nicht fort, bis Naomi so weit ist. Sie wollte noch mit Eudora über irgendetwas reden, deshalb ...« Er deutete auf das Paar, das draußen im vereisten Garten umherging. »Ich wünschte, sie würde mich nicht so warten lassen.«

Leo, der nur geblieben war, um Eudora zu beobachten, nickte abwesend.

»Es gehört sich nicht«, fuhr Miles fort und trommelte mit den Fingernägeln an die Scheibe, als könnte Naomi ihn hören. »Gerade im Augenblick. Letzte Woche habe ich noch Briefe bekommen, die Lawrence mir geschrieben hat, aber nicht mehr hat abschicken können. Ein Freund von ihm hat sie gefunden und aufgegeben. Es ist so – Worte zu lesen, die er vor Monaten geschrieben hat, seine Stimme im Kopf zu hören, wo ich doch weiß, dass er nicht mehr ist – ich kann nicht erklären, was für ein Gefühl das ist.«

»Das tut mir leid«, sagte Leo von Herzen, obwohl er eigentlich mit der Szene unten im Garten beschäftigt und über die Art, wie Miles Jaroslav behandelt hatte, aufgebracht war.

»Sie sind zu grauenvoll, als dass man sie jemandem zeigen könnte«, sagte Miles. »Wenn die Leute hier wirklich wüssten, was da los ist, würden sie –«

»Die Finger davon lassen?«, fragte Leo.

Miles betrachtete ihn abschätzend. »Sofort eingreifen. Ich bin sicher, es wird jetzt jeden Tag so weit sein, dass wir den Krieg erklären, aber warum haben wir schon so viel Zeit vertan? Wir hätten längst mitmachen müssen. Dann wäre Lawrence vielleicht noch am Leben.«

Unten bewegte sich ein Schatten über das Weiß – es hatte endlich geschneit – und von oben stieß ein Vogel herab. In der Heimat, dachte er, mussten aus den Marschen und Tälern, die er als Junge gekannt hatte, alle Männer in den Kampf gezogen sein, sodass nur die Vögel und Fische und leerer Wald zurückgeblieben waren. Lawrence wäre nicht umgekommen, wenn er sich nicht freiwillig gemeldet hätte, was sollte es bringen, noch mehr Männer hinterherzuschicken?

»Eine Sache will mir nicht aus dem Kopf«, sagte Miles, »Jaroslav hat mich darauf gebracht, als er die versteinerten Knochen erwähnte. Lawrence hat geschrieben, dass ihm, wenn er nachts im Schlamm wach lag, der Fluss, den wir hinuntergetrieben sind, wie ein Fluss durch die Zeit erschien. So als hätte unsere Bootsreise im neunzehnten Jahrhundert begonnen, in seines Vaters Welt und meiner. Und am Ende wäre er in ein neues Jahrhundert und eine andere Welt entlassen worden.«

Sie blickten wieder aus dem Fenster, die Augen voneinander abgewandt, auf die Frauen unter ihnen gerichtet. Lawrence, fuhr Miles fort, habe mit großer Lebendigkeit die Wände des

Schützengrabens geschildert, in dem er gefangen war, glatt und glitschig und täglich wieder einstürzend, von Knochen und Körperteilen durchsetzt: eine Albtraumversion jener Felswände, habe er geschrieben, in denen sie nach den sauber geschichteten Fossilien gegraben hatten.

»Es macht mich krank«, sagte Miles und schlug mit der flachen Hand ans Fenster. »Nicht nur sein Tod, auch das, was ihm vorausging, wovon er in seinen Briefen schreibt – ich glaube, er *wollte* sterben. Was ist los mit den Franzosen und den Engländern, dass sie die Dinge nicht besser in den Griff bekommen? Diese Ineffizienz, diese Vergeudung von Menschenleben und Idealismus – wenn wir erst drüben sind, wenn die Amerikaner das Kommando übernehmen, wird alles anders werden.«

»Meinen Sie?«, fragte Leo, ohne darüber nachzudenken, wie seine Worte klingen mochten.

»Selbstverständlich«, antwortete Miles. »Wenn Sie sähen, wie mein Zementwerk funktioniert oder wie Edwards Fabriken organisiert sind – niemals würden wir Männer so verkommen lassen. Nicht bloß physisch, sondern auch moralisch und geistig. Lawrence und seine Freunde saßen in der Falle.«

Leo versuchte sich Miles' Werk in Doylestown vorzustellen. Nicht so wie die Zuckerfabrik, nicht chaotisch und dreckig, sondern wohlorganisiert und gut geführt, mit Arbeitern, die in Ruhe ihre Maschinen bedienten und nach Feierabend nützliche Kurse besuchten und durch kleine Belohnungen ermuntert wurden, mehr und immer mehr zu produzieren – war es das, was Miles meinte? In Übersee würden dieselben Männer fügsam aus den Schützengräben klettern und dem Geschützfeuer entgegenmarschieren.

Er sah, dass Eudora unten den Garten verließ; der Himmel war noch dunkler geworden, und er hatte wieder einmal die Gelegenheit verpasst, mit ihr zu reden. »Ich wünschte, ich könnte helfen«, sagte er zu Miles, »wirklich wahr.«

Miles richtete sich ein wenig auf. »Es war nett von Ihnen, mir einfach zuzuhören. Ich vermute, Sie müssen gehen –«

»Zum Essen«, sagte Leo. »Bis nächste Woche dann.«

Von diesem Gespräch erzählte Leo niemandem; erst später hörten wir anderen eine Version von dem, was uns damals als Privatangelegenheit erschien. Durch seine Fantasie geisterten düstere Bilder von Lawrence, und er verspürte mehr Mitleid mit Miles, als er für möglich gehalten hatte. Es verblüffte ihn – uns alle –, als wir später hörten, dass Miles, während wir uns zum Essen setzten, noch kurz in Dr. Petries Büro vorbeigeschaut hatte. Dort redete er nicht über Lawrence und die Briefe, sondern über Naomi.

»Vielleicht könnten Sie an meiner Stelle mit ihr reden?«, bat er. »Und sie überzeugen, mir eine Chance zu geben …«

»Und sie damit vermutlich eher dazu bringen, Ihnen ganz und gar aus dem Weg zu gehen«, entgegnete Dr. Petrie unwirsch. Hatten sie das Thema nicht schon erledigt? »Ich weiß, dass Sie schreckliche Zeiten durchmachen, es ist nur natürlich, dass Sie Trost suchen, wo es geht – aber Verliebtheiten sind hier oben so an der Tagesordnung wie Erkältungen. Sie müssen Ihre Gefühle unter Kontrolle bekommen. Ich hätte nie damit gerechnet, dass Sie sie so ernst nehmen.«

»Ich habe ihr das Buch geschenkt, das Edward mir geschenkt hat«, sagte Miles unglücklich. »Das war ein Fehler, aber ich dachte, sie würde sich darüber freuen, weil es alt ist und eine Rarität. Aber sie hat sich nicht gefreut, und –«

»Machen Sie die Augen auf«, sagte Dr. Petrie. Er fand selbst, dass er hart klang, aber nichts war wichtiger als Miles' Gesundheit. »Hören Sie auf, sich so viel mit sich selbst zu beschäftigen. Naomi kann Sie nicht über den Verlust von Lawrence hinwegtrösten. Es gibt hier oben niemanden, der nicht schon einen Freund oder einen Angehörigen verloren hätte. Glauben Sie, Sie wären der Einzige?«

Miles ließ sich wie beim letzten Mal in den grauen Sessel fallen. »Sie finden mich maßlos«, sagte er. »Sie finden mich lächerlich.«

»Nein, gar nicht«, sagte Dr. Petrie matt, »ich versuche nur zu helfen. Natürlich trauern Sie, Sie haben einen furchtbaren Schlag erlitten. Kein Wunder, dass Sie verwirrt sind. Aber manchmal ist das beste Heilmittel, an andere zu denken und sich für sie einzusetzen. So wie Sie Lawrence als Kind geholfen haben.«

»Wenn Sie jemand verloren hätten«, sagte Miles, »würde ich mehr Mitleid zeigen. Oder wenn Sie verliebt wären.«

Später schickte er Dr. Petrie folgenden Brief:

Ich bin Ihnen zutiefst dankbar für Ihr Gespräch und Ihren Rat. Ich nehme ihn ernst. Ich weiß, dass ich Edward mehr Trost- und Beileidsbriefe hätte schreiben sollen und noch jetzt schreiben sollte. Ich weiß, dass ich ihm von den furchtbaren Briefen erzählen sollte, die Lawrence mir geschrieben hat, und dass ich sie ihm vielleicht sogar schicken sollte: Aber ich kann nicht, sie sind alles, was mir von ihm geblieben ist. Und meine Hoffnungen, was Naomi betrifft, kann ich ebenso wenig fahrenlassen. Was habe ich sonst noch zu erhoffen? Einen Ihrer Ratschläge jedoch werde ich annehmen. Lawrence ist tot, ihm kann ich nicht helfen; vielleicht kann ich einem anderen helfen. Mir ist aufgefallen, dass Leo Marburg ziemlich verloren wirkt, seit sein Zimmergenosse uns verlassen hat. Ich habe einen Plan gefasst, der ihm möglicherweise eine Hilfe böte und den ich bald mit ihm und im Anschluss dann mit Ihnen zu besprechen hoffe. Bis dahin verspreche ich, Sie nicht wieder mit persönlichen Angelegenheiten zu behelligen.

12

Am Montag nach Jaroslavs Vortrag schlief Leo während der Nachmittagsruhe auf dem Balkon ein und wachte auf, weil von den Scheunen, wo jemand Holz hackte, ein hohles *Tschock, Tschock, Tschock* zu ihm drang, ein Geräusch, das ihm in den letzten Momenten seines Traums seinen Onkel vor Augen zauberte, der eine Axt in den kräftigen Armen hielt, und seine Mutter, die eingerahmt von zwei riesigen Buchen lächelnd abseits stand. Noch halb verschlafen, schon viel zu spät, stand er auf, stieß seine Zimmertür auf, wollte in die Bücherei eilen und rannte um ein Haar Miles über den Haufen.

»Verzeihung«, sagte Miles, der noch im Mantel war, bis zum Hals zugeknöpft, »ich weiß, ich dürfte eigentlich nicht hier sein.«

»Das stimmt«, bestätigte Leo. »Wir dürfen keine Besucher auf dem Zimmer empfangen.«

»Aber ich bin ja im Grunde kein Besucher«, entgegnete Miles.

Leo holte tief Luft und rief sich in Erinnerung, was Miles alles verloren hatte.

»Zu wem möchten Sie denn?«

»Zu Ihnen«, sagte Miles, »ich möchte mit Ihnen reden.« Während Leo sich bemühte, nicht auf die Uhr an der Wand zu sehen – so wenig Zeit noch bis zum Abendessen und so viel, was er bis dahin tun wollte –, sprach Miles weiter: »Ich finde, Sie sollten sich überlegen, ob Sie nicht in Mrs Martins Pension umziehen wollen.«

»Wie bitte?«

»Auf meine Kosten«, fuhr Miles fort. »In der ersten Etage ist gerade ein Zimmer frei geworden. Es ist nicht das schönste, es geht nach vorn hinaus und ist von bescheidener Größe. Aber es ist sauber und privat und sehr viel schöner als hier. Außerdem ist das Essen bei Mrs Martin vorzüglich.«

Leo schauderte, ihm war in dem windigen Korridor zu kalt, als dass ihm eine passende Erwiderung eingefallen wäre. Als ob er weggehen würde, wenn es noch eine Chance gab, dass Ephraim wiederkam, und zwei Stockwerke unter ihm Irene und Eudora mit Geräten arbeiteten, die auch ihm vielleicht eines Tages zur Verfügung stehen würden. In den Wochen seit seinem ersten Besuch im Keller hatte er langsam, mit großer Anstrengung, versucht, sich sein einstiges Wissen wieder anzueignen. *Der Stoff erleidet also auf diese Weise nur verschiedene chemische und physikalische Umwandlungen, verändert Stelle und Form, aber weder verschwindet er, noch wird er neu erschaffen; seine Menge bleibt unverändert – für uns ist er unvergänglich.* Irgendwie klang das in der Übersetzung wunderlicher, als es seiner Erinnerung nach auf Russisch geklungen hatte. Im Grunde verwunderte ihn alles; wenn er sich durch den Schotter grub, der in den sechs Jahren New York seinen Verstand überlagert hatte, kam er sich vor wie ein Arbeiter, der einen unterirdischen Tunnel aushob. Er hatte sich die Aufgabe gestellt, Mendelejeffs Buch noch einmal ganz durchzuarbeiten, nicht weil Irene das von ihm erwartete – er wusste, dass dem nicht so war – oder weil er mehr als einen winzigen Bruchteil des Wissens gebraucht hätte, um ihr im Laboratorium zur Hand zu gehen, sondern weil er weiterhin vorhatte, bei einem unserer Mittwochszirkel zu sprechen, und dabei nicht von dem ausgehen wollte, was er in Amerika geworden war, ein entwurzelter, gebrochener Mann, sondern von dem, der er in Wirklichkeit war.

»Das kann ich nicht«, sagte er schließlich und zog die Hände in seine Ärmel hinein. »Diese Pensionen sind sehr teuer, und obendrein kämen noch die ganzen Arztrechnungen auf mich zu. Ich könnte Ihnen das Geld niemals zurückzahlen.«

»Es ist kein Kredit«, sagte Miles. Er hatte in den letzten Wochen abgenommen, und sein normalerweise so gut sitzendes Hemd stand am Hals weit ab. »Sondern ein Geschenk. Kost, Logis, ärztliche Versorgung – das, was ich Lawrence geben würde, wenn er es bräuchte. Da ich ihm nicht mehr helfen kann, möchte ich etwas für Sie tun. Wenn wir beide wieder gesund sind, dachte ich, könnte ich Ihnen Arbeit als Chemiker in meinem Werk anbieten. Die Arbeit, für die Sie ausgebildet sind.«

Mit zitternden Lippen beugte er sich vor und legte eine Hand an den Türrahmen – zu mitgenommen, dachte Leo, um sich der Regel zu entsinnen, die ihnen verbot, die Holzverkleidungen zu berühren. »Zement kann interessant sein«, fuhr Miles fort, »Anteil und Beschaffenheit des Kalks, Brennhitze und -dauer, das Mahlen der Schlacke, das genaue Mischverhältnis der verschiedenen Bestandteile, Kalk, Quarz und Tonerde – überall kommt es auf das Können und die Genauigkeit des Chemikers an. Ich brauche einen guten Mann.«

»Das ist sehr gütig«, sagte Leo, »wirklich, aber ...« Er nahm sich erneut zusammen und fuhr so geduldig fort, wie er vermochte: »Leider lag meine Ausbildung auf ganz anderen Gebieten: Der Schwerpunkt war Fermentationschemie. Organische Chemie.«

Die Chemie, wie sein Lehrer vor Jahren erklärt hatte, des Kohlenstoffs und seiner Verbindungen, der pflanzlichen und tierischen Stoffe: Wachs und Öl und Teer und Holz, Wein und Essig und Stärke. Von allem Lebendigen, im Gegensatz zu grauem Zement. Er hatte jeden Tag ein paar Seiten im Mendelejeff durchgearbeitet. Heute morgen die durch alkoholische Fermentation entstehenden Carbonsäureanhydride, die in der Natur in der Nähe erloschener Vulkane sowie in Höhlen und Bergspalten auftraten. In diese Hohlräume flogen Insekten und verendeten dort, schrieb Mendelejeff in einer seiner Fußnoten. Und mit ihnen die sie jagenden Vögel und Tiere, die den Vögeln nachstellen. Wenn ein Mensch in einer solchen Gegend nach Erz grub oder einen Brunnen aushob, konnte er ersticken. In einem sonnigen Lehrsaal, erinnerte sich Leo, hatte er einmal eine Maus unter eine Glasglocke gesetzt und gemessen, wie viel Kohlenstoff sie ausstieß, bis sie starb.

»Wollen Sie nicht über mein Angebot nachdenken?«, fragte Miles.

»Ich wäre Ihnen nicht von Nutzen«, sagte Leo. »Und ich will auch meine Freunde hier nicht verlassen.« Er deutete auf Miles' Hand, die sich noch immer am Türrahmen festhielt. »Sie sollten sich waschen, bevor Sie gehen.«

Miles nahm die Finger vom Holz. »Ich versuche Ihnen zu *helfen*«, sagte er steif. »Mrs Martins Pension bietet Annehmlichkeiten, die hier nicht zu bekommen sind. Ich dachte, das Arrangement könnte uns beiden nützen, aber ich sehe, dass ich mich getäuscht habe.«

Er drehte sich um und eilte davon, die Hand, mit der er das Holz berührt hatte, wie Leo bemerkte, nun ein gutes Stück vom Körper abgespreizt, gerade als wäre er so gesund, dass er sich darum sorgen müsste, krank zu werden.

Am Abend, allein in seinem Zimmer, eine Zeitung gegen die Knie gelehnt – der Zar hatte abgedankt, der Zar hatte abgedankt: Er konnte die Überschrift und den Artikel darunter noch so oft lesen, glauben konnte er es nicht –, ließ sich Leo Miles' Angebot noch einmal durch den Kopf gehen und verwarf es erneut. Wie kam Miles darauf, dass er Almosen dieser Art annehmen würde? In Russland, las er, war alles im Umbruch begriffen, die von vielen schon so lange propagierte rationale und harmonische Ordnung kurz davor, das Korrupte, Törichte, Veraltete hinwegzufegen; jeder Tag brachte Unvorhergesehenes und Neues. Das Volk erhob sich, der Zar stürzte, wie durch scheinbaren Konsens wurde eine provisorische Regierung gebildet: Wie ging das zu? Wenn er sich doch nur mit Ephraim unterhalten könnte. Seit der Abreise seines Freundes hatte er versucht, sich die Gemeinschaft in Ovid vorzustellen und was dort wohl passierte. Was hier wohl passieren würde, wenn wir uns selbst überlassen wären. In Russland schien alles möglich, hier hingegen – hier schien es nirgends einen Lichtblick zu geben, und unsere Gesprächsrunde am Mittwochnachmittag schien der einzige Ort zu sein, an dem wir frei atmen konnten.

Heute, da uns die Februarrevolution wie ein Kindertraum erscheint und wir gesehen haben, was auf den Triumph der Bolschewiken im Oktober folgte, da wir täglich die Schreckensnachrichten aus dem russischen Bürgerkrieg lesen und uns davor graut, was als Nächstes kommen mag, erscheint uns der Optimismus jener Wochen absurd. Aber damals war das anders. Es war, dachte Leo – dachten viele von uns –, als gingen wir einer neuen Welt entgegen. In den letzten beiden Märzwochen genossen wir zwei weitere ausgezeichnete Mittwochstreffen: Pietrs Vortrag über die Sternbilder, die von unseren Balkonen zu sehen waren, und in der Woche darauf Zalmen und Seth, die gemeinsam über den Entwurf und die Herstellung von Werkzeugmaschinen berichteten; alle hatten ihre Freude daran, und sogar Miles, der seit Lawrences Tod so still war, stellte bei beiden Vorträgen Fragen. Ebenfalls in diesen Wochen schaffte es Leo durch stetigen Fleiß, Mendelejeffs Werk bis zum Ende durchzuarbeiten, und er lieh sich von Dr. Petrie und Irene, zur Freude beider, weitere Bücher aus. Während Eudora, die Leo jedes Mal anspornte, wenn sie ihn sah, nicht mehr viel fehlte, bis das alte Röntgengerät wieder einsatzbereit war.

Seit geraumer Weile hatte sie drei bis vier Abende die Woche, manchmal zusammen mit Irene, manchmal alleine, im Keller gearbeitet. Im Zuge dessen ging ihr endlich auf, was Naomi damit gemeint hatte, dass ihre Hand ohne bewusste Anweisung zu zeichnen schien; jetzt schienen ihre Hände die Röhren und Drähte ohne Einmischung ihres Gehirns zu verstehen. Sie konnte Irene nicht erklären, weshalb sie dies machte und nicht das; sie hätte weder aufschreiben können, was sie tat, noch irgendwelche Vorschriften zur Erklärung ihrer Handlungen anführen können.

Doch wenn sie das Gerät anschaute, wussten ihre Hände, dass das eine hierhin und das andere dorthin bewegt und dass jene Verbindung noch einmal gelötet werden musste. Es sah einfach richtiger aus, passender. Als die Bilder besser wurden, war sie selbst überrascht. Im Grunde ging es ganz ähnlich wie mit den Haushaltsgeräten ihrer Eltern, für deren Reparatur sie schon lange zuständig war. Sie schärfte die Enthäutungsmesser ihres Vaters, reparierte das Telefon, wenn es kaputt war, flickte nicht nur ihr eigenes Fahrrad, sondern auch die von allen anderen. Nur Naomis Model T war ihr ein Rätsel geblieben – und das, dachte sie, während sie zusah, wie die toten Tiere unter ihren Händen ihr Innenleben preisgaben, mochte durchaus daran liegen, dass sie gespürt hatte, wie sehr Naomi darauf erpicht war, ihn ganz für sich zu haben.

Naomi tendierte in jenen Wochen im März dazu, Leo noch intensiver zu beobachten. Seit Ephraim fort war, strahlte sein Gesicht eine Einsamkeit aus, die sie als Kind ebenfalls gekannt hatte und von der sie nun, da Eudora nie mehr Zeit für sie hatte, erneut gepeinigt wurde. Kein Wunder, dass Leo, wenn er sich genauso verlassen fühlte, dazu neigte, den größten Teil seiner freien Zeit in der Bücherei zu verbringen, mit den Büchern, die er von Irene hatte. Lauter altes, nutzloses Zeug. Einfach irgendetwas, womit er die leeren Stunden füllen konnte. Sie hatte Irenes Kraushaar und ihr abgespanntes Gesicht studiert, ihr formloses Kleid und den unmöglichen lila Handschuh, und sich versichert, dass Leo, und wenn er sich noch so für ihre Bücher begeisterte, unmöglich an ihr Gefallen finden konnte. Wenn Irene für Leo das Gleiche war wie Miles für sie, musste sie sich keine Sorgen machen. Wie Miles sie anödete, wenn er sie allein erwischte! Dann zog er seinen Stuhl dicht an ihren heran und redete ohne Punkt und Komma: Ob sie das Buch, das er ihr geschenkt hatte, gern gelesen habe, ob sie Freude an alten Dingen habe.

So wie ich, meinte er. Was kümmerten sie seine Interessen? Das Buch hatte an ihren Händen und Kleidern dicke braune Flecken hinterlassen, sie mochte es überhaupt nicht anfassen. Wenn Miles bloß seine Bücher Irene schenken würde, dann könnten sie sich miteinander unterhalten und sie und Leo in Ruhe lassen. Sie hatte ihre eigenen Pläne, und mit dem Gedanken daran schaffte sie es, Miles, völlig gleich, was er redete, mit lächelndem Mund zu begegnen.

Am 3. April, einen Tag nachdem Präsident Wilson den Kongress gebeten hatte, ein Votum für die Kriegserklärung abzugeben, fuhr Naomi den Berg nach Tamarack State hinauf, stellte ihren Wagen am Heizwerk ab und trat durch den Personaleingang in den Männerflügel. Obwohl es dem Kalender nach Frühling war, war der Boden noch gefroren, in den Wäldern lag dicker Schnee, und Leo saß wie in jeder freien Stunde in der Bücherei. Die Tür zu seinem Zimmer stand einen Spaltbreit auf, und Naomi klopfte zweimal.

Damals wie heute leben wir hier ohne Schlösser; als keine Antwort kam, schlüpfte sie hinein. Sie hoffte, dass Leo allein war und sich freute, sie zu sehen, und vielleicht zugleich auch, dass er nicht da war und sie ungestört in seinen Sachen stöbern konnte. Er war nicht da. Sie schloss die Tür hinter sich und flitzte durch das Zimmer zum Balkon, wo sie die Decken auf seinem Liegestuhl und die darunter verborgenen Zeitungsschichten untersuchte; das Specksteinschwein war kalt; die beiden Mendelejeff-Bände sorgfältig auf dem kleinen Tisch zwischen den Stühlen abgelegt; der zweite Stuhl, ehemals Ephraims, merkwürdig trostlos. Vorsichtig streckte sie sich darauf aus und sagte sich, dass sie nun dasselbe sehe wie Leo. Berg, Berg, Berg, Berg, Bäume, Bäume und noch mal Bäume. Hübsch anzusehen waren nur die von West nach Ost ziehenden Wolken. Dunkle Vögel stiegen aus den Bäumen auf, kreisten und ließen sich wieder nieder; was für welche waren es? Sie stellte sich vor, wie Leo, einen Meter von ihr entfernt auf seiner Liege, eine Hand zu ihr ausstreckte, um ihr zu sagen, dass er sie liebte.

»Leo?«, rief Abe.

Sein Stuhl stand ein paar Meter weiter auf dem Balkon, hinter einer der dünnen Trennwände, die damals noch den zu jedem Zimmer gehörenden Bereich abteilten. Ohne zu antworten, zog sich Naomi ins Innere des Zimmers zurück und inspizierte Leos Bett, nicht nur die Laken, sondern auch die Decken, die Kissenbezüge, den Betttisch auf Rollen, der sich über die Beine schieben ließ, damit er in angenehmer Haltung essen oder schreiben konnte. Sie untersuchte den Nachttisch, die Lampe und die Bleistiftstummel, die zwischen weißen Kieseln und Kiefernzapfen in der Nachttischschublade lagen. Sie inspizierte die Hausschuhe unter dem Bett und dann, weiter zum Zimmereingang hin, die kleine Zelle mit dem Waschbecken, der Toilette und den zwei Metallspinden. Hier hatte er seine Kleider und anderen Habseligkeiten. An einem Haken hing eine Wollhose; sie rieb ihr Gesicht an dem Stoff und roch dann an einem Pullover, mit dem sie ihn gesehen hatte. Weitere Kleidungsstücke sowie ein Wäschesack wollten untersucht sein. Sie hatte ein paar Minuten für sich.

Und dann kam Eudora an der Tür zu Leos Zimmer vorbei, wie an den meisten Nachmittagen. Als sie sah, dass sie verschlossen war – wir mussten unsere Türen während unserer Freizeit immer wenigstens halb geöffnet lassen, damit die Schwestern und die Pfleger uns bespitzeln konnten –, klopfte sie zweimal, und weil sie keine Antwort bekam, machte sie die Tür auf. Zu ihrer Überraschung fand sie nicht Leo vor, der über dem Waschbecken hing oder im Bett saß und Blut hustete, sondern Naomi, die von ein paar Kleidungsstücken umgeben auf einem Stuhl saß, in den Händen mehrere Blätter Papier hielt und eine Schachtel auf dem Schoß hatte.

»Was machst du denn hier?«, fragte Eudora. Rasch, bevor noch jemand anders vorbeikommen konnte, schloss sie die Tür hinter sich. Als sie sich wieder umdrehte, sah sie, wie Naomi eben wieder ihre Hand aus ihrem Rockbund zog. »Was hast du da?«

»Nichts«, stammelte Naomi. »Ich war bloß – ich hab gesehen, dass seine Tür auf war, und wollte einen Augenblick reinkommen, um seine Sachen zu sehen. Der Spind war schon auf, sozusagen …«

»Du lügst«, sagte Eudora und trat vor den Stuhl, in ihren Fingern juckte es wie noch nie, ihrer Freundin eine Ohrfeige zu verpassen.

»Na, jedenfalls war er nicht zugeschlossen«, sagte Naomi und wirkte tatsächlich ein wenig verlegen. »Dann habe ich unter einem Pullover diese Schachtel entdeckt und sie rausgeholt. Ich weiß, das hätte ich nicht tun dürfen, aber nachdem ich einmal reingeschaut hatte, konnte ich sie nicht wieder weglegen.«

Was war es an Leo, fragte sich Eudora, wovon sich Naomi so angezogen fühlte? Sie griff nach der Hand ihrer Freundin, und ihre Gedanken wanderten zu einem Nachmittag im Oktober, nicht lange nachdem Leo zu Ephraim in dieses Zimmer gezogen war. Es hatte den ganzen Tag geregnet, und um vier Uhr, beim Schichtwechsel, war der Himmel schon fast dunkel gewesen. Zusammen mit ein paar Schwestern und Küchenhilfen und anderen Stationshilfen hatte sie eine halbe Stunde am Haupteingang gestanden, auf eine Regenpause gewartet und über die Ärzte und Patienten geschwatzt. Immer wieder war Leos Name gefallen. Es ging um sein Äußeres. So besonders gut sehe er gar nicht aus, sagte eine Abwäscherin – richtig, pflichtete ihr eine Schwester bei, er sei zu dürr, seine Hände seien so groß, dass man es mit der Angst bekommen könnte –, aber er würde, selbst wenn er mit einer Gruppe zusammen am Esstisch sitze, immer allein wirken. Als ob, meinte eine andere Helferin, er nicht so sehr Gesellschaft bräuchte, sondern einen richtigen Freund.

Clarice, die Leo an seinem ersten Abend bei uns das Essen serviert und schon zwei Ehen hinter sich hatte, wobei sie einmal verwitwet war, grinste scheu und meinte, wenn er gesünder wäre und sie jünger, dann wäre sie versucht, ihn zu vernaschen. Das sind seine Augen, meinte eine andere, während der Regen stetig vom Dach des Laubengangs tropfte. Aber nicht nur die Augen. Eudora hatte aufmerksam zugehört und das Gesagte mit dem Eindruck zu vereinbaren versucht, den sie beim täglichen Putzen seines Zimmers bekommen hatte. Von sich aus wäre ihr das an Leo nicht aufgefallen; sie fand Leo und Ephraim beide interessant, aber sie waren immer in ihre Gespräche vertieft, wenn sie vorbeikam, und sie wollte sie nicht unterbrechen. Erst nach Ephraims Weggang hatte sie bemerkt, wie einsam Leo wirkte und wie sich in seiner Gegenwart Naomis gesamter Körper anspannte. Im Augenblick war sie so starr, dass ihre Hand, als Eudora sie berührte, sich anfühlte wie ein Stück Holz.

»Lass los«, sagte Eudora und riss an der offenen Schachtel. Widerstrebend gab Naomi sie frei.

Oben auf einigen Zeitungsausschnitten lag ein Bleistift. Daneben, in Teile zerlegt, vermutlich sein Pendant: zwei schlanke Hälften aus Holz, eine davon auf der gesamten Länge mittig mit einer Kerbe versehen, die andere mit einer ebensolchen Kerbe, in die eine sehr dünne, in der Mitte wie eine Taille verengte Röhre eingepasst war.

Eudora beugte sich darüber und zeigte auf die Röhre. »Sollte da nicht das Blei liegen?«, fragte sie. Sie nahm den intakten Stift in die Hand und untersuchte die Spitze, die anders aussah als gewöhnlich und sich glasiger anfühlte als eine richtige Bleistiftspitze.

Naomi hielt ihr ein Blatt Papier hin. »Dies war da auch drin«, sagte sie. »Eine Zeichnung von Leo, denke ich. Ist das nicht seine Schrift?«

Eine schematische Darstellung, sah Eudora, auf der die hölzernen Hälften des zerlegten Stifts nebeneinander gezeichnet und mit Leos Kommentaren versehen worden waren. *Bleistift in Wasser eingeweicht, bis sich die Hälften trennen ließen. Auf diese Weise wurde das Blei entfernt und die Röhre eingesetzt. Wenn die beiden Hälften wieder zusammengeklebt werden, erscheint der Bleistift fast normal.*

Den unteren Teil seiner Zeichnung der schlanken Glasröhre hatte er mit *Kaliumchlorat, vermischt mit Zucker*, beschriftet, den oberen mit *Schwefelsäure*. Ein Absatz, der durch einen Pfeil mit der Spitze des Stifts verbunden war, vermerkte: *durch Kapillareffekt fließt die Säure in die Mischung hinein, wenn die Spitze abgebrochen wird und Luft eindringt. Es entsteht sofort eine sehr heiße Flamme.*

Er ist wirklich ein Chemiker, dachte Eudora. Aber wo hat er dieses Ding her?

»Ob es wirklich funktioniert?«, fragte Naomi. Sie griff nach dem heilen Stift und kratzte mit dem Daumennagel an der Spitze. »Ich kann nicht glauben, dass es brennt, wenn ich hier bloß eine kleine Ecke ab …«

Eudora entriss ihr die Schachtel. »Was immer das ist, es gehört Leo. Du hast hier überhaupt nichts zu suchen.«

Naomi verdrehte die Augen, Eudora nahm ihr die Zeichnung ab, fragte, ob sie zusammengefaltet gewesen war, und legte sie, als Naomi verneinte, wieder in die Schachtel.

»War sie unter den Stiften?«

»Obendrauf«, sagte Naomi. »So.« Noch immer äußerte sie kein Wort der Entschuldigung.

»Was hast du sonst noch durcheinandergebracht?«

Naomi hob die Hände vor die Brust. »Ich habe mir nur dieses eine Ding angeschaut.«

Mit finsterem Gesicht stellte Eudora die Schachtel wieder an ihren Platz hinten im Spind. Dann schloss sie die Tür und trat beiseite, während Naomi den Stuhl wieder ans Waschbecken rückte. »Vielleicht solltest du ihm sagen, was du empfindest. Entweder er zeigt Interesse oder nicht. Warum sollst du in dieser Ungewissheit leben?«

»Darum geht's nicht«, entgegnete Naomi wütend. »Er muss es mir zuerst sagen, damit es zählt. Er kann mich nicht bloß wollen, weil ich ihn will. Er muss *von selbst* darauf kommen. Muss mich mehr wollen als alles andere.«

Diese Äußerung überging Eudora und meinte stattdessen: »Wie wäre es, wenn du was tätest, um ihm zu helfen, damit er dich so wahrnimmt? Du könntest ihm vielleicht Bücher bringen, aus der Stadtbücherei ...«

»Ich interessier mich nicht für das, was er liest«, sagte Naomi. »Wieso glaubst du –«

» – glaube ich was?«, fragte Leo, der in diesem Moment eintrat. Die Finger seiner rechten Hand waren voller Tintenflecke, und seine Wollhose musste dringend geflickt werden. Sein Haar war zottig, wie bei uns allen, der Friseur war in dem Monat noch nicht da gewesen. Naomi machte einen Schritt auf ihn zu, doch ehe sie etwas sagen konnte, packte Eudora ihren Arm.

»Entschuldigung«, sagte sie und umklammerte Naomis Arm direkt über dem Ellbogen. »Wir sind zusammen durch den Korridor gegangen, und da ist Naomi plötzlich schwindelig geworden« – *Mir!*, dachte Naomi und riss ihren Arm los – »und sie ist gestolpert.«

Eudora schlang die Hände in ihren hässlichen blauen Kittel und spann ihre Lügen fort. Sie wisse ja, wie viel von seiner freien Zeit Leo im Augenblick in der Bücherei verbringe, deshalb habe sie sich gedacht, dass sein Zimmer vermutlich leer sei, und habe Naomi hineingeführt, damit sie einen Augenblick allein sein könne: »Damit sie nicht ohnmächtig wurde. Damit wir die Patienten nicht beunruhigten.«

Wie lächerlich, dachte Naomi. Wenn sie nicht ohnmächtig geworden war, als ihr Bruder gestorben, als ihre Mutter mit ihr aus Chester weggegangen war oder als sie zum ersten Mal eine Leiche gesehen hatte, warum sollte sie jetzt plötzlich damit anfangen? Aber das spürte Leo gewiss, er brauchte sie ja nur anzusehen. Sie war, das konnte sie fühlen, alles andere als blass, ihr Gesicht brannte, sowohl von der Aufregung, mit ihm in diesem Zimmer zu sein, als auch von dem Wissen, dass sie ein Stück von ihm unter ihrem Rockbund auf der Haut trug.

»Sie dürfen gern über alles verfügen, was Sie brauchen«, sagte er sanft. »Vielleicht sollte sich Naomi aufs Bett legen?«

Er sah Eudora an, als er das sagte, aber Naomi spürte, wie sehr er sich in Wirklichkeit danach sehnte, sie anzusehen, wie sehr er sich ihrer Nähe bewusst war. Wie sehr er sich wünschte, dass sie sich hinlegte, dass Eudora verschwand, dass sich die Tür hinter ihr schloss.

»Entschuldigen Sie bitte«, sagte Eudora noch einmal. Sie sah ihn an, als suchte sie davon abzulenken, was Naomi getan hatte, und er hielt den Blick, fand Naomi, auf Eudora gerichtet, als könnte er, indem er nicht direkt zu ihr hinsah, die Anziehung zwischen ihnen leugnen. Sie stand stumm beobachtend dabei, bis Eudora sie erneut beim Ellbogen packte und mit sich fortzog.

Sie wechselten ein paar scharfe Worte auf dem Parkplatz – Celia sah sie von ihrem Balkon, wie auch Sadie, Pearl und Bea ebenfalls –, und dann fuhr Naomi allein nach Hause und überließ Eudora dem, was immer sie da bei Irene im Keller trieb. Eudoras Ärger war nichts, dachte Naomi, ein Missverständnis, das sie später ohne weiteres ausräumen konnte. Das, worüber sie nachsinnen wollte, war die kurze Begegnung mit Leo. Sie war so erregt, dass sie das Auto zweimal abwürgte und beim Einfahren in die Remise mit dem Kotflügel anstieß. Im Haus, beim Essenservieren, reagierte ihr Mund auf die Anordnungen ihrer Mutter und die Bemerkungen der Bewohner, mieden ihre Augen das Gesicht von Miles, während sie im Geiste noch einmal alles durchging, was sie erfahren hatte. Sie hatte eine neue Seite von Leo kennengelernt, und sie war sicher – seine Augen waren von dem gleichen durchscheinenden Blau wie ihre –, dass er *sie* zum ersten Mal richtig wahrgenommen hatte. Als wäre das nicht Geschenk genug, hatte sie außerdem noch ihre Diebesbeute.

Eigentlich hatte sie vorgehabt, einen Schal zu stehlen oder einen Kissenbezug, irgendetwas, von dem er, wenn er es vermisste, annehmen konnte, es sei in der Wäsche verlorengegangen. So hätte sie es auch gemacht, wenn Eudora nicht hereingeplatzt wäre und sie nicht so rasch hätte handeln müssen. Auf der Heimfahrt war sie enttäuscht gewesen, nur etwas so Unpersönliches ergattert zu haben, aber im Speisezimmer begann sie die Sache in neuem Licht zu sehen. Sie servierte die Nusstorte, schenkte Kaffee ein, räumte das Geschirr ab. Als sie endlich oben in ihrem Zimmer war und ihren Schatz betrachten konnte, erschien er ihr als die perfekte Wahl. Sie drehte ihn in der Hand hin und her und sagte sich: *Es ist kein Bleistift.* Dann stellte sie ihn zu den anderen in den Becher, sodass die Spitze versteckt und die lange Naht fast unsichtbar war, und es war doch ein Bleistift, ohne Unterschied zu den anderen. Sie konnte ihn überall liegen lassen, ohne dass er auffiel; in ihrer Federmappe oder in einer Tasche. Wenn sie ihn in der Hand hielt, hatte sie das Gefühl, in Leos Kopf hineinsehen zu können.

Leo, der keine Ahnung hatte, dass der Stift fehlte, begab sich zum Abendessen und erzählte, wie schon bei der Geschichte mit Miles, niemandem von dem Besuch. Nicht, so glauben wir anderen, weil er etwas verbergen wollte oder weil er sich davor fürchtete, was einige von uns vielleicht sagen würden (wobei wir natürlich alle Naomis wachsendes Interesse an ihm registriert hatten), sondern schlicht weil er für ihn keine Bedeutung besaß. Eudora gesehen zu haben machte ihn froh, Naomi hatte er kaum wahrgenommen; Eudora hatte er ihre Geschichte unbesehen geglaubt und sie, sowie sie fort war, vergessen. An die Schachtel hinten in seinem Spind hatte er überhaupt nicht gedacht. Vor Wochen, unmittelbar nach Ephraims Abreise, hatte er ihren Inhalt systematisch untersucht, den Stift auseinandergenommen, aufgezeichnet, wie er funktionierte, und sie dann, in der Gewissheit, dass er jetzt alles Wissenswerte darüber in Erfahrung gebracht hatte, wieder aufs Bord gestellt und sich interessanteren Dingen zugewandt. Wenn er an Bleistifte dachte, dann an die von einer Seite in seinem Mendelejeff: *Wird durch Glühen von Zucker dargestellte Kohle in einem gleichfalls aus Kohle hergestellten Tiegel der Einwirkung eines starken galvanischen Stroms unterworfen, so bäckt sie zu einer graphitähnlichen Masse zusammen.* Wenn die Zuckerfabrik in Williamsburg vom Blitz getroffen wurde, würde sie dann auch zu einer glänzendschwarzen Masse verschmelzen? In der Fußnote zu dieser Stelle wurden die besten Quellen für in Bleistiftminen zu verwendenden Graphit aufgeführt: *Der Graphit findet sich an vielen Orten, bei uns ist der sogen. Alibert'sche Graphit der bekannteste: Der Fundort dieses Graphits befindet sich im Altai- Gebirge an der chinesischen Grenze …*

Warum nur hatten diese Zeilen über einen Teil von Russland, den er nie gesehen, und eine Substanz, die ihn nur wegen ihrer ungewöhnlichen Molekularstruktur interessierte, bei ihm einen so heftigen Anfall von Heimweh ausgelöst? Doch so war es, und er hatte nicht nur die Gegenden, in denen er als Kind gelebt hatte, vor sich gesehen, sondern ganz Russland, Taiga und Tundra und Baikalsee, Sankt Petersburg und Moskau, Orte, die von den Stätten seiner Kindheit so weit entfernt waren wie Kalifornien jetzt. Am selben Nachmittag hatte er in der Bücherei zufällig einen veralteten Atlas gefunden und sich in seiner freien Stunde über Karten gebeugt, die den Vormarsch und Rückzug der napoleonischen Truppen zeigten, die Lage der Salzbergwerke, den durchschnittlichen Ertrag an Buchweizen pro Feld, gemessen in Bushels. Er hatte sich Notizen gemacht, ohne zu wissen, warum. Als er bei der Rückkehr in sein Zimmer Eudora und Naomi dort vorfand, die verwirrt und schuldbewusst wirkten, war sein Kopf voll von Karten und Politik und Molekularstrukturen gewesen, und die beiden Frauen waren ihm im ersten Augenblick so unwirklich erschienen wie Gespenster.

Dann war immerhin Eudora so real geworden, dass er merkte, dass er sie und Naomi in einem unangenehmen Augenblick erwischt hatte, bei einem Frauenproblem vielleicht, das man am besten auf sich beruhen ließ. Was für eine Vergeudung, dachte er; er sah keine Möglichkeit, Naomi sanft aus seinem Zimmer zu entfernen, um mit Eudora unter vier Augen zu reden, obwohl er dringend ihren Rat brauchte. Der Atlas und die Anklänge an die Heimat hatten Erinnerungen an seine Mutter wachgerufen und die trauten Stunden zwischen vier und sechs, in denen sie ihn die Hausaufgaben abfragte. Sie saß mit ausgebreiteten Röcken auf dem grünen Sofa, eines seiner Bücher in den Händen, und er stand vor ihr. Die Sonne schien schräg über ihre linke Schulter auf die Seiten und ihren Schoß. Er sagte eine Gedichtstrophe auf oder ein paar einfache deutsche Sätze, je nachdem, was er an dem Tag gelernt hatte, und sie las zur Kontrolle im Buch mit. Wenn er fertig war, lächelte sie, klatschte leise in die Hände und streckte ihm die Arme entgegen.

So würden wir vielleicht klatschen oder ihn zumindest besser verstehen, wenn er erst mal einen Mittwochsvortrag gehalten hatte. In der Bücherei war ihm endlich ein Thema eingefallen, und er wollte gern Eudoras Meinung dazu hören: Was hielte sie davon, wenn er über Synthese spräche, die Freuden der Chemie? Das würde bestimmt alle interessieren. Alle Naturwissenschaftler, hörte er sich schon sagen, analysieren komplexe Gegenstände und Prozesse, indem sie sie in immer kleinere und einfachere Einheiten zerlegen und diese einzeln betrachten, bis sie sie schließlich durchdringen. Chemiker hingegen, und das ist das Begeisternde, stellen auch neue Dinge her. Schon als Junge, mit den Mitteln eines Schuljungen, habe er selber Dinge hergestellt. Mit Hilfe von Beispielen aus seinem Mendelejeff und den von Irene und Dr. Petrie geborgten Büchern konnte er die Prozesse illustrieren, durch die kleine, einfache Moleküle zu größeren, komplizierten verbunden wurden, bis aus einem Stoff, der so dünn war wie Luft, etwas Nützliches entstand, etwas Lebenswichtiges gar, wie Dünger oder Indigofarbstoff.

13

Ehe Leo Gelegenheit fand, einen Vortrag anzubieten, wurde bei unseren Mittwochstreffen alles andere von dem Bedürfnis verdrängt, über den Krieg zu reden, in den wir dank Präsident Wilson soeben eingetreten waren. In Pennsylvania war eine Munitionsfabrik in die Luft gegangen, und Miles, der den Besitzer der Fabrik kannte, war bleich vor Zorn; hundert Arbeiter seien umgekommen, sagte er, und die Fabrik großenteils zerstört, offensichtlich durch eine Reaktion auf die Kriegserklärung, ein weiteres Beispiel unverhohlener Sabotage. Keiner von uns kann sich mehr erinnern, wer an dem Mittwoch eigentlich mit seinem Vortrag an der Reihe gewesen wäre. Statt seiner oder ihrer verbreitete sich Miles darüber, dass jeder von uns seinen Beitrag leisten müsse, auch wenn wir nicht kämpfen könnten, und dann begannen Sean und Frank über die Wehrpflicht zu streiten.

Als das Treffen endlich zu Ende war, freute sich Leo auf das Abendessen. Er hatte genug von unserer Unterhaltung und auch davon, wie er, jedes Mal wenn er den Kopf drehte, wieder feststellen musste, dass Naomi ihn anstarrte. Um sie nicht abermals in Verlegenheit zu bringen – was ihr wohl gefehlt hatte, fragte er sich, an dem Nachmittag, als sie in seinem Zimmer war? –, versuchte er sie möglichst zu meiden, doch wohin er auch sah, immer schien sie da zu sein. Beim Verlassen des Raumes kam er an Eudora vorbei, die ihn mit einer leichten Berührung aufhielt und fragte: »Wie geht's mit den Chemiebüchern?«

»Ganz gut«, sagte er, »ich bin jeden Tag dabei.«

»Ich auch«, sagte sie mit einem Lächeln. »Sie müssten mal

sehen, was ich im Röntgenlaboratorium auf die Beine gestellt habe.«

»Sehr gern, wenn Sie Zeit haben.«

Die Glocke läutete zum Abendessen, als sie sagte: »Dann kommen Sie doch einfach vorbei, und ich zeige es Ihnen.« Körper, unsere Körper strömten durch den Korridor. »Heute dürfte es wohl schon zu spät sein«, fügte sie hinzu, »vielleicht morgen?«

»Ja gerne, wenn Ihnen das passt.« Er reihte sich dicht hinter Pietr in den Strom ein und sagte, schon halb von den anderen mitgerissen: »Um vier?«

Am nächsten Tag trafen sie sich im Keller. Irene war nicht da, und die Tür zum Laboratorium war verschlossen, aber Eudora ließ sich mit ihrem eigenen Schlüssel ein, mit einer solchen Selbstverständlichkeit, dass Leo unwillkürlich neidisch wurde. Vorbei an Irenes Gerät, streng modern und mit dunkler Metallverkleidung, führte sie ihn an der hinteren Regalwand entlang in eine dunkle Ecke. Draußen schien noch die Nachmittagssonne, aber hier war es finster, bis Eudora einen Schalter umdrehte.

»Was sagen Sie dazu?«, fragte sie.

Das ausgemusterte Röntgengerät wirkte in dem grellen Licht fast neu. Am Ende der zarten, durchsichtigen Röhre, welche die Elektroden enthielt, saßen glänzende Metallfassungen. Der Glaskolben selbst, pampelmusengroß, war von der Strahlung gelblich braun verfärbt. Aus dem einen Ende ragte ein langes Gebilde wie ein Stiel, und aus dem anderen zwei weitere, die wie Wurzeln wirkten. Drinnen blitzten die becherförmige Kathode und die schräge Fläche der Anode. Eudora hatte alles auf einen neuen Ständer montiert und zwischen den Apparat und der Stelle, an der sie stand, eine hölzerne, mit Tafelblei verkleidete Trennwand aufgebaut. »Die Abschirmung ist bestimmt eine gute Idee«, sagte er.

»Ein Vorschlag von Irene«, sagte Eudora. »An ihrem Gerät ist die Röhre unmittelbar mit einem Schutzgehäuse versehen, aber das hier ist ein passabler Ersatz.«

Von dem Gerät schlängelte sich ein Kabel über den Boden zum Snook-Transformator. An der Wand stand ein Holzgestell mit weiteren mundgeblasenen Gasentladungsröhren, jede ein wenig anders geformt, aber jeweils mit zylindrischen Verlängerungen an den Enden. »Auch von Irene«, sagte Eudora. »Einige sind zehn Jahre alt, andere noch unbenutzt. Jetzt, wo sie ihre neue Coolidge-Röhre hat, kann sie sie nicht mehr gebrauchen, aber für mich – zum Lernen sind sie wunderbar. Was sie mit einer einzigen Röhre und dem Rheostat macht, dafür muss ich ein bisschen umständlicher nach einer Röhre mit der richtigen Vakuummenge suchen. Je mehr Vakuum, desto höher ist die Spannung, die gebraucht wird, um sie zu aktivieren, und desto durchdringender sind die Strahlen.«

»Und umso kürzer die Einschaltzeit«, sagte Leo. Er musterte die winzigen Brandlöcher in ihrem blauen Kittel und fragte sich, wie viel sie wohl von der Elektrik verstand.

Sie nickte. »Die Niedervakuumröhren brauchen weniger Spannung, und ihr Strahl ist weniger durchdringend. Deshalb ist die Einschaltzeit länger, aber ich bekomme feinere Details im weichen Gewebe.«

Das eigentümliche Gefühl, das ihn erfasste, während sie sprach, war, wie er Dr. Petrie später erzählte, eine Mischung aus Bewunderung, Neid, Entzücken und purer Neugier. Er arbeitete hart daran, seine alten Chemiekenntnisse aufzufrischen, doch ließ ihm unser strenges Regiment jeden Tag nur ein paar Stunden zum Lernen, und in diesen war er sehr viel weniger konzentrationsfähig als vor seiner Erkrankung. Sie hatte offensichtlich weit mehr geleistet als er, obwohl auch sie auf Feierabende und Wochenenden beschränkt war.

Er folgte ihr von dem Gerät zu dem flachen Holzkasten mit einer Glasfront, der an der Wand hing wie ein Bilderrahmen. Den habe sie selbst entworfen, erzählte sie stolz. Irenes Gucker, der in der Hand gehalten wurde, war nur für ein Bild und nur für einen Betrachter auf einmal gedacht. Aber das hier – sie legte einen Schalter um, und das Glas im Rahmen wurde beleuchtet – erlaubte ihnen, einen Film oder mehrere nebeneinander eingelegte Filme gemeinsam zu betrachten.

Unter den aufgehängten Negativen erkannte er den toten Falken, den sie vor ein paar Wochen hereingebracht hatte, als er im Laboratorium war: Schädel, Wirbelsäule, Flügelknochen, Herz. Ein anderes zeigte deutlich ein Kaninchen – er konnte nicht nur die winzigen Knochen im Fuß erkennen, sondern auch die schattenhaften Umrisse der Ohren, geädert wie Libellenflügel –, während andere, ohne innere Organe, dafür aber durchzogen von Drähten und Schrauben, aussahen wie ausgestopfte Tiere. »Ein Eichhörnchen?«, fragte er.

»Ein Opossum!«

»Die gibt's in Russland nicht«, sagte er, als sie lachte. Sechs hintereinander – nicht sechs Opossums allerdings, sondern sechs Bilder desselben Tieres, erkennbar an der eingenähten Schere. Die undeutlichsten Bilder waren links, die schärfsten rechts.

»Andere Röhre für jedes Bild«, erklärte sie. »Das letzte habe ich mit der gemacht, die jetzt drinsteckt.«

»Sehr schön«, sagte er. Wusste sie, wie viel sie schon selbständig gelernt und wie erfinderisch sie ihre Ergebnisse angeordnet hatte? Sein Lehrer in Odessa hatte Laborvorführungen geliebt und behauptet, am besten würde man sich an eigene Einfälle erinnern, wenn man sich für praktische Probleme selbständig Lösungen erarbeite. Ihm hatte es Leo zu verdanken, dass er seine Chemie nicht in einem Hörsaal gelernt hatte, sondern mit seinen Kommilitonen an langen Tischen stehend, von Glasgefäßen umgeben, wo sie fröhlich Flammen entzündet und Glasbecher gesprengt und Dämpfe zum geöffneten Oberlicht hinausgejagt hatten. Eudora schien hier, von Irene abgesehen allein, einen ähnlichen Prozess durchlaufen zu haben, etwas, was rückblickend für ihn die intensivste Erfahrung seines Lebens war.

Sanft, als könnte ein falsches Wort, eine falsche Reaktion sie in ihrer Arbeit stören, fragte er: »Wie haben Sie die Schere da hineinbekommen?«

»Das war ich nicht – das ist keine Schere, sondern ein Stopfgerät, das mein Vater wahrscheinlich aus Versehen darin vergessen hat. Er hat dieses Tier ausgestopft, als er ein kleiner Junge war.«

Leo beugte sich näher zu dem sechsten und schärfsten Bild, das zwar nicht perfekt war, aber ihn dennoch beeindruckte. »Sie haben den Apparat wieder so in Gang gebracht, dass er funktioniert wie ein neuer.«

»Beinahe«, sagte sie. »Ich glaube, Irene wird zufrieden sein.«

»Sie haben ihn ihr noch nicht gezeigt?«

»Ich wollte warten, bis ich mit einiger Zuverlässigkeit ein gutes Bild bekomme, und sie dann überraschen.«

»Probieren Sie's an mir aus«, bat er. Vor ihr zu stehen, als lebendiges Demonstrationsobjekt, in das sie hineinschauen konnte, war auf einmal sein sehnlichster Wunsch.

Sie schüttelte den Kopf. »Was ist, wenn ich irgendetwas nicht richtig kalibriert habe?«

»Aber das haben Sie doch. Ganz offenkundig.« Er deutete auf das letzte der Opossums. »Mir geht es seit einer Weile besser – vielleicht können wir auf den Filmen sehen, was verheilt ist.«

Seit dem Tag, an dem sie und Irene sich gegenseitig den Brustkorb geröntgt hatten, hatte sie nicht wieder in das Innere eines anderen Menschen geschaut. Aber sie kannte sich inzwischen besser aus. Sie würde die Aufnahme mit derselben Röhre machen wie bei dem Kaninchen, einen weichen Strahl wählen, mit dem sich die Blutadern und die Lungenflügel wunderschön abbilden ließen.

»Also gut«, sagte sie und bedeutete ihm mit einer Geste, er solle sich zu ihr hinter den Schirm stellen. »Ziehen Sie das Hemd aus.«

Während sich die Röhre aufwärmte, konnte sie nicht umhin, das Muster aus feinen schwarzen Haaren auf seiner Brust zu betrachten. Der Transformator dröhnte, die Röhre zischte, ein Ende der Röhre glühte rötlich gelb, und die Luft begann nach Regen zu riechen. Als die Röhre warm war, zeigte sie Leo, wie er sich vor dem Filmhalter aufstellen musste.

»Jetzt die Luft anhalten«, sagte sie, genau wie Irene einmal zu ihr gesagt hatte. Sie legte den Film ein und zählte.

Die Röhre ist lebendig, dachte er. Ein atmendes Etwas – es war der Ozon, den er roch. Mit ihrem Licht forschte sie ihn aus. Die Strahlen schossen von der Anode seitlich aus der Röhre, durchdrangen ihn und warfen sein gerundetes Abbild auf den Film.

Irene war noch immer nicht da, aber Eudora hatte schon jede Menge Filme entwickelt, während sie nur stumm dabei zusah und nichts weiter machte als durch Nicken ihre Billigung zu zeigen. Was sprach also dagegen, das Bild ohne sie zu entwickeln? In der Dunkelkammer, umfangen vom anheimelnden fauligen Eiergestank der Chemikalien, plantschte sie von einem vertrauten Schritt zum nächsten und wurde mit Rippen, Wirbeln, Schlüsselbein belohnt. Leos Herz, seinem Zwerchfell. Ihr fiel auf, dass sie zitterte. Er stand unmittelbar hinter ihr, blickte ihr über die Schulter, und sie spürte die Wärme seines Körpers im Rücken. Auf dem Negativ sah sie seine Lungenflügel, undeutlich wie Wolken, getupft von den Narben der verheilten Kavernen und ein paar verdächtigeren Flecken.

»Ich sollte mich nicht an einer Deutung versuchen«, sagte sie. »Irene wird noch mal eine bessere Aufnahme machen müssen, wenn Ihre nächste Konsultation mit Dr. Petrie ansteht.«

»Wie könnte sie es besser machen?«, fragte Leo, sein Kinn nah an ihrem Ohr. »Diese Schärfe – das ist fabelhaft.«

»Ich hatte das Gefühl, dass die Röhre die richtige für Sie war.« Ihre Wangen waren heiß, und sie zog sich ein wenig von ihm zurück. »Mal sehen, ob Irene jetzt da ist.«

Noch immer war der Raum außerhalb der Dunkelkammer leer, abgesehen von ihnen; noch immer roch es, als wäre ein Blitz niedergegangen. Die erkaltete Maschine war bloß ein Ding aus Holz und Metall, doch Eudoras Gesicht war gerötet und von einem goldenen Heiligenschein aus ihrem elektrisch aufgeladenen Haar umgeben. Leo war, während er zusah, wie das Bild seines Brustkorbs in Erscheinung trat, ein Gedanke gekommen, und mit diesem platzte er jetzt heraus.

»Würden Sie – in zwei Wochen ist wieder ein Kinoabend, würden Sie da kommen? Ich meine, würden Sie mit mir hingehen, an dem Abend?«

Sie sah ihn an, als hätte er sie geschlagen. »Mit Ihnen – ich?«

»Ja«, antwortete er und konnte sich noch gerade davon abhalten, nach ihrer Hand zu greifen. »Ich will Sie schon lange fragen. Ich dachte, Sie wüssten das.«

Ihm schien, sie stand eine Ewigkeit da und starrte auf den Film. »Nein«, sagte sie, »überhaupt nicht.« Erneutes Schweigen, sie starrte weiter auf den Film, den sie gemeinsam entwickelt hatten. »Ich habe neulich gelogen«, sagte sie, »wegen Naomi und warum sie in Ihrem Zimmer war.«

Sie habe Naomi nicht in sein Zimmer gebracht, weil ihr schwach geworden sei, gestand sie; Naomi sei absichtlich in das Zimmer eingedrungen, allein, weil sie ihn zu sehen oder mehr über ihn zu erfahren hoffte. Noch ehe Eudora ihre peinliche Geschichte vollendet hatte, verstand Leo, worauf sie hinauslief, und wurde steif vor Verlegenheit.

»Sie fühlt sich so zu Ihnen hingezogen«, schloss Eudora. »Sie scheint es Ihnen nicht selber sagen zu können, und ich hätte auch nichts gesagt, bloß ...«

»Bloß was?« War der anonyme Brief, den er in der *Gute-Laune-Postille* gefunden hatte, fragte er sich plötzlich, von Naomi gewesen?

»Bloß sollten Sie lieber Naomi ins Kino einladen. Offensichtlich.«

»Aber Naomi interessiert mich nicht. Sie interessiert mich überhaupt nicht. Kein bisschen.«

Nun war er derjenige, der angelegentlich den Film und den Leuchtkasten betrachtete. Er wartete und hörte dabei zu, wie die Luft beim Atmen in seiner Lunge rasselte – warum war er sich dessen so bewusst? –, und schließlich schaffte er es noch hinzuzufügen: »Sie sind die, die ich einladen will.«

»Ich kann nicht«, sagte sie.

»Es ist bloß ein Film. Sie könnten auch einfach so kommen, ich weiß, dass Sie gern Filme sehen.«

»Naomi ist meine Freundin«, sagte sie.

Er spürte, wie er den Daumennagel der einen Hand in die Handfläche der anderen grub. »Es ist nicht Naomi«, sagte er noch einmal. »Es wird nie Naomi sein.«

Sie hielt den Finger über den Film und fuhr, ohne ihn zu berühren, über das Bild, wobei sie an zwei verschiedenen Stellen innehielt. »Gut«, sagte sie – ein Moment, den sie später in Gedanken wieder und wieder durchspielte –, »dann sind wir verabredet. Aber nur für den Film.«

An dem Abend nachdem Eudora seinen Brustkorb geröntgt hatte, schlich Leo heimlich am Schwesternzimmer vorbei, die Treppe hinunter, durch die Küche und zur Hintertür hinaus, gerade so wie Ephraim es gemacht hatte, als er uns verließ. Draußen entfernte er sich von den Gebäuden und wurde eins mit dem weiten, finsteren Gelände. Er lief den Abhang hinunter, über die Rasenflächen und die Wiese zum Wald und begegnete einem Fuchs, der den Berg hinaufzottelte. Der Himmel war klar, die Sterne funkelten, eine feuchte Brise wehte von der Eisscheibe herüber, die noch inmitten des Teichs schwamm. Sein Weg führte ihn durch Talmulden und danach wieder bergan, die Luft an seinen Wangen wurde kühl, dann warm und schließlich fast kalt, und er roch faules Laub, nasse Erde, unter der Rinde fließendes Harz, Zaubernuss, auftauende Kadaver. Der Mond, fast voll, schien hell auf die Bäume ringsum.

In der Abenddämmerung hatte er einen Chor von Laubfröschen gehört, aber jetzt war das Quaken verstummt, und das Tier, welches das langsame klackernde Geräusch gemacht hatte – eine Ente, hatte Arkady gereizt gemeint, während Abe behauptet hatte, dass es auch ein Frosch war –, schlief ebenfalls. Fledermäuse zischten über seinen Kopf; Nachtfalter stoben um ihn auf; in einer Pfütze lag eine tote Ente. Seine Füße schimmerten im Mondlicht seltsam durch den Bodennebel. Auf den schmutzigen Schneeresten, stellte er fest, lief es sich leichter als im Schlamm.

In der Zuckerraffinerie in Williamsburg hatte er sich uralt gefühlt; die anderen Arbeiter waren achtzehn, neunzehn oder noch jünger gewesen, Dreizehn-, Vierzehnjährige, die zwischen den Maschinen herumhüpften. Hier oben, wo die meisten von uns ungefähr in seinem Alter waren, doch so gesetzt lebten, in Decken gewickelt, unentwegt ruhend, hatte er sich in mancher Beziehung jünger, in anderer älter gefühlt. Jetzt in der kühlen, nach Kiefern duftenden Brise spürte er, wie jung er wirklich war. Siebenundzwanzig! Er konnte noch fast alles machen, vielleicht sogar ohne Miles' Hilfe Arbeit finden, die mit seinem Chemiestudium zu tun hatte. Er konnte eine gute Stellung finden, eine Familie gründen. Als er sich über Eudoras Schulter gebeugt hatte, während sie seine Rippen in ihren Händen hielt, hatte etwas in ihm reagiert. Man kenne verschiedenerlei chemische Reaktionen, hatte sein Lehrer in Odessa einst erklärt. Zerfall, Verdrängung, Austausch, Umlagerung, Vereinigung …

Aus einem Baum rief eine Eule; war er verliebt? War Liebe die Bezeichnung für dieses Gefühl, das zum Leben erwachte wie die Bäume, die Weidenkätzchen, die quakenden Frösche, die in Pfeilformation fliegenden Gänse am Himmel? Oder war es schlicht Hoffnung, und damit vielleicht dasselbe? Schon den ganzen Winter war etwas in ihm gewachsen und trieb jetzt eine grüne Spitze aus dem Boden; ein Gefühl, dass doch noch fast alles möglich sein könnte. Er war, und das erstaunte ihn, *dankbar*. Zum ersten Mal seit seiner Kindheit hatte er Zeit, zu denken und zu lernen und über die Welt und sich nachzudenken; und obwohl er während seines gesamten Aufenthalts hier krank gewesen war, bisweilen furchtbar krank, und um seinen Körper gefürchtet hatte, waren die vergangenen Monate doch auch wie ein Wunder gewesen. Gutes Essen, ein Dach über dem Kopf, Bücher, der Wald, unsere Mittwochstreffen. Die Welt, ungetrübt. Eudora. Er holte abermals tief Luft und entwarf einen bescheidenen Plan, in kleinen Schritten, immer nur einen auf einmal. Weiterlernen, Irene sagen, dass er bereit sei, bei ihr zu arbeiten. Arbeiten und am Filmabend Eudora treffen. Dort vielleicht …

14

Vor dem nächsten Filmabend allerdings standen zwei weitere Mittwochstreffen an, auf die wir uns besonders freuten, weil Irene sich endlich bereit gefunden hatte, ihren Vortrag zu halten. Wir anderen hatten uns geschmeichelt gefühlt, dass sie weiter an unseren Treffen teilnahm; sie war älter als das Gros, besaß mehr Bildung als alle anderen außer Dr. Petrie, und ihr Wissen war so vielseitig, dass wir keine Ahnung hatten, worüber sie sprechen würde. Polen, vermutete Ian zu Beginn des letzten Mittwochs im April. Madame Curie, meinte Kathleen; wir wussten, dass sie die polnische Naturwissenschaftlerin sehr verehrte. Eudora, eingezwängt zwischen Naomi und einem stummen, hilflosen Leo – er hatte seit ihrem Beisammensein in der Dunkelkammer kaum Gelegenheit gefunden, ein Wort mit ihr zu wechseln, und hatte sie noch immer nicht um ihren Rat gebeten, was seinen eigenen prospektiven Vortrag betraf – Eudora fragte sich laut, ob Irene wohl von ihren ersten Experimenten mit Röntgenstrahlen berichten würde. Dr. Petrie machte sich Sorgen, dass sie ihre gemeinsame Arbeit erwähnen könnte, bei der sie ihre Röntgenfilme mit den Obduktionsbefunden verglichen. Doch am Ende kündigte sie etwas an, von dem wir nicht einmal wussten, dass sie sich dafür interessierte: einen Bericht über die Arbeit eines deutschen Physikers namens Albert Einstein.

Besorgt rutschten wir auf unseren Stühlen herum; stand uns etwa Ähnliches bevor wie unsere ersten Treffen, bei denen Miles so abstrakt und ermüdend lange über ein Thema gesprochen hatte, das uns überhaupt nichts sagte? Doch dann machte Irene uns unmittelbar deutlich, warum wir interessiert sein sollten. Dieser Mann, sagte sie, habe unser Verständnis der Zeit verändert und gezeigt, dass das, was wir einst für absolut gehalten hätten, in Wirklichkeit relativ sei. Was könne wichtiger sein? Hier in Tamarack State vergehe die Zeit so langsam, dass sie bisweilen ganz stehenzubleiben scheine, doch draußen, sagte sie – draußen, wo jeden Tag Männer in den Schützengräben starben, tickten die Uhren unerbittlich, und die Zeit sause in ein gigantisches Loch hinein.

Eigentlich würde es jeder von selbst spüren, sagte sie, dass die Zeit nicht für alle mit der gleichen Geschwindigkeit fließe und auch nicht gleichmäßig verlaufe, aber bevor Einstein seine Relativitätstheorie formuliert habe, habe sich niemand dazu geäußert, was das bedeute. Um uns herum leuchteten die Wände in der Nachmittagssonne. Kathleen verschob ihren Stuhl so, dass sie ihr nicht ins Gesicht schien; Ian rückte ein Stück, um ihr Platz zu machen; die Bewegung setzte sich durch unseren Stuhlkreis fort wie ein Windstoß im Weizenfeld. Vermutlich, meinte Irene, seien viele von uns bereits mit der Theorie vertraut, aber da sie selbst noch mit der Grundidee ringe, gehe es einigen von uns vielleicht ähnlich. Ihre Hand mit dem lila Handschuh begleitete ihre Worte mit ausladenden Bewegungen, und eine Haarsträhne löste sich aus ihrem locker aufgesteckten Zopf. Celia und Pearl warteten gespannt darauf, wann sie sie zurückschieben würde, und verloren beim Zuhören immer wieder den Faden.

»Einstein«, erklärte Irene, »hat vor 12 Jahren, 1905, ein wichtiges Werk veröffentlicht. Damals war er sechsundzwanzig Jahre alt und Angestellter im Patentamt von Bern.«

Geschickt wand sie die Haarsträhne wieder in den Zopf und erzählte, dass sie diesem Werk keine Aufmerksamkeit geschenkt hatte, bis ihr in ihrem ersten Winter in Tamarack State ein ungarischer Physiker, der im Dorf zur Kur war, zum Röntgen geschickt worden war. Während sie sich um die bestmögliche Ansicht seines

Brustkorbs bemühte, versuchte er ihr seine Arbeit zu erläutern und erwähnte dabei, wie sehr er sich auf die Entdeckungen Einsteins stützte. Sie gestand ihm ihre Unkenntnis, worauf er ihr ein paar Texte zum Lesen schickte – doch hätten diese sie bloß noch mehr verwirrt. Der zentrale Gedanke jedoch sei so interessant und in diesen Zeiten von so eminenter Bedeutung, dass sie versuchen wolle, ihn zu erläutern.

»Zeit«, sagte sie und sah erst David, dann Seth, Olga, Sophie und schließlich Pearl in die Augen, »ist nichts irgendwo dort draußen, von uns Losgelöstes, das wie ein Fluss dahinströmt, ohne Bezug zu uns oder unserem Handeln; sie ist keine feste Bezugsgröße, gegen die sich unser Leben bewegt. Sie ist nicht Hintergrund, sie ist nicht –

Sie ist *nicht*. Das ist das Seltsamste an dem, was Einstein schreibt: Die Zeit ist kein Ding, sondern eine Relation. Dinge bewegen sich in Relation zueinander. Wir alle sind mit der Vorstellung großgeworden, wenn alles um uns herum verginge, unsere Welt und sogar die Sterne am Himmel, würden Raum und Zeit erhalten bleiben. Einstein dagegen sagt, Raum und Zeit würden zusammen mit den Dingen vergehen.«

Eudora, die bis hierhin gefesselt gelauscht hatte, wurde von Naomi an den Ellbogen gestupst und sah, als sie den Blick senkte, einen Zettel von Naomis Block auf ihren Schoß gleiten. Ärgerlich wandte sie den Blick wieder Irene zu, ohne die Botschaft zu lesen, bekam aber sogleich wieder Naomis Hand zu spüren. *Ich langweile mich*, hatte Naomi geschrieben, *du dich nicht auch?*

Eudora runzelte die Stirn, ließ den Zettel in ihrer Tasche verschwinden und wandte sich ab, sodass sie nun Leos Blick ausgesetzt war. Er zur Rechten, Naomi zur Linken, wo sollte ein Mensch noch Frieden finden? Sie haderte bereits mit sich, weil sie Leo für den Kinoabend zugesagt hatte. Als er in Irenes Laboratorium neben ihr gestanden hatte, sein Brustkorb auf dem entwickelten Film offen vor ihnen, war er ihr wahrlich transparent erschienen. Nirgends hatte sie auch nur ein Fünkchen Interesse an Naomi gesehen, und als er Naomis Gefühle für ihn so entschieden von sich gewiesen hatte, war es beinahe gewesen, als wären damit die Gefühle an sich vom Tisch. Und zu ihrer Überraschung entdeckte Eudora in dem somit eröffneten Raum bei sich selbst eine Neugierde darauf, was wohl zwischen ihm und ihr entstehen könnte. Als sie seine Einladung angenommen hatte, war ihr der Kinoabend wie ein Experiment erschienen, ähnlich einem Versuch mit einer neuen Röhre im Röntgengerät, das zu einem interessanten Ergebnis oder zu gar nichts führen konnte.

Als sie ihre Aufmerksamkeit endlich wieder Irenes Vortrag zuwandte, hatten Pearl und Sophie begonnen mitzuschreiben. Sophie hatte ein dünnes braunes Buch auf dem Schoß, während Pearl auf ein Blatt Papier schrieb, das sie zu einem kleinen Rechteck zusammengefaltet hatte. Beide benutzten die kurzen Bleistifte aus der Bücherei, die eigentlich nicht mitgenommen werden durften. Bevor Einstein diese Theorie entwarf, sagte Irene gerade, hatte er andere Probleme bearbeitet, die wichtig, aber nicht revolutionär gewesen waren; niemand hatte damit rechnen können, was er als Nächstes tun würde. Er hatte sich zur Brown'schen Bewegung geäußert, über Photonen, eine Methode zur Bestimmung der Größe von Molekülen …

»Den Aufsatz habe ich gelesen«, unterbrach sie Leo. »Auf Deutsch, vor ein paar Jahren.«

Unsere Köpfe drehten sich, als hingen sie alle an einem einzigen Faden. Miles, der schon den ganzen Nachmittag gereizt war, sagte naserümpfend: »Deutsche Wissenschaft ist nichts, auf das man in diesen Zeiten stolz sein kann.«

»Aber das kann man doch nicht als *deutsche* Wissenschaft bezeichnen«, entgegnete Irene ungeduldig wegen der Unterbrechung. »Das ist einfach – Wissenschaft.«

Sie wandte ihren Blick wieder Leo zu. Offenbar war er für den nächsten Abschnitt seiner Ausbildung bereit, und das kam ihr sehr gelegen: Es hatte immer mehr Arbeit gegeben als Hände, die sie tun konnten, und jetzt, da so viele Ärzte und Schwestern nach Übersee gingen, war es gut möglich, dass ihr Labor bald das ganze Dorf bedienen musste. Sie konnte ihn sofort gebrauchen. Gewisse Sorge allerdings bereitete ihr die Frage, wohin es führen mochte, wenn er mit Eudora zusammenarbeitete. Sie hatte die Röntgenaufnahme von seinem Brustkorb gesehen, und obwohl sie zunächst über die Qualität des Bildes gestaunt und sich darüber gefreut hatte, wie gut der alte Apparat wiederhergestellt war, hatte es sie doch verblüfft, dass Eudora ohne sie experimentierte. Dass Leo ihr Objekt gewesen war, beunruhigte sie noch mehr. Als sie vor zwanzig Jahren in den ersten Monaten nach der Entdeckung der Strahlen mit ihrem Schwager zusammen begierig experimentiert hatte, war beim Durchleuchten ihrer Körper zwischen ihnen eine Spannung entstanden, die nichts mit Induktionsspulen zu tun hatte.

»Ich war sicher, dass ich nicht die Einzige sein würde, die Einsteins Arbeit kennt«, sagte sie mit einem Lächeln zu Leo und sah dabei vor ihrem inneren Auge den kleinen, nicht verheilten Fleck in seinem linken Lungenflügel: ein weiterer Grund zur Sorge. »In dem Aufsatz erkundet er schlicht die These, dass die Zeit nicht absolut ist, sondern je nachdem, wo man sich befindet und wie schnell man sich bewegt, in unterschiedlichen Geschwindigkeiten fließt.«

Jemand stöhnte – Polly vielleicht? –, und Ian ließ den Kopf in die Hände sinken.

»Ich weiß, es ist verwirrend«, sagte Irene. »Ich verstehe es auch nicht richtig, obwohl ich mir habe sagen lassen, dass es sich mathematisch genau ausdrücken lässt. Aber mir geht es darum, einfach einmal grundsätzlich darüber nachzudenken, was es bedeutet, dass die Zeit nicht für alle überall mit derselben Geschwindigkeit fortschreitet. Sie wissen, dass es so ist; wir spüren es alle.«

Sie hielt inne, und wir murmelten und rutschten auf unseren

Stühlen; anders als Miles gab sie acht darauf, wie wir auf das Gesagte reagierten, und gab uns Zeit, es aufzunehmen. Sophie und Pearl schrieben ihre letzten Sätze wortwörtlich mit. Dann fuhr sie fort: »Heutzutage bleibt so wenig Zeit zwischen Entdeckungen und ihrer Anwendung. Gerade mal zwanzig Jahre von den ersten Hinweisen auf Röntgenstrahlen über die frühen Apparate bis zu der Ausrüstung, die ich unten habe, und den mobilen Einheiten in Frankreich. Es geht alles so schnell. Meine Finger« – an dieser Stelle hielt sie ihren Handschuh hoch – »habe ich dabei verloren. Meine Freunde sind verstorben. Für mich hat sich die Zeit währenddessen langsam fortbewegt – für Sie dürfte sie sich noch einmal langsamer bewegen –, in der Wissenschaft hingegen sehr schnell. Wer weiß, wie sie für einen Soldaten in der Schlacht vergeht? Das ist nicht wirklich das, worum es Einstein ging, als er von der Relativität der Zeit sprach; er betrachtet die Dinge mathematisch, und er war mit etwas anderem befasst, der Lichtgeschwindigkeit und dem Wesen der Energie. Aber in unserem Alltag schlagen sich seine Ideen anders nieder. Wissen Sie, was ich meine?«

Leo nickte, während Sophie schrieb: *Was ist Lichtgeschwindigkeit?*, und ihr Buch zu Pearl hinhielt, die es nicht wusste. Miles behauptete, schon vor Jahren von diesen Ideen gehört zu haben und mehrere Bücher zu kennen, in denen sie weit klarer erläutert würden, als es Irene gerade getan habe.

»Ausgezeichnet«, sagte Irene. »Wenn Sie die Ausgaben besitzen, könnten Sie sie vielleicht denjenigen ausborgen, die mehr darüber lesen möchten?«

»Sie sind zu Hause«, sagte Miles, »in meiner Bibliothek dort. Und außerdem –«

Doch brachte er seinen Satz nicht zu Ende, und Naomi, die über ihren Zeichenblock gebeugt gewesen war, sah ärgerlich zu ihm auf. Anfang der Woche hatten sie ein unangenehmes Gespräch geführt, über irgendein Komitee, dem er wegen des Krieges beitreten wollte. Er brauche einen ständigen Chauffeur, sagte er, auf den er jeden Tag zählen könne; eine wichtige Aufgabe, für die er einen Wochenlohn zahlen wolle. Als sie erwiderte, er solle doch an der Tankstelle nachfragen, hatte er eine Miene gemacht wie ein verdattertes Schaf. Ihre Mutter, die mit ihr schimpfte, nachdem Miles sie verpetzt hatte, hatte gemeint, so etwas habe sie nicht allein zu entscheiden, und sie würden noch einmal drüber sprechen, wenn sie mehr Zeit hätten. Als seine Stimme jetzt abbrach, sagte sie zu ihm: »Wenn Sie so gut Bescheid wissen, dann erklären Sie es doch und lassen uns alle an *Ihrer Weisheit* teilhaben.«

WEISHEIT: Was ist das? Wie die Zeit ist sie für jeden von uns etwas anderes; ganz gewiss war Miles' Weisheit nicht die gleiche wie die von Leo oder Naomi, Zalmen oder Pietr oder Sadie. Oder von uns als Gruppe. Der Missklang, mit dem Irenes erster Vortrag endete, war ein Zeichen dafür, wie leicht etwas schiefgehen konnte, selbst wenn wir alle von einem Thema angetan waren. Miles und Naomi stritten sich, dann ging Miles, weil es ihm peinlich war, dass wir es mitbekamen. Naomi versuchte Leo etwas zu sagen, doch als er ihr auswich, folgte sie Miles, während Leo, sobald sie fort war, auf Eudora zuging. Aber Eudora unterhielt sich mit Irene, und der Anblick der beiden und ihr leises Lachen vermittelten Leo so sehr das Gefühl, ausgeschlossen zu sein, dass die Ideen, die Irenes Vortrag bei ihm ausgelöst hatten, eine nach der anderen vertröpfelten.

Und eine Woche darauf wurde Irenes zweiter Vortrag, der so interessant zu werden versprochen hatte, erstickt. Auch daran war Miles schuld. Er lief, während wir anderen uns setzten, rasch um den Stuhlkreis herum und forderte Irene, bevor sie dazu kam, die Schaubilder, die sie aus ihren Unterlagen hervorkramte, auszuteilen, mit einer brüsken Handbewegung auf, Platz zu nehmen.

»Ich habe ein paar Ansagen zu machen«, sagte er.

Naomi stand am Fenster, die Arme vor der Brust verschränkt, so stocksteif wie die Hygeia-Statue draußen im Hof. Ihr dunkles, vom Wind zerzaustes Haar hatte sich im Kragen verfangen.

»Ich muss eine Zeitlang auf diese Treffen verzichten«, sagte Miles. »Ein paar Wochen, mag sein, auch länger. Mir sind neue … Aufgaben übertragen worden, die ich nicht näher beschreiben kann. Sie müssen geheim bleiben. Aber ich kann nicht tatenlos zusehen, während wir in solcher Gefahr schweben.« Er schwenkte ein gefaltetes Zeitungsblatt und fuhr fort: »Ich möchte Ihnen das hier vorlesen. Es kann sein, dass Sie es gesehen haben, als es gedruckt wurde, vor ein paar Wochen, aber ich weiß nie, was Ihnen hier oben zur Kenntnis gelangt.«

Bea war kurz davor, eine scharfe Antwort zu geben, und Arkady ebenfalls, aber wir rissen uns zusammen.

»Es ist aus Präsident Wilsons Kriegsansprache vor dem Kongress. Ich möchte auf den besonders wichtigen Passus eingehen, in dem er sagt: ›Eins der Dinge, die uns zu der Überzeugung geführt haben, dass die preußische Autokratie unser Freund nicht war und niemals sein kann, ist die Tatsache, dass sie seit dem ersten Anbeginn des gegenwärtigen Krieges unsere ahnungslosen Gemeinden und sogar unsere Regierungsämter mit Spionen überschwemmt und allenthalben verbrecherische Intrigen gesät hat … Ja, inzwischen ist gar erwiesen, dass ihre Spione schon hier waren, bevor der Krieg begann.‹

Das hat sich in den letzten paar Wochen als absolut zutreffend erwiesen. *›Seit dem ersten Anbeginn des gegenwärtigen Krieges‹* – je mehr ich lese und höre, umso mehr bin ich davon überzeugt. Mehr als eine Million deutsche Ausländer leben in unserem Land, die Hälfte davon wahrscheinlich Spione. Seitdem wir in den Krieg eingetreten sind, strömen sie über die Grenze nach Mexiko und vermutlich auch nach Kanada. Wenn Sie irgend aufgepasst haben, werden Sie gelesen haben, dass die Regierung bereits Truppen an der mexikanischen Grenze in Alarmbereitschaft versetzt hat, damit wir uns gegen aufrührerische Handlungen zur Wehr setzen können. Des Weiteren sind in mehreren Staaten Truppen abgestellt worden, um Kraftwerke, Eisenbahnbrücken und Stauseen zu bewachen. Wir müssen wachsam sein! Bürger müssen aktiv werden, und hier, wo die Grenze so nahe ist und der Wald Verbrechern aller Art einen perfekten Unterschlupf bietet, tragen wir die doppelte Verantwortung – wir müssen auf der Hut sein.

Mehr kann ich nicht sagen. Andere werden Sie näher unterrichten, wenn und falls das angemessen erscheint. Für den Augenblick wollte ich nur erklären, warum ich einige Zeit abwesend sein werde, und Sie dazu aufrufen, auf alles Ungewöhnliche zu achten, ob Personen oder Dinge, ohne sich durch meine Abwesenheit davon abhalten lassen, Ihre Treffen fortzusetzen.«

Als ob wir, dachten wir, seinetwegen aufhören würden. Als ob wir uns nicht heimlich gefragt hätten, wie viel schöner die Treffen ohne ihn wären.

»Eins noch«, sagte Miles und faltete sein Zeitungsblatt zusammen. »Ich habe mittels eines Freundes von mir, der Filme vertreibt, dafür gesorgt, dass ein paar spezielle hierher geschickt werden, und ich hoffe, sie werden rechtzeitig zu Ihrem nächsten Kinoabend eintreffen. Ich bin sicher, Sie werden sie inspirierend finden, oder zumindest lehrreich.«

»Aber wir haben uns schon Filme ausgesucht!«, wandte Lydia ein.

Miles schob das Papier ordentlich in seine elegante Kalbslederaktentasche – seit wann trug er die mit sich herum? –, schüttelte den Kopf und überließ es Naomi zu antworten.

»Wissen Sie es denn nicht?«, sagte sie zu Lydia und uns anderen, »unser Mr Fairchild ist plötzlich ein sehr wichtiger Mann. So wichtig, dass er mir befehlen kann, ihn zu seinen Terminen zu kutschieren. Oder bestimmen kann, was für Filme Sie sehen, oder –«

»Das reicht«, sagte Miles schroff. »Es ist Zeit, zu gehen, ich habe einen Termin im Dorf.«

Staunend sahen wir zu, wie er sich einen Weg durch den Stuhlkreis und durchs Zimmer bahnte. Seine exquisiten Schuhe machten *tick, tick, tick*, während Naomi hinter seinem Rücken die Augen verdrehte und eine Grimasse schnitt, ihm aber folgte.

15

Am 3. Mai schrieb Miles an Dr. Petrie:

Verzeihen Sie diese Zeilen; ich hatte vor, Sie nach unserem Treffen unter vier Augen zu sprechen, aber ich musste zu einer anderen Sitzung eilen, und vor unserer ganzen Runde konnte ich die Sache nicht ansprechen. Aber ich möchte, dass Sie die Wahrheit wissen. Und ich möchte Sie um Unterstützung bitten. Ich möchte, dass Sie einer Gruppe von Männern beitreten – führenden Bürgern, Sie können stolz sein, zu ihnen zu gehören –, die sich freiwillig entschlossen haben, an der Heimatfront zu kämpfen.

Mein lieber Freund Edward hat nach der Explosion in der Munitionsfabrik in Eddystone tapfer seine Trauer über Lawrences Tod hintangestellt und bei uns daheim eine Einheit der American Protective League gegründet. Seit März sind Hunderte von diesen Schutzligaeinheiten entstanden, mit dem Ziel, nach Anzeichen von Sabotage und Spionage zu fahnden und gegen die Bedrohung lebenswichtiger Industrien zu kämpfen. Ihre Agenten sammeln Informationen und berichten der Polizei von sämtlichen verdächtigen Aktivitäten seitens ausländischer Mitbürger, und ich habe Edward mit Freuden erlaubt, den Vorsteher meiner Fabrik, Mr Maskers, zu einem seiner Leutnants zu ernennen.

Doch natürlich habe ich mich dadurch veranlasst gesehen, über die schwere Gefahr nachzudenken, in der wir uns hier aufgrund unserer geographischen Lage befinden. Täglich eintreffende Züge aus New York, Chicago und Albany; die kanadische Grenze in unmittelbarer Nachbarschaft; eine ständig wechselnde Bevölkerung in den

Sanatorien und Kurpensionen, davon einige alles andere als vertrauenerweckend und viele von ausländischer Geburt: man kann sich kaum einen gastfreieren Ort für Spione und Saboteure aller Art denken. Wer weiß, wer sich womöglich schon jetzt unter uns verbirgt? Als man mich gebeten hat, der in Tamarack Lake neu gebildeten Einheit beizutreten, habe ich natürlich sofort Ja gesagt.

Seitdem führe ich Unterredungen mit Mitgliedern der Polizei, Lokalpolitikern, Bankdirektoren, Ärzten, Apothekern, Hoteliers, Geistlichen, Lehrern. Einige von ihnen waren bereits im Bereitschaftsfeldzug engagiert und verfügen über beträchtliche Erfahrung. Die Namen unseres Gruppenleiters und der anderen Hauptleute darf ich Ihnen nicht verraten; aus Sicherheitsgründen müssen wir die Zahl derer, die Bescheid wissen, streng beschränken. Was ich Ihnen jedoch sagen kann, ist, dass sich in Rochester, Syracuse, Utica und Jamestown sowie New York bereits ähnliche Einheiten gebildet haben. Ich würde Sie gern zu einem meiner Leutnants machen.

Ihre Aufgaben bestünden in erster Linie darin, so viel Sie können über die Aktivitäten Ihrer im Ausland geborenen Mitarbeiter und Patienten der Heilanstalt in Erfahrung zu bringen, der eingebürgerten wie der nicht-eingebürgerten, sowie aller, die sich ihrer deutschen oder österreichischen Herkunft stark verbunden fühlen, und aller, von denen bekannt ist, dass sie vor ihrem hiesigen Aufenthalt gewerkschaftlich aktiv waren. Der Polizeidirektor und seine Untergebenen sind verpflichtet, uns auf jede erdenkliche Weise zu unterstützen, Sie können sie jederzeit um Hilfe angehen. Postsendungen dürfen inspiziert, Telefone abgehört werden; wir sind auf Ihre Informationen angewiesen. Um an diese Informationen zu gelangen, dürfen Sie nach Ihrem Ermessen jeden benutzen, der Ihnen nützlich scheint, sollten ihm aber unter keinen Umständen von dieser Organisation erzählen oder auch nur andeuten, wer Mitglied sein könnte.

Es ist ein freiwilliger Posten – natürlich ohne Bezahlung – vielmehr haben etliche lokale Persönlichkeiten bereits fünfzig Dollar im Monat als Beitrag zu unseren Unkosten zugesagt, und wenn Sie es für angebracht halten, uns zu unterstützen, so wäre jeder Betrag willkommen. Bitte lassen Sie mich baldmöglichst wissen, ob Sie willens sind, diesen Posten zu übernehmen, und wie viel Sie geben können. Ein Abzeichen liegt für Sie bereit (es kostet fünfundsiebzig Cents), und während Sie es gemeinhin verbergen sollten, wird es Ihnen bei Bedarf den Umgang mit Behörden erleichtern und sich außerdem als hilfreich erweisen, wo es darum geht, Leute, die zögern, Ihnen Auskunft zu geben, zum Reden zu bringen.

Bitte erwähnen Sie diese Angelegenheit keinem Ihrer Mitarbeiter gegenüber; wir werden mit anderen Kandidaten gesondert Kontakt aufnehmen. Ich denke, es versteht sich von selbst, dass Sie diesen Brief nicht behalten sollten, ebenso wenig wie alle übrige Korrespondenz mit mir oder anderen zu diesem Thema.

Er kam überhaupt nicht auf die Idee, dass Dr. Petrie sein Angebot ausschlagen könnte. Er selbst hatte sofort zugesagt, als man ihn ansprach, weil er sicher war, damit das Richtige zu tun, und dass es, in Anbetracht seiner Krankheit und seines Lebens im Exil, zugleich die einzige Möglichkeit war, seine Talente zu nutzen. Die Pazifisten, die an dem Tag, als der Präsident vor dem Kongress um eine Zustimmung zur Kriegserklärung warb, mit weißen Tulpen durch Washington marschiert waren, hatten ihn angewidert; und auf die Handvoll Senatoren und Abgeordneten des Repräsentantenhauses, die gegen die Resolution stimmten, hatte er mit rasendem Zorn reagiert. Glücklicherweise war sie trotzdem angenommen worden, und der Kongress debattierte bereits über die Aushebung einer riesigen Armee. Wenn er zu alt und schwach war, um sich freiwillig zu melden, konnte er wenigstens dafür sorgen, dass die Einberufung glatt verlief und die neuen Soldaten alles hatten, was sie für den Kampf brauchten.

Und das bedeutete, wie er wusste, einen ungeheuren Arbeitsaufwand sowie ständige Wachsamkeit. Die Kriegserklärung hatte über Nacht fast eine Million deutsche Einwanderer in potentielle

Agenten des Kaisers verwandelt. Einige von ihnen würden sich möglicherweise mit den Mexikanern verschwören, um Kalifornien zu annektieren. Die in New York konnten deutschen U-Booten bei ihren Plänen behilflich sein, die Stadt anzugreifen. Saboteure hatten vermutlich bereits die Munitionsfabriken infiltriert, wie auch sämtliche Werke, die Stahl oder Aceton, Filz oder Werkzeugformen herstellten, alles, was im Krieg gebraucht wurde. Die Regierung hatte Soldaten zur Bewachung von Brücken, Staubecken, Eisenbahntunneln abgestellt – aber auch deren Zahl war beschränkt, sodass, dachte Miles, ohne die Anstrengungen von Unternehmern wie ihm und Edward und weiteren Tausenden Gleichgesinnten, die still und heimlich die Kommandogruppen anwarben und organisierten, damit sie Augen und Ohren offen hielten, der Gefahr kaum zu begegnen wäre.

Plötzlich gab es mehr zu tun, als er selbst in seinen gesunden Zeiten hätte bewältigen können. Sechs Stunden täglich an seinen Liegestuhl verloren; keine andere Wahl also, als jede Minute, die er auf den Beinen war, möglichst effizient zu nutzen. Keine müßigen Spaziergänge mehr, kein Kino, kein Kartenspielen und keine Lektüre, die nicht wichtig war. Keine Mittwochnachmittage mehr bei uns. Unsere letzten Treffen hatten ihm ohnehin keine Freude bereitet; was sollte er mit Einsteins Theorie, wenn sein Land im Krieg stand? Er konzentrierte sich ganz und gar auf seine neuen Aufgaben und schob seine Trauer um Lawrence in den Hintergrund. Auch kleinere Kümmernisse: Leos gedankenlose Ablehnung seines Angebots, Dr. Petries Abtun seiner Gefühle für Naomi und nun dessen überraschende Weigerung, dem Komitee beizutreten, schob er beiseite, obwohl Naomi als Person es immer noch fertigbrachte, ihn jeden Tag neu zu verletzen.

Seine eigenen Gefühle waren verwirrend genug. Ihre jedoch – wenn er nicht achtgab, vergingen eigentlich unentbehrliche Stunden damit, dass er zu verstehen suchte, warum sie sich so verhielt. Rückblickend schien es vollkommen eindeutig, dass *sie* an *ihn* herangetreten war und die Verantwortung dafür trug, was er empfand: Sie hatte damals im Oktober angeboten, ihn mittwochs ins Tamarack State zu fahren. Sie hatte seine Nähe gesucht, ihm eigens zusätzliche Desserts gebracht, seinen Plänen für uns mit augenscheinlichem Interesse gelauscht, bis er sie schließlich wirklich *gesehen* und sich dann nicht mehr von ihr hatte abwenden können. Nach Lawrences Tod hatte sie seine Hand gehalten, als sonst niemand darauf gekommen war, ihn zu trösten. Doch mittlerweile schien es ihr Freude zu machen, ihn zu verletzen. Nicht ein einziges Mal hatte sie die Kette getragen, die er ihr zu Weihnachten geschenkt hatte, nicht ein einziges Mal hatte er sie in dem Buch lesen sehen. Als er sie zum ersten Mal gebeten hatte, ihn auf seinen neuen Runden zu fahren, hatte sie ihn so schroff abgewehrt, als hätte sie weder Interesse an seiner Gesellschaft noch an einem Einsatz für den Krieg. Mrs Martin, an die er sich in seiner Not gewandt hatte, hatte ihn daran erinnert, dass Naomi erst achtzehn war und ein wenig nervös, wie es jede junge Frau wäre, wenn ihr ein etwas älterer Mann von seinem Ansehen und Erfolg Aufmerksamkeit schenkte. Er redete sich ein, wenn sie erst einmal die Bedeutung seiner Arbeit verstünde, würde sie stolz darauf sein, ihren Beitrag leisten zu dürfen. Vielleicht würde es das Band zwischen ihnen sogar festigen, dass sie nun gemeinsame Aufgaben hatten. Im Augenblick jedoch war sie beleidigend kurz angebunden, und alles, was er im Winter an Boden gewonnen hatte, schien ihm zu entgleiten.

Mürrisch fuhr sie ihn zu dem Hotel, in dessen Ballsaal er sich mit den anderen beiden Hauptleuten und den Gruppenleitern aus dem Dorf treffen wollte, um sich über den Verkauf von Kriegsanleihen, ärztliche Untersuchungen, die Registrierung von Durchreisenden, neue Zugfahrpläne auszutauschen und darüber, was die Zeitungsredakteure drucken beziehungsweise lieber nicht drucken sollten. Hundert Einzelheiten und kaum Zeit dafür. Miles entwarf Listen, schrieb Briefe, brachte Instruktionen von Tür zu Tür.

Dank dieser Begegnungen entsprossen den Läden bereits Fahnen und blauweißrote Wimpel und Tuchgirlanden, aber die Arbeit endete nie. Oft kehrte er zu spät zu seinen Ruhestunden auf dem Balkon zurück, und Naomi, die eine so gute Hilfe hätte sein können, bot ihm nichts als den Fahrdienst.

An dem Mittwoch, nachdem Miles Dr. Petrie geschrieben hatte, ließ er sich von Naomi zur Post bringen. »Ich habe hier eine Weile zu tun«, sagte er beim Aussteigen, »etwas zu organisieren. Es hat keinen Sinn, Sie so lange warten zu lassen – wie wäre es, Sie nehmen eine Stunde frei und kommen um drei wieder, um mich abzuholen? Wenn wir bis dahin nicht fertig sind, können Sie dann warten, bis ich komme.«

»Wann werden Sie denn fertig sein?« Sie schnippte die Finger gegen das Lenkrad und wollte ihn partout nicht ansehen. Ihre weiße Hemdbluse war mit ungewöhnlichen silbernen Knöpfen in der Form kleiner Kiefernzapfen verschlossen. Vor Wochen hatte er gesehen, wie sie sie annähte, und eingedenk dessen, wie oft sie in den letzten Monaten ihre Alltagskleidung mit einem flotten Gürtel oder einem frischen bestickten Kragen verschönt hatte, sagte er sich, sie mache das seinetwegen, und gewann seine Geduld wieder.

»Das weiß ich nicht genau«, sagte er. »Nicht früher als drei, aber vielleicht ein bisschen später.«

»Aber ich soll trotzdem kommen und *warten*?«

»Ja, bitte«, sagte er bestimmt. »Es wird sehr spät für meine Nachmittagsruhe, und ich möchte gern so rasch wie möglich auf meinen Balkon.«

Drinnen traf er seine beiden Leutnants vor der Verladestelle an. Bei ihrer letzten Sitzung hatte der Bürgermeister ihn beiseitegezogen, um ihm zuzuflüstern, dass, obwohl das Gesetz über die allgemeine Wehrpflicht noch im Kongress diskutiert werde, der Kriegsminister unverzüglich nach der Verabschiedung mit der Registrierung zu beginnen wünsche und deswegen bereits heimlich den Druck der erforderlichen Formulare veranlasst habe. Vierzig

Millionen, hatte er gesagt, würden gebraucht, um zehn Millionen Männer zu erfassen. Das Hauptpostamt von Washington, wo sie gelagert würden, sei bereits überfüllt gewesen, bevor die Hälfte gedruckt gewesen sei.

»Daher haben wir schon unser Kontingent bekommen«, erklärte der Bürgermeister. »Jede Gemeinde, jede Stadt. Unsere sind mit dem Frühzug eingetroffen, aber wir sollen sie verstecken, bis bekanntgegeben wird, an welchem Tag die Registrierung stattfindet. Da wir nicht wollen, dass die Zeitungen davon Wind bekommen, bevor das Gesetz unterzeichnet ist, kann ich niemanden offiziell um Hilfe bitten. Aber ich dachte, vielleicht könnten Sie und Ihre Männer ...?«

»Ihr Wort ist mir Befehl«, hatte Miles geantwortet. Schön, eine konkrete Aufgabe zu haben, nach all den Versammlungen und stundenlangen Besprechungen der Berichte über verdächtige Personen.

Auf der Laderampe standen Reihen von Postsäcken, jeder bis obenhin mit den frischgedruckten Formularen gefüllt und darauf wartend, dass er die Sache in die Hand nahm. Er knüpfte einen Sack auf, und diesem entströmte ein so scharfer Tintengeruch, dass einer seiner Leutnants, der ein Stück entfernt stand, ein erstauntes Gesicht machte, und der andere sagte: »Wir werden aufpassen müssen, wo wir die lagern.« Sie brachen gemeinsam auf, um nach einem Versteck zu suchen.

Diskussionen, Messungen, erneute Diskussion; ein Disput darüber, ob man die Säcke auspacken sollte oder nicht. Als sie schließlich die Formulare in einem kleinen Zimmer auf der ersten Etage verstaut und ein neues Vorhängeschloss angebracht hatten, hatte Miles das Gefühl, Fieber bekommen zu haben. Er lief die Treppe hinunter und freute sich auf den Anblick von Naomis Gesicht und die behagliche Fahrt bergan zum Haus ihrer Mutter, aber draußen war keine Naomi zu sehen. Er ging bis zur nächsten Straßenecke und spähte in die Querstraße: nichts. Müde kehrte er zurück und setzte sich – womit hatte er das verdient? – auf die Steinbank vor der Apotheke. Wenn sie für ihn nur eine Spur von dem empfand, was er für sie empfand, fürchtete er, würde sie ihn niemals so warten lassen.

Während er vor sich hin brütete, war sie in ihrem Zimmer beschäftigt. In den Tagen, seit Miles Irenes zweiten Vortrag vereitelt und ihre Mutter sie gegen ihren Wunsch gezwungen hatte, ganztags als Chauffeurin zu arbeiten, hatte sie äußerlich gehorsam den Model T gelenkt, aber innerlich gekocht. Warum hatte sie überhaupt nichts mehr zu bestimmen? Weil Miles beschlossen hatte, dass er zu beschäftigt war, um an den Mittwochstreffen teilzunehmen, wurde auch sie von ihnen ferngehalten. Weil sie nicht zu unseren Versammlungen konnte, fand sie keine Gelegenheit, Leo zu sprechen. Weil Eudora in jeder freien Minute bei Irene arbeitete, konnte sie Eudora nicht um Hilfe bitten; sie konnte sich drehen und wenden, wie sie wollte, nichts ging. Nichts, nichts, nichts, nichts. In der letzten Woche war ihre Zeit zur Hälfte und mehr damit vergeudet worden, Miles hierhin und dorthin zu fahren, zuzusehen, wie er Türen öffnete, dahinter verschwand und ein paar Minuten später wieder herauskam und jedes Mal, wenn er ins Auto einstieg, den Kopf vorstreckte wie ein Huhn. Wie konnte ein Mann gleichzeitig wie ein Schaf und ein Huhn aussehen? Aber er sah wirklich so aus, ihr wurde ganz anders, wenn sie sich vorstellte, wie er sich mit den anderen Männern, die zu alt oder schwach waren, um Soldat zu werden, wichtig machte. Er hatte behauptet, er brauche sie und keinen Mann von der Tankstelle, weil er jemanden brauche, dem er vertrauen könne. Erstaunlich, dass er ihr vertrauen zu können meinte.

Sie hatte ihn vor dem Postamt abgesetzt, war nach Hause gefahren, schnurstracks in sein Zimmer gegangen und hatte ihm ein Hemd sowie, aus der obersten Schreibtischschublade, Geld entwendet. Nicht alles – er hatte so viel gehortet, dass er bestimmt nicht genau zu sagen vermochte, wie viel fehlte –, aber genug, dass es für sie eine Hilfe war. Als sie sich gestritten hatten, war ihr das, womit sie schon so häufig beiläufig gedroht hatte, auf einmal sowohl ganz einfach als auch naheliegend erschienen: Sie würde wirklich ausreißen, in ein paar Wochen oder einem Monat. Doch nicht allein. In ihrem Zimmer, vor dem langen, niedrigen Schrank unter dem Gaubenfenster auf den Boden gehockt, schnitt sie von Miles' hellbraunem Hirschlederhemd die Knöpfe ab und ersetzte sie durch hübsche beinerne Knebel. Dann schrieb sie einen Brief – ihren zweiten; das Briefchen in der *Gute-Laune-Postille* war tatsächlich von ihr gewesen – an Leo.

Für Freitagabend war im Tamarack State ein Kinoabend anberaumt, das wusste sie. Eudora würde Gott sei Dank unten bei Irene sein, beschäftigt wie immer, und Miles hatte bereits erwähnt, dass er an dem Abend eine Versammlung hatte. Er rechnete damit, dass sie ihn fuhr, aber das war kein besonderes Problem. Rasch vollendete sie den Brief und beschriftete einen Umschlag mit Leos Namen und Zimmernummer, wobei sie in der Eile vergaß, »Tamarack State Sanatorium« hinzuzufügen – ein Versäumnis, das ihren Brief um zwei Tage verzögerte, während ein verstimmter Postbeamter die Meldeverzeichnisse sämtlicher Sanatorien der Gemeinde durchsuchte. Darauf schloss sie mit einem kleinen Messingschlüssel die Schranktür auf und beugte sich dabei vor, um zu verhindern, dass das viele Papier herausfiel. Zeichnungen, ihre Zeichnungen – weit mehr als irgendjemand, selbst Eudora, ahnte. Manchmal vergaß sie selbst, wie viele es waren. Sie wählte sorgfältig die besten aus: Leo lächelnd, Leo verträumt, Leo nachdenklich, sprechend, lesend. Diese stapelte sie auf einen Bogen braunes Packpapier und legte dann das Buch von Miles, von dem sie meinte, dass es Leo gefallen könnte, und das umgearbeitete Hemd dazu.

Die Zeit verging, Miles wartete – er lief gerade an die Ecke, schon auf der Suche nach ihr –, doch sie war noch bei ihrem

Paket. Ihr eigentliches Wesen, dachte sie, war von der Naomi erstickt worden, die ihre Mutter belog und die Miles bediente. Das war es, was Angst anrichtete. So konnte die Angst einen zurichten. Sie hatte befürchtet, dass Leo nie lernen würde, sie zu lieben, und dann hatten Miles und ihre Mutter sie von ihm ferngehalten. Da hatte sie endlich erkannt, dass er sie ja längst, wenn auch vielleicht nicht richtig, so doch beinahe liebte. Wenn sie zusammen nach New York gingen, in seine Stadt, würde es nicht lange dauern, bis sie Mittel und Wege fand, für ihn zu sorgen.

Bevor sie ihm freilich überhaupt ihren Plan unterbreiten konnte, musste sie ihm das wiedergeben, was sie ihm gestohlen hatte. Sie sah inzwischen ein, dass das kein guter Anfang gewesen war; zwischen ihnen musste Ehrlichkeit herrschen, deshalb musste sie es ihm wiederbringen und ihn um Verzeihung bitten. Dann konnte sie ihm ihre Zeichnungen schenken und das warme, schöne Hemd und dazu etwas zum Lesen, das er sich selbst nicht hätte leisten können und das ihm zeigte, wie sehr sie an ihn glaubte. In ein oder zwei Wochen würde sie ihm ihren Plan vorstellen, und dann …

Sie legte den Stift auf die Sachen, wickelte sie in das Papier und verschnürte das Paket mit einem Bindfaden. Wohlwissend, wie sehr sie sich verspätet hatte, aber in der Hoffnung, dass Miles noch beschäftigt war, lief sie zum Auto und fuhr wieder ins Dorf.

Zuerst konnte sie ihn nicht finden. Er stand weder auf der Treppe noch am Eingang; sie rannte ins Gebäude, aber auch dort war er nicht. Rasch schob sie ihren Brief durch den Briefkastenschlitz und lief wieder hinaus. Links der Treppe, ein Stückchen hinter dem Eingang der Apotheke, stand eine Steinbank, und dort entdeckte sie ihn schließlich, als sie unten an der Treppe stehenblieb. Statt sie anzuschreien, wie sie befürchtet hatte, erhob er sich steif und wartete, bis sie mit dem Auto vorfuhr und ihm die Beifahrertür aufhielt.

»Verzeihung«, sagte sie. »Haben Sie schon lange gewartet?«

Er hustete und lehnte den Kopf an den Sitz.

»Geht es Ihnen nicht gut?«

»Eine Stunde«, sagte er leise. »Eine Stunde habe ich hier gesessen, in der ich mich hätte ausruhen müssen. Warum tun Sie mir das an?«

16

Am Freitag, dem Abend des 11. Mai – dass wir dieses Datum wissen, wird niemanden verwundern –, war der Speisesaal voll besetzt. Mit »wir« sind in diesem Fall nicht nur diejenigen von uns gemeint, die sich mittwochs trafen, sondern alle hundertzwanzig von uns minus sieben – drei Frauen und vier Männer –, die oben auf der Krankenstation lagen, und dazu eine Handvoll Abendpersonal und Ärzte. Erst nach acht, wenn kein Tageslicht mehr durch die Fenster fiel, konnten wir hoffen, auf der von zwei Männern vom technischen Dienst an der vorderen Wand aufgehängten Leinwand etwas zu erkennen. Draußen lärmten die Laubfrösche und die Luft roch nach frischem Grün, und drinnen genossen wir die seltene Freiheit; nur zu besonderen Festen und gelegentlichen Kinoabenden war uns gestattet, die strenge Trennung in Männer- und Frauentische aufzuheben. Heute waren die Tische an die Wand geschoben, und die Stühle, die gewöhnlich um sie herum standen, in halbkreisförmigen Reihen vor der Leinwand aufgebaut. Männer und Frauen durften sitzen, wo sie wollten, neben bevorzugten Freunden oder Verbandelten. Die von uns, die mit Bekannten verabredet waren, von denen wir hofften, es könnte mehr daraus werden, trafen früher ein, um Plätze zu reservieren; die Frauen hatten Lippenstift aufgelegt und sich die Haare gemacht, und die Männer hatten ihre Hemden gebügelt. Wir trugen Schuhe anstelle von Puschen. Der Abend begann in Feierstimmung.

Leo, der sich zwei Plätze in der hintersten Reihe gesichert hatte, in der Nähe der dritten und letzten Tür zum Korridor, wartete beklommen auf Eudora. Beklommen, weil sie womöglich nicht kommen würde; beklommen, weil er nicht wusste, was es bedeutete, wenn sie kam, und wie er sich ihr Kommen erklären sollte. Es war an sich für uns nichts Ungewöhnliches, mit den Reinemachefrauen, den Pflegern oder den Schwestern anzubandeln, und die Frauen unter uns waren – warum sollten wir das nicht zugeben? – bisweilen heftig in den einen oder anderen Arzt verschossen, aber offiziell war das alles nicht erlaubt, und Eudora, das wusste Leo, riskierte womöglich ihre Stelle, wenn ihr Umgang miteinander mehr schien als freundlich.

Er ging in der Nähe der Tür auf und ab und war allen im Weg. Bea und Polly lächelten sich zu; sie wussten Bescheid. Die meisten von uns hatten, wie Irene, schon eine Zeitlang Leos träumerische Blicke bemerkt. Wir begaben uns, je nach Neigung, zu den vorderen Plätzen, wo wir die Beine strecken und die Bilder bis ins Kleinste erkennen konnten, oder zu den Seiten und nach hinten, wo wir, wenn wir Besseres zu tun hatten, unbeobachtet waren. Wenn die großen Lampen erloschen, blieb nur das Licht von der Leinwand und von den abgeschirmten Lampen hinten im Raum, die laut Personal zu unserer Sicherheit installiert waren, damit wir die Türen und einander sehen konnten, falls wir Hilfe brauchten, aber die in Wirklichkeit dazu da waren, uns unter Aufsicht zu behalten.

Es wurde Viertel vor acht, dann zehn vor acht, und immer noch kam Eudora nicht; die Plätze schwanden rapide, und die beiden von Leo mit Zeitung besetzten würden auch bald verlangt werden; sie hatte nie, ging ihm auf, die leiseste Absicht gehabt zu kommen. Sie hatte nur zugesagt, damit er ruhig war, damit sie an dem Nachmittag im Laboratorium seinen Fragen entkam …

Aber da war sie ja. Ein geblümtes Kleid, grüne Blätter und rote Blumen – Rosen? – auf cremeweißem Hintergrund, helle Strümpfe und Schuhe mit einem kleinen, leicht geschwungenen Absatz und einem Riemen über dem Spann; er hatte sie noch nie ohne den langen formlosen blauen Kittel gesehen, den alle Stationshilfen trugen, um ihre Kleidung zu schützen. Ihr Haar, sonst von zwei Kämmen aus dem Gesicht gehalten, fiel weich herunter und bildete einen Rahmen um ihre blaugrauen Augen. Mit den Absätzen war sie beinahe so groß wie er, und als er zur Begrüßung auf sie zuschoss, wich sie leicht zurück, dann lachte sie – über sich selbst, dachte er, nicht über ihn – und berührte seinen Unterarm.

»Ich freue mich, dass Sie da sind«, sagte er. Er hoffte, dass sie den Riss in seinem Kragen nicht bemerkte, den einzigen Makel an dem Hemd, das er eigens für diesen Abend aus dem Sack mit den Kleiderspenden für Männer gefischt hatte.

»Ich hab doch gesagt, dass ich komme.«

»Ja, aber – na, ich bin froh, dass ich uns Plätze hier in der Nähe der Tür reserviert habe, wo wir nicht so eingezwängt sind.«

Wie ungewöhnlich ihre Farbe war! Diese klare blasse Haut, über den Wangen so ebenmäßig gerötet, dass die oberste Schicht durchsichtig wirkte; so etwas hatte er noch nie gesehen. »Nehmen Sie den Platz am Rand«, sagte er, »da können Sie die Beine ausstrecken.«

Vielleicht sahen ganze Familien hier oben so aus wie sie? Er wusste über die Leute in diesen Bergen nur das, was er beim Personal beobachtete. »Ich dachte, Sie würden nicht kommen«, gestand er, als sie Platz nahm und sich zu ihm umdrehte.

»Filme mag ich immer.«

Das Licht ging aus, und der Projektor surrte.

Seit Wochen freuten wir uns auf den Spielfilm *20 000 Meilen unter dem Meer*. Zeitungsberichte hatten Unterwasserbilder versprochen und einen Angriff auf ein Unterseeboot durch einen Riesenkraken; der Raum würde mehr als eine Stunde dunkel bleiben, und die Hintergrundmusik – nach dem Erfolg von Kathleens Einführung in Strawinskis Werk hatte man sie zum Spielen gewonnen, was für uns etwas Neues war – würde andere, leisere Geräusche überdecken. Frauen konnten während beängstigender Szenen nach starken Händen greifen, Männer eine schützende

Schulter bieten. Vor lauter Vorfreude auf diese Möglichkeiten war uns entfallen, was Miles bei seinem letzten Mittwochsauftritt gesagt hatte. Als auf der Leinwand ein anderer Titel flimmerte, ging ein enttäuschtes Stöhnen durch das Publikum.

Mick, unser Heizer, der nebenbei als Filmvorführer fungierte, rief: »Ich bin nicht schuld – nicht den Boten steinigen!« Das Lachen, das durch den Raum ging, übertönte fast die tiefe Stimme, die sagte: »Die Idee stammt von mir.«

Dr. Richards, der so oft in New York weilte, um Geld zu beschaffen, oder in Albany, um mit Politikern zu reden, oder zur Besichtigung anderer Sanatorien in Colorado Springs oder Arizona, war an diesem Abend dabei, ein seltenes Ereignis. »Ein großzügiger Freund hat es eingerichtet, dass wir ein paar Kurzfilme sehen können«, fügte er von seinem Platz in der ersten Reihe neben Dr. Petrie hinzu.

Miles, erinnerten sich einige von uns. Das hatten wir Miles zu verdanken.

»Es ist wichtig, dass wir uns auf dem Laufenden halten«, fuhr Dr. Richards fort. »Ich hoffe, Sie alle werden entsprechend aufmerksam zusehen.«

Wir seufzten und fanden uns mit der Situation ab. Als der erste Streifen anlief, sahen wir anstelle von Schauspielern und prächtigen Kulissen Bilder von den Kämpfen in Frankreich. Kriegsberichterstattung, aber keine neue Wochenschau; die Überschriften nannten die Namen der großen Schlachten des vergangenen Sommers. Der Mann, der sie gefilmt hatte, ein Amerikaner, der die kanadischen Truppen begleitete, musste sehr mutig gewesen sein, aber uns beeindruckten nicht einmal die unglaublichsten Sequenzen. Gigantische Kanonen stießen gigantische Wolken aus, Männerkolonnen hoch zu Pferd ritten vorüber, Männer droschen auf Glocken ein, um das Heranwallen von Gaswogen anzukündigen. Kathleen spielte Marschmusik zu Aufnahmen von Schlachten und langen Strecken aus verwickeltem Stacheldraht; die meisten von uns jedoch waren trotz Dr. Richards Ermahnung nicht sehr aufmerksam. Wir hatten uns auf den Kraken und die Bleistiefel gefreut, mal etwas anderes, ein bisschen Unterhaltung. Leo war durch Eudora abgelenkt, er betrachtete ihr Profil in dem Licht, das von der Leinwand abstrahlte.

»Sehen Sie sich das an«, flüsterte sie und neigte ihr Gesicht in die Richtung des wurstförmigen Beobachtungsballons, der an den Männern zerrte, die ihn am Boden festseilten. »Ich wusste nicht, dass sie so groß sind.«

»Riesig«, pflichtete er ihr bei und fragte sich, was sie wohl täte, wenn er ihre Hand nähme.

Der Ballon, sah Eudora, drückte sich wie Fleisch durch das Netz der Taue. Jede Szene war auf eigene Weise interessant; wenn die schweren Artilleriegeschosse feuerten, bewegten sich die Rohre wie die Kolben in Injektionsnadeln. Männer rannten durch Schützengräben, lagen hinter Hügeln aus Sandsäcken, überquerten in Massen offenes Gelände, aber nie fiel einer, nie wurden sie verwundet oder tot gezeigt, obwohl es überall um sie herum – waren diese Bilder etwa inszeniert? – gefallene Soldaten gegeben haben musste. Aus einem Flugzeug schwebte eine Leuchtfackel zu Boden und beleuchtete die Schützengräben, ohne dass ein einziger Mann darin zu sehen war. Miles Fairchild, erinnerte sie sich, war Besitzer einer Fabrik, in der Zement hergestellt wurde, für Beton, aus dem man Bunker baute.

Am Ende der ersten Rolle wurde die Leinwand weiß, und Eudora nutzte die Pause, um Leo etwas über ihr neustes Experiment im Keller zu erzählen. Als die nächste Rolle anlief – durch einen U-Boot-Angriff sinkende Schiffe und Passagiere, die ins Meer sprangen oder auf einem gekenterten Rumpf entlangkrabbelten –, fing jemand an zu husten. Die Heftigkeit, das Zwanghafte, Verzweiflung und dann die Flüssigkeit; noch bevor die Deckenbeleuchtung anging, war Eudora auf den Beinen. Zwei Gestalten eilten zur mittleren Tür hinaus und stützten zwischen sich eine dritte. Diejenigen von uns, die sich näher aneinander gelehnt hatten, setzten sich in dem plötzlichen grellen Licht wieder richtig hin, während Charlie und Zoltan die umgestoßenen Stühle in der dritten Reihe aufstellten. *Myra*, flüsterten wir, das war *Myra*. Sie hatte, obwohl es ihr in den letzten Wochen schlecht ging, unbedingt die Männer sehen wollen, die auf dem Meeresboden spazierten, während Fische an ihren Helmen vorbeischwammen.

»Eine Freundin von Ihnen?«, fragte Eudora Leo. Ihr Blick war neugierig zur Tür gewandt.

Er schüttelte den Kopf. Die Nachtschwester trat aus dem Korridor herein, ließ den Blick über die Menge schweifen und winkte Eudora.

»Ich muss helfen«, sagte Eudora zu Leo. »Ich versuche, nachher wiederzukommen.«

Er sah ihr nach, wie sie in den hellerleuchteten Korridor verschwand. Irgendwo wurde Myra, die er noch gar nicht kennengelernt hatte, in ein Bett gelegt und bekam eine Eispackung auf die Brust, um die Blutung zu stillen; in einem Zimmer oder einem Flur in der Nähe war die Pfütze, die sie hinterlassen hatte und die Eudora jetzt beseitigte. Er ließ sich tiefer in den Stuhl sinken, betrachtete die flimmernden Bilder auf der Leinwand und versuchte sich auszurechnen, wie lang die Rolle noch war und wie die Chancen standen, dass Eudora und ihm genug Zeit blieb, sich in den Pausen zwischen den Filmen zu unterhalten. Als sich eine Hand auf seine Schulter legte, war er so froh, dass sie schon zurück war, so dankbar, dass ihnen noch ein Teil des Abends vergönnt war, dass er die notwendige Vorsicht vergaß und seine Finger um die ihren schloss. Sein Griff lockerte sich erst, als die Worte zu ihm drangen: »Sie haben meinen Brief bekommen!«

In Kathleens Begleitung – donnernde Akkorde zur Untermalung der Schiffsuntergänge und der einschlagenden Torpedos – ging das Gesagte unter, aber Leo erkannte Naomi, noch bevor sie sich auf den leeren Stuhl neben ihn setzte.

»Was für einen Brief?« Im Schein der abgeschirmten Lampen sah er, wie sorgfältig sie ihr Haar zurechtgemacht hatte. »Was wollen Sie hier?«

»Den Brief, den ich Mittwoch geschickt habe«, sagte sie und wollte wieder seine Hand ergreifen. »Ich habe gesagt, dass ich Sie hier treffen würde, und hier sind Sie. Ich hatte Angst, Sie würden nicht kommen.«

»Ich bin hier, weil ich den Film sehen will«, sagte Leo. »Ich habe keinen Brief bekommen.«

»Aber Sie sind hier«, sagte Naomi und schwang einen großen Stoffbeutel auf ihren Schoß. »Wie ich es mir gewünscht habe. Und ich habe mitgebracht, was ich Ihnen weggenommen habe – dafür entschuldige ich mich, das hätte ich nicht tun dürfen.« Sie zog aus ihrem Beutel ein in braunes Papier eingewickeltes Paket. »Machen Sie auf.«

Nan und Pietr, die neben Leo saßen, spähten zu ihm hinüber, und Albert, der weiter vorne saß, drehte den Kopf nach hinten, um zu sehen, was los war.

»Bitte?«, sagte Naomi. Als er die Arme vor der Brust verschränkte und auf die Leinwand starrte, sagte sie: »Dann mache ich es für Sie.«

»Seien Sie endlich still«, sagte er, gewiss, dass einige von uns sie über Kathleens energisches Spielen hinweg hören konnten. Wenn nicht ihre Worte, dann zumindest das laute Rascheln von Papier.

»Hier«, sagte Naomi.

Auf seinen Schoß legte sie ein Hemd – sie schenkte ihm etwas zum Anziehen? – und einen Stoß Papier. Das Blatt, das er zur nächsten Lampe hin neigte, hätte ein beschlagener Spiegel sein können. Er hielt noch eines und noch eines ans Licht: seine Augen, sein Kinn, sein Gesicht von vorn und von der Seite. »Warum haben Sie das getan?«, flüsterte er.

»Die habe ich mittwochs gemalt«, sagte sie. An seinem Ohr war ihr Atem unangenehm warm.

Er schob den Stapel wieder ordentlich zusammen und rückte vorsichtig mit seinem Stuhl von ihr ab. Als Eudora ihm im Röntgenlaboratorium von Naomi erzählt hatte, hatte er die Vorstellung weit von sich gewiesen: lächerlich, dass jemand solche Gefühle für ihn hegen sollte. Er hätte, erkannte er jetzt, ihre Warnung ernster nehmen müssen.

»Ich zeichne nun mal gern«, sagte Naomi. »Gesichter habe ich schon immer gut gekonnt.« Er ließ sie reden. »Sagen Sie doch was.«

Ihre Hände, die sie zusammengepresst hatte, lösten sich. Die eine näherte sich seinem Knie. Er zuckte zurück und stieß sie fort, raffte sämtliche Sachen auf seinem Schoß zusammen und stopfte sie wieder in den Beutel auf ihren Knien. Als es raschelte, blickten Nan und Pietr erneut zu ihnen hinüber, sahen Leos abrupte Bewegung mit dem Arm und die Art, wie Naomi sich zu ihm hinüberlehnte. Wir anderen bekamen fast nichts mit. Aber selbst wenn wir gemerkt hätten, was da vor sich ging, hätten wir nicht eingegriffen. Es war das ewige Drama der Kinoabende wie der Feste zu Feiertagen, der heimlichen Waldspaziergänge, der spätabendlichen Verabredungen. Durch die viele Zeit zum Grübeln und Träumen wuchsen sich in unseren Fantasien bisweilen einzelne Wörter oder winzige Gesten zu gewaltigen Dramen aus. Häufig war das Objekt der tiefsten Sehnsüchte ahnungslos oder gleichgültig. Oder unfähig; wir alle verbargen Geheimnisse unter unseren Kleidern.

Leo schlug die Beine übereinander und hob die Knie, um zu verhindern, dass Naomi ihm erneut etwas gab. »Sie kennen mich überhaupt nicht«, sagte er.

Sie umklammerte ihren Beutel. »Ich weiß, wie Sie mich ansehen.«

Unglücklich hob er die gespreizten Hände zum Himmel.

»Glauben Sie, ich hätte nicht gesehen, wie Sie über mich schreiben? Während Sie so getan haben, als würden Sie bei diesen dummen Vorträgen mitschreiben ...«

»Ich habe«, sagte Leo langsam, »mitgeschrieben, was meine Freunde sagten. Ich bedauere das Missverständnis, aber das ist es nun einmal: ein Missverständnis.«

Zu Leos Linken öffnete sich erneut die Tür und fiel wieder zu.

Später sagte sich Eudora, sie habe nicht wissen können, dass Naomi ins Gebäude geschlichen war und Leo gefunden hatte. Nicht wissen können, dass sie, als sie zurückkam und sich wieder zu Leo setzen wollte, die weinende Naomi an Leos Seite finden würde. Und nicht wissen können, dass Leo, als er sie sah, zu Naomi sagen würde: »Das ist Eudoras Platz, auf dem Sie sitzen«, und dabei nach Eudoras Hand greifen würde.

Eudora entzog Leo schuldbewusst ihre Finger, und dabei sah sie, dass Naomi ein selbstgenähtes Kleid trug: einen dunkelroten Baumwolldruck mit weißem Pikeekragen, Manschetten und quadratischen Flickentaschen, überraschend modisch abgesehen von einer Schulternaht, die Falten warf, weil der Ärmel nicht richtig eingesetzt war. Vielleicht war das Einbildung; das Licht der abgeschirmten Lampen war schwach. Ganz gewiss keine Einbildung jedoch war der Ausdruck in Naomis Gesicht und die erstickte Stimme, mit der sie sagte: »Was machst du hier? Warum bist du nicht bei Irene?« Beim Aufstehen blieb Naomi mit einem Fuß im Saum hängen und kam beinahe zu Fall.

»Ich habe einen Abend freigenommen«, sagte Eudora, während sich ihre Freundin wieder aufrichtete. »Ich wusste nicht, dass ich dafür deine Erlaubnis brauche.«

Zu Hause, als sie ihr zweitbestes Kleid anzog, hatte sie das nervöse Gefühl in ihrem Bauch auf Neugierde zurückgeführt. Nicht allein darauf, was Leo tun, sondern auch darauf, was sie selber machen würde, wenn sie sich außerhalb ihres normalen Alltags sahen. Neugierde also, und vielleicht das Gefühl, etwas heimlich zu tun. Sie hatte sich einreden wollen, dass sie kein Unrecht beging, doch nun wurde ihr klar, dass sie offenbar bloß nicht damit gerechnet hatte, erwischt zu werden. Das Gefühl, Naomi hintergangen zu haben, machte ihre Stimme härter als beabsichtigt. »Was«, sagte sie, »willst *du* denn hier?«

Inzwischen lauschten die von uns, die nahe genug saßen, um alles mit anzuhören, mit dem, was wir, wenn wir vollkommen ehrlich sind, eine Art Schadenfreude nennen müssen. Die Kurzfilme waren nur sporadisch interessant gewesen, während das hier …

»Aber du *weißt* –«, sagte Naomi, und vor Bestürzung wurde ihre Stimme lauter. »Du weißt über meine Gefühle Bescheid, du weißt es schon die ganze Zeit.«

Eudora fragte sich, was sie tun konnte, um die Situation zu entschärfen, und sah an Naomi vorbei zu Leo hinüber.

»Du hast es ihm *gesagt*!« Naomi fing den von Eudora und Leo gewechselten Blick auf.

Sie rannte aus dem Raum, der Beutel baumelte an ihrer Seite. Einen Augenblick lang, als sie die Tür aufstieß, stand ihre schmächtige Gestalt wie ein Scherenschnitt auf dem weißen Lichtviereck an der Wand. »Tür zu!«, rief jemand, und sie knallte sie hinter sich zu. Myras plötzliche Blutung hatte die üblichen Spekulationen ausgelöst, aber dies – schlechtes Benehmen ohne Krankheit als Ausrede – war für uns schlicht unterhaltsam, etwas, über das wir tratschen konnten, ohne uns dabei allzu grausam vorzukommen.

Haben wir schon gesagt, wie sehr wir uns oft langweilten? Wie wir uns danach sehnten, dass etwas passierte? Vielleicht haben wir bis jetzt noch nicht genug von der Cliquenwirtschaft und den Fehden erzählt, die hier an der Tagesordnung waren. Von der Art, wie wir Leute zu Sündenböcken stempelten, uns in Gruppen und Fraktionen aufspalteten, uns wie die Hyänen auf diejenigen stürzten, die versuchten, sich herauszuhalten oder für sich zu bleiben. Und das alles nicht, weil wir das Schlimmste hofften oder etwas gegen glückliche Lösungen hatten, sondern weil wir an dem, was vorging, teilhaben wollten.

Die Tür fiel ins Schloss. Leo setzte sich, Eudora setzte sich; der nächste Film brachte Luftaufnahmen von zwei Flugzeugen, die gegeneinander kämpften. »Wir können sie nicht so gehen lasssen«, flüsterte Eudora Leo zu. »Ich muss hinterher. Oder vielleicht lieber Sie.«

»Ich kann nichts tun, ohne dass sie es falsch versteht«, stöhnte Leo. »Sie ist so überzeugt ...«

Eudora nickte und stand auf.

»Sie haben recht«, sagte sie, »es ist besser, wenn ich gehe.«

Wieder sah Leo zu, wie das Lichtviereck an der Wand erschien, diesmal für einen Moment mit Eudoras Silhouette, ehe die Tür wieder zufiel. Mehrere von uns sahen sie gehen, aber keiner war dabei, als sie im hellen Korridor nach rechts und links schaute und sich vorzustellen versuchte, wohin Naomi gelaufen sein mochte.

Da hatte ein Mädchen etwas Peinliches erlebt, dachten wir und konzentrierten uns erneut auf die Leinwand. Ähnliches war vielen von uns schon passiert, sie würde darüber hinwegkommen. Sie war gesund, sie konnte sich frei bewegen, wohin sie wollte; sie hatte eigentlich keinen Grund zur Klage. Einige blickten mitleidig, andere amüsiert zu Leo hinüber, der nun den Kopf in die Hände stützte. Im Korridor wandte sich Eudora nach rechts – sie hätte nach links gehen sollen – zum Laubengang, der zum Männerflügel und zu Leos Zimmer führte, weil sie meinte, Naomi könnte versuchen, sich dort zu trösten, wo sie am wenigsten erwünscht war.

In dem Film, der mittlerweile über die Leinwand flimmerte, liefen die Nahkämpfe ab, als wären sie choreographiert, so weit entfernt, dass sie winzig waren, beinahe spielzeughaft. Wenn eine Rauchwolke aufstieg, erschien sie nicht größer als ein Streichholzwölkchen, während ein Flügel, der abriss und zu Boden segelte, aussah wie der Flügel eines Nachtfalters. Wir wussten, dass in den Maschinen Männer saßen, aber sie waren nicht zu erkennen. Wir knispelten auf unseren Stühlen, schäkerten mit unseren

Nachbarn, küssten unsere Verbandelten, wenn sie uns ließen. Wir blendeten Kathleens Tschaikowsky aus, redeten mit allen, die in Hörweite saßen, und litten, obschon wir es nicht eingestanden hätten, ein wenig an Langeweile, nun da das Drama zwischen Leo und Naomi ausgestanden war.

Vielleicht war das der Grund, weshalb die von uns, die in der letzten Reihe saßen, Leo eingeschlossen, sofort zum Klavier rannten, als Kathleen zu husten begann. Wir waren längst auf den Beinen, als ihr Husten heftiger wurde, ihr Spiel stockte und abbrach. Es konnte doch nicht sein, dass wir eine Wiederholung von Myras Anfall erlebten, nicht zwei am selben Abend? Zu viert standen wir auf, machten ein paar Schritte in ihre Richtung und begannen im Nu, weil uns etwas Giftiges in Mund und Nase stieg, genauso zu husten wie sie. Kathleen warf ihren Hocker um und stürzte zu Boden, einen stechenden Schmerz in ihrer Luftröhre und Lunge, und gleichzeitig auch in unseren; jemand kreischte, und ein anderer drehte das Licht an; die von uns, die hinten saßen, sahen dicken, gelblichbraunen Rauch aus den Luftschächten an der Wand quellen, während die in den vorderen Reihen nicht den Rauch selbst sahen, sondern bloß, wie wir uns an die Kehlen fassten, uns krümmten und zu Boden sackten.

Wie schnell entsteht Chaos? Schneller, als wir es sagen können. Wir hörten ein Zischen, das von unten zu kommen schien, und aus den Schächten quoll weiter Rauch. Das Licht brannte noch, aber im Raum war es finster; einige von uns schoben sich in die Richtung der drei Türen zum Korridor und drängelten dabei so, dass wir uns womöglich totgetrampelt hätten, wenn nicht Otto, Albert, Ian und Frank – wir sind ihnen sehr zu Dank verpflichtet – die Scheiben der Fenster an der Längsseite des Raumes mit Stühlen eingeworfen hätten. Durch deren gezackte Löcher strömten wir und zerfetzten uns Hände, Gesichter, Rücken. Irgendjemand warf Kathleen, die bereits das Bewusstsein verloren hatte, durch eine Öffnung; sie brach sich bei der Landung einen

Arm. Dr. Richards und Dr. Petrie banden sich Taschentücher vors Gesicht und krochen unter den Rauchschwaden von vorn nach hinten über den Boden, um nach denen zu suchen, die bereits in sich zusammengesackt waren, und schleppten sie zu den Fenstern und Türen. Der Nachtwächter entdeckte bei seinem Rundgang den Rauch und läutete die Feuerglocke, woraufhin Eudora, die mittlerweile in Leos leerem Zimmer stand und sich fragte, wo sie als Nächstes nach Naomi suchen sollte, die Treppe am Ende des Flügels hinunter und nach draußen rannte. Es war Vollmond, über den breiten Rasen hinweg sah sie die vielen Strauchelnden in den Blumenbeeten vor dem Speisesaal und dem Foyer, die auf der kreisförmigen Auffahrt hingestreckten Gestalten, einen Arzt, der diejenigen von uns, die laufen oder mit einer Stütze gehen konnten, auf das erhöhte Beet in der Mitte des Kreises trieb. Wir knieten und hielten uns die Brust und würgten, erbrachen uns und keuchten und verfärbten uns nach und nach blau. Eudora rannte in unsere Richtung, versuchte zu begreifen, was passiert war.

Aber dies war kein Feuer, wie wir es kannten; es gab keine Flammen, die aus den Fenstern schossen, keine Fußböden, die durch die Hitze einstürzten. Es gab nichts, was, wäre die Feuerwehr aus dem Dorf schon irgendwo in unserer Nähe gewesen, den Schläuchen zum Hindernis hätte werden können. Nur den Rauch, der, wie den weniger schwer Verletzten unter uns allmählich aufging, eben kein Rauch war, sondern ein erstickendes Gas. Es wogte noch immer durch den inzwischen leeren Speisesaal und von da durch die Korridore, das Foyer und das Solarium, in die Fahrstuhlschächte und Treppenhäuser des Verwaltungsgebäudes und von dort nach oben, unablässig weiter nach oben.

Jaroslav, der hinter Dr. Petrie und Dr. Richards in der zweiten Reihe gesessen hatte, aber vor dem Gros der Menge aus dem Saal ins Foyer geflohen war, wo er die Türen des Haupteingangs weit aufgesperrt hatte, war in besserem Zustand als viele andere; er war der Erste, der schrie: »Die Krankenstation!«, und uns daran erinnerte, dass dort oben sieben Leute lagen. Auf dem runden Beet zählten Nan und Polly bereits durch, obwohl sie selbst kaum atmen konnten. Zwanzig, vierzig, sechzig, achtzig; waren alle da, waren alle aus dem Speisesaal entkommen? Wir wussten, wie viele von uns dort gewesen waren, aber wir waren uns nicht sicher, wie viele vom Personal hinzugekommen waren, und die Verwirrung darüber lenkte die Aufmerksamkeit von den Patienten auf der Krankenstation ab.

Wir waren nicht grausam, wir waren nicht dumm; wir waren fast tot. Wir hatten gebrochene Handgelenke und Beine und Rippen, kleine und große Wunden von den Glasscherben (Zalmen bemühte sich gerade verzweifelt, Belles Oberschenkel abzubinden, aus dem das Blut nur so herausschoss), und selbst diejenigen von uns, die keinen Kratzer abbekommen hatten, husteten, dass ihnen die Tränen aus den Augen liefen.

Uns schwindelte, unsere Sicht war getrübt. Trotzdem blickten, nicht lange nachdem Jaroslav gerufen hatte, einige von uns nach oben. Da sahen wir, dass zwei der Fenster im dritten Stock offenstanden und dass aus ihnen Rauch leckte. Die Fenster umrahmten fünf Gesichter: Mary, Vivian, Morris, Pinkie, George. Die Feuerwehr war immer noch nicht da. Das Gebäude besaß keine Feuertreppen; die Treppenhäuser waren mit feuersicheren Gipsblöcken und Fliesen verkleidet, und man hatte uns instruiert, in einem Notfall die Fahrstühle zu meiden und lieber diese sicheren Wege zu benutzen, wo es auf keinen Fall brennen konnte. Und dort brannte es tatsächlich auch jetzt nicht.

»Sie werden springen müssen«, sagte die Nachtschwester, die Myra, als der Alarm losging, im Rollstuhl auf den Rasen vor dem Haus gefahren hatte, zu Eudora.

»Aber worauf denn?«, fragte Eudora. Sie wusste die Antwort, wollte nicht daran denken und ließ den Blick weiter über die Menge wandern. Leo hatte sie mittlerweile entdeckt, Dr. Petrie, fast alle, die sie im Speisesaal gesehen hatte. Doch wo war Naomi?

Die Schwester wandte sich Myra zu, deren Augen geschlossen waren und die sehr bleich war. Dann sah sie sich nach einem Motorengeräusch um, Eudora folgte ihrem Blick in der Hoffnung, dass endlich die Feuerwehr im Anmarsch sei, und erkannte flüchtig einen davonfahrenden Model T, der schon ein gutes Stück den Berg hinunter war, aber eben erst aus der Kurve auftauchte, in der alle auf dem Weg von oder zu der Heilanstalt eine ganze Weile verborgen blieben. Später, als Eudora uns einen Moment verlassen mochte (denn zunächst beugte sie sich jetzt über uns, forderte den einen auf, tief Luft zu holen, wischte einem anderen den Schaum vom Mund, presste ein zusammengefaltetes Hemd auf eine Wunde), schaute sie nach, ob Mrs Martins Auto auf dem Parkplatz stand, und war froh, es nicht dort zu finden. Doch einstweilen lief sie zwischen uns umher und versuchte allen auf einmal zu helfen. Dabei fiel ihr auf, dass sie Irene nirgends gesehen hatte. Irene war nicht im Speisesaal gewesen; vielleicht war sie am Abend ausgegangen, aber vielleicht war sie auch noch bei der Arbeit. Wie uns anderen war auch Eudora noch nicht aufgegangen, was uns später so naheliegend erschien: dass Irenes Reich unmittelbar unter dem Speisesaal lag.

»Spring!«, rief einer der vier Pfleger, die sich unter den Fenstern der Krankenstation mit einer Decke aufgebaut hatten und sie an den vier Ecken festhielten. Sie bewegten sich synchron, wie Pferdebeine, um den kleinen Fetzen Sicherheit nach rechts und links zu verschieben.

Statt zu versiegen, ergossen sich immer dichtere Wolken aus den Fenstern der Krankenstation, und weil die Feuerwehr immer noch nicht eintraf (deren Leitern nicht lang genug gewesen wären, die aber Netze hatte), sprangen alle fünf Patienten, einer nach dem andern, in das behelfsmäßige Auffangtuch. Mary wurde vom Schwung wieder in die Luft geworfen und schrammte bei der Landung über den Boden, sodass sie sich das Schlüsselbein, vier Rippen und die Schulter brach. Vivian brach sich beide Beine.

Pinkie kam unbeschadet davon – von seiner Lunge abgesehen hat er zeitlebens Glück gehabt –, und George brach sich lediglich das Handgelenk. Morris stürzte in einem unglücklichen Winkel und starb nach wenigen Minuten: eine Rippe hatte seine Leber und einen Lungenflügel durchbohrt. Und in der Aufregung vergaßen alle von uns, die noch bei Bewusstsein waren – inzwischen nicht mehr allzu viele –, dass dort oben nicht fünf, sondern sieben Personen gelegen hatten und dass sich zwei von ihnen noch in ihren Betten befanden, wo sie auch blieben. Edith Weinstein, Denis Krajcovic: tot.

17

Später, als es wieder möglich war, druckten wir diese Anzeigen in unserer *Gute-Laune-Postille*:

EDITH WEINSTEIN, geb. 1881 in Brooklyn, New York, Tochter von Israel und Ida Weinstein; Stieftochter (zunächst) von Helen Graber Weinstein und (später) von Louise Rubin Weinstein; geliebte Schwester von Helena, Shmuel, Louis, Yudele, Esther, Leike, David und Gabriel. Vom Alter von vierzehn Jahren an, seit ihrer ersten Anstellung als Knopflochnäherin, arbeitete Edith in der Textilindustrie, bis 1913 entdeckt wurde, dass sie an Tuberkulose erkrankt war. Nach einem kurzen Aufenthalt im Bellevue Hospital kam sie vorübergehend in einem Dachzelt unter und traf im März 1915 im Tamarack State ein. Als leidenschaftliche Kinoliebhaberin schrieb sie Besprechungen in der *Gute-Laune-Postille*, die sich bei allen, die zu krank waren, um an den Filmabenden dabei zu sein, großer Beliebtheit erfreuten. Sie wurde nur eine Woche vor dem Feuer auf die Krankenstation überwiesen, nachdem bei ihr schwere Symptome im Verdauungstrakt aufgetreten waren, und hatte am Abend ihres Todes zwei Assistentinnen gebeten, sich Notizen zu machen, da sie selbst nicht mit dabei sein konnte. Sie war für ihre Geschicklichkeit im Nähen berühmt, und viele von uns haben sehr davon profitiert, dass sie unsere Kleidung kostenlos änderte. Unter ihren vielen Freunden hier wird sie besonders vermisst von Hazel, Rosika und Belle.

Denis Krajcovic, geb. 1890 in der Bukowina. Eltern unbekannt; Bruder von Simon und weiteren, unbekannten Geschwistern; geliebter Ehemann seiner Frau Karin und Vater von Thomas und Stephen, 1902 eingewandert nach New York. Erste Arbeit als Telegrammbote; später als Höker mit einem Handkarren; dann in Anstellung bei einer Baufirma, wo er sich auf den Einbau von Eisenteilen spezialisierte, vor allem an Gesimsen und Oberlichtern. Nach einem Sturz über drei Stockwerke, bei dem er sich eine Rippe brach, erholte sich Denis nicht wie erwartet, und acht Monate später wurde seine Tuberkulose diagnostiziert. Im Juli 1913 wurde er ins Tamarack State eingewiesen, wo er bis Dezember 1916 langsam, aber stetig zu gesunden schien. Im Februar 1917 erlitt er eine Reihe von Blutungen und wurde auf die Krankenstation verlegt. Er wird besonders vermisst von seinem einstigen Zimmergenossen Frank Turner, seinem engen Freund David Yavarkorsky und Lydia Lasky.

Morris Viola, geb. 1896 in Utica, New York. Einziger Sohn von Sadie und Joseph Viola. In der High School war Morris als Meisterdebattierer bekannt, als zweimaliger Sieger des Orthographie-Wettbewerbs von Central New York und herausragender Thespisjünger, am besten in Erinnerung in seiner Rolle als Brutus im letzten High-School-Jahr. Nach dem Schulabschluss im Sommer 1914 schrieb er sich an der Universität von Cornell ein, erkrankte jedoch vor dem Ende seines ersten Semesters. Da sein Vater im selben Jahr einen Unfall im Schlachthaus erlitten hatte und seine Mutter mit der Pflege seines Vaters belastet war, wurde er im Februar 1915 nach Tamarack State überwiesen. Im April 1916 wurde er entlassen, aber nach einem Rückfall im Juli wieder eingewiesen; von November desselben Jahres an bis zu seinem Tod war er auf der Krankenstation ans Bett gefesselt. Den meisten von uns nur wenig bekannt, war er ein besonderer Liebling Dr. Petries.

Hier bei uns gibt es keine Beerdigungen. Wenn wir sterben, werden unsere Leichen nachts abtransportiert, zur Obduktion ins Dorf oder direkt zum Bestatter, und in dem einen wie dem anderen Fall in einer schlichten Kiefernholzkiste zurückgebracht und still vergraben. Der Friedhof liegt eine Meile nördlich von unserem zentralen Gebäudekomplex versteckt in einer Lichtung auf der anderen Seite des Bergs hinter einer Begrenzung aus Weymouthkiefern, wird Besuchern nie gezeigt und in unseren Hausregeln nicht erwähnt. Wo er zu finden ist, erfahren wir voneinander. Wenn man bei einem Nachmittagsspaziergang von einem anderen zum ersten Mal auf die Lichtung geführt wird, zeigt das gewöhnlich den Beginn einer neuen Phase in der Beziehung an. Von dem Punkt an denken wir anders darüber, wie lange wir schon hier sind und wie viel Zeit uns wohl noch bleiben mag.

Seit dem Brand sind alle von uns, die bei den Mittwochstreffen dabei waren, zweimal als Gruppe zur Lichtung gegangen, um den dreien einen Besuch abzustatten, die, obwohl sie an diesen Treffen nicht teilgenommen haben, doch mit uns verbunden waren. Die Sanatoriumsverwaltung kennzeichnet unsere Gräber nicht mit Grabsteinen, sondern mit unscheinbaren Tafeln, flachen Rechtecken von zehn mal dreißig Zentimetern Größe, die fast bündig mit dem Boden gesetzt werden. Morris, Edith und Denis liegen am westlichen Rand einer sauber gepflasterten, etwa schwimmbassingroßen Fläche.

18

Zu früherer Stunde am Abend des Brandes, bevor es Tote gab, hatte sich Miles tatsächlich von Naomi zu seiner Sitzung fahren lassen. Unterwegs hatten sie nicht miteinander gesprochen. Neben ihm wogten die Berge auf und ab, auf Wälder folgten Felder, doch statt den Ausblick zu genießen, vertiefte er sich in seine Notizen und wurde von Naomis leisem unmelodischem Summen in seiner Konzentration gestört. Als er sie bat aufzuhören, runzelte sie die Stirn, gehorchte und begann wenige Sekunden später, mit den Daumen auf das Lenkrad zu trommeln. Als sie am Sitzungsort eintrafen, gab sie noch einmal kurz Gas und brachte das Auto mit einem Ruck zum Stehen. Er sagte: »Bitten seien Sie um zehn Uhr wieder hier.« Damit stieg er vom Trittbrett und nahm, eine Hand noch an der Tür, überrascht das weiche Licht der klaren hellen Dämmerung wahr. Über sich hörte er einen Gänseschwarm fliegen, sah ihn aber nicht. Die eben knospenden Blätter an den Bäumen waren klein und spitz, wunderhübsch in diesem Licht, und einen Augenblick wurde ihm bewusst, dass er sich draußen an der frischen Luft aufhalten, um den See laufen oder auf seinem Balkon liegen und zusehen sollte, wie die Sterne am dunkler werdenden Himmel erschienen. Stattdessen stand er fünf Meilen westlich von Tamarack Lake und sieben Meilen von uns entfernt vor der Kalksteinhalle, in der Ligamitglieder aus dem ganzen Bezirk zusammenkamen, um die Fälle der jüngsten Zeit zu diskutieren. Er drehte sich noch einmal zu Naomi um, die ihr Kleid glattstrich – ein neues Kleid, dachte er – und sagte: »Ganz wie Sie wünschen.« Ihre Stimme war eigenartig tonlos.

»So wünsche ich es«, antwortete er. »Dann also zehn Uhr.« Er sah sie durch das geöffnete Fenster an, aber ihr Gesicht verriet nichts.

»Naomi?« Sie hatten sich diese Woche über jede Fahrt gestritten.

»Was würden Sie tun, wenn ich einfach aufhöre?«, fragte sie.

Vor dem Gebäude hielten die Autos zu zweit und dritt auf einmal; Männer schritten ernst nickend die Treppe hinauf. Miles sagte: »Bitte.«

»Sie würden jemand anders finden«, sagte Naomi ruhig. »Von einem Tag zum nächsten. Es ist ja nicht so, dass ich die Einzige bin, die Sie fahren könnte, Sie wollen mich bloß unglücklich machen, es gefällt Ihnen, mich zu zwingen.«

»Sie haben es *angeboten* …«

»Vor Monaten. Und ich habe etwas anderes angeboten.«

Ein Cadillac hielt, und drei Männer in dunklen Anzügen stiegen aus – lauter Fremde für Miles, die peinlicherweise jedoch zu ihm und Naomi hinübersahen, denn er hatte unwillkürlich die Tür des Model T geöffnet, den Kopf hineingesteckt und lauter gesprochen. Er drückte die Tür behutsam zu und trat einen Schritt zurück. »Lassen Sie uns nicht schon wieder streiten«, sagte er, »ich werde Sie nachher erwarten.«

Naomi fuhr ab, ohne ihm eine Antwort zu geben. Während der Sitzung, die lang und kompliziert war, hielt ihn nur die Menge der zu bewältigenden Aufgaben davon ab, in Gedanken immer wieder zu ihr zu wandern. Sämtliche sechzehn Leutnants wollten Berichte ihrer Agenten präsentieren, und zwei Fälle mussten im Detail besprochen werden. Ein Mann, der als beitragzahlender Sozialist bekannt war, war in einer Bücherei belauscht worden, als er von dem Treffen der Sozialisten in St. Louis erzählte. Die dort unterzeichnete Proklamation hatte die Kriegsbeteiligung als kapitalistischen Trick bezeichnet, als unehrenhaft und ungerechtfertigt – und der Ton des Mannes, so der Agent, habe zu der Vermutung Anlass gegeben, dass er diese Ansicht teile und selbst unterzeichnet hätte, wenn es ihm möglich gewesen wäre.

Während der darauf folgenden Diskussion schaltete Miles gelegentlich ab und merkte es nur nebenbei, als der Antrag gestellt wurde, dass ein Agent sich mit dem Verdächtigen anfreunden sollte, um auf diesem Wege seine wahre Einstellung zu ergründen. Der Antrag wurde angenommen. Anschließend erklärte sich ein Mann, der für die Stromgesellschaft arbeitete, bereit, unter dem Vorwand, dessen Zähler ablesen zu müssen, in das Haus des Verdächtigen einzudringen und dort seine Post und seine privaten Papiere zu durchsuchen. Auch dieser Vorschlag wurde angenommen. Im Anschluss daran war Miles an der Reihe, den Fall des Ehepaars Baum zu präsentieren.

Die Baums, sagte er, – Sidonie und Martin – seien in den Neunzigern aus Deutschland nach Tamarack Lake emigriert und lebten seit langem als solide Bürger im Ort. Die Kinder nähmen Klavierunterricht bei Mrs Baum, in dem Musikzimmer, das hinten an ihr Haus angebaut sei. »Charles«, sagte er zu einem Mann an seiner Linken, »haben Sie nicht bei ihr Unterricht gehabt?«

»Vier Jahre lang«, sagte Charles. Der Mann neben ihm rief: »Und ich sechs.«

Miles nickte. »Es sieht aus, als hätte das halbe Dorf irgendwann bei ihr Unterricht genommen. Sie hat auch jetzt eine ganze Reihe Schüler aus der High School. Darunter viele Jungen.«

In ähnlichem Stil wie bei den ersten Mittwochstreffen zu uns sprach er zu den Männern auf ihren Stühlen und beschrieb nun Mr Baum, dessen Stoff- und Kurzwarengeschäft alle kannten und der zudem der Leiter des Gesangvereins »The Mountain-aires« war. Seit Jahren strömten alle, die eine Melodie zu halten vermochten, im Gemeindesaal zusammen und sangen, während Mr Baum dirigierte. Einige Jahre lang, als sie über einen guten Sopran verfügten, hatten die Mountain-aires große Erfolge gefeiert, in anderen Jahren weniger, doch hatte niemand etwas an ihnen auszusetzen gehabt, bis vor zwei Wochen bei einer Probe für das Sommerkonzert einige Chormitglieder höflich vorgeschlagen hatten, man möge die Lieder von Bach und Brahms durch englische Werke ersetzen.

»Und damit«, fuhr Miles fort, »begann das Problem. Mein Agent hat mir berichtet, dass Mr Baum das Mitglied, welches diesen Vorschlag äußerte, mit einem unangenehmen Schimpfwort bedachte, auf Deutsch. Und anschließend sagte er, die deutsche Musik stehe für die deutsche Kultur, die nun einmal die größte aller menschlichen Errungenschaften sei. Und wer dieser Kultur den Rücken kehre, weil es Krieg gebe, einen Krieg, in den wir keinerlei Recht hätten uns einzumischen, der verstehe überhaupt nichts.«

Hinten im Raum meldete sich jemand; Miles rief ihn auf. »Er hat gesagt: ein Krieg, in den wir keinerlei Recht hätten uns einzumischen? Mit genau diesen Worten?«

»So hat es mir mein Agent berichtet«, erwiderte Miles. Der Stoff von Naomis neuem Kleid, dachte er, stammte wahrscheinlich aus Mr Baums Geschäft.

Charles ergänzte: »Meine Schwester hat am Tag darauf mit Mr Baum gesprochen. Da hat er gesagt, er liebe Amerika, es sei wie seine Frau. Aber Deutschland sei wie seine Mutter – und wie solle er gegen seine Mutter kämpfen?«

»Empfehlungen?«, fragte jemand.

Sie diskutierten eine halbe Stunde über die Baums, die, wie sich alle einig waren, ungewöhnlich viel mit jungen Leuten allgemein zu tun hatten und insbesondere mit jungen Männern, die demnächst eingezogen werden sollten. Gegen die Argumente, dass sie seit Jahrzehnten als gute Nachbarn und gute Lehrer bekannt waren, führten die Männer Mr Baums Ausbruch, die Herkunft des Ehepaars und ihre Möglichkeit der Verbreitung schädlicher Einstellungen ins Feld. Beide sollten überwacht werden, entschied die Gruppe. Und nötigenfalls gemaßregelt.

Ein Agent aus einem Dorf nördlich von Tamarack Lake schlug vor, ein einheitliches System von Verwarnungen anhand von Karten mit farblichen Codes einzuführen. »Wie diese etwa«, meinte er und reichte Proben herum.

Die Luft im Saal war stickig und das Licht so trübe, dass Miles, als die Karten bei ihm ankamen, näher an die abgeschirmte Glühbirne über dem Tisch heranrücken musste. Auf der lederbraunen Karte stand:

Wie dem Komitee besorgter Bürger Ihres Ortes gemeldet wurde, haben Sie sich unpatriotischer
    Handlungen   bzw.
    Äußerungen   (eines oder beides umkreisen)
schuldig gemacht.
Bitte ändern Sie Ihr Verhalten. Dies ist die erste Verwarnung.
(gezeichnet)
Hiesige Patrioten

Eine blaue Karte sprach eine zweite Verwarnung aus, eine rote kündigte den Besuch eines Komiteemitglieds an. Miles reichte die Karten weiter und hörte zu, wie seine Kameraden den Wortlaut diskutierten. Sollte die vorletzte Zeile das Wort »bitte« enthalten, oder sollte sie schroffer formuliert werden? Sollte das Komitee sich namentlich zu erkennen geben? Beim Zuhören spürte er, wie sich sein Verstand zweiteilte, einer Zeitungsseite gleich, die von oben nach unten zerrissen wurde. Auf der einen Seite erschienen die vielen Worte, die er an diesem Abend gehört und gesprochen hatte, von sauberen Linien umrandet: Anträge, die gestellt, gestützt und angenommen, Regeln, die festgelegt, Sprachregelungen, die übernommen, Gelder, die zugeteilt worden waren. Das war die Welt, wie er sie seit seiner Kindheit kannte, geordnet und geschäftsmäßig. Hart arbeitende Männer, deren Hierarchie zweifelsfrei feststand, erledigten ihre Aufgaben in einer bestimmten

Reihenfolge; das war der Sinn und Zweck von Sitzungen. Ob die Aufgaben trivial oder wesentlich waren, die Methode war jedes Mal die gleiche, eine ruhige Diskussion und die Zuteilung von Aufträgen, das Abhaken von Punkten auf der Liste. Die Minuten tickten weiter, die Punkte auf der Tagesordnung kamen und gingen. In der einen Hälfte seines Hirns wurden die Worte immer mehr. In der anderen war ein Bild von Naomi.

Nach dem Ende der Sitzung wartete er draußen, während die Ärzte und Anwälte und Kaufleute davonfuhren. Die drei Männer im Cadillac fuhren davon. Der Bürgermeister von Tamarack Lake, dessen kleiner Hund während der ganzen Sitzung geduldig auf seinem Platz im Auto gewartet hatte – »Ich habe ihn umgetauft«, sagte der Bürgermeister und kraulte das kleine Tier auf seinem Arm, »jetzt heißt er Fred, und er ist kein Dackel mehr, sondern ein Freiheitshund« –, bot Miles an, ihn mitzunehmen, doch der versicherte ihm, seine eigene Chauffeurin werde kommen, und der Bürgermeister fuhr davon. Ein Mann aus dem Ort löschte das Licht und schloss die Tür ab und unterhielt sich zwanzig Minuten mit einem Bestattungsunternehmer aus Tamarack Lake. Als der Bestatter abfahren wollte, nahm Miles endlich eine Mitfahrt bei ihm an.

In der Pension fiel seine Begrüßung von Mrs Martin knapp aus. »Wo ist sie?«, fragte er, zugleich wütend und besorgt. »Ich weiß, dass es spät ist, aber ich will mit ihr reden.«

»Sie ist nicht da«, sagte Mrs Martin – und wirkte, wie er fand, nicht halb so besorgt wie er. »Hat sie Sie nicht abgeholt?«

»Offensichtlich nicht«, erwiderte Miles. »Wäre Monty nicht gewesen, wäre ich überhaupt nicht nach Hause gekommen.«

»Vielleicht hat sie etwas mit Eudora unternommen und die Zeit vergessen?«

Während sie die Frage aussprach, verschoben sich die gepuderten Flächen ihres Gesichts, sodass Miles etwas wie Sorge oder

Angst darin erblickte. Der Ausdruck verging, und sie zeigte wieder ihr freundliches, oberflächliches Lächeln. Bei den Mittwochstreffen, fiel ihm ein, hatten Naomi und Eudora oft miteinander geflüstert. Ein wenig beruhigt sagte er: »Ich möchte Sie beide sprechen, zusammen, als Erstes morgen früh.«

Da er westlich der Ortschaft auf seiner Sitzung gewesen war, hatte er die Feuerwehrwagen verpasst, die sich unterdessen auf den Weg nach Tamarack State gemacht hatten. Die ganze Nacht versuchte er zu schlafen, sprang jedoch bei jedem kleinsten Geräusch ans Fenster, die Ohren gespitzt, um das Klappern des Gitterrosts zu hören, wenn das Auto in die Wagenremise fuhr. Vor dem Frühstück lief er auf seinem Balkon hin und her und spähte zu den Fenstern und Fliegengittern der Nachbarhäuser hinüber, als hätte sich Naomi womöglich hinter einem von ihnen versteckt.

Im Speisesaal herrschte, als er dort eintrat, helle Aufregung wegen des Feuers. Als er die Fakten sortierte – viele gab es noch nicht, aber es stand fest, dass der Schaden beträchtlich war –, schien sein Verstand erneut entzweizureißen. Diesmal zwang er sich, Naomis Hälfte zu ignorieren. Durch seine Arbeit für die Liga in den vergangenen Wochen besaß er Verbindungen zu sämtlichen wichtigen Persönlichkeiten des Bezirks; daheim hatte er nicht nur sein Werk geleitet, sondern auch in den Vorständen vier verschiedener Wohltätigkeitsvereine gesessen; wer war besser geeignet, Hilfe für das Tamarack State zu organisieren, als er?

Um zehn Uhr war er bereits an der Arbeit. Dass ihm ein Fahrer fehlte, erwies sich nicht als Problem; ein Anruf bei dem Gruppenleiter, der ihn rekrutiert hatte, und eine halbe Stunde später erschien ein schlaksiger junger Bursche mit einem roten Wirbel über der Stirn, einem verkümmerten linken Bein und einem schwarzen Schuh mit einer dicken verstärkten Sohle am linken Fuß. Für den Militärdienst war er absolut ungeeignet, das sah Miles auf den ersten Blick. Und dementsprechend war er unbedingt darauf aus, in der Heimat seinen Teil beizutragen.

»Tyler«, stellte sich der Junge vor. »Zu Ihren Diensten.« Die Willys-Knight-Limousine, mit der er vorgefahren war, erklärte er stolz, sei eine Leihgabe des Autohändlers »für die Dauer der Kämpfe«. Im Laufe des Tages, auf Miles' langer Runde von Termin zu Termin, erwies sich Tyler als so anstellig, dass Miles sich ein paar Mal schuldbewusst fragte, warum er seinen Gruppenleiter nicht von Anfang an um einen Wagen und einen Fahrer gebeten hatte. Die Antwort schmerzte zu sehr, als dass er darüber nachdenken mochte. Stündlich schaute er bei Mrs Martin herein, um zu hören, ob es Neuigkeiten von Naomi gab. Hatte sie einen Unfall gehabt? Schlicht irgendwo eine Freundin besucht? Als er spätabends endlich in die Pension zurückkehrte, nachdem er sämtliche drei Liegekuren und mehrere Mahlzeiten ausgelassen hatte, setzte ihm Mrs Martin einen Teller mit warmgehaltenen Resten vom Abendessen vor. »Sie werden nicht lange durchhalten, wenn Sie nicht auf sich aufpassen«, sagte sie.

»Irgendeine Nachricht?« Er bemühte sich, den überbackenen Kartoffelbrei nicht gierig hinunterzuschlingen.

»Bis jetzt nicht«, sagte sie, die Stimme so tonlos wie die von Naomi am Abend zuvor. »Ich glaube, sie ist auf und davon.«

»Wie kommen Sie darauf?«

Doch schon während er sprach, fielen ihm Naomis Worte ein – *Was würden Sie tun, wenn ich einfach aufhöre?* –, und er sah wieder das rote Kleid mit dem frischen weißen Kragen vor sich, das ihm nun als zu schön erschien für den abendlichen Chauffeursdienst. Plötzlich schmeckte der Schinkenbraten, der ihm bis dahin gemundet hatte, trocken und salzig.

Den Blick auf eine Platte gesenkt, auf der sich Vögel mit Schleifenbändern im Schnabel um den üppig verzierten Rand jagten, erklärte Mrs Martin, ohne ihn anzusehen, dass in ihrem Portemonnaie Geld fehle, von dem sie zunächst gemeint habe, sie müsse es verloren haben.

Oben bei uns auf dem Berg erschien es uns undenkbar, dass wir überleben würden. Das Verwaltungsgebäude war ruiniert, nicht direkt zerstört – es steht, wo es immer stand –, aber von Ruß geschwärzt und von giftigen Gasen so verseucht, dass es ohne Maske nicht zu betreten war. Verloren waren unser Röntgenraum, unsere Küche, der Speisesaal und der Empfangsraum, unsere Bücherei, die Krankenstation, die klinischen Laboratorien, die meisten Büros der Mitarbeiter und das Solarium, in dem sich unsere kleine Gruppe mittwochs getroffen hatte. Schon vor dem Brand hatten wir eine Reihe junger Ärzte und Pfleger sowie technisches Personal an das plötzlich nimmersatte Militär verloren. Es gab also weniger Leute, die uns pflegen konnten, ausgerechnet zu einem Zeitpunkt, wo wir mehr benötigten, und nirgends freie Klinikplätze; überall war es wie im Tamarack State: plötzlich zu voll bei viel zu knappem Personal. Und zudem fehlte überall das Geld; Mittel, die für die Instandsetzung zu verwenden gewesen wären, flossen stattdessen in den Bau von Krankenhäusern für die Kriegsverletzten, die alsbald aus Übersee zu erwarten waren. Wir waren auf uns allein gestellt.

Die Beamten, die eintrafen, um Dr. Richards zu beraten, deuteten auf die unbeschädigten, durch die Laubengänge vom verseuchten Zentralgebäude getrennten Männer- und Frauenflügel. Legen Sie die Patienten in einem Flügel zusammen, sagten sie. Die Männer ins oberste Geschoss des ehemaligen Männerflügels, die Frauen ins Erdgeschoss, das mittlere Geschoss halb und halb gemischt. Pro Zimmer vier statt wie bisher zwei; auf den Balkonen die Trennwände weg und die Liegestühle in langen Reihen dicht an dicht. Auf die Weise ließen sich sämtliche Funktionen aus dem Zentralgebäude in den ehemaligen Frauenflügel verlegen.

Aus den anderen Sanatorien im Dorf kamen scharenweise Ärzte und Schwestern zu Hilfe; Hausfrauen brachten warmes Essen; Lebensmittelhändler und Drogisten brachten Brot, Verbände und Medikamente, während unsere eigenen Hilfsschwestern und

Pfleger, darunter Eudora, doppelte Schichten arbeiteten, um uns in den neuen Quartieren einzurichten, Betten zu machen, Essen zu bringen. Auf der ersten Etage des Frauenflügels wurden eine behelfsmäßige Krankenstation eingerichtet, ein Speisesaal in den einstigen Aufenthaltsraum der Frauen gezwängt, Büros und Laboratorien verteilt, wo Platz war. Für die neue Küche wurden Fußböden verstärkt, damit man die schweren Herde hineinstellen konnte, eine neue Wasserleitung verlegt und die Gerätschaften umgeräumt. Bis zur Vollendung dieser Arbeiten wurden unsere Mahlzeiten auf dem hinteren Rasen zubereitet, in einer Art Feldküche.

Wir hatten Glück, dass sich das Unglück im Frühsommer zugetragen hatte. Zelte, Holzplattformen, Zelttuchmarkisen, Feldkocher auf Rädern wurden vom Heeresausbildungslager in Plattsburg zur Verfügung gestellt; Holz- und Kohleöfen von Händlern aus dem Dorf angeliefert; endlich lernten wir Miles' organisatorisches Geschick schätzen. Die Küchenutensilien und die großen Töpfe und Pfannen waren nach gründlichem Einweichen und Schrubben wieder einsatzbereit, aber unsere altvertrauten Tische und Stühle waren aus Holz und schienen die Dämpfe in die Poren gesaugt zu haben, sodass sie nicht zu benutzen waren, ehe man sie geschmirgelt und neu gestrichen hatte. Bis dahin aßen wir im Bett oder auf unseren Liegestühlen vom Tablett. Früher hätten wir das nicht als besondere Härte empfunden, aber in der ersten Zeit nach dem Brand, als viele von uns noch krank waren und wir uns alle erst noch an unsere neue, erzwungene Nähe gewöhnen mussten, bedeutete es eine weitere Umstellung. Zimmer und Balkone, für zwei komfortabel, waren mit vier Personen überfüllt; wir zankten uns – wir zanken uns immer noch – über Spinde und Waschbecken und Toiletten und unsere Plätze auf den Balkonen.

Dr. Richards wie Dr. Petrie, die gesund gewesen waren, erholten sich rascher als wir anderen; Dr. Petrie begann auf Anordnung von Dr. Richards, sobald er wieder auf den Beinen war, Notizen zusammenzustellen und einen vorläufigen Bericht über den Brand zu verfassen. Wer hatte Verletzungen davongetragen, und wie schwer waren sie? Welche Todesfälle hatte es gegeben? Morris nach seinem missglückten Sprung und Edith und Denis als Gefangene in ihren Betten. Wer schwebte noch in Lebensgefahr? Kathleen, die dem Gas am längsten ausgesetzt gewesen war; Janet, die hinten in der letzten Reihe gesessen hatte und nur noch einen intakten Lungenflügel besaß; Leo, der bei dem Versuch, Kathleen zu helfen, eine sehr große Dosis abbekommen hatte. Naomi stand auf keiner seiner Listen; Eudora hatte beobachtet, wie ein Auto, das aussah wie der Model T von Mrs Martin, lange vor dem Eintreffen der Feuerwehrwagen durch die Kurve am Berg gefahren war. Er war weit besorgter um Irene, die sich beim Atmen quälte und deren Rachen noch immer so geschwollen war, dass sie nicht sprechen konnte.

Aus seiner Kenntnis des Brandursprungs und der verbrannten Masse schloss er auf das Wesen der gelblichbraunen Wolke, die uns so schwer vergiftet hatte, und schrieb:

Gegen neun Uhr abends brach im Röntgenraum ein Brand ungeklärter Ursache aus. Betonwände und -böden behinderten die Ausbreitung der Flammen, sodass wohl nur mäßiger Schaden entstanden wäre, hätte das Feuer nicht die Metallschränke entlang der Wände der Einrichtung aufgeheizt, in denen mehrere tausend Röntgenaufnahmen verwahrt wurden. Zwar entzündeten sich die Schränke nicht, aber sie nahmen die Hitze auf, und dadurch schmolzen und verschwelten die Filme.

Beim Zerfall des Materials, aus dem die Filme bestehen, leicht entzündbare Nitrozellulose, werden Kohlenmonoxid und Salpeterdämpfe freigesetzt. Durch die Luftschächte, die vom Kellerbereich zum unmittelbar darüber gelegenen Speisesaal führen, haben sich die giftigen Gase rasch verbreitet.

Durch die Feuchtigkeit in den Atemwegen werden Salpeterdämpfe in Salpetersäure verwandelt, welche nachfolgend Luftröhre, Bronchien und Lunge beschädigt. Mögliche Folgen sind geplatzte Lungenbläschen, pulmonale Stauung und Lungenödeme. Die Auswirkungen sind jenen nicht unähnlich, die ich in Frankreich bei Soldaten beobachtet habe, welche Giftgas ausgesetzt waren. Am schlimmsten betroffen sind die Röntgentechnikerin, die anscheinend noch versucht hat, Filme zu retten (sie kann noch nicht wieder sprechen, deshalb besitzen wir keinen verlässlichen Bericht darüber, warum sie sich in der Nähe aufgehalten hat), und diejenigen, die sich in nächster Nähe der Schächte befanden, aus denen die Gase in den Speisesaal strömten.

Während des Schreibens, bei dem er gelegentlich innehielt, um sich einen Krampf aus der Hand zu reiben, dachte er an Edith und Denis und Morris und all die weiteren Patienten, bei denen er versagt hatte. Er hätte bei der ersten Rauchwolke reagieren und uns hinausschaffen müssen, bevor Schlimmeres passierte; wäre er größer und stärker, hätte er mehr Leute aus dem Saal zu schieben und tragen vermocht; wäre er nicht selbst den Dämpfen erlegen, hätte er die Kranken in den entscheidenden ersten Tagen besser versorgen können, anstatt röchelnd und sich erbrechend im Bett zu liegen. Und warum nur hatte er es an dem Abend versäumt, Irene von ihrer Arbeit fortzulocken? Sie ermahnten einander häufig zu Pausen, und es wäre seine Aufgabe gewesen, sie zu überreden. Hätte er es getan, säße sie vielleicht schon wieder an ihrem Schreibtisch, so wie er. Stattdessen, dachte er, würde auch sie möglicherweise sterben. Sein Füller stockte bei der x-ten Wiederholung des Wortes »pulmonal« – die Schreibung wirkte auf einmal äußerst seltsam – und schrieb dann gar nicht mehr weiter. Zum ersten Mal seit seiner Rückkehr aus Frankreich wuchs ihm die Arbeit über den Kopf.

Er stand auf, streckte den schmerzenden Arm hoch und bewegte die Finger, bis die Steifheit nachließ. Wie war das Feuer ausgebrochen? Er konnte sich vorstellen, dass Irene so in die Arbeit an ihrem Gerät vertieft gewesen war, dass sie die ersten Zeichen erst bemerkte, als sie schon eingenebelt war. Sie war entweder zu spät aus dem Raum gerannt, die Arme mit Filmen beladen, oder, ein noch schrecklicherer Gedanke, sie war sofort geflohen und hatte sich dann noch einmal hineingewagt, um so viele Filme wie möglich zu retten. Man hatte sie auf der Hintertreppe zum Notausgang gefunden, einen Riesenstapel Bilder von unseren Lungen an die Brust gepresst. Die ersten Sachverständigen, ausgerüstet mit Schutzbrille und -maske, waren einem schimmernden Pfad von Röntgenaufnahmen von der Stelle, an der sie zusammengebrochen war, bis hinein zu ihrem Schreibtisch gefolgt.

Dr. Petrie gab seinen Bericht an die Feuerwehr und die Polizei weiter, die Beauftragten aus Albany und aus New York. Inoffiziell informierte er uns, sodass wir eine erste Ahnung davon bekamen, was passiert war. Seine partiellen Auskünfte waren besser als die der Zeitungen, die unser Feuer mit anderen der letzten Zeit in Verbindung zu bringen versuchten: dem Brand in den Williamsburger Mietskasernen, dem Versicherungsgebäude, der Blusenfabrik. Zwischen die Spekulationen hatten sie Aufnahmen von unseren Gesichtern eingestreut, geschwollen und verrußt, fotografiert von eifrigen Lokalreportern, als wir draußen auf dem Rasen lagen.

Die Sachverständigen sichteten das Beweismaterial und sammelten Aussagen von allen, die sprechen konnten, ohne jedoch etwas Skandalöses aufzudecken, das den Zeitungen hätte Nahrung geben können. Weder einen Defekt an der Heizung noch im Stromnetz, keine Misswirtschaft, keine Versäumnisse, was Entwurf oder Erhaltung des Gebäudes betraf, keine Anzeichen von Baumängeln, keine Hinweise auf Brandstiftung. Ein Unfall, sagten die Sachverständigen. Möglicherweise ein Funke oder ein Kurzschluss in einer Leitung in einem der Geräte im Röntgenraum. Die Ursache der »ungeklärten Rauchentwicklung« – wie sie die Wolke bezeichneten – bleibe im Dunkeln, aber es wäre zu weit schlimmeren Zerstörungen gekommen und das Feuer hätte sich weit schneller ausgebreitet, wäre das Gebäude nicht so gut durchdacht und so solide gebaut gewesen. Sie bewunderten vor allem das zentrale Treppenhaus und empfahlen lediglich, an die beiden Bettenflügel außen eine bis ins oberste Geschoss reichende Feuertreppe anzubauen.

In den Tagen unmittelbar nach dem Brand verließ Eudora das Tamarack State nur, um rasch etwas zu essen und ein paar Stunden in traumlosen Schlaf zu sinken. Sie wusste, anders als wir anderen damals, wie erbost Naomi gewesen war, als sie Leo und sie überraschte, und gab sich die Schuld für Naomis Verschwinden. Eine Weile fragte sie sich, ob Miles ihr vielleicht geholfen hatte, das Dorf zu verlassen, doch wagte sie nicht, ihn zu fragen, als sie ihm im Tamarack State begegnete, wo er eine Kette von Freiwilligen dirigierte, die Lebensmittel lieferten. Mrs Martin war hoffnungslos; Eudora hatte sie in der Apotheke gesehen, wo sie allen, die es hören wollten, erzählte, dass ihre Tochter ohne Grund ausgerissen sei, das noch immer nicht vollständig bezahlte Auto mitgenommen habe und sie nun mit zu wenig Personal dasitze. Vielleicht, dachte Eudora, hatte Naomi irgendeinen Fingerzeig in ihrem Zimmer hinterlassen.

Sie opferte ihren ersten freien Vormittag nach dem Brand, radelte zur Pension von Mrs Martin und betrat sie durch den Dienstboteneingang. In der Küche wurde sie von einer jungen Frau begrüßt, die Bohnen putzte. Die weißen Wände hingen voller Zettel von Mrs Martin. Neue Zettel, über den sparsamen Umgang mit Lebensmitteln im Krieg; über die Einhaltung weizenloser Montage und Mittwoche sowie fleischloser Dienstage; Ermahnungen, weniger Zucker zu verwenden, mehr Fisch zu essen, Bratfett zur Herstellung von Seife zu sammeln und Obstkerne zur Herstellung von Kohle für Gasmasken, die Soldatenleben retten konnten. *Esst Kartoffeln!* stand auf einer Karte, *Esst Haferflocken!* auf einer anderen.

»Was soll das alles?«, fragte Eudora das Mädchen, das sie noch nie gesehen hatte.

»Mrs Martin macht bei der Kampagne zum Lebensmittelsparen mit«, sagte das Mädchen und deutete mit ihrem Messer auf ein größeres Plakat, das mit Stecknadeln befestigt war.

Eudora blieb stehen. »Früher oder später werden wohl alle mitmachen müssen«, sagte sie.

»Bestimmt«, sagte das Mädchen. »Aber ich denke mal, nicht alle werden so selbstgefällig sein, nicht? Oder sich gleich zur regionalen Vorsitzenden der Frauen aufschwingen. Ständig prahlt sie, sie hätte den besten Tisch im Dorf, und alle, die hier für sie arbeiten, müssen dafür büßen.«

Sie schnitt ein Häuflein Bohnen in der Mitte durch und äffte sie mit hoher Stimme nach: »›Wir haben auch bei äußerster Sparsamkeit nicht den geringsten Grund, nicht genauso nahrhafte, wohlschmeckende Mahlzeiten auf den Tisch zu bringen wie sonst. Wir müssen eben unendlich *kreativ* sein …‹ Sie ist noch zehnmal schlimmer geworden, seitdem dieser Mr Fairchild sie anspitzt. Neulich hat er gehört, wie ich mich darüber beklagte, wie schwer es ist, mit so wenig Butter zu kochen, und da hat er mich bezichtigt, ich wäre illoyal.«

Bestürzt von der Vehemenz des Mädchens, schob sich Eudora durch die Schwingtür zum Speisesaal und rannte beinahe Mrs Martin um, die nur wenige Schritte dahinter stand. Sie hatte sich kürzlich die Haare machen lassen, bemerkte Eudora, in einem neuen Stil mit einem komplizierten Geflecht aus grauen Zöpfen, die am Hinterkopf festgesteckt waren. Ihre am Oberteil von Rüschen gesäumte Schürze wirkte ebenfalls neu oder zumindest frisch gestärkt.

»Wie schön, dich zu sehen«, sagte Mrs Martin und verschränkte die Arme vor dem Bauch, »aber warum kommst du durch die Küchentür?«

»Ich wollte nicht stören«, murmelte Eudora und bemühte sich, einen möglichst vertrauenerweckenden Eindruck zu machen.

Mrs Martin wechselte sofort das Thema, redete über das Wetter, über die Tragödie im Tamarack State, darüber, wie schwierig es sei, angesichts der neuen kriegsbedingten Einschränkungen eine Pension zu führen, und wie brillant ihr die entsprechenden Anpassungen dennoch gelungen seien; über alles außer Naomi. Als löschte sie durch das Nichterwähnen ihrer Tochter jeden Grund zur Sorge aus. Fünf oder sechs Jahre zuvor, als Naomi an einer schrecklichen Bronchitis erkrankt war, mit einem Husten, der den Verdacht nahelegte, es könnte etwas Schlimmeres sein, hatte sie ihre Ängste auf die gleiche Weise verdrängt, und nur die starre Haltung ihrer Hände hatte sie verraten. Während sie jetzt drauflosplapperte, wurde die Haut an ihren Fingerknöcheln weiß.

»Wolltest du etwas Bestimmtes?«, fragte sie schließlich.

»Bloß – bloß mal sehen, wie es Ihnen geht«, antwortete Eudora, wohl wissend, dass jede Hoffnung, heimlich in Naomis Zimmer zu gelangen, verloren war. »Und hören, ob es etwas Neues gibt.«

»Nichts«, sagte Mrs Martin. »Das wäre für sie nun wirklich zu viel verlangt. Aber da du schon einmal hier bist, wird Mr Fairchild dich sprechen wollen.«

Ehe Eudora etwas dagegen sagen konnte, war Mrs Martin die Treppe hinauf verschwunden. Eine Minute später kam Miles allein hinunter, sein steifer Kragen angeknöpft und von der Krawatte zusammengezogen.

Ohne Begrüßung stellte er ihr dieselbe Frage, die sie ihm stellen wollte: »Haben Sie von ihr gehört?«

In diesem Haus, dachte Eudora, hieß »sie« und »ihr« immer Naomi. »Nein«, sagte sie. »Und Sie?«

Sein Gesicht fiel in sich zusammen, und sein Körper gab nach, sodass er sich auf die unterste Stufe setzen musste. »Ich dachte, sie würde Ihnen alles erzählen«, sagte er.

»Wenn das so wäre«, entgegnete Eudora, »dann wüsste ich vielleicht, wo sie ist.«

Oben auf seinem Kopf, jetzt auf einer Höhe mit ihrem Knie, hatte er einen kahlen Fleck, der ihr früher nicht aufgefallen war.

Sie wollte zurückweichen, aber er umklammerte eine Handvoll Stoff von ihrem Rock und darunter ihr rechtes Schienbein.

»Sie hat nichts davon gesagt, dass sie fort wollte?«

»Nein«, sagte Eudora. Sie hielt den Atem an und wartete auf die unvermeidliche Frage, wann sie Naomi zuletzt gesehen habe.

Stattdessen sagte er in gequältem Ton: »Aus meinem Zimmer fehlt Geld. Und aus dem Portemonnaie ihrer Mutter ebenfalls. Es ist am selben Tag verschwunden wie sie. Sie muss doch gewusst haben, dass ich ihr alles geben würde, wenn sie mich darum bäte?«

Er war so verzweifelt, dass Eudora nicht wagte, Naomis wahre Gefühle zu verraten, oder ihre eigenen. Der Stich, den sie am Filmabend gespürt hatte, als bei ihrer Rückkehr Naomi auf dem Platz neben Leo saß, saß ihr noch immer in den Knochen.

»Wirklich«, sagte sie über Miles' gesenktem Kopf, »ich muss gehen.«

Sie ließ ihn auf der untersten Stufe sitzen und flüchtete aus dem Haus und wusste sehr wohl, dass ihr Gewissen reiner wäre, wenn Naomis Verdacht nicht stimmte. In den Wochen seit dem Brand hatte sie sich mit jedem Besuch bei Leo, der auf der unwirtlichen neuen Krankenstation lag und um Atem rang, mehr zu ihm hingezogen gefühlt.

19

Auf unserer neuen Krankenstation, die im ersten Obergeschoss des ehemaligen Frauenflügels auf engsten Raum gequetscht war, lag Leo in einem weißen Bett ähnlich denen, die Edith und Denis während des Brandes zur Falle geworden waren. Er wusste weder von ihrem Tod noch von Morris' tödlichem Sprung, noch davon, wie schwer Irene verletzt war. Während viele von uns schon von den Vergiftungen genesen waren, hatten sich bei ihm beide Lungenflügel entzündet, und sein Fieber war so hoch, dass er das Gefühl hatte, an seinen Laken würden Flammen lecken. Oft wenn Eudora ihn besuchte, war er bewusstlos, und selbst wenn er wach war, erkannte er sie nicht immer hinter der von Dr. Petrie verordneten Maske. Wenn sie zusah, wie sich die Muskeln an seinem Halsansatz spannten und einzogen, während er nach Luft rang, konnte auch sie ihn manchmal nicht erkennen. Sie saß die zehn Minuten, die ihr Dr. Petrie gestattete, schweigend an seiner Seite und streichelte dann und wann das weiche Hautdreieck zwischen seinem Daumen und Zeigefinger.

Hinterher nahm sie die Maske ab und ging über den Flur in die Frauenabteilung, wo Kathleen, Janet und Irene in den gleichen Betten lagen. Kathleen und Jane waren noch immer sehr schwach, und Irene, deren Gesicht unter dicken Verbänden verborgen war, konnte noch immer nicht sprechen. Von den durch den Keller wogenden Dämpfen war ihre Luftröhre zugeschwollen, und sie hatte bereits aufgehört zu atmen, als die Feuerwehrleute sie die Kellertreppe hinauftrugen. Dr. Petrie hatte ihr das Leben gerettet – ein paar von uns hatten seinen Arm niederfahren, das Skalpell im

Mondlicht blitzen sehen, bevor es in ihren Hals schnitt –, aber dabei ihren Kehlkopf beschädigt. Keiner wusste, wie lange sie dort gelegen hatte, bevor die Feuerwehrleute sie holten, und Eudora machte sich Sorgen, dass auch ihr Hirn beschädigt sein könnte. Vielleicht würde sie wieder sprechen, vielleicht auch nicht; vielleicht wieder arbeiten und vielleicht nicht. Eudora konnte nicht mehr tun, als sie jeden Tag zu besuchen, ihr die Neuigkeiten zu überbringen, im munteren Ton zu plaudern und schließlich – sie wusste, dass Irene nicht wollte, dass jemand anderes ihre Hand berührte – die Watte in dem lila Handschuh zu wechseln. Der Handschuh selbst war frisch und sauber und stammte aus der Schachtel mit Ersatzhandschuhen in Irenes Zimmer.

Nach ihren Besuchen kehrte sie mit einem Gefühl der Erleichterung zu ihrer Arbeit zurück. Sie arbeitete fünfzehn Stunden am Tag ohne Pausen und schlief zu Hause ein, sobald sie im Bett war. Zwischen diesen beiden Phasen wurde die Fahrt mit dem Rad, die ihr eigentlich hätte guttun sollen, zu einer Art Folter. Wenn sie im Morgengrauen bergauf strampelte oder im letzten Abendlicht zu Tal sauste, meldeten sich jedesmal selbstsüchtige Gedanken an all das, was sie verloren hatte. Wer, wenn nicht Irene, würde ihre komplizierten Gefühle für Leo nachempfinden? Wer sonst als Leo konnte verstehen, wie sehr es sie beschäftigte, Miles nicht erzählt zu haben, dass sie Naomi am Abend des Feuers gesehen hatte? Wer sonst als Naomi konnte verstehen, wie einsam ihr zumute war ohne sie alle? Aber die Einsamkeit war nicht das Einzige. Sie hatte gelogen, sie hatte ihre Freundschaft verraten, sie hatte alles vermasselt und war trotzdem noch egoistisch genug, um das zu trauern, was sie im Keller verloren hatte.

Sowohl das neue Röntgengerät als auch das alte, von ihr reparierte waren zerstört. Die Gasröhren, die Dunkelkammer, das bleigeschirmte Gestell waren ruiniert, und mit ihnen die Hefte mit den Aufzeichnungen über ihre Experimente, die Brustaufnahmen, die sie von Irene und Leo gemacht hatte, und die alten ausgestopften Tiere ihres Vaters. Ebenso die Aufnahmen von ihren ersten unbeholfenen Experimenten mit Lederfetzen und Holzstückchen, Bein- und Vulkanit- und Glasknöpfen. Die Werte, die sie aufgezeichnet hatte, zunächst bloß aus Pflichtgefühl, hatten zu ihrer Freude gezeigt, dass einfache Regeln unbrauchbar waren. Die besten Aufnahmen erforderten Feinstarbeit, und ihr wurde jetzt, da sie jede Hoffnung weiterzumachen aufgeben musste, klar, wie sehr sie die geliebt hatte.

In seinem Fieberdelirium vermischte Leo das Röntgenlaboratorium mit seinem alten Klassenzimmer, sein altes Leben mit seinem neuen; bis weit in den Juni hinein fehlte ihm jede Orientierung. Er verpasste die Neuordnung seines Zimmers – Otto an Ephraims altem Platz neben dem leeren Bett von Leo; Arkady und Abe als Neue dazu –, und er verpasste den Zank und Streit unter uns anderen, die wir auf ähnliche Weise umgelagert wurden. Wenn sein Fieber hoch war, durchlebte er erneut das Feuer, schlug sich das Gas aus dem Gesicht und versuchte dabei verzweifelt, die Gesetze dieser Verbrennung zu bestimmen. Wenn das Fieber fiel, durchstreifte er seine Vergangenheit.

Während er in der Umgebung von Grodno schwebte und zusah, wie ein Schlitten zu Tal und dann wieder bergan fuhr, spülte Regen die Rückstände der Dämpfe von den Mauern unseres verseuchten Hauptgebäudes und verwandelte sie in Säure, die die umliegenden Rasenflächen verbrannte. Leo sah nicht das verbrannte braune Oval, sondern den dunklen, schönen Wald, in dem er mit den Verwandten seiner Mutter die Sommer verbracht hatte; er lief mit seiner Mutter zusammen abends auf dem Heimweg vom Fluss über ein Zuckerrübenfeld. Er stand in einem Büro, sein Kopf nicht höher als die Schreibtische ringsum, und hörte staunend zu, wie sein Vater mit dem Steuerbeamten Russisch, mit einem Großknecht Polnisch und einem Freund Deutsch sprach. Dann war er älter, dreizehn oder vierzehn, streunte wie ein Wolf durch die Straßen und war bald darauf bemüht, dem Händler in Odessa, der ihn gerettet hatte und seine Studiengebühren für das Polytechnikum zahlte, möglichst alles recht zu machen. In dem Kabuff hinter der Speisekammer, wo er bei dem Händler schlafen durfte, besuchten ihn jede Nacht zwei Mäuse und fraßen ihm Sonnenblumenkerne aus der Hand. In der Hochschule schenkte ihm ein armenischer Freund einen weichen Filzhut, während ein anderer das Reaktionsschema für Natriumchlorid und Schwefelsäure an die Tafel zeichnete, wobei Salzsäure entstand, die sich wiederum in Chlorgas verwandeln konnte. Nicht lange nach seiner Ankunft in New York verliebte er sich in die vierte der sechs Töchter seines Hauswirts, deren Vater sie prompt an einen Juden aus ihrem alten Dorf verheiratete. Nach ihr hatte es andere Mädchen gegeben, aber keines, welches die Macht besaß, sein Leben zu ändern, wie jetzt Eudora.

Die Tage vergingen für ihn im Traum, während wir, die wieder genesen waren, zusahen, wie das verbrannte Gras zu Erde und die einst sanftroten Ziegelmauern des Hauptgebäudes schwarz und streifig wurden. Auf den Balkonen plagten uns die Kriebelmücken, während wir Thesen über den Brand wälzten und sie anschließend den Männern aus Albany und New York präsentierten, die eintrafen, um uns zu befragen. Sie behandelten uns wie Immigranten, die frisch von Bord kamen. Miles sahen wir kaum, wir erhaschten höchstens einen Blick von ihm, wenn er vorübereilte, um mit jemandem vom Personal zu sprechen oder – das war neu – mit Dr. Richards. Gerüchte schwirrten über die Balkone. Wir hatten geglaubt, ihn zu kennen, seine sauberen Anzüge und exquisiten Schuhe, seine langweiligen Vorträge; bei dem Mittwochstreffen, das nun für immer als unser letztes dasteht, hatten seine Bemerkungen über Sabotage und Spione geklungen, als spreche ein anderer, und wir hatten angenommen, dass der uns bekannte Miles bald wiederkehren würde. Hätten wir mehr gewusst, wären wir vielleicht darauf gekommen, wie sehr er sich um

Naomi sorgte oder wie sehr er, da er glaubte, sie habe das Dorf unmittelbar nach ihrer Auseinandersetzung verlassen, die Schuld bei sich suchte. Doch Miles holte uns nie zusammen, wie er es früher getan hätte, er sprach nie zu uns als Gruppe, und er fragte uns nie, was wir zu Naomis Verschwinden meinten. Wir erfuhren nicht, wie tief er sich verändert hatte, bis er unerwartet in Dr. Petries neuem Büro erschien.

Sie hatten nicht leicht zum Gespräch gefunden, nachdem Dr. Petrie es abgelehnt hatte, seiner Liga beizutreten, und Dr. Petrie war überrascht, ihn zu sehen. Noch überraschter war er, als Miles sich auf den Holzstuhl fallen ließ, der als Ersatz für jenen diente, auf dem er vor dem Brand gesessen und sich über seine Liebe zu Naomi ausgebreitet hatte. Seine Haare waren zu lang, seine Fingernägel gerissen, seine Schuhe glänzten nicht wie sonst; als Folge des Feuers war offenbar selbst er noch mitgenommen. Was führte ihn nun wieder zu ihm? Vielleicht, dachte Dr. Petrie, schlicht die Tatsache, dass er Miles' erster Vertrauter gewesen war.

Ohne jede Begrüßung sagte Miles: »Ich habe Ihren Bericht bekommen.«

»Wie bitte?« Dr. Petrie ließ seinen Blick über die Papierstapel auf seinem Schreibtisch wandern. »Wenn ich Ihnen etwas schicken sollte – «

»Ihren Bericht über den Brand«, sagte Miles. »Dr. Richards hat ihn mir geschickt. Wie Sie erwartet haben dürften.«

»Ah«, sagte Dr. Petrie und bemühte sich, gelassen zu klingen. Selbstverständlich hatte Miles Dr. Richards gebeten, seiner Liga beizutreten; selbstverständlich hatte Dr. Richards es getan. Selbstverständlich war nichts mehr von dem, was er an Dr. Richards weitergab, vertraulich. Wie hatte er Miles nur für harmlos halten können?

»Ich wäre früher gekommen, um mich mit Ihnen zu unterhalten«, sagte Miles, »aber ich musste wegen der Einberufung alles Weitere auf die lange Bank schieben.«

»Damit hatten Sie zu tun?«

»Im Hintergrund«, sagte Miles. Er hatte sämtliche Freiwillige und Spenden organisiert, die im Tamarack State benötigt wurden, damit dort wieder halbwegs Ordnung einkehrte, und gleichzeitig sämtliche Aspekte der Einberufung überwacht, aber in beiden Fällen irgendwo zwischen anonym und heimlich gehandelt. Und wurde nun zur Belohnung von Dr. Petrie überrascht und misstrauisch beäugt. Jede der beiden Aufgaben hätte für einen jungen gesunden Mann mehr als gereicht. Doch für ihn, der bald vierzig und krank war und sich um ein junges Mädchen sorgte, das ausgerissen war und sich womöglich etwas angetan hatte oder Schlimmeres – nur mit äußerster Disziplin schaffte er sein Pensum. Er richtete sich auf. Er strich eine Haarsträhne glatt. Er presste die unteren Zähne gegen die Eckzähne, ein Kniff, den er gelernt hatte, um zu verhindern, dass sein Gesicht zitterte. Dann fügte er kühl hinzu: »Für den Fall, dass Männer Fragen hatten oder sich mit dem Gedanken trugen, den Militärdienst zu umgehen, oder dass Gefahr bestand, dass sie von Leuten mit sozialistischen Ansichten oder Wehrdienstgegnern beeinflusst würden.«

»Ach so«, sagte Dr. Petrie, während seine Hand ein Blatt Papier glattstrich, das bereits vollkommen glatt dalag, »mir war gar nicht klar, dass das Teil ihrer Freiwilligenarbeit ist.«

Und es stimmte, dass die meisten von uns kaum Notiz von den Ereignissen des fünften Juni genommen hatten, die ja so bald nach dem Brand stattfanden. Wir waren bereits Schutzbefohlene des Staates, von den lokalen Gesundheitsbehörden hierher entsandt, und unsere Personalien samt Hintergründen waren bis ins Kleinste erfasst. Wir hätten unsere Geburtsdaten nicht ändern und keine falsche Angaben über unsere Einbürgerung machen können, selbst wenn wir es gewollt hätten; und wegen unserer Krankheit waren wir außerdem vom Kriegsdienst befreit. Doch in Tamarack Lake war die Situation eine andere gewesen. Sämtliche Männer des Dorfes zwischen einundzwanzig und vierunddreißig mussten in der Aula der High School erscheinen und ein Formular ausfüllen. Später hörten wir, dass die High-School-Kapelle mit Unterbrechungen den ganzen Tag über spielte. Dass die Pfadfinder dem Lastwagen, der die Meldeformulare von der Post in die Schule transportierte, ihr Ehrengeleit gaben. Dass die Mountainaires – inzwischen unter der Leitung von Mr Harries, hastig ernannt nach Mr Baums Entlassung – um sieben Uhr morgens bei der Eröffnung der Meldestelle und wieder um sieben Uhr abends zur Schließung sangen und zwischendurch kleine amerikanische Fähnchen austeilten, die sich die jungen Männer an die Brust heften sollten.

»Wir hatten Agenten am Haupteingang und an der Rückseite des Gebäudes und je einen an beiden Enden des Ortes postiert«, bekannte Miles, von dem Wunsch beseelt, irgendjemandem mitzuteilen, wie gut er alles durchorganisiert hatte. »Einen Mann am Bahnhof, falls einer auf die Idee kam, das Dorf auf dem Wege zu verlassen, und je einen auf den Hauptstraßen. Wir hätten Sie gut gebrauchen können – ich bin mir der Bevölkerung hier immer noch nicht sicher.«

»Hier gibt es nichts, womit ich helfen könnte«, entgegnete Dr. Petrie. »Die männlichen Patienten sind nicht wehrfähig. Und die Männer, die hier arbeiten, haben sich bestimmt registriert. Was wir allerdings machen sollen, wenn die Army anfängt, sie einzuberufen …«

Während er redete, hielt er an sich, um nicht an den nässenden roten Bläschen zu kratzen, die an seinem linken Unterarm blühten. Es war weder ein Ausschlag von Giftsumach noch Schuppenflechte, sondern eher eine Reaktion auf die Dämpfe, aber warum war er dann der Einzige, bei dem sie auftraten? Er zwang sich, den Blick von seinem Arm zu wenden und Miles anzusehen, dessen Gesicht unangenehm bleich war. »Machen Sie sich keine Sorgen um Ihre *eigene* Gesundheit? Sie sollten nicht so viele Stunden arbeiten – Sie dürften überhaupt nicht arbeiten.«

Miles stand auf und begann vor dem Schreibtisch auf und ab zu schreiten. »Sie sind schon so lange hier, dass Sie nicht mehr sehen, was draußen in der Welt los ist.«

»Und doch war ich in Frankreich, wenn ich das bemerken darf«, sagte Dr. Petrie, »nicht Sie.«

»Vielen Dank«, sagte Miles bitter, »dass Sie mich an meine Versäumnisse bei Lawrence erinnern. Als würde ich das je vergessen.«

Dr. Petrie murmelte eine Entschuldigung und prüfte zugleich den Wahrheitsgehalt von Miles' Vorwurf. Vor zwanzig Jahren, als er mit geflickten Socken und einem einzigen Koffer hier angekommen war, tausend Ideen im Kopf, die er in den Kliniken in Baltimore gesammelt hatte, war er sicher gewesen, Tamarack State zu einem vorbildlichen Sanatorium machen zu können. Seither arbeitete er in einem fort so hart, dass er selten reiste oder etwas las, das nicht unmittelbar mit seiner Arbeit zu tun hatte. Seine Frankreichfahrt war die eine große Ausnahme gewesen.

»Wenn *ich* gefahren wäre«, meinte Miles, »wäre ich mit neuen Ideen zurückgekommen. Hat das, was Sie gesehen haben, Sie nicht neugierig gemacht? Hat sich Ihnen nicht die Frage gestellt, wie wir hier eine Armee ausheben sollen? Das Einzige, woran Sie zu denken scheinen, sind die Patienten vor Ihrer Nase, aber es geht um so viel mehr – Sozialisten predigen Widerstand gegen die Einberufung. Prodeutsche Elemente verbreiten allenthalben Gerüchte. Junge Männer gehen nach Kanada und Mexiko und machen falsche Angaben über ihr Alter und reichen gefälschte Geburtsurkunden ein und geben vor, verheiratet zu sein, auch wenn sie es nicht sind. Und das ist bloß die Spitze des Eisbergs. Ich habe keine Zeit, mir meinetwegen Sorgen zu machen.«

»Ich lese die gleichen Zeitungen wie Sie«, sagte Dr. Petrie, »ich weiß sehr gut, was los ist.«

»Aber Sie lesen nicht die Ligaberichte aus den anderen Bezirken. Was Sie könnten, wenn Sie beigetreten wären, als ich Sie dazu aufgefordert habe – warum wollen Sie nicht helfen?«

»Hier ist eine Geschichte, die ich gehört habe«, sagte Dr. Petrie und schob dabei mit einer abrupten Bewegung einen riesigen Aktenstapel beiseite. »In Boston soll ein Mitglied Ihrer Liga eine weiße Brieftaube verdächtigt haben, ein Werkzeug deutscher Spione zu sein, weil sie Flecken unter den Flügeln hatte. Winzige schwarze Linien und Flecken, die ihm wie Punkte und Striche aussahen. Da er Morsezeichen nicht lesen konnte, rief er jemanden von der Fernmeldetruppe, und der rief jemanden vom militärischen Nachrichtendienst. Alles war in Aufruhr, bis ein kleiner Junge darauf kam, dass die Flecken verklumpte Vogelläuse waren.«

»Dass man an Übereifer leidet, kann jedem passieren«, sagte Miles. Wie um ihn zu verhöhnen, flog eine Taube am Fenster vorbei, die Flügel in verschiedenen Grautönen gesprenkelt. »Das heißt nicht, dass die anderen Fälle nicht wichtig sind.«

»Ich will nichts gegen Ihre Arbeit sagen«, antwortete Dr. Petrie, »ich habe nur nicht das Gefühl, dass ich Ihnen eine Hilfe sein kann. Ich war in den letzten Wochen genauso beschäftigt wie Sie, und wie es klingt, haben Sie ohnehin reichlich Männer auszubilden und zu beaufsichtigen. Vielleicht sollten Sie *denen* Ihre Mittwochnachmittage widmen.«

»Die beiden Dinge haben nichts miteinander gemein«, sagte Miles wütend. »Die Männer, mit denen ich jetzt zusammenarbeite, sind anders, es sind Männer wie ich. Ich koordiniere lediglich ihre Aufgaben.« Er machte die Tür auf, drehte sich dabei noch einmal um und fragte: »Warum sind Sie so stur? Sie stehen einem immensen Problem gegenüber. Dieser Brand ...«

»Wenn Sie den Bericht gelesen haben«, sagte Dr. Petrie, »dann haben Sie meine Erklärung gesehen. Die Dämpfe sind aus den Schränken mit den verwahrten Filmen aufgestiegen. Eine einfache chemische Reaktion, die vorherzusehen gewesen wäre.«

»Alles schön und gut – aber Sie haben keine Erklärung dafür gegeben, warum das Feuer ausgebrochen ist«, sagte Miles. »Meinen Sie, das wäre mir nicht aufgefallen? Die Sachverständigen vom Staat können ›Unfall‹ sagen, so oft sie wollen, mir scheint trotzdem noch etwas im Argen zu liegen. Warum nehmen Sie die Sache nicht ernster?«

In Leos altem Zimmer, in dem es schon eng war, als dieser noch auf der neuen Krankenstation um sein Leben rang, bemühten sich Abe und Arkady und Otto nach Kräften, ihre Situation *nicht* ernst zu nehmen. Hätten sie es getan, hätten sie resigniert oder sich so gestritten, dass ihre Freundschaft zerbrochen wäre. Nach mehr als einem Jahr zusammen in einem Zimmer hatten sich Abe und Arkady an das Schnarchen und Fiepen des jeweils anderen gewöhnt, an Abes Art, sich die Nägel mit einem Messer zu schneiden, an Arkadys Art, sich beim Naseputzen durch jedes Nasenloch zweimal zu schnäuzen, einmal sachte und dann fester: die tausend Kleinigkeiten, die einen ärgern, wenn man auf engem Raum zusammenlebt. Doch Otto, der vor dem Brand ein Zimmer mit Sean geteilt hatte, räusperte sich alle zwei bis drei Minuten, redete, wenn ihm das Essen noch zwischen den zu eng stehenden Zähnen hing, und las laut Sätze aus der Zeitung vor. Abe und Arkady mussten sich auf alles besinnen, was sie im Tamarack State gelernt hatten, um sich nicht wegen dieser letztlich doch nur natürlichen Lebensäußerungen gegen ihren Zimmergenossen zu verbünden. Otto hingegen vermisste Sean, der beim Lesen vor sich hin flüsterte, aber nachts in einen totenähnlichen Schlaf fiel und sich bis zum Morgengrauen nicht regte oder rührte. In den frühen Morgenstunden, wenn er unglücklich wach lag, während Abe und Arkady im Chor schnarchten und Abe sich von einer Seite auf die andere wälzte wie eine Robbe, stellte er sich manchmal vor, er würde ihnen die Kissen auf die Gesichter drücken.

Aber sie hatten Ähnliches schon durchgemacht – wie wir alle, bloß nicht in diesem Maße – und lernten in den ersten Wochen ihres Zusammenlebens über ihre Antipathien zu witzeln. Da Leo nicht da war, benutzten sie sein Bett als Sofa und versuchten sich an dem bisschen mehr an Platz zu freuen. Alle drei mochten Leo, doch weil es ihnen die Möglichkeit bot, ihren Unmut zu lüften, machten sie sich abwechselnd über ihn lustig.

Abe gab eine perfekte Parodie von Leos häufigster Geste zum Besten, die rechte Hand erhoben, um sich einen Teil seiner Mähne hinters Ohr zu streichen; Otto und Arkady konnten sich darüber ausschütten vor Lachen. Otto mimte den Ernst, mit dem Leo in der Bücherei stundenlang über Büchern und Aufsätzen brütete. Arkady machte Kulleraugen und glotzte sehnsüchtig, denn genauso, behauptete er, habe Leo während der Mittwochstreffen Eudora angeschaut, worauf Abe sagte: »Habt ihr gesehen, dass er mit ihr zusammen war, an dem Abend, als das Feuer ausgebrochen ist?« Und Otto, der ausgestreckt auf Leos Bett lag, nahm die beiden grünen Bände, die Leo auf der weißen Tischplatte liegengelassen hatte, in die Hand.

»Ich kann nicht glauben, dass er so was zum Vergnügen liest«, sagte er und drehte den ersten Band um. »Kein Wunder, dass er der Einzige war, der bei den ersten Vorträgen von Miles Fairchild aufgepasst hat. *Die Grundlagen der Chemie* – «

»Lies uns was vor«, sagte Arkady, um ihn anzustacheln. Das eine, was Otto erträglich machte, ja mehr als das, war seine Fähigkeit, selbst die trockenste Materie ins Komische zu wenden.

Otto blätterte ein paar Seiten hinein, räusperte sich dann, schürzte die Lippen und gab sich so, wie er sich einen Professor vorstellte. »Hört mal zu.«

Er begann in raschem Tempo zu lesen: »Das chemische Gleichgewicht. Da die chemischen Veränderungen des Stoffes von den ihm eigenen innern Kräften bedingt werden, da weiter die chemischen Erscheinungen unstreitig in einer Bewegung materieller Theilchen bestehen (nach dem Gesetze der Unvergänglichkeit des Stoffes und der Definition der einfachen Körper) und da die Erforschung der mechanischen und physikalischen Erscheinungen zum Gesetz der Unvergänglichkeit der Kraft oder der Erhaltung der Energie führt, d. h. die Möglichkeit der Umwandlung der einen Art von Bewegung in eine andere (der sichtbaren – mechanischen in unsichtbare – physikalische) darthut, so muss man in den Körpern (und speziell in den einfachen Körpern, aus denen alle anderen bestehen) nothwendigerweise das Vorhandensein eines Vorraths an chemischer Energie oder unsichtbarer Bewegung, die das Eintreten der Reaktionen hervorruft, annehmen.«

Als er zum Luftholen innehielt, fragte Abe: »Das war doch nicht alles ein Satz?«

»Doch«, bestätigte Otto und blätterte weiter. »Nie im Leben könnte man sich so etwas selber ausdenken.«

»Mehr, mehr«, bat Arkady, der während des rasanten Vortrags von Otto unaufhörlich gelacht hatte.

Otto tat ihm den Gefallen, er blätterte zum Anfang des Buches zurück. »Die Chemie beschäftigt sich mit der Erforschung homogener Stoffe, aus denen alle Körper der Welt zusammengesetzt sind, sie untersucht die Umwandlungen dieser Körper ineinander und die Erscheinungen, welche hierbei beobachtet werden. Alle chemischen Veränderungen – Reaktionen – gehen nur bei vollständiger, inniger Berührung der reagirenden Stoffe vor sich; bestimmt werden dieselben durch Kräfte, die den kleinsten, unsichtbaren Theilchen des Stoffes eigen sind.«

Ungläubig schüttelte er den Kopf. »So ist das ganze Buch. Bis auf die Fußnoten, die sind noch schlimmer. In winziger Schrift, Seite um Seite ...«

»Lass mal sehen«, verlangte Abe. Otto reichte ihm das Buch.

»Na«, sagte Arkady, »aber wenn es Leo gefällt, dann muss es für irgendwas gut sein. Man kann ihm keinen Vorwurf daraus machen, dass er versucht, wieder an sein Leben in der alten Heimat anzuknüpfen. Mir ging es an dem Nachmittag, als ich über die Geschichte der utopischen Gemeinschaften geredet habe, ganz ähnlich. Diese Mittwoche machten es einem leicht zu meinen, wir hätten doch noch eine Chance im Leben.«

»Das war einmal«, sagte Abe und legte das Buch wieder auf den Tisch. »Das ist vorbei. Wahrscheinlich sollten wir seine Sachen in Ruhe lassen.«

Achselzuckend legte Otto den zweiten Band auf den Tisch. In den anderen Zimmern haderten wir ähnlich mit den neuen Lebensumständen, und jede Gruppe trug ihre Konflikte unter sich aus. Wir bemühten uns, nicht zu hören, was nicht zu überhören war, nicht zu sehen, was besser verborgen blieb; sich eine Privatsphäre zu schaffen war, trotz aller Erfahrung, nach dem Brand doppelt so schwer wie vorher. Belle erzählte später, sie habe versucht sich vorzustellen, ihr Bett wäre von einer Mauer aus Glasbausteinen umgeben, durch die sie alles nur verschwommen sah und die Licht durchließ, aber alle Geräusche aussperrte. Wenn ihr das geglückt sei, sagte sie, habe sie in ihrem Bett liegen können, kaum einen Meter von Pearl und Bea und Sophie entfernt, ohne Bea weinen zu hören oder zu sehen, wie Pearl die Geschwulst an ihrem Bein untersuchte. Pietr erzählte, wenn er sich von Ian, Frank und Albert habe absetzen wollen, habe er sich den Nachthimmel vorgestellt, samt allen Sternbildern, von denen er uns einst in seinem Vortrag erzählt hatte, und sich dann vorgestellt, er schieße zwischen ihnen umher wie eine Sternschnuppe.

Wir alle flüchteten uns in Gespräche über die Außenwelt, das schien an manchen Tagen die beste Art zu sein, unsere eigenen Probleme zu vergessen. Sobald die Zeitungen wieder geliefert wurden, machten wir uns eifrig darüber her und saugten alles auf, was über die Welt und den Krieg zu erfahren war. Als im Juli die Einberufungslotterie stattfand, war uns das neue Dasein schon so zur Gewohnheit geworden, dass wir mit Interesse lasen, wie sich ein General in Washington vor einen riesigen runden, mit schwarzen Kapseln gefüllten Glashafen stellte. Die Kapseln enthielten jeweils einen Streifen Papier mit einer Nummer. Der General rührte sie mit einem Stab um, und anschließend griff ein Mann mit verbundenen Augen hinein und wählte eine Kapsel aus.

Ein zweiter Mann öffnete sie und las die Nummer laut vor, die dann von einem Telegrafisten an alle Wehrdienststellen gefunkt und vor Ort an eine Wand geschrieben oder im Fenster des Postamts ausgehängt wurde. Obwohl wir nur indirekt davon berührt waren, malten wir uns tagelang aus, wie bei uns im Dorf, irgendwo in einem Dorf, der Mann mit der betreffenden Nummer jubelte oder wie er blass wurde und den Blick auf die Straße senkte. Wie in Washington lauter Männer, die zum Kämpfen zu alt waren, auf die nächste Nummer aus einer der Kapseln warteten, die wie Fische in ihrem riesigen Glas umherschwammen. Auf unseren Liegestühlen ruhend, während anderswo neun Millionen Männer darauf warteten, dass ihre Nummern gezogen wurden, lasen wir Leserbriefe, in denen geklagt wurde, dass man uns auf Staatskosten unterbrachte und ernährte. Es gemahnte uns daran, dass einige Menschen sich über jeden Cent ärgerten, den man ausgab, um uns am Leben zu erhalten.

In unserem eigenen Fischglas sehnten wir uns danach, auch mit anderen als nur unseren Zimmergenossen und -genossinnen über das reden zu können, was wir sahen und empfanden. Wir wissen nicht genau, wer die Botschaft auf den Weg brachte, die über die überfüllten Balkone von einem Stuhl zum nächsten wanderte, einige Leute übersprang und bei anderen landete, in andere Stockwerke flog und diejenigen von uns erreichte, die sich früher mittwochs getroffen hatten – aber irgendjemand tat es, und die Botschaft verbreitete sich. Nicht lange nach der Lotterie begannen wir uns draußen zu treffen, im Pavillon am nächstgelegenen kleinen See, zu unserer üblichen Zeit und außerdem an Samstagnachmittagen.

Ohne Wortführer und ohne formelle Tagesordnung standen wir in einem Haufen unter dem Zederndach, unterhielten uns unbeholfen und fanden nicht recht zu unserer einstigen Ungezwungenheit zurück. Zuerst redeten wir über den Brand selbst und über die Verstorbenen und Verletzten. Morris, Edith und Denis natürlich, obwohl wir zu dem Zeitpunkt unseren ersten Besuch auf der Lichtung noch nicht gemacht hatten. George, den wir im Speisesaal sahen und der mit links aß, weil seine rechte Hand noch im Verband steckte, und Vivian, die an den Rollstuhl gefesselt war, bis ihre gebrochenen Beine heilten. Wir redeten über Janet und Kathleen, die endlich aus der Krankenstation entlassen waren; über Irene, die ebenfalls entlassen war, aber besorgniserregenderweise noch nicht wieder sprechen konnte; und über Leo, dessen Zustand sich nur sehr langsam besserte. Dann über das, was uns Dr. Petrie und Eudora trotz ihrer Erschöpfung eilig auf dem Korridor mitgeteilt hatten. Über seine Berichte, ihre Sorgen um Naomi. Fast ein ganzer bewölkter Nachmittag verging mit einer Diskussion darüber, dass Naomi noch immer nicht aufgetaucht war, und den Gerüchten, wie rasch und scheinbar gleichgültig Mrs Martin ihr Verschwinden hingenommen hatte. Während wir die Bruchstücke dessen zusammentrugen, was wir über Naomi wussten – warum hatten wir sie so wenig wahrgenommen? –, senkte sich die Wolke, die den Hügel hinter dem Pavillon bedeckt hatte, aufs Feld hinunter. Zwanzig Minuten später waren wir durchnässt, aber was störte uns der Regen? Jedes Wetter erschien uns als Segen, und wir waren dankbar, dass wir hier waren und nass werden konnten.

20

Regnerisch war es auch an dem Tag gegen Ende Juli, als die drei von Miles beauftragten Ermittler durch unsere beengten Zimmer in der Heilanstalt schlichen, Fragen stellten und sich Notizen machten. *Erzählen Sie uns, was ist,* verlangten sie. *Erzählen Sie es uns noch einmal, mit Ihren eigenen Worten.*

Einmal mehr erzählten wir voller Überdruss unsere Geschichten. Doch erwähnten diesmal mehrere von uns erstmals, dass sich die Tür zum Speisesaal am Abend des Brandes einige Male geöffnet und geschlossen hatte. Einem Agenten fiel dieses Detail auf, und darauf fragte sich ein anderer, ob sich ein Patient im Laufe des Filmabends heimlich aus dem Speisesaal entfernt und anschließend wieder hineingeschlichen haben könnte. Der dritte, ein großer Mann mit schlechter Haut, gab diese Idee an Miles weiter, der zwei Tage später mit seinem neuen Chauffeur vorfuhr und um ein Gespräch mit allen Patienten gleichzeitig bat.

Unsere ehemalige Mittwochsgruppe versammelte sich mit allen anderen in dem engen neuen Speisesaal. Wir saßen, Miles stand, wie zum Hohn auf den Bildungszirkel, den er so optimistisch initiiert hatte. Seine schmächtige Gestalt steckte in einem neuen Anzug, sein Haar war frisch geschnitten und auf seiner Brust blitzte, jedes Mal wenn sich bei einer Geste das Jackett öffnete, sein Liga-Abzeichen. Er war nur wenige Zentimeter größer als Dr. Petrie, und wir hatten ihn nie als imposant empfunden. Aber die jüngsten Aufregungen schienen seiner Gesundheit gutgetan zu haben, und bei der Zusammenfassung dessen, was er über das Öffnen und Schließen der Tür zum Speisesaal gehört hatte – die drei Männer, die mit uns geredet hätten, berichtete er selbstzufrieden, stünden in seinen Diensten –, sprach er mit forscher Autorität. Er las aus säuberlich geordneten Notizen vor; die Leute auf den vorderen Plätzen konnten die von Hand gezeichneten Pfeile erkennen, mit denen seine Hauptpunkte markiert waren. Anhand der von seinen Agenten durchgeführten Befragungen und der Erkenntnisse aus den anderen, früheren Berichten hatte er eine Abfolge der Ereignisse erstellt, die er nun mit uns durchging.

Um 20.15 Uhr hatte der erste Film begonnen, und um 20.16 hatte Mick mit einem Witz auf unser enttäuschtes Stöhnen reagiert. Um 20.30 war die Leinwand schwarz geworden, während Mick von dem Kurzfilm über die Kämpfe in Frankreich zu dem über die Schiffe wechselte, die von U-Booten angegriffen wurden; in dieser Pause hatten wir viel geredet. Um 20.34 begann der zweite Film. Um 20.36 begann Myra zu husten, und die Deckenbeleuchtung ging an, während Stephen und Gloria sie rasch hinausgeleiteten. Charlie und Zoltan stellten die umgefallenen Stühle wieder auf, die Nachtschwester trat vom Korridor herein und holte sich Eudora zu Hilfe; das Licht ging wieder aus.

Nicht später als 20.40 setzte Mick die Vorführung des zweiten Films im abgedunkelten Saal fort. Irgendwann zwischen 20.43 und 20.46 sahen viele von uns zum ersten Mal das hohe helle Rechteck an der Wand, das anzeigte, dass sich die Tür zum Korridor öffnete und wieder schloss. Darauf waren Geflüster und andere Geräusche zu hören; mehrere hatten von einem Streit berichtet. Gegen 20.55 ging die Tür zum Korridor erneut auf und schloss sich rasch – wurde aber binnen zwei Minuten wieder geöffnet. An diesem Punkt hatte jemand, der sich über die Störung ärgerte, gerufen: »Tür zu!« Gleich nachdem die Tür geschlossen worden war – um 20.58 –, hatte Mick die Rollen erneut gewechselt. Um 21.02 lief der Film über die Luftkämpfe an, und um 21.04 erschien das hohe weiße Rechteck zum vierten und letzten Mal an der Wand. Um 21.16 fing Kathleen an zu husten …

»Alles Weitere ist Ihnen bekannt«, sagte Miles.

Und so war es – dennoch führte er uns der Vollständigkeit halber durch die Zeiten, zu denen Kathleen die Hände vom Klavier nahm und aufstand und Jakob die Türen des Haupteingangs aufriss und Albert, Otto, Ian und Frank begannen, die Fenster einzuwerfen, um uns zu befreien. Vorfall um Vorfall fügte er in seine Zeitgerade ein und bat uns an jedem Punkt per Handzeichen anzuzeigen, wie viele mit ihm übereinstimmten.

Wir staunten über die seltsam präzisen Zahlen, zeigten uns aber in den meisten Fällen mit ihm einig: nicht weil wir sicher waren, dass er recht hatte, sondern weil uns schon da, zehn Wochen nach dem Brand, die Einzelheiten im Gedächtnis verschwammen. Belle erinnerte sich daran, wie ihr Schenkel über den Fensterrand schrappte, eher ein Gefühl von Kälte als Schmerz; und an die Überraschung, als sie ihr eigenes Blut herausschießen sah – aber war das, bevor oder nachdem sie jemanden mit einer Serviette vor der Nase über den Fußboden hatte krabbeln sehen? Sophie erinnerte sich, beobachtet zu haben, wie der Rauch auf sie zuschwappte wie schmutziges Wasser und sich dann um die Stühle zu Wolken verdichtete, die sie in dem Moment, als sie die Verwandlung wahrnahm, auch schon verschlangen. Agnew erinnerte sich an das Geräusch seiner brechenden Rippen, als Dr. Richards, der ihn aus dem Saal schleppte, gerade so lange innehielt, dass Ian, der über Frank gestolpert war, auf ihn stürzte. Jeder von uns hatte ein paar deutliche Bilder im Gedächtnis, und dazu die Angst, die Gerüche, den Lärm, die Panik: die banalen Minuten vor dem Feuer jedoch, das wann und wie und die Reihenfolge der Ereignisse – wie sollten wir die bestimmen? Wir taten unser Bestes.

»Ich möchte versuchen«, sagte Miles, »auf ein paar Punkte näher einzugehen.« Er blickte auf seine mittlerweile mit vielen Anmerkungen versehene Zeitgerade. »Die meisten von Ihnen scheinen darin übereinzustimmen, dass die Tür hinten im Saal noch viermal aufging, nachdem Myra zwischen 20.43 Uhr und 20.46 Uhr den Saal verlassen hatte und es wieder dunkel war, und zwar um 20.46 Uhr, um 20.55 Uhr und eine oder zwei Minuten darauf noch einmal und zum letzten Mal dann um 21.04 Uhr. Weiß noch jemand von Ihnen, wen Sie in der Nähe der Tür gesehen haben?«

Fünf Minuten hier, fünf Minuten da – wer hätte das sagen können? »Eudora hat eine Weile dort gesessen. Und Leo«, sagte Nan, die in der Nähe gesessen hatte.

Sie war so darin versunken, ihre eigenen Erinnerungen in den von der unerbittlichen Zeitgerade vorgegebenen Rahmen einzupassen, dass ihr entging, worauf Miles mit seiner Frage zielte. Polly und Pietr, die auf ähnliche Weise mit ihren Gedanken beschäftigt waren, machten zustimmende Geräusche, noch ehe die Ersten von uns die Implikationen verstanden hatten.

»Leo Marburg?«, fragte Miles. Als ob wir mehr als einen Leo hätten.

»Leo, *Leo*«, erwiderte Albert ungeduldig. In der langen Wunde an seinem Arm hatte sich ein Nerv entzündet, und der Schmerz machte ihn reizbar. »Der, in den Ihre Chauffeurin so verknallt ist. Die war auch da, sie haben sich über irgendwas gezankt.«

Miles kniff den Mund zusammen. »Naomi war an dem Abend *hier?*«

Wir sahen seinem Gesicht an, dass ihn das aufregte, aber wir verstanden nicht, warum. Eine andere Stimme fügte hinzu: »Sie hat Leo ein Paket gebracht.«

»Leo?«, fragte Miles. Sein Blick wanderte zu Vivian und dann über die Narben an Franks Händen, aber er schien uns nicht zu sehen. »Wann ist sie eingetroffen?«

Das wusste keiner; wir hatten den Streit mitbekommen, aber nichts davor. Leo jedenfalls, betonte jemand – möglicherweise Belle – war die ganze Zeit im Saal gewesen. Wie hätte er sonst so schwere Vergiftungen davontragen können? Und den überwiegenden Teil der Zeit, fügte Arkady hinzu, sei es Eudora gewesen, mit der sich Leo unterhalten habe. Sie sei hinausgegangen, sagte Frank, um nach Myras Blutung aufzuwischen.

»Das war das eine Mal, als die Tür aufging?«, unterbrach Miles.

»Ich glaube, ja«, sagte jemand.

»Und Sie glauben, Leo war die ganze übrige Zeit da? Während die Tür mehrmals auf- und zuging?«

»Wir haben uns die Filme angeschaut«, sagte jemand anders. »Aber er muss da gewesen sein. Wie hätte er sonst Kathleen zu Hilfe kommen können?«

Im alten Gebäude hatte Dr. Petries Büro im ersten Stock gelegen, nicht weit von der Bücherei, während sich Dr. Richards Vierzimmerflucht im Parterre befunden hatte, gegenüber dem Empfang und leicht zugänglich für wichtige Besucher. In ihrem neuen Quartier im Frauenflügel waren sie in benachbarte Zimmer gequetscht, getrennt nur durch die dünnen Wände, die als ausreichend gegolten hatten, solange sie uns als Schlafzimmer dienten. Miles suchte Dr. Petrie noch einmal in seinem Büro auf, diesmal ohne zu klopfen und ohne den Stuhl auch nur anzusehen. Was, fragte er, ohne sich zu setzen, wusste Dr. Petrie von einer Verbindung zwischen Naomi und Leo Marburg?

»Ich kenne Naomi kaum«, gab Dr. Petrie vorsichtig zur Antwort. »Sie hat sich mir nie anvertraut. Aber ich habe sie tatsächlich ein- oder zweimal mit Leo reden sehen. Und am Abend des Feuers haben sie sich wegen irgendetwas gestritten. Aber sie war fort, bevor es losging.«

»Haben Sie sie gehen sehen?«

»Irgendwer hat es gesehen. Eudora, glaube ich.«

»Hat Leo sie begleitet?«

Dr. Petrie spreizte die Hände. »Woher soll ich das wissen? Bis das Feuer ausbrach, war es dunkel, und danach – ich weiß nur, dass ich ihn neben Kathleen gefunden habe, beide bewusstlos.«

Miles nickte und ging zum Büro von Dr. Richards weiter. Die Wände waren so dünn, dass Dr. Petrie ihre Stimmen hören konnte. Dr. Richards blieb ruhig, obwohl Miles immer lauter wurde. Er hörte Miles sagen: *Wir müssen, wir müssen, wir müssen,* und dann verließen sie, noch immer in ernstem Ton redend, gemeinsam das Büro.

In derselben Woche nahmen wir die provisorische Küche und den neuen Speisesaal, der im Frauenflügel eingerichtet worden war, in Betrieb. Unsere alten Tische waren weg – sie abzuschleifen und neu zu lackieren hatte sich als zu aufwendig erwiesen –, und so saß an jedem der neuen langen Tische ein Dutzend von uns Ellbogen an Ellbogen, Männer und Frauen lediglich durch eine schmale Fläche getrennt: die einzige Veränderung zum Positiven. Wir konnten uns in die Gesichter sehen, dicht beieinander sitzen und reden; angesichts unserer neuen Wohnbedingungen war es sinnlos, uns bei den Mahlzeiten zu trennen. Am letzten Tag im Juli, während wir gemeinsam zu Mittag aßen, kehrten die Männer zurück, die für Miles arbeiteten. Als Abe, Arkady und Otto nach dem Essen durch die Tür in ihr Zimmer traten, fanden sie die drei Agenten vor. Sie guckten in die Nachttische und unter die Betten, hoben Laken und Decken an und inspizierten die Bücher.

»Verzeihung«, sagte Arkady, »was machen Sie da?«

Er nahm einem der Männer sein Kissen ab. Der Agent nahm es wieder an sich und setzte zu einer Erklärung an, da nahm Abe seine Hausschuhe und umklammerte sie vor der Brust.

»Ist es jetzt so weit?«, fragte Otto und ließ sich schwer auf sein Bett fallen.

Der zweite Agent verzog das Gesicht. »Befehl von Dr. Richards«, sagte er. »Machen Sie keinen Ärger.«

»Alle Zimmer?«, fragte Arkady. »Oder bloß unseres?«

»Bloß Ihres«, sagte der dritte Agent ruhig.

Daraufhin setzten sich Arkady und Abe zu beiden Seiten neben Otto und starrten die Fremden zornig an. Es war empörend, dachte Otto. Lächerlich, dachte Abe. Aber es würde, dachte Arkady, in einer Minute vorbei sein; sie hatten sich nichts zuschulden kommen lassen. Der dritte Agent öffnete Leos Spind, der jetzt auch Ottos war – wir mussten uns alles teilen –, und fand, nachdem er die Schuhe auf dem Boden und die Kleidung an den Haken inspiziert hatte, unter Leos Jacke die kleine Blechschachtel, die Eudora und Naomi in der Hand gehabt hatten.

»Ihre?«, fragte der Agent Otto.

»Die habe ich noch nie gesehen«, erwiderte Otto wahrheitsgemäß.

»Dann gehört sie also Leo Marburg?«

»Woher soll ich das wissen?«, fragte Otto.

Der Agent kehrte zum leeren Bett zurück und deutete auf den Nachttisch mit der weißen Platte. »Leos?«, fragte er Abe.

»Offensichtlich«, sagte Abe.

Der Agent nahm die beiden grünen Bände in die Hand, die er sich bereits angesehen haben musste; sie lagen ordentlich aufeinander mitten auf dem Tisch, nicht mehr aufgeschlagen wie nach Ottos Lesung. Arkady beobachtete, wie der Agent sie nun mit beunruhigendem Eifer einer erneuten Prüfung unterzog. »Die sollten wir mitnehmen«, sagte er zu seinen beiden Begleitern, »*Die Grundlagen der Chemie* – da wüsste man doch gern, was er daraus gelernt hat!« Die drei Männer nickten sich zu und verschwanden, um Dr. Richards Bescheid zu geben.

Wenn wir überhaupt etwas sind, dann schnell. Die Nachricht verbreitete sich in Windeseile; noch bevor Dr. Richards eine Stunde später mit Miles zurückkehrte, wussten wir alle, was vorgefallen war und was sich in der Schachtel befand. Als wir ihn in seinem glänzenden neuen Wagen vorfahren sahen, machten wir dicht. Keiner musste Arkady, Otto und Abe auffordern, nichts mehr zu sagen, während Dr. Richards und Miles erneut den Spind durchsuchten, um festzustellen, ob die Agenten auch nichts übersehen hatten.

»Sie drei«, sagte Miles. »Was wissen Sie über diese Schachtel?«

Nichts, antworteten sie, nichts, gar nichts. Sie hätten die Schachtel und ihren Inhalt noch nie gesehen. Noch während ihrer Beteuerungen platzte Dr. Petrie, den das Gerücht eben erst erreicht hatte, ins Zimmer.

»Was ist hier los?«, fragte er empört.

Miles zeigte ihm den Inhalt der Schachtel. »Otto behauptet, ihm gehört sie nicht«, sagte er, »das heißt, sie gehört Leo. Ich habe Zeichnungen von diesen Dingern in der Zeitung gesehen, und ich vermute, Sie auch. Gibt es einen Grund unter der Sonne, wozu Leo so etwas besitzen sollte, es sei denn, er hatte den Plan, den Laden hier abzubrennen?«

Durch Miles' Adern strömte, während er sprach, so etwas wie Vergnügen. Schon vorher, als er über der Chronologie des Kinoabends gebrütet hatte, war ihm aufgegangen, dass das Ineinanderfügen des Ganzen, bei aller Mühe an jedem einzelnen Punkt, gerade so befriedigend war wie das Zusammensetzen eines versteinerten Dinosaurierskeletts aus lauter im Gelände verstreuten Einzelteilen. Als er die Chronologie des Abends erläutert und dabei anstelle unserer chaotischen und widersprüchlichen Erinnerungen eine saubere Abfolge präsentiert hatte, war er sich sicher gewesen, dass seine Aufgabe hier ähnliche Belohnungen für ihn bereithielt. Und schon hatte sie drei neue Puzzleteile ans Licht gebracht. Naomi war an dem Abend hier gewesen; Leo hatte sie hergelockt; Leo war ein Lügner. Bei dem Gedanken, dass Naomi durch irgendetwas, was Leo gesagt oder getan hatte, aus Tamarack Lake vertrieben worden war, hätte er den Nachttisch durch die Wand werfen mögen.

»Leo kann keiner Fliege was zuleide tun«, sagte Dr. Petrie.

Doch für Miles war die Schachtel in seiner Hand, in der der heile Bleistift-der-keiner-war offen neben den Einzelteilen des anderen und der Zeichnung lag, auf der zu sehen war, wie die Teile zusammenzufügen waren, der klare Beweis, dass er mit seiner Intuition richtig gelegen hatte. Vor ihm erstand ein vollendetes Gebilde, nur noch ein paar letzte Knochen, und es war fertig.

»Das ist Leos Handschrift«, sagte er triumphierend, »sehen Sie, wie er das R schreibt? Das habe ich genauso in seinen Notizen gefunden.« Vielleicht hatten sich Naomi und Leo exakt über diese Zeichnung gestritten, kein Wunder, dass sie laut geworden war, kein Wunder, dass man sie gehört hatte! Wenn sie doch bloß sofort zu ihm gekommen wäre, als sie den ersten Verdacht geschöpft hatte, dann hätte er vielleicht alles verhindern können.

Die Zeichnung machte wirklich einen üblen Eindruck, gestand sich Dr. Petrie ein. So klar, so ordentlich. Doch zu Miles sagte er: »Sie reden von einem Mann, der sein Leben riskiert hat, um das einer anderen Patientin zu retten.«

Zur Antwort hielt ihm Miles die Bücher hin, die seine Agenten von Leos Nachttisch entwendet hatten. »Seit wann haben Patienten solche Bücher?«, fragte er. »Wir könnten es mit einem zweiten Dr. Scheele zu tun haben. Diesem Drogisten aus Brooklyn – ein deutscher Chemiker aus einer Chemikerfamilie, der von der deutschen Regierung als Geheimagent hierher entsandt wurde.«

»Scheeles Zigarrenbombe«, murmelte Dr. Petrie entsetzt über die Verbindung, die Miles herstellte. Er hatte die Zeichnungen in der Zeitung gesehen: eine kleine zigarrenlange, durch eine dünne Blechscheibe in zwei Fächer geteilte Metallröhre. In dem einen Fach eine Chemikalie, im anderen eine ätzende Säure; so brauchte sich nur noch ein Matrose oder Heizer bereitzufinden, die Röhre in einem Schiffsbauch zu verstecken. Draußen auf hoher See fraß sich die Säure in ein paar Tagen durch das Blech, reagierte mit der Chemikalie und entzündete ein Feuer. Schiffe waren bis zur Wasserlinie abgebrannt.

»Worin unterscheidet sich das hier von den sogenannten Zigarrenbomben?«, fragte Miles. »Sogar Sie können die Ähnlichkeit erkennen. Und wieder haben wir es hier mit einem Chemiker zu tun, wieder mit einem deutschen Namen und wieder mit einem Sprengkörper in unmittelbarem Zusammenhang mit einem Brand …«

»Es stimmt, dass Leo sich für Chemie interessiert«, sagte Dr. Petrie, »aber das war uns allen bekannt. Die Bücher hat ihm Irene *geschenkt*, und andere hat sie ihm geliehen. Auch ich habe ihm welche geliehen.«

Sein Magen rumorte und brannte, und in seinen Ohren rauschte es. Würde er ohnmächtig werden? Seit dem Brand arbeitete er zu viel, schlief zu wenig, aß schlecht und hatte bis vor kurzem sogar die wohltuenden Unterhaltungen mit Irene entbehren müssen.

Zu Miles sagte er: »Seine Interessen stempeln ihn nicht zum Verbrecher. Ich bin mir sicher, es gibt für die Schachtel eine gute Erklärung – wenn Sie eine Frage haben, gehen Sie zu ihm. Er ist noch schwach, aber zum Reden ist er gesund genug.«

»Dass Sie ihn verteidigen, war klar«, sagte Miles. Er schloss die Schachtel und klemmte sie sich vorsichtig unter den Arm. »Ich fahre jetzt wieder ins Dorf. Ich muss etwas prüfen und ein paar Anrufe machen.« *Ich muss mit Eudora reden*, dachte er. »Aber ich komme morgen wieder«, sagte er.

Er fand Eudora in ihrem blauen Kittel über einen Eimer gebeugt im Erdgeschoss des Männerflügels, wo sie die Fußleisten des Hauptkorridors desinfizierte. Vor Wut rutschte er beinahe auf dem feuchten Linoleum aus, während er auf sie zueilte. Offensichtlich wusste sie weit mehr, als sie vor Wochen bei Mrs Martin verraten hatte. Damals war sie seiner Frage nach Naomis Verschwinden ausgewichen. Vielleicht hatte sie die ganze Zeit gelogen, in allen Dingen.

Doch bevor er dazu kam, sie zu fragen, wo genau sie sich während des Brandes aufgehalten hatte und was sie über Leo und

Naomi wusste, richtete sie sich mit einem nassen Putzlappen in der Hand auf und sagte: »Was hat Ihnen das Recht gegeben, Leos Zimmer zu durchsuchen?«

»Das Gesetz«, antwortete Miles, von ihrer Kühnheit überrascht. »Die neuen Gesetze geben mir jedes Recht; es wäre nachlässig von mir gewesen, es nicht zu tun. Genauso wie es nachlässig von Ihnen war, mir nicht zu sagen, womit er sich beschäftigte. Diese Bücher, die ihm Irene angeblich geschenkt hat: Haben Sie davon gewusst?«

Wassertropfen färbten Eudoras Kittel dunkel, als sie ihren Lappen auswrang. Sie wusste bereits, was die Agenten gefunden hatten – Neuigkeiten verbreiten sich hier wirklich schnell –, aber ihr war nicht klar gewesen, wie Miles es deuten würde. Ohne zu wissen, dass sie Dr. Petries Worte wiederholte, sagte sie: »Dass er sich mit Chemie beschäftigt, stempelt Leo nicht zum Kriminellen. Ich –«

»Es sind nicht nur die Chemiebücher«, unterbrach er sie, »nicht einmal die Chemiebücher in Kombination mit dem, was hier drin ist.« Er tippte auf die Schachtel unter seinem Arm. »Es ist alles zusammen, es sind sämtliche Aspekte seines Verhaltens. Keiner denkt klar. Sie nicht, und Dr. Petrie nicht. Nicht einmal ich. Wir müssen die Sache rational betrachten – ich bin außer mir, natürlich bin ich außer mir. Trotzdem kann ich nicht über die Fakten hinwegsehen. Und Sie – warum haben Sie mir nicht gesagt, dass Naomi am Abend des Brandes hier war? Warum haben Sie mir noch nicht gesagt, dass Leo sich für Naomi interessierte?«

»Was zwischen ihnen ist, ist ihre Privatsache«, sagte sie entrüstet, den ersten Teil der Frage ignorierend. »Und was hat das damit zu tun –«

»Ich versuche, die *Wahrheit* zu finden«, unterbrach er sie erneut. »Was ich von Ihnen nicht behaupten kann – Sie haben mich zum Narren gehalten. Naomi hat Leo besucht, gewiss auf seine Einladung hin; Leo hat sich mit ihr gestritten, am selben Abend, an dem das Feuer ausgebrochen ist. Das haben Sie vor mir verborgen. Das haben Sie alle verborgen.«

»Das hatte mit *verbergen* nichts zu tun«, sagte sie. »Es ging Sie nichts an. Und Leo macht sich nichts aus ihr. Er hat sich nie etwas aus ihr gemacht.«

Während sie sprach, erschien Miles' neuer Chauffeur am Ende des Korridors, und sein linker Schuh mit der verdickten Sohle klatschte laut über das Linoleum. »Ich habe eine Nachricht für Sie«, rief Tyler mit vor Eifer strahlendem Gesicht.

»Halt«, sagte Miles. »Warten Sie dort auf mich.« Er drehte sich noch einmal zu Eudora um. »Woher wissen Sie, dass er sich *nicht* für sie interessiert?«, fragte er.

»Weil ...« Es war furchtbar auszusprechen, aber sie wusste nicht, wie sie sonst seine Aufmerksamkeit von Leo ablenken konnte. »Weil er mich liebt.« Wie hatte sie zulassen können, dass alles so konfus wurde?

»Aber wenn das stimmt«, sagte er, »wenn das stimmt ...« Seine Finger bewegten sich, als wollten sie einen Bleistift nehmen, um sich diese neue Information, die nun wieder in das Gesamtbild einzufügen war, auf einem Blatt Papier zu notieren. »Was hat dann Naomi am Kinoabend hier gewollt?«

»Das müssen Sie Naomi fragen.«

Miles sah sie misstrauisch an. »Sie verbergen immer noch etwas.«

»Nein«, sagte Eudora. »Ich sage nur, privat ist privat.«

Fünfzehn Meter entfernt am Ende des Korridors wippte Tyler auf der Stelle und zeigte auf seine Uhr, kam aber aus Gehorsamkeit Miles gegenüber nicht näher. Bevor Miles sie weiter befragen konnte, ließ Eudora ihren Lappen fallen und stolzierte davon, wobei sie Tyler im Vorbeigehen streifte wie eine Topfpflanze. Sie fuhr nach Hause, ging sofort ins Bett und schlief zehn Stunden, getröstet nur von dem Wissen, dass sie den darauffolgenden Tag freihatte. Am nächsten Morgen – es war der erste August – öffnete sie noch vor dem Frühstück ihren Schrank und holte die Zeichnungen hervor, die ihr Naomi über die Jahre geschenkt hatte. Ihr Gesicht, die Gesichter ihrer Eltern, ihrer Brüder; die elegante Villa mit dem großen Garten davor, in der Naomi einst zu Hause gewesen und die jetzt von Fremden bewohnt war; alle sprühten vor Leben, und keine bot einen Hinweis darauf, wo sie war.

Wenn sie Naomi finden könnte, dachte sie. Wenn Naomi anriefe oder schriebe, dann könnte sie sich bei ihr entschuldigen. Sie starrte noch ein paar Minuten auf die Zeichnungen und packte sie schließlich wieder sorgfältig weg. Vom Anfang ihrer Bekanntschaft an hatte Naomi damit gedroht, auszureißen; am Ende hatte sie wahr gemacht, was oft bloß als leere Drohung erschienen war. Zu gewieft, um etwas von ihren Absichten verlauten zu lassen, hatte sie nichts als den Model T und das von Miles und ihrer Mutter gestohlene Geld mitgenommen: im Grunde alles, was sie brauchte, um die Reise zu ermöglichen. Ob sie allerdings ihre Flucht von vornherein für den Abend geplant hatte und nur ins Tamarack State gekommen war, um sich von Leo zu verabschieden – vielleicht sogar, um ihn zum Mitkommen zu überreden? –, oder ob sie spontan losgefahren war, wusste Eudora nicht zu sagen. Als Leo nach Eudoras Hand gegriffen hatte, war Naomi so aus der Fassung geraten wie Miles gestern im Korridor. Meine Schuld, dachte Eudora: in beiden Fällen. Ach, wenn Irene doch bloß wieder gesund wäre und sie bei ihr Rat suchen könnte.

21

An jenem ersten August saß Leo spätnachmittags auf mehrere Kissen gestützt im Bett und starrte an die Wand. Die neue Krankenstation war kleiner als die alte, wie auch die neuen Betten kürzer waren, und er lag allein in dem dunklen, schmalen Zimmer. Kathleen, Irene und Janet waren entlassen, und niemand Neues war eingetroffen, um die Betten zu belegen. Er hatte die Meldung verpasst, dass Neuaufnahmen ausgesetzt waren, wie er so vieles verpasst hatte; seit dem Brand war alles vom Fieber vernebelt. Er erinnerte sich vage an Besuche von Eudora, ihre wunderschöne Haut unter einer Maske verborgen, und an Irene, die an seinem Bett saß und stumm seine Hand hielt. Von den beiden abgesehen hatte ihm nur Dr. Petrie Gesellschaft geleistet, der, vielleicht weil er ahnte, wie einsam er war, beinahe täglich hereingeschaut hatte. In letzter Zeit, seitdem er wieder essen konnte und seine verlorenen Kräfte wiederzukehren begannen, quälte ihn die Isolation wie ein körperlicher Schmerz.

Dr. Petries Büro lag in der Nähe, und als Leo Schritte auf dem Gang hörte, schob er sich, in der Hoffnung, dass der Arzt einen Augenblick hereinschauen würde, auf den Kissen hoch. Dann sackte er wieder in sich zusammen: Es waren zwei Paar Füße, eine Enttäuschung. Pfleger vielleicht. Er hatte sich schon halb zur Wand gedreht, als Dr. Richards und Miles forsch in die Station marschiert kamen.

Ihre Gesichter wirkten abgespannt, und Miles' Wangen waren gerötet, doch Leo hatte keine Zeit, sich zu fragen, warum. Dr. Richards streckte ihm die kleine Blechschachtel entgegen, die

Ephraim zurückgelassen hatte, klappte sie auf und wieder zu. Leo war von seinen Anschuldigungen und Miles' Gebelfer so verblüfft, dass er anfangs gar nicht verstand, was sie sagten.

»Das haben wir in *Ihrem Spind* gefunden«, wiederholte Dr. Richards.

Miles kläffte Worte wie »Verräter« und »Spion«, während Dr. Richards, offensichtlich erregt, zwei Geschichten gegeneinander abzuwägen schien. In der einen hatte Leo all das getan, wessen er von Miles beschuldigt wurde – listig intrigiert, sorgfältig geplant, eine geheime Waffe beschafft und versteckt, den Versuch unternommen, eine staatliche Institution zu zerstören –, während es in der zweiten eine andere Erklärung für das Vorhandensein der Schachtel in seinem Spind gab. Es hatte keinen Sinn, erkannte Leo, seine Antwort an Miles zu richten. Er wandte sich Dr. Richards zu.

»Die Schachtel gehört mir nicht und das, was drin ist, auch nicht«, sagte er. »Es hat mir nie gehört.«

»Und wie kommt sie in Ihren Spind?«

Er machte den Mund auf und gleich wieder zu, weil ihm aufging, was er gesehen hatte, als Dr. Richards den Deckel gelüftet hatte: einer der kleinen Feuerstifte fehlte. Ephraim, war sein erster Gedanke. In seinen gelegentlichen Briefen aus Ovid hatte Ephraim von der langsamen Genesung seiner Tochter, seinem eigenen kurzen Rückfall und dann, im Frühjahr, froh von seiner zunehmenden Kraft berichtet. Vielleicht hatte er bei seiner Abreise einen der Stifte mitgenommen – doch das konnte nicht sein, dachte Leo. Als er einen Stift auseinandergenommen und die Zeichnung angefertigt hatte, hatten alle drei in der Schachtel gelegen. Dann hatte also hier jemand in seinem Spind herumgeschnüffelt? Fast hätte er laut aufgestöhnt. Er hatte die Schachtel behalten, obwohl er wusste, dass er das nicht tun sollte, er hatte sie dort gelassen, wo jeder sie finden konnte; wenn der fehlende Stift etwas mit dem Feuer zu tun hatte, dann war er zumindest mitschuldig.

»Ich habe sie für jemanden aufbewahrt.« Mehr war er nicht bereit zuzugeben. Wir rechnen ihm das hoch an, obschon wir wünschen, Ephraim und er hätten uns anderen, damals, als sie gebracht wurde, gleich davon erzählt.

»Wir haben Ihre Bücher gefunden«, sagte Miles. »Wir wissen, womit Sie sich beschäftigt haben, wir wissen, dass Sie chemische Vorkenntnisse besitzen.« Er griff nach der Schachtel in Dr. Richards Händen, klappte sie auf und nahm die Skizze vom Aufbau des Sprengkörpers heraus. »Also tun Sie nicht so, als ob Sie nicht genau wüssten, wie diese Dinger funktionieren. Oder als ob diese Zeichnung nicht von Ihnen wäre. Ist das nicht Ihre Schrift?«

Wieder saß Leo hilflos da. Natürlich war es seine Schrift. Aber nichts, was er dazu sagen konnte, war unverfänglich; jede Antwort würde zu weiteren Fragen und schließlich zu Lügen führen.

Und tatsächlich sagte Miles jetzt schon, mit dem Papier in seiner Hand wedelnd: »Wollen Sie mir etwa ins Gesicht lügen?«

Die Sonne strahlte durch das Fenster und warf eine breite Lichtbahn ins Zimmer, die Dr. Richards' Beine ab- und Miles mittendurchschnitt. Leo rutschte im Bett ein paar Zentimeter tiefer, dann noch ein paar und brachte sich so in eine Position, in der ihm oft das Atmen schwer wurde. Kaum dass er in der Sonne lag, begann er zu husten. Zuerst kam das harte, krächzende Bellen, das seine Lungenentzündung begleitet hatte, und dann etwas Tieferes, etwas Nasses, Schäumendes, das er seit Monaten nicht gespürt hatte. Er hustete und hustete, sein Gesicht brannte, das Bett wackelte, und er war bald halb bewusstlos. Trotzdem registrierte er noch, wie Miles und Dr. Richards zurückwichen, und ihre Mienen, als er sich nach ein paar Minuten eine Serviette vor den Mund presste, die, als er sie entfernte, tatsächlich Blutflecken aufwies.

Die Nachricht von dieser Szene verbreitete sich rasch und hatte bis zum Tag darauf, als Dr. Petrie abermals zu einem Gespräch in

Dr. Richards' Büro gerufen wurde, bereits einigen Schaden angerichtet. Im Gespräch stellte er fest, dass Dr. Richards, wie wir anderen auch, zwischen seiner eigenen Einschätzung von Leos Charakter und der von Miles schwankte, der, wie er berichtete, der felsenfesten Überzeugung war, dass Leo irgendwie den Brand gestiftet hatte.

»Wenn Sie Leo gestern gesehen hätten«, sagte Dr. Richards, »die Art, wie er verstummte –«

»Ich *habe* ihn gesehen«, sagte Dr. Petrie, »gestern Abend bei meiner Visite.« Auf einer Ecke von Dr. Richards' Schreibtisch lag das konfiszierte Exemplar der *Grundlagen der Chemie.* Vor Monaten, vor dem Brand, hatte Dr. Petrie bei seinem Rundgang ein Päuschen bei Leo eingelegt, und der hatte ihm einen Satz aus einem der grünen Bände vorgelesen: *In Ansehung der Zufriedenheit, Freiheit und Freude des Lebens im Reich der Wissenschaft möchte man von Herzen wünschen, dass viele den Weg durch ihre Tore finden.* Sie hatten gewiehert vor Lachen und waren sich einig gewesen, dass die Wissenschaft, wie sie sie kannten, unendlich interessant, ja faszinierend war – aber niemals frei, hier nicht.

Zu Dr. Richards sagte er: »Ich war kurz davor, ihn in sein Zimmer zu entlassen, aber jetzt – er hat einen bösen Rückfall erlitten.«

»Seine Gesundheit muss an oberster Stelle stehen«, sagte Dr. Richards und zupfte sich am Ohr. »Trotzdem werden vielleicht selbst Sie zugeben, dass die von Miles gesammelten Beweise mehr als besorgniserregend sind.« Er deutete auf die Bücher. »Wenn sie einem von uns gehörten, läge die Sache anders. Aber dass sie jemand wie Leo hat und dazu diese Schachtel und dann eine so schwache Ausrede vorbringt ...«

»Aber er hat völlig vernünftige Gründe für den Besitz der Bücher«, sagte Dr. Petrie resigniert und wiederholte, was er bereits Miles erklärt hatte. Was meinte Dr. Richards genau mit »einem von uns«? »Irene hat sie ihm geschenkt, zum Lernen. Geben Sie ihm ein bisschen Zeit, sich zu erklären.«

»Ich glaube nicht, dass wir viel haben. Miles will, dass ich bei der Aufsichtsbehörde eine neue offizielle Untersuchung beantrage. Oder andernfalls, dass wir ihm gestatten, selbst eine Untersuchung durch sein Komitee in die Wege zu leiten. Er hat die Schachtel als Beweisstück mitgenommen.« Dr. Richards zupfte sich abermals am Ohr. »Wir sind eigentlich verpflichtet, es geheimzuhalten, aber ich denke, Sie wissen es ohnedies – ich bin inzwischen auch Mitglied des Komitees. Zusammen mit einer ganzen Reihe anderer Leute, die Sie kennen. Miles ist direkt jemandem vom Geheimdienst unterstellt, und es wird, glaube ich, eines Tages wichtig sein, wer dabei ist und wer nicht.«

Dr. Petrie starrte auf die Papierberge, die sich um die grünen Bücher türmten. Er war sich bewusst, dass schon sein Schweigen ihn als Fürsprecher Leos auswies. Von etwaigen Beweisen, die Miles entdeckt hatte, würde er nichts mehr zu sehen bekommen; Miles würde ihm jetzt nichts mehr erzählen. Wenn er der Liga beigetreten wäre, hätte sich Miles vielleicht offener geäußert – aber wie hätte er das über sich bringen sollen? Die schriftliche Einladung hatte seine Hände verätzt wie Säure. Er hatte sie fallen lassen, eine Zeitung darübergeworfen, seine Antwort eine Woche lang hinausgeschoben und schließlich mit einer einzigen Zeile erledigt. Jetzt konnte er nur noch versuchen, Miles und Dr. Richards aufzuhalten, bis Leo bereit war, eine Erklärung abzugeben. Ratlos sagte er: »Ich habe zu arbeiten. Würden Sie mich entschuldigen?«

Wenigstens, dachte Dr. Petrie im Gehen, hatte Leo Freunde: Damit meinte er uns. Wieder in seinem Büro, schob er einen Stapel Papier beiseite und dann, vor lauter Verzweiflung über das Chaos auf seinem Schreibtisch – wie sollte er arbeiten, wie sollte er *denken*, wenn diese Papierzungen von Stapel zu Stapel schlappten, einzelne Blätter sich von einem Bericht in den anderen verirrten? –, raffte er den ganzen Kladderadatsch zusammen und fegte ihn in einem Haufen auf den Fußboden. Ein Projekt zur Zeit auf dem Schreibtisch, an dem er ungehindert arbeiten konnte. Im

Augenblick wollte er nur über Leo und Miles nachdenken. Wenn Miles wirklich Druck ausüben wollte, würde der Rest der Liga und vielleicht sogar Dr. Richards ihn unterstützen. Hingegen würden wir uns sämtlich hinter Leo stellen. So viele Mitpatienten, die alle bereit waren zu bezeugen, dass Leo einen guten Charakter besaß, das musste doch auch Gewicht haben. Durch diese Einsicht ein wenig beruhigt, machte er sich daran, erste Blätter aus dem Haufen zu ziehen.

In den nächsten Tagen war Dr. Petrie von dem, was ihm auf seinen Runden bei uns entgegenschlug, so schockiert, als wären uns allen plötzlich Schwänze gewachsen. Wir waren so kaltblütig, dass wir vor uns selbst erschraken. Von dem Augenblick an, als die Agenten Leos Zimmer durchsuchten, ging etwas durch die Heilanstalt, das uns immer noch so unangenehm ist, dass wir es uns kaum eingestehen mögen, und das wir immer noch nicht ganz verstehen. Am Abend nach der Durchsuchung verbreitete es sich von dem Kern, Abe, Arkady und Otto, in beide Richtungen über den Balkon im ersten Stock. *Der Chemiker*, raunten wir einander zu: Als würden wir Leo nicht kennen, als wüssten wir es nicht besser. *Natürlich. Wer sonst?* Von dieser Reihe dicht stehender Liegestühle schwappte das von uns so rasch gefällte Urteil nach oben zu den Frauen auf dem Balkon im zweiten Stock und nach unten zu den Männern auf dem Balkon im Parterre, und je mehr geredet wurde, desto lauter wurden die Stimmen. Leo hatte niemandem die kleine Blechschachtel gezeigt; warum nur? Wir hatten die Zeichnung nicht gesehen, und wir wussten noch nichts von Ephraims Besucher; warum hatte Leo so geheimnisvoll getan? Und was hatte er am Abend des Brandes zu Naomi gesagt, das sie so aus der Fassung gebracht hatte?

Er hatte Geheimnisse, glaubten wir. Er hatte schon immer Geheimnisse gehabt, jetzt, als sich die Nachricht von Leos wohlplatziertem Hustenanfall und seiner Weigerung, auf Miles' Fragen zu antworten, verbreitete, stellten wir fest, dass wir ihm das alle übelgenommen hatten. Wer hatte ihm das Recht gegeben, sich so vor uns zu verschließen? Am Ende des zweiten Tages hatte unser Argwohn ein Bild von Leo gezeichnet, das seinem wahren Wesen ungefähr so ähnlich war wie Eudoras Röntgenaufnahme seiner lebendigen, atmenden Lunge. In diesen zwei Tagen fiel Dr. Petrie und Eudora, jedes Mal wenn sie sich einer Gruppe von uns näherten, auf, dass wir auseinandergingen und davonschlichen, ohne etwas zu sagen, und jede Erwähnung von Leo vermieden. Dr. Petrie, der sich so sicher war, uns zu verstehen, dass er sich oft als einer von uns empfand, konnte nicht glauben, was er sah. Als er es begriff, ging er zu Irene.

Solange Irene auf der neuen Krankenstation lag, hatte er sie täglich besucht, ihr vorgelesen oder einfach in die Stille hinein geplaudert. Leo, der sich so über die Besuche von Dr. Petrie freute, wusste nicht, dass sie diejenige war, die ihn eigentlich dorthin zog; er hatte immer erst bei Leo hereingeschaut, nachdem er bei ihr gewesen war. Er brachte ihr Anekdoten aus der Zeitung und Berichte von den neuesten Auffassungen über den Aufbau der Atome. Erstaunlich, sagte er, das Gegenteil von dem, was man gemeinhin annehmen würde. Anstatt das Atom als Sonnensystem anzusehen, in dem die Elektronen wie Planeten um einen dichten Kern kreisen, sollen wir uns auf einmal vorstellen, dass jedes Atom von einer bestimmten Anzahl möglicher Schalen umgeben ist, in denen die Elektronen sitzen.

Den Hals verbunden, das Gesicht vernarbt, hatte Irene aufmerksam gelauscht und seine stümperhaften Erklärungen über den Aufbau der Atome so genossen wie sonst niemand. Ihr Verstand war, wie er zu seiner immensen Erleichterung erkannte, unversehrt geblieben. Als er jetzt an ihre Tür im Wohnhaus des weiblichen Anstaltspersonals klopfte, vertraute er darauf, dass sie in der Lage sein würde, aus Miles' Anschuldigungen, Leos Verweigerung – er war sicher, dass dieser seinen Kollaps willentlich herbeigeführt hatte, um Zeit zu gewinnen – und unserem verstörenden Verhalten ein halbwegs verständliches Bild zusammenzusetzen.

Ihr Zimmer wirkte trotz des einzigen Fensters fröhlich und hell, und Dr. Petrie ließ sich erleichtert in ihren blauen Polstersessel fallen. Dann stellte er die Füße auf die Ottomane und erklärte, was in den letzten drei Tagen vorgegangen war, während Irene, die ja immer noch nicht sprechen konnte, aufmerksam zuhörte und dann und wann nickte. Von der Durchsuchung hatte sie bereits gehört.

»Das Schlimmste«, sagte Dr. Petrie, »sind Miles' Beweggründe dafür, die Sache zu verfolgen. Dr. Richards und seinen Agenten gegenüber hat er betont, dass Leos Vorgeschichte ihn besonders verdächtig mache. Als Russe, Jude, Deutscher – es gibt keine Seite von ihm, der Miles nicht gründlich misstraute. Aber wir kennen beide den wahren Grund. Anscheinend hat jemand etwas über Naomi Martins Gefühle für Leo angedeutet, und seitdem …«

Mit zusammengepressten Lippen griff Irene nach ihrem Block. *Warum sind die Patienten solche Schafe?*, schrieb sie. Damit meinte sie uns.

»Sie haben Angst«, sagte Dr. Petrie achselzuckend.

Aber nicht vor Leo, schrieb sie. *Ganz bestimmt nicht. Ich hätte ihnen sagen sollen, weswegen er lernte, ich bin also mitschuldig –*

»Nein, überhaupt nicht!«, widersprach Dr. Petrie. »Wir haben versucht zu helfen.«

Trotzdem, schrieb sie, *verstehe ich nicht, wie er an die Schachtel gekommen ist.*

»Ich auch nicht«, sagte Dr. Petrie. »Ich habe gehofft, Sie wüssten es vielleicht.«

Gehen wir mal logisch vor, schrieb sie. *Ich hatte einen guten Grund, ihm die Bücher zu geben. Nehmen wir also an, dass ihm jemand anders die Schachtel aus einem ähnlich guten Grund überlassen hat. Und dass er einen guten Grund hat, diesen Jemand nicht zu nennen.*

»Ein ziemlicher Sprung«, sagte Dr. Petrie. »Sehr großzügig; wahrscheinlich richtig. Aber nicht überzeugend.«

Es gibt noch mehr Faktoren, schrieb sie, riss das Blatt ab und wendete es.

Sie setzten ihre Unterhaltung noch eine halbe Stunde fort, Dr. Petrie stand einmal auf, um das Fenster zu schließen. Der Nachmittag war heiß gewesen, aber der Abend war angenehm frisch, und das Zimmer kühlte allmählich aus. Dieses Wetter war es, weswegen sich Leute zu einer Kur in den Adirondacks entschlossen: diese keimfreie, nach Kiefern duftende Brise, dieses helle Sternenfunkeln am tiefschwarzen Himmel, die Rufe der Eulen und Ziegenmelker in der Dunkelheit. Das Geräusch allerdings, das Dr. Petrie vernahm, war unbekannt – sachte und leise wogte es auf und ab, auf und ab, ohne dass Worte auszumachen waren –, aber dennoch von Emotion getränkt. Es dauerte eine Weile, bis ihm klar wurde, dass er das Summen von unseren Balkonen hörte, über zwanzig Meter hinweg.

Irene hörte das Geräusch ebenfalls, und sie hatte es noch am nächsten Tag im Ohr, als sie Dr. Richards zu Leos Verteidigung schrieb.

Ich habe Leo Marburg erst durch die von Miles Fairchild organisierten Mittwochstreffen kennengelernt. Seitdem habe ich ihn bei seinen Chemiestudien unterstützt – er ist studierter Chemiker, so wie ich. Er ist ein intelligenter, ehrenwerter Mann mit dem starken Wunsch, zu lernen und sich fortzubilden, und ich habe ihm die beiden Bücher geschenkt, die er allein dazu haben wollte, sein Wissen aufzufrischen. Sie gehörten mir, bevor sie in seinen Besitz übergingen; sie enthalten nichts, was in den richtigen Händen im Geringsten gefährlich wäre.

An dieser Stelle hielt sie einen Augenblick inne und dachte an den Ausdruck in Leos Gesicht, als sie ihm die beiden grünen Bände geschenkt hatte. Das Tempo, mit dem er sich den Stoff wieder angeeignet hatte, seine fachliche Genauigkeit; sie hatte gehofft, ihm eine Lehrstelle anbieten zu können, welche eines Tages, nach seiner Entlassung, vielleicht zu einer Anstellung führen würde, die ihm so viel Freude machte wie ihr die eigene Arbeit. Hätte sie bei der Einwanderung kein Geld in der Tasche gehabt, keine Schwester, die sie aufnahm, und keinen Schwager, der bereit war, ihr Studium mitzufinanzieren, wie leicht hätte es ihr ergehen können wie Leo. Entschlossen fuhr sie fort:

Ich weiß nicht, wie Leo zu der Schachtel und ihrem Inhalt gelangt ist, aber ich bin mir sicher, dass es dafür eine durchaus vernünftige Erklärung gibt; er besitzt einen durch und durch lauteren Charakter, und ich würde mich in jeder Situation für ihn verbürgen. Auf keinen Fall aber besteht eine Verbindung zwischen diesen Gegenständen und dem Feuer, das er, wie ich eindeutig zu sagen vermag, nicht verursacht haben kann. Ich war an dem Abend im Röntgenlaboratorium; und ich habe den ganzen Abend nichts von ihm gesehen oder gehört. Der einzige Mensch, der mich besucht hat, war Miles Fairchilds junge Fahrerin, Naomi Martin.

Wir führten ein Gespräch. Sie war aus irgendeinem Grunde aufgewühlt, als sie zu mir kam, und immer noch aufgewühlt, als sie hinauslief. Aus Sorge um sie lief ich hinterher, doch ehe ich sie einholen konnte, stieß sie die Kellertür auf und rannte davon. Auf dem Rückweg in den Röntgenraum stieg mir ein merkwürdiger Geruch in die Nase, der mich, wenn ich jetzt darüber nachdenke, auf die Idee bringt, ob wir nicht einen Kurzschluss im Transformator oder einen Defekt in der Hauptstromleitung hatten. Als ich die Tür öffnete, füllte sich der Raum bereits mit Rauch, deshalb zog ich mir den Kittel übers Gesicht und eilte nach hinten.

Sie merkte, dass sie sich mit einer Hand die Kehle hielt und ihr Körper unwillkürlich das Feuer wiedererlebte. Wie das gewesen war, das konnte sie niemals aufschreiben. Sie träumte noch immer davon, eine verworrene Version davon laut zu erzählen, was leichter wäre als eine schlüssige Version zu Papier zu bringen. Am liebsten hätte sie gar nichts aufgeschrieben, sondern gewartet, bis ihre Stimme wiederkehrte – doch Dr. Petrie hatte gemeint, dass Leos Situation drängte, und sie würde unter Umständen nie wieder sprechen können. Sie konnte sich nicht mehr erinnern, durch die Röhre geatmet zu haben, die Dr. Petrie durch den Schlitz in ihrer Kehle geschoben hatte, aber wenn sie die Augen schloss, sah sie das Skalpell noch im Mondlicht blitzen. Sie wandte sich erneut dem Brief zu.

Ich konnte nicht feststellen, woher das Feuer rührte, und ich konnte es nicht löschen, sondern nur einige von unseren Filmen retten. Zu keinem Zeitpunkt war Leo oder sonst jemand bei mir im Raum, abgesehen von Naomi.

Sie faltete die Seiten und fragte sich, wie es Leo ging. Hätte sie sehen können, wie allein er auf der leeren Station lag, während das unangenehme Summen von unseren Balkonen zu ihm drang und davon zeugte, wie wir uns gegen ihn kehrten und unsere Ablehnung förmlich durch den Korridor strahlte, in dem kein freundlicher Schritt erklang; hätte sie gewusst, wie allein er sich fühlte, wäre sie trotz ihrer Erschöpfung aufgestanden, um sich schweigend an sein Bett zu stellen.

22

In den ersten zwei Wochen nach Leos Rückfall besuchte Miles mehrmals die Heilanstalt, doch Dr. Petrie weigerte sich, ihn zu Leo vorzulassen; jede emotionale Aufregung könne, sagte er, Leos Zustand verschlimmern, und man müsse jede Anstrengung von ihm fernhalten. Auf den Feldern wurde das Heu gemäht, während Miles kam und ging und wiederkam; das Heu wurde in Reihen getrocknet und dann zu Ballen gebunden. Die Bäche trockneten aus und die Grillen zirpten, während der Himmel Tag für Tag im gleichen leuchtenden Blau erstrahlte. Im Garten welkten die Stiefmütterchen, und wir welkten in unseren beengten Zimmern. Die provisorische neue Küche war nicht gut belüftet, deshalb roch es in unserem überfüllten Speisesaal nach Essen und, an heißeren Tagen, nach uns; Miles mied den Ort. Doch schien er in allen anderen Räumen des Tamarack State weiterhin frei schalten und walten zu dürfen. In unserem improvisierten Postzimmer, wo er sich ansah, was ein- und ausging; in unserer erbärmlichen Bücherei, die in einem ehemaligen Schlafraum wiedereingerichtet worden war und deren ohnehin traurige Bestände noch einmal reduziert waren, weil Miles nach einer Inspektion durch seine Agenten alle Bücher von Deutschen oder in deutscher Sprache oder über Deutschland und das österreichisch-ungarische Kaiserreich entfernen ließ. Wir wissen nicht, ob er Dr. Richards unter Druck setzte oder ob Dr. Richards dem freiwillig zustimmte, und wir wissen auch nicht, wie er erreichte, dass unsere Zeitungslieferungen aus New York eingestellt wurden. Was wir wissen, ist, dass er den Plan hegte, den nationalen Vorstand der American Protective

League, vielleicht mit Unterstützung des Arbeitsministeriums, für die Deportation Leo Marburgs zu gewinnen – ein Ziel, das er vermutlich erreicht hätte, wären nicht Irenes Brief und Dr. Petries Manöver gewesen.

Zu Dr. Petries Überraschung und anschließender Empörung hatte sich Dr. Richards von Irenes Brief nicht überzeugen lassen. Das Argument, das ihm so einleuchtend erschien und das, wie er Dr. Richards sanft erinnerte, nicht nur bestätigte, was er selbst über das Vorhandensein der Chemiebücher in Leos Zimmer gesagt hatte, sondern fast komplett ausschloss, dass Leo etwas mit dem Brand zu tun haben konnte, war offenbar für Dr. Richards nur eine Facette eines komplexeren Ganzen.

»Wenn Sie Irene vertrauen«, hatte Dr. Petrie gesagt, »dann müssen Sie glauben, was Sie geschrieben hat. Und das heißt, dass Leo nichts getan hat. Er hatte gar keine Gelegenheit dazu.«

»Ich weiß, dass es so den Anschein hat«, erwiderte Dr. Richards offensichtlich bekümmert, »und ich weiß, dass ich derjenige war, der darauf gedrungen hat, Irene einzustellen; ich habe ihr immer vertraut. Aber Miles hat noch Einwände vorgebracht.«

Diese mochten aussehen, wie sie wollten, sie reichten aus, erkannte Dr. Petrie, dass Dr. Richards sich gezwungen fühlte, Miles weiterhin zu gestatten, sich in unseren Alltag einzumischen. Dr. Richards war so beunruhigt, dass er Dr. Petrie bat, uns nichts von Irenes Brief zu erzählen. Weil Dr. Petrie dieser Forderung nachkam und vielleicht auch weil Irene an ihr Zimmer im Wohnhaus der Mitarbeiterinnen gefesselt war und noch immer nicht sprechen konnte, versagte ausnahmsweise unser Informationssystem, und ihr Brief wurde nicht sofort allgemein bekannt. So blieben wir eine Weile länger unserer Unsicherheit überlassen. Auf der neuen Krankenstation sahen die Schwestern alle paar Stunden nach Leo, weigerten sich aber – auf Anordnung von Dr. Petrie, wie sie behaupteten –, mit ihm über Miles' Nachforschungen zu reden. Dr. Petrie selbst schaute zweimal täglich herein, doch da er wollte, dass Leo sich so rasch wie möglich erholte, sagte auch er nichts von Miles oder den wechselnden Stimmungen im Tamarack State. Halten Sie Ruhe, betete er die Vorschriften nach, die Leo vor fast einem Jahr bekommen hatte. Denken Sie an nichts als Ruhe.

Allein in seinem Bett, versuchte sich Leo einzureden, dass die Sache mit Miles sich mit der Zeit ohne sein Zutun von selbst erledigen werde, auf ähnliche Weise, wie seine Lunge heilte. Er hatte Miles gekränkt, das erkannte er jetzt. Damals im März, als er dessen großzügiges Angebot zum Umzug in Mrs Martins Pension abgelehnt hatte, hätte er feinfühliger sein müssen; er hätte damit rechnen müssen, dass seine Zurückweisung Miles spüren ließ, wie sehr er wirklich ein Außenseiter war. Und jetzt rächte sich Miles, dessen Zorn ganz offensichtlich noch andere Ursachen hatte als die Schachtel, für seine Unhöflichkeit. Er würde sich bei ihm entschuldigen, dachte Leo, und ihm erklären, warum er hatte hier bleiben wollen. Aber selbst wenn das gelang, würde es die Sache mit uns nicht wieder richten. Bis er das Summen auf unseren Balkonen gehört hatte, hatte er geglaubt, dass er hier – oben in den Bergen, weitab von den Massen; hier, wo die Luft rein war – sicher war vor dem Gift seiner letzten Wochen in New York, als sich jeder von ihm abgewandt hatte.

Vieles von dem, was ihm damals angetan worden war, dachte er, war eine unglückliche Folge davon, dass er ausgerechnet zu der Zeit krank geworden war, als eine andere Seuche in der Gegend wütete und seine Wirtin sich um ihre Kinder sorgte. In den Straßen, durch die er zur Arbeit ging, war es seltsam still geworden, bald nachdem die ersten Fälle von Kinderlähmung diagnostiziert worden waren. Das Schwimmbad hatte zugemacht, dann das Lichtspieltheater, und dann hatte sich auch der Sportplatz geleert; Männer kamen und erschossen die Hunde und Katzen in den Gassen, um zu verhindern, dass sie die Krankheit weitertrugen. In der Stille hatten die Tage etwas Nachtähnliches. In den Geschäften wandten sich die Leute verlegen voneinander ab –

war es wirklich Verlegenheit gewesen? –, weil sie sich aus Angst, ihre Kinder anzustecken, nicht nahe kommen mochten, und befingerten die kleinen mit Kampfer und Knoblauch gefüllten Beutel, die sie um den Hals trugen. Es war, als wäre alles infiziert. Nach einem Blitzschlag fielen Ziegel von einem Dach und erschlugen Kinder, die unten vorbeigingen; in der Ölraffinerie in Greenburg glitt ein Hammer von einem Rohr ab und löste eine Explosion aus; eine Ausschachtung für die Untergrundbahn stürzte ein und begrub zwanzig Arbeiter. In Williamsburg brachten Mütter schreiende Säuglinge, die nicht mehr mit den Armen fuchteln oder ihre Fläschchen halten konnten, in die Kliniken, während andere sich vor den Krankenschwestern versteckten, die an die Wohnungstüren klopften. Gerüchte gingen um: dass Ärzte einen Bonus für jedes Kind bekamen, das eingefangen und ins Krankenhaus eingeliefert wurde. Dass die Kinder vom Eisessen erkrankten, weil davon ihre Bäuche kalt wurden, aber die Geschäfte ihnen trotzdem Eis verkauften. Dass Abgase die Krankheit verbreiteten (warum waren Autos auf der Straße noch erlaubt?) oder Wäschereibetriebe (weil sich die Bazillen von Laken zu Laken fortpflanzten). Dass an den Milchausgabestellen die Mütter infizierter Kinder ihre Ärmel über den Kannen mit entkeimter Milch ausschüttelten, weil sie hofften, dass auch andere Kinder krank würden.

Die Gerüchte hatten ihm Angst gemacht. Er wusste, was passierte, wenn sie sich verbreiteten, und er wusste, wie Einzelgänger bestraft wurden. In seinem letzten Jahr in der Zuckerraffinerie, nach seiner Beförderung zu Karls Assistent, war er weder ein Angestellter mit regulärem Gehalt noch ein richtiger Arbeiter gewesen. Oben, wo die Rohmasse in den Zentrifugen geschleudert wurde und die Zuckerkristalle, die sich aus dem Sirup lösten, in den Schmelztiegel rieselten, war er allein, wenn er den Säuregehalt der Flüssigkeit prüfte und Kalkmilch beigab, bis die Proteine gerannen, und dann dem zuständigen Arbeiter sagte, wann er die Flüssigkeit in die mit Kieselgur gefüllten Tuchfilter ablassen sollte.

Er war allein, wenn er am anderen Ende des Prozesses das Endprodukt prüfte; und allein auf dem Kai, wenn er Proben aus den Rohzuckerladungen entnahm. Nur durch einen widrigen Zufall hatte ein Fremder gesehen, wie er Blut auf die Kristalle hustete, und damals hatte er keinen Freund gehabt, der um seinetwillen gelogen hätte.

Die beiden Arbeiter aus der Raffinerie, die ihn nach Hause begleiteten und ihm in die Wohnung hinauf halfen, berichteten Rachel und Toby genau, was passiert war. Rachel, deren Schwester an Tuberkulose gestorben war, wollte ihn gleich vor die Tür setzen, aber Toby erinnerte sie daran, wie dringend sie die Miete brauchten. Nach dem Besuch der Tuberkuloseschwester hatte Rachel deren Ratschläge durch eigene Verschärfungen ergänzt. Sie spülte Leos Teller und Besteck einzeln und verwahrte sie in einer Pappschachtel draußen auf der Feuertreppe, wo er auch seine Mahlzeiten einzunehmen hatte. Ihre Kinder hielten die Luft an, wenn sie an seinem Bett vorbeimussten, um zu ihrem zu gelangen. Als die vier anderen Untermieter das sahen, hängten sie ein überschüssiges Laken zwischen sein Bett und ihre. Damals hatte er gelernt, was es hieß, keine Familie zu haben. Dass er hier keine Verwandten hatte und in keinem Ort und keiner Stadt verwurzelt war, stempelte ihn mehr, als ihm klar gewesen war, zum Außenseiter. Als die Schwester ihm einen Platz im Tagesquartier für Tuberkulosekranke besorgte, war er froh.

Manchmal schon hatte er Männer auf dem unteren Deck der alten Fähre gesehen, die am Promenadensteg lag, doch bis man ihn dorthin schickte, hatte er nicht gewusst, was sie dort machten. Das Schiff sah aus wie ein Wrack, bereit zum Verschrotten, doch nun erfuhr er, dass dort Schwindsüchtige, durch schwere Netze von den Passanten abgeschottet, ihre Tageskur absolvierten. Auf einem der Liegestühle fand er Meyer, einen Mann, den er aus dem Filterhaus kannte und der ihm, da er schon zwei Monate dort war, bei der Eingewöhnung in die neue Routine half.

Er stand auf, wenn Meyer es ihm sagte, damit er Milch trinken oder gekochte Eier essen, sich um ein Uhr bei den gigantischen Mahlzeiten einfinden konnte, die irgendwie in der winzigen Schiffsküche produziert wurden, und später trank er noch einmal seine Milch. Morgens brachten ihnen wohlmeinende Frauen stapelweise frischgenähte Hemdkragen, die noch auf links gedreht waren; alle Kragen mussten gewendet, die Kragenspitzen mit einem kleinen glatten Rundholzstift herausgedrückt und die Nähte zum Bügeln aufeinandergelegt werden. Sie arbeiteten zwei Stunden: um ihren Unterhalt zu verdienen, sagte der Quartierleiter streng. Nach dem Mittagessen ruhten sie, bis eine Schwester erschien und ihnen Temperatur und Puls maß. Einmal die Woche klopfte ein Arzt ihnen auf Brust und Rücken und hörte sie ab, schaute ihnen in die Hälse und Ohren.

Und das war alles, gar nicht übel; das Programm ließ die Zeit vergehen. Am schwersten fiel es ihm, Abend für Abend in Rachels Reich und zu den abweisenden Blicken aus den vielen ängstlichen Augen zurückzukehren. Meyer, der abends von drei Cousinen, der Tante und der Großmutter umsorgt wurde, mit denen er die Wohnung teilte, konnte nicht verstehen, warum Leo so lebte.

»Du hast doch Landsleute«, sagte er. »Leute aus deiner Heimat, die dich mit Freuden aufnehmen würden; und gewiss eine Landsmannschaft, oder? Ich bin Mitglied bei den Jungmännern von Poniewiez, und die haben mir in allem beigestanden. Sie helfen meiner Familie, und sie sind dabei, mir einen Platz in einem jüdischen Sanatorium zu besorgen. Wo die Ärzte Jiddisch sprechen. Und wo das Essen mehr meinen Gewohnheiten entspricht.«

Als Leo zum x-ten Male erklärte, dass er kein Jiddisch spreche und dass er Atheist sei, fragte Meyer: »Ihr Russen, die ihr keine Juden seid – wie überlebt ihr bloß?«

In seiner dritten Woche auf der Fähre breitete sich die Polio-Epidemie nach New Rochelle aus, übertragen, wie die Zeitungen behaupteten, durch vier italienische Familien. Auf Long Island gingen Pfadfinder von Haus zu Haus, suchten nach Kindern, die aus New York zu Besuch waren, und trieben sie mit Hilfe ihrer Eltern über die Stadtgrenze zurück – und immer noch bildete sich Leo ein, dass er, sobald sein Husten aufhörte, an seinen Arbeitsplatz zurückkehren werde. Auf dem Fährschiff teilte ihm eine Sozialarbeiterin mit, dass sie ihm einen Platz im Städtischen Sanatorium in den Catskills besorgen könne, worauf Leo meinte, er wolle lieber in Williamsburg bleiben – und erst dann erfuhr, dass das Gesundheitsamt ihn verschicken konnte, wohin es wollte, dass man ihn nie mehr in die Freiheit entlassen und die Raffinerie ihn nie wieder einstellen werde.

Als er an dem Abend zu seinem Bett in der kleinen Wohnung zurückkehrte, weigerte sich Rachel, seine Sachen zu waschen, obwohl das in seiner Wochenmiete inbegriffen war. Am Sonntag darauf sagte Tobias, in der Tür zu seinem und Rachels Zimmer stehend, schließlich, sie hätten getan, was sie könnten, und er müsse sich nach einer neuen Bleibe umsehen. Ende Juli hatte er ohne Geld und ohne Arbeit und bald ohne Unterkunft dagestanden. Gerade noch rechtzeitig wurde sein Aufenthalt hier genehmigt.

In seiner letzten Nacht in Williamsburg war er noch einmal hinausgeschlichen, als alle schliefen. Wo die Straßen von Leuten hätten wimmeln müssen, die versuchten, frische Luft zu schnappen, die Feuerleitern von Kindern auf zusammengefalteten Decken belagert, die Dächer voll von älteren Leute, die zu schlafen versuchten, und jüngeren, die irgendwo eine stille Ecke zu finden hofften, hatte er kaum einen Menschen gesehen. Ein paar junge Männer tranken; aus den Kneipen drang Klaviermusik. Am Wasser sah er Streichhölzer aufflammen, drei oder vier Leute, die zum Angeln auf den Kais saßen und Zigaretten rauchten, und obwohl es schon fast zwei Uhr morgens war, lenkte er seine Schritte dorthin, durch die sanfte Brise ans Wasser. So war sie gewesen, seine letzte Nacht in Freiheit.

Diese Erlebnisse beschäftigten ihn in seiner ersten vollkommen isolierten Woche. In der Mitte der zweiten Woche, nachdem sein Fieber wieder gefallen war, durfte er seinen ersten Besuch empfangen: nicht Miles zum Glück, sondern Eudora. Von seinem Bett aus sah er, wie sie an der Tür stehenblieb und nach links und rechts durch den Korridor schaute, als wollte sie sich vergewissern, dass sie nicht gesehen wurde. Als sie den Kopf drehte, flog ein Falter vom Lampenschirm auf, tanzte in ihre Richtung und strich so nahe an ihrem Hals entlang, dass er die Berührung auf seiner Haut spürte.

»Wie geht es Ihnen?«, fragte sie. »Besser?«

»Besser«, bestätigte er. Als sie lächelte, spürte er zunächst nur die Freude, sie zu sehen. Dann fiel ihm auf, dass sie eine Hand auf die Seitentasche ihres blauen Kittels presste, als säße dort ein Schmerz. Sie arbeitete noch immer Doppelschichten, sechs Tage die Woche – wenn sie nun krank wurde? Er sagte: »Aber wie geht es *Ihnen*?«

Sie zuckte die Achseln und blickte wieder zur Tür. »Viel Arbeit«, sagte sie, »aber sonst geht's mir gut. Ich habe mich sehr gefreut, als Dr. Petrie gestern meinte, Sie dürften Besuch haben.« Die Hand flach auf dem Oberschenkel, fuhr sie fort: »Es ist nicht, als wäre dies das erste Mal – ich war in der ersten Zeit, als sie krank waren, oft hier. Wissen Sie das nicht mehr?«

»Nicht mehr so richtig.« Er setzte sich ein wenig gerader auf und strich die Vorderseite seines weißen Nachthemds glatt, das auf der Krankenstation vorgeschrieben war. Seine Beine unter der Decke waren erniedrigend nackt. »Ich konnte nicht immer auseinanderhalten, was ich träumte und was Wirklichkeit war. Aber ich glaube mich zu erinnern, dass Sie neben mir saßen, mit einer Maske.«

Sie nickte. »Ich habe an den meisten Tagen nach Ihnen und Irene gesehen. Sie kann immer noch nicht sprechen, aber es geht ihr schon viel besser.«

»Das habe ich schon gehört.«

Er wartete einen Augenblick, ob sie ihn nach dem fragen würde, was Miles gefunden hatte, und hoffte, dass sie das Schweigen beenden würde. Aber sie sah sich nur noch einmal um und griff dann in ihre Kitteltasche, um eine längliche Blechschachtel hervorzuholen. »Für Sie«, sagte sie.

Es war eine kleinere, weniger stabile Ausgabe der Schachtel, die Miles aus seinem Spind genommen hatte – eine Sekunde fragte er sich, ob sie sich über ihn lustig machen wollte. Als er den Deckel hob, sagte sie: »Die habe ich gebacken.«

»Kekse«, sagte er verwundert.

Sie verzog das Gesicht. »Ich hoffe, sie sind etwas geworden; Backen ist nicht meine Stärke, aber ich wollte Ihnen etwas machen.«

Er knabberte am Rand einer kleinen runden, leicht gebräunten Scheibe: knusprig, butterig, nicht zu süß, Vanillearoma. So ähnlich wie Shortbread, aber nicht so fett. In einem anderen Leben, in einem anderen Jahrhundert hatte seine Mutter ein Gebäck mit gemahlenen Mandeln gemacht, das entfernt so schmeckte wie dieses und eine ähnlich knusprige Konsistenz besaß. Ihm lief das Wasser im Mund zusammen, und dann in den Augen.

»Dann glauben Sie nicht, was Miles über mich erzählt?«, fragte er. Wenigstens das also hatte sein Rückfall gebracht. Der Falter flatterte langsam wieder ins Zimmer, fand einen Sonnenstrahl und begann sich zur Decke hinaufzuschrauben, in so engen Windungen, als bewegte er sich durch die Leitungen eines Destillierapparats.

Eudora sah auf die Schachtel hinunter. »Nein«, sagte sie langsamer, als er es sich gewünscht hätte. Daran erkannte er, dass seine Angst vor dem Summen auf unseren Balkonen berechtigt war.

»Die Schachtel gehört einem Freund von Ephraim«, sagte er und umriss kurz die Geschichte von Felix' Besuch – allerdings, wie wir bemerken müssen, ohne ihr zu erzählen, dass die Schachtel nicht zwei, sondern drei Stifte enthalten hatte. Andererseits hatte sie ihm nicht gestanden, dass sie die Schachtel gesehen hatte – und sie gestand es auch jetzt nicht. Als er fertig war, sagte sie nur: »Ich wusste, dass es eine Erklärung gibt. Kann ich es weitererzählen?«

Er schüttelte den Kopf. »Das ist zu riskant, so wie Miles sich verhält. Er hat überall im Staat Verbindungen – ich will nicht, dass Ephraim oder seiner Familie was passiert. Und Sie wissen ja, wie es hier geht: Was man einem Menschen erzählt, weiß nach einer Stunde jeder. Die Leute hier kennen mich gut genug; sie sollten mir einfach vertrauen. So wie Sie.«

»Aber ich bin keine Patientin«, sagte sie zu seiner Überraschung.

Miles konnte nichts beweisen, vor allem deswegen, weil er Leo nicht weiter befragen durfte. Aber das hielt ihn nicht davon ab, sowohl im Tamarack State als auch überall im Dorf seinen Verdacht zu äußern. Er erzählte jedem, der es hören wollte, von Leos Weigerung, ein Zimmer bei Mrs Martin anzunehmen – was einige von uns einigermaßen verblüffte, andere hingegen erboste; *uns* bot keiner so etwas an –, und er ritt ständig weiter auf der Schachtel und deren Inhalt herum.

Schließlich, nachdem Dr. Petrie hinzugekommen war, als Miles über Leo mit dem Milchlieferanten diskutierte, bat dieser Miles um ein Gespräch unter vier Augen, ähnlich wie Miles einst ihn gebeten hatte. Zuerst meinte Miles, er sei zu beschäftigt; dann gab er ein wenig nach und meinte, er könne vermutlich ein paar Minuten erübrigen, aber nicht in sein Büro kommen. »Im Dorf dann«, sagte Dr. Petrie. »Morgen? Oder übermorgen?«

»Morgen«, sagte Miles. »In Mrs Martins Pension.«

»Dort nicht«, entgegnete Dr. Petrie. Sie einigten sich auf einen Picknickplatz am östlichen Ende des Sees, nicht gerade der geeignetste Fleck, aber für beide einigermaßen praktisch gelegen.

An diesem Mittwoch regnete es bei völliger Windstille, und es war noch sehr warm; Dr. Petrie traf als Erster ein, wählte eine Bank und deckte sein Ende mit einer Hälfte des Wachstuchs zu, das er den Berg hinunter mitgebracht hatte. Dann setzte er sich unter seinen alten Schirm und achtete sorgsam darauf, dass die andere Hälfte des Tuchs trocken blieb. Als Miles eintraf, fünf Minuten zu spät, rollte er das Tuch auseinander und sah verwundert zu, wie Miles sich auf das entfernteste Ende der Bank setzte und sich unter seinem eigenen Schirm verbarg. Einmal berührten sich die Rippen der beiden Schirme kurz, sodass Dr. Petrie gezwungen war, noch ein paar Zentimeter weiter abzurücken.

»Was wollen Sie von mir?«, fragte Miles, den Blick geradeaus gerichtet. »Ich habe in weniger als einer Stunde den nächsten Termin.«

»Ich will, dass Sie die Verfolgung Leo Marburgs einstellen«, sagte Dr. Petrie. Draußen auf dem See schwammen Möwenjunge, gesprenkelt wie Eier, in Gruppen von drei und vier und schienen Miles mehr zu interessieren als alles, was der Doktor sagte. »Ich bitte Sie von einem Gentleman zum anderen«, fuhr er fort und bemühte sich, die Beherrschung zu bewahren, »das zu tun, von dem Sie wissen, dass es das Richtige ist. Sie haben Irenes Brief gelesen. Dr. Richards und ich haben Ihnen die Situation erklärt, so wie wir sie verstehen. Ihre Anschuldigungen sind auf nichts gegründet als Ihren Zorn.«

Unter dem gewellten Rand des Regenschirms konnte er nur einen Teil von Miles' Profil sehen: Ohrläppchen, Nasenloch, Mund und Kinn, die Lippen fest verschlossen. Immer noch betrachtete er aufreizend unbeirrt die Möwen.

»Miles?«, sagte Dr. Petrie.

»Sie sollten«, sagte Miles tonlos, »vielleicht ein bisschen mehr achtgeben, wie Sie mit mir sprechen.«

Dr. Petrie klappte seinen Schirm zusammen und rollte ihn ein, damit der Regen, der inzwischen in Nieseln übergegangen war, ihm den Kopf kühlte. Für diese Sache brauchte er Ruhe, Klarheit. Er atmete zweimal tief durch, nahm den Schirm in beide Hände und sagte: »Ich weiß wohl, Sie beziehen sich auf Ihre mächtigen

Freunde und auf Ihr Komitee. Dann gestatten Sie, dass ich mich ebenfalls auf sie beziehe. Was würden sie dazu sagen, wenn sie wüssten, dass Sie Naomi Martin nur aus Verliebtheit als Fahrerin eingestellt haben? Und dass Sie sie weiterbehalten haben – dass Sie sich von ihr zu den prekärsten Sitzungen fahren ließen, wo sie genau mitbekam, wer daran teilnahm, und sogar einige Dinge mithören konnte –, als Sie schon längst wussten, dass sie nicht vertrauenswürdig ist?«

Miles' Schirm senkte sich um weitere fünf Zentimeter, sodass nun alles außer seinem Kinn verborgen war. »Nichts würden sie dazu sagen. Weil es nicht wahr ist.«

»Doch, es *ist* wahr«, sagte Dr. Petrie. Auf dem See trieb eine Gruppe von Möwen leise auf das Gras am Fuß des Parks zu. »Wie oft musste ich mir von Ihnen anhören, wie es um Ihre Gefühle für sie steht? Auch die Patienten, die bei den Mittwochstreffen dabei waren, wissen um Ihre Gefühle – haben Sie geglaubt, sie würden nichts merken? Sie reden über alles.«

Ein schwaches Geräusch, möglicherweise ein Stöhnen, drang unter dem Schirm hervor.

»Und jetzt«, fuhr Dr. Petrie fort – und wagte an dieser Stelle einen großen, intuitiven Sprung, über den er später nur staunen konnte – »jetzt da wir wissen, was sie gestohlen hat, bevor sie verschwunden ist …«

Der Schirm hob sich, und alle Möwen flogen auf, als Miles den Kopf zu Dr. Petrie drehte. »Was wissen Sie darüber?«

Fasziniert trieb Dr. Petrie sein Spiel noch ein wenig weiter. »Aus dem Röntgenlaboratorium fehlen gewisse Dinge. Und auch an anderen Stellen. Ich bin sicher, die Mitglieder Ihrer Organisation würde das sehr interessieren, zumal Naomi ja Zugang zu Ihrem Zimmer und Ihren Unterlagen besaß.«

Miles rollte seinen Schirm zusammen und stand auf. Sofort wurde sein Haar so feucht, dass es sich platt an die Kopfhaut legte. »Sie wollen mich erpressen?«

»Sagen wir, ich hätte eine Bitte. Lassen Sie Leo in Ruhe. Sie wissen, dass er nichts getan hat.«

»Warum greifen Sie zu solchen Mitteln, um ihn zu schützen, wenn er nicht schuldig ist?«

Dr. Petrie stand auf, faltete das Wachstuch zweimal der Länge nach und rollte es zu einem ordentlichen Zylinder zusammen. »Weil irgendjemand«, sagte er, »diesem Spuk ein Ende setzen muss.«

Wir alle, Leo eingeschlossen, erfuhren von diesem Gespräch erst viel später. Auf der Krankenstation graute Leo, seit das Besuchsverbot aufgehoben war, täglich vor Miles' Ankunft, aber es kam niemand außer Eudora. Am Donnerstag führte Dr. Petrie seine Untersuchung von Leos Brustkorb zu Ende, stellte fest, sein Zustand habe sich sehr verbessert, und sagte dann beiläufig, er könne morgen in sein Zimmer zurückkehren und Miles habe seine Nachforschungen beendet und seine Beschuldigungen zurückgenommen.

»Hat er denn herausgefunden, was den Brand ausgelöst hat?«

»Nicht, dass ich wüsste«, sagte Dr. Petrie. »Ich finde immer noch Irenes Idee – dass es an irgendeinem Gerät da unten einen Kurzen gab – am plausibelsten.«

»Ich auch«, sagte Leo, obwohl im selben Moment das Bild des fehlenden Stifts vor ihm aufblitzte. Zum ersten Mal begann er ernsthaft darüber nachzudenken, wie er verschwunden war und ob er etwas mit dem Feuer zu tun haben mochte. Nicht einmal Dr. Petrie gegenüber jedoch wagte er diesen Gedanken zu äußern. Stattdessen sagte er, beim Thema Miles bleibend: »Vielleicht brauchte er bloß ein bisschen Zeit, um sich die Sache zu überlegen.«

Er hustete zweimal und nippte an dem Glas mit Wasser an seinem Bett, in Gedanken schon bei seiner Entlassung. Endlich wieder sein eigenes Zimmer. Seine alten Gewohnheiten, so sehr sie auch durch den Brand verändert sein mochten. Den neuen Speisesaal, das versiegelte Haupthaus, den ungepflasterten Bogenweg, den man rasch freigeschnitten hatte, um eine Verbindung zwischen dem einzigen, kombinierten Schlafflügel und dem Flügel, in dem er zurzeit lag, zu schaffen, hatte er noch nicht gesehen. In seiner Vorstellung verliefen unsere Tage im Wesentlichen wie immer, abgesehen davon, dass alles ein wenig beengter war.

»Ja, das mag sein«, sagte Dr. Petrie und spielte mit seinem Stethoskop. »Und Irene hat auch einen sehr freundlichen Brief zu Ihrer Entlastung verfasst.«

Von seiner eigenen Intervention sagte er nichts, sondern fasste nur zusammen, was Irene geschrieben hatte. Leo staunte. Früher hätte einer seiner Lehrer vielleicht so etwas für ihn getan, oder der Händler in Odessa, der ihn hatte studieren lassen. Aber seither niemand. Dass Irene, die er noch immer kaum kannte, so gütig gewesen war und dass durch ihre Güte Miles' erregte Anklagen in sich zusammengefallen waren, gab ihm das Gefühl, vor sieben Jahren womöglich doch keine ganz schlechte Entscheidung getroffen zu haben, als er den Ozean überquert hatte, um hierher zu kommen.

Als er am Freitag die Krankenstation verließ, war sein Husten weg, seine Temperatur normal, und Miles war nirgends zu erblicken. Auf dem Weg durch die Korridore des Frauenflügels und über den neuen ungepflasterten Pfad – das Haupthaus, fiel ihm auf, sah grausig aus, und der Garten war zertrampelt – wollte beinahe Zuversicht in ihm aufkommen, trotz des Summens, das er von den Balkonen gehört hatte. Der Laubengang zum Männerflügel sah aus wie immer, die Treppe und der Flur auf der ersten Etage ebenso. Vor der Tür zu seinem alten Zimmer blieb er stehen, um die Freude über die Rückkehr an den Ort, den er vor dem Brand gekannt hatte, der für ihn in Gedanken sein Zuhause gewesen war, noch einen Moment hinauszuzögern. In dem Augenblick, als er über die Schwelle trat, sah er, dass es inzwischen Arkady, Otto und Abe gehörte.

Höflich, wie einem Gast, machten sie ihm Platz. Sein Bett war perfekt gemacht, die Kleider in seinem Spind sauber geordnet. Seine kostbaren Bücher waren von seinem Nachttisch verschwunden, und der war blankgeputzt. Sämtliche anderen Flächen waren von den Habseligkeiten seiner Zimmergenossen belegt, und jedes Molekül Luft schien von ihren Gerüchen und Geräuschen gesättigt zu sein. Sie gaben sich ihm gegenüber geduldig, liebenswürdig, doch schon am ersten Abend spürte er, dass sie in seiner Gegenwart nur Konversation machten und jedes wirkliche Gespräch aufsparten, bis sie unter sich waren.

Bei seinem ersten Frühstück im neuen Speisesaal spürte er das Gleiche in größerem Umfang. Er hatte seit dem Brand nicht mehr mit uns gemeinsam gegessen; wir hätten applaudieren können, als er hereinkam; wir hätten ihn mit Jubel empfangen oder wenigstens mit dem, was wir gerade taten, innehalten können, um ihn zu begrüßen. Aber wir machten weiter, als hätten wir ihn gar nicht vermisst. Er winkte durch den überfüllten Raum Kathleen zu, die bemerkenswert wohl aussah; lächelte Vivian an, die jetzt an Krücken ging; zwängte sich auf einen der dicht an dicht stehenden Stühle. Über unseren Schüsseln mit Haferbrei, Trockenobst und dickem Rahm, über Rühreibergen auf Toast nickten wir, als er vorbeiging, sagten Hallo, als er uns begrüßte, erkundigten uns höflich nach seiner Gesundheit. Aber nicht mehr. Keiner, nicht einmal Kathleen, deren Leben er gerettet hatte, kam zu ihm, legte ihm einen Arm um die Schulter und sagte: »Wir wissen, dass du nichts getan hast.« Keiner machte sich über Miles, seine Agenten oder seine Liga lustig, wie wir es getan hätten – hatten –, bis wir von der Schachtel und ihrem Inhalt erfuhren.

Dass Miles Leo weiter misstraute, nachdem er die Untersuchung abgebrochen hatte, war keine Überraschung. Überraschend war, dass auch wir ihm weiter misstrauten. Nach Leos Entlassung hatte Dr. Petrie endlich einige von uns über den Inhalt von Irenes Brief in Kenntnis gesetzt; daher wussten wir, dass Leo den Brand nicht unmittelbar verursacht haben konnte. Aber der Brief machte die Schrecken jener Nacht nicht vergessen, und er brachte Edith und Morris und Denis nicht von der Lichtung zurück. Der Brief stellte unser altes Leben nicht wieder her, das zwar alles andere als vollkommen, aber immerhin unseres gewesen war. Alles Vertraute war durch das Feuer vernichtet, es hatte das wahre Wesen unseres Anstaltsdaseins an den Tag gebracht und schien uns noch immer irgendwie mit Leo in Verbindung zu stehen. Wir konnten nicht anders. Seine Verschwiegenheit, die Konzentration, mit der er seine Chemiebücher studiert, und die Art, wie er sich nach Ephraims Weggang von uns abgekapselt hatte, erweckten in uns den Eindruck, dass er sich irgendetwas zuschulden kommen lassen hatte.

Das Mittagessen an diesem Tag verlief ebenso, und das Abendessen wieder. Als Leo in die Bücherei kam, saßen fünf oder sechs von uns dort; eine Viertelstunde später war er allein, und er wusste, dass dies kein Zufall war. Als er abends auf den Balkon trat, wo sein Liegestuhl zwischen denen von Arkady und Sean eingequetscht war, wo die Trennwände herausgerissen waren und die Leiber sich in beide Richtungen dermaßen eng an eng bis zum Ende des Gebäudes erstreckten, dass es aussah, als wären wir bereit, auf einen Pfiff hin wie ein Mann über das Geländer zu springen, hörte er sich zu seiner Verblüffung eine Entschuldigung murmeln, bevor er sich auf seine Liege zwängte. Gegen neun Uhr begann wieder das summende Geräusch an seine Ohren zu dringen, zuerst vom oberen und unteren Balkon und dann auch von den entfernten Enden seiner eigenen Reihe. Dann und wann hörte er seinen Namen heraus.

23

Nach seinem Treffen mit Dr. Petrie hatte Miles das Abendessen ausgelassen und in einer langen Nacht draußen auf seinem Balkon die Trümmer der Pläne besehen, die er vor einem Jahr in Angriff genommen hatte. Schlimm genug, dass alles, was er am Tamarack State hatte schaffen wollen, durch den Brand und Leo zunichte gemacht worden war. Dass aber sein so wichtiges Engagement für den Krieg bedroht und seine Gefühle für Naomi in ein zweifelhaftes Licht gerückt wurden, erfüllte ihn so mit Zorn, dass er meinte, ihm müsse das Herz zerspringen. Und das von Dr. Petrie, den er einst als Freund betrachtet hatte! Ein kleiner, kleiner Mann, wie sich herausstellte, so klein im Geist wie von Statur, der Miles' Gefühle gegen ihn verwendet und das, wovon er genau wusste, dass es ein Impuls von Großzügigkeit gegenüber einer jungen Frau in Nöten gewesen war, so verdreht hatte, dass es wie eine Schwäche wirkte.

Seine täglichen Terminrunden konnte er nicht einstellen – im Gegenteil, er war eingespannter denn je –, doch mied er für den Rest der Woche alles, was mit Leo oder Dr. Petrie zu tun hatte. Wenn er am östlichen Ufer des Sees vorbeimusste, wandte er das Gesicht von den Bänken ab. Im Tamarack State, wohin ihn weiterhin Pflichten führten, legte er seine Besuche zeitlich so, dass Dr. Petrie gerade seine Runden machte und wir auf unseren Balkonen lagen. Dr. Richards, der verwundert, aber erleichtert wirkte, erklärte er, dass Irenes Brief ihn zwar nicht vollends befriedige, ihn aber dennoch, gegen seinen eigentlichen Willen, überzeugt habe, weil er auch gar nicht die Mittel habe, die Angelegenheit nicht weiter zu verfolgen. Am Abend nach dieser Lüge bekam er so üble Bauchschmerzen, dass Mrs Martin seinen Privatarzt rufen musste.

Er war ein kranker Mann, mahnte er sich da. Keinesfalls so stark, wie er vorgab, und niemandem von Nutzen, wenn er sich nicht besser um seine Gesundheit kümmerte. Er trug den anderen Mitgliedern seines Komitees gegenüber Verantwortung, und er musste die Arbeit, die nur er tun konnte, mit der Ruhe vereinbaren, die seine Kur verlangte. Mrs Martin setzte ihn mit gewohnter Rücksicht auf besondere Kost und überwachte akribisch seine Ruhestunden, ging selbst ans Telefon und nahm Botschaften für ihn entgegen. Als er sich am Sonnabend ein wenig besser fühlte, beschloss er, sich mit einer kleinen Hilfe zu revanchieren.

Zur Vorbereitung ihres gemeinsamen Ausflugs ließ sie ihm von einer der neuen Küchenhilfen – der fünften seit Mai – eine Kanne Tee bringen. Schon beim ersten Schluck schmeckte er, dass dieser mit Wasser aufgegossen worden war, das nicht ganz gekocht hatte. Das Mädchen, das ihn brachte, hatte einen langen Zopf aus braunem Haar, der missmutig gegen ihren Rücken schlug, und eine Miene, die zu sagen schien: Wehe, Sie beschweren sich. Die vorige hatte schmutzige Hände gehabt, eine andere hatte schamlos mit mehreren Gästen poussiert, wenn auch nicht mit ihm; sie kamen, blieben ein paar Wochen, verpfuschten ihre Aufgaben und gingen wieder. In seiner Umgebung mehrten sich die Anzeichen, dass Naomi mehr Anteil am reibungslosen Funktionieren des Haushalts gehabt hatte, als er vermutet hatte. Ein Fleck auf dem Teppich, ein ungeflickter Riss in der Esszimmergardine. Und außerdem eine beunruhigende Menge an Post: Briefe von Buchhändlern, die sich beschwerten, dass Zahlungen, von denen er genau wusste, dass er sie in die Post gegeben hatte, nie angekommen seien; von Herrenausstattern in Philadelphia, die sich verwundert fragten, warum seine übliche Bestellung für Hemden und Westen nicht eingegangen sei. Ohne Naomi schien nichts mehr zu funktionieren. Er gab sich Mühe, nicht an sie zu denken, und dachte in einem fort an sie.

Zur Liste der Dinge, für die er Leo die Schuld gab, fügte er dies hinzu: Leo hatte Naomi vertrieben. Eudora warf er vor, dass sie sie nicht aufgehalten, Mrs Martin, dass sie ihr im Haus zu viel aufgebürdet, Irene, dass sie sich am Abend des Feuers, als Naomi bei ihr Trost suchte, offensichtlich ungeschickt verhalten hatte. Dr. Richards hatte ihm Irenes Brief gezeigt, und er hatte einen Satz daraus behalten: *Sie war aus irgendeinem Grunde aufgewühlt, als sie zu mir kam, und immer noch aufgewühlt, als sie hinauslief.* Bei diesem Satz kamen ihm die Tränen. Wieso hatte es Irene, die alt genug war, um Naomis Mutter zu sein, und die angeblich so findig und mitfühlend war, nicht geschafft, sie zu trösten?

Und *er*? Manchmal, wie in diesem Moment etwa, in dem er aufblickte und sah, wie Tyler in der Tür stand und sich so darauf freute, ihn fahren zu dürfen, dass er auf seiner verdickten Sohle wippte, machte er auch sich selbst Vorwürfe. Er hätte Naomi lange vor ihrer Flucht entbinden und sich ein Automobil und einen ständigen Fahrer nehmen können, sah er nun ein. Aber er hatte sie bei sich haben wollen. Er hatte die Möglichkeit haben wollen, ihre Gesichtszüge zu studieren, wenn sie die Straße vor sich im Auge behalten musste und sich deshalb nicht abwenden konnte. Aber, und das war das Schlimmste, es hatte ihm Freude gemacht, ihr seinen Willen aufzuzwingen. In ihren letzten gemeinsamen Wochen, wenn er ihr befohlen hatte, ihn irgendwohin zu fahren, und sie mit verkniffenem Mund einen Augenblick den Blick senkte, bevor sie wieder aufblickte und »Selbstverständlich« sagte – war das Gefühl, das durch seine Adern strömte, Freude gewesen.

Er stellte seine unbefriedigende Tasse Tee ab und erhob sich gerade in dem Moment, als Mrs Martin in den Gesellschaftsraum trat. »Fertig?«, fragte er sie.

»Fertig«, sagte sie und klopfte auf ihre Tasche. »Ich habe meine

Notizen. Ich weiß, was ich sagen will – es ist wirklich *zu* nett von Ihnen.«

Miles nickte Tyler zu, der zur Limousine voraushumpelte. Mrs Martin, die noch nie damit gefahren war, richtete sich auf dem Rücksitz ein, als gehöre sie dorthin, und ließ ihre Hand langsam über das glatte Lederpolster gleiten. Schon die ganze Woche redete sie von dieser Versammlung, die sie selbst organisiert hatte. Vor den anderen Leitern und Leiterinnen der Kurpensionen am Ort und den Frauen, die in den Hotelküchen und Krankenhauskantinen arbeiteten, wollte sie eine flotte halbstündige Rede halten und ihnen anhand von Diagrammen darlegen, wie sie am besten Lebensmittel und Brennstoff sparten. Doch bevor sie anfing, sollte Miles eine kurze Rede darüber halten, welche Opfer die eingezogenen Soldaten zu bringen hätten und wie jede Kleinigkeit, die hier eingespart werde, unseren Männern direkt zugute komme.

Auf der kurzen Strecke zum Hotel plapperte sie, Tyler antwortete aufmerksam, und Miles, der hörte, mit welchem Eifer und wie viel gutem Willen sie dabei waren und wie sie sich freuten, einen Daseinszweck gefunden zu haben, spürte, wie seine eigene Stimmung auf einen Tiefpunkt sank. Wie ehrenwert die beiden waren und wie langweilig! Mrs Martin mit ihren akribischen Listen und der Matte aus sorgfältig geflochtenen Zöpfen, die wie ein Untersetzer an ihrem Hinterkopf festgesteckt war; Tyler mit seinen verschwitzten Händen und der Art, wie er den Sitz mit einem Taschentuch abwischte, bevor Miles Platz nahm. Sie stimmten ihm in allem zu, was er sagte, und nahmen seine meisten Wünsche schon vorweg. Er mochte weder sie noch ihn.

Abgesehen von den Zeiten mit Edward und Lawrence in Doylestown und dem paradiesischen Sommer in Kanada, als sie nach Fossilien gegraben hatten, hatte er, so meinte er bisweilen, sein Leben größtenteils mit Leuten verbracht, die er im Grunde nicht mochte. Die Menschen, die ihn magnetisch anzogen, waren immer gerade eben unerreichbar und führten Leben, die ihm interessanter und erfüllter erschienen als seines. Sie tanzten vorüber, unterhielten sich fröhlich miteinander, brachen in Gelächter aus und entschwanden. Während er sich treu und brav mit den Ernsthaften abmühte. In dieser Hinsicht ähnelte er vermutlich Dr. Petrie, was dessen Verrat nur schlimmer machte.

»Soll ich warten?«, fragte Tyler, als er vor dem Hotel hielt. Der volle Mond schien auf das sich wiegende Laub der Linden, malte den Sträuchern weiche und den Gebäuden an der Straße dunkle Schatten. Hier und da brannte Licht, von Fenster zu Fenster verbunden durch die blauweißroten Stoffgirlanden an den Fassaden, und an der Kolonne der Kurpensionen am Berg leuchteten die Balkone. Auf manchen konnte er Leute auf ihren Liegestühlen ausmachen, so wie auch er einst dagelegen hatte. Wie er jetzt daliegen sollte.

»Kommen Sie mit und hören Sie zu«, redete Mrs Martin Tyler zu. »Ich verspreche Ihnen, es wird interessant.«

Er könnte einen Privatdetektiv engagieren, überlegte Miles, während er Mrs Martin aus der Limousine half. Nicht für weitere Nachforschungen über Leo – den Weg hatte Dr. Petrie versperrt –, sondern um Naomi zu finden. Mehrere Detektive sogar, in verschiedenen Städten; eine junge Frau in bescheidenen Verhältnissen konnte nicht allzu schwer zu finden sein. Doch selbst wenn er sie fand – was dann? Sie machte sich nichts aus ihm, hatte sich nie etwas aus ihm gemacht. Sollte ihre Mutter sie finden, sollte ihre Mutter erforschen, was passiert war. Wie er wusste, hatte Mrs Martin längst Erkundigungen über ihr Netz von Berufskollegen angestellt, Kurhäusern am Ort, die mit Pensionen in den Catskills zu tun hatten, Hauswirtschaftslehrerinnen auf Long Island, die mit Krankenhausverwaltern bis hinauf nach Vermont bekannt waren.

Er straffte seine schmächtigen Schultern. Seine Aufgabe am heutigen Abend war es, die Zuhörer so zu begeistern, dass alle mit Freuden Mrs Martins Empfehlungen übernahmen. Weitere

Aufgaben türmten sich morgen und übermorgen und überübermorgen. Arbeit im Dorf, Arbeit für die Liga, Arbeit im Zusammenhang mit dem Tamarack State; gut, dass er seine Kräfte einzuteilen wusste. Daheim in Doylestown – zu Hause, dachte er und sah vor sich die hellen, wohlgeordneten Räume seiner Villa, die Maschinenreihen in seiner Fabrik, eine jede gepflegt von seinen gut ausgebildeten Arbeitskräften – wartete weitere Arbeit auf ihn, die nur er erledigen konnte. Erledigen würde, sobald er geheilt war. Jeder, dachte er, muss seine Pflicht tun.

An einem Mittwoch traf sich Dr. Petrie mit Miles; am Freitag kehrte Leo auf sein Zimmer zurück, demselben Tag, an dem Miles Dr. Richards mitteilte, er habe seine Nachforschungen eingestellt. Am Sonnabend begleitete Miles Mrs Martin zu der Versammlung, und sonst tat sich nichts. Sonntag, Montag, Dienstag verbreitete sich die Nachricht von Miles' Rückzug durch das ganze Tamarack State. Nun hätten wir Leo gegenüber herzlicher werden können, doch noch immer tat sich nichts. Er vertraute sich niemandem an; er erzählte niemandem die Geschichte, die er Eudora erzählte hatte, von Ephraims Besuch und der zurückgelassenen Schachtel. Zweimal lief er allein zur Lichtung, um sich die neuen Steine anzusehen, die markierten, wo Morris und Edith und Denis lagen, und das erschien uns irgendwie verdächtig. Mittlerweile war es vielleicht schon gleichgültig, was er getan oder nicht getan hatte. Wir trauten ihm nicht mehr.

Am Mittwoch dann schlief während der Nachmittagsruhe keiner von uns, auf den Balkonen war es unter den Markisen so heiß, dass wir förmlich schrumpelten, und als es vier Uhr schlug, sprangen wir von den Liegestühlen und machten uns zum Pavillon auf. Selbst dort wehte nur ein leiser Luftzug, doch im Verein mit dem Schatten unter dem Pavillondach, dem Duft der Zedernschindeln und dem Anblick des Baches, der träge zum reetbewachsenen Zufluss des nächstgelegenen Teiches strömte, war das immerhin eine

Verbesserung. Niemand war wohlauf. Sechs Patienten lagen auf der Krankenstation, die Leo erst kürzlich verlassen hatte; in den letzten vier Tagen hatte es drei dramatische Blutungen gegeben, und keiner hatte Appetit. Zweimal war die Nachmittagsmilch geronnen. Auch unsere Herzen schienen geronnen zu sein. Wir saßen auf den Pavillonbänken oder auf dem Geländer und fächelten uns mit der *Gute-Laune-Postille* Luft zu, während Leo langsam zwischen der Weide am Ende des kleinen Sees und der Gruppe von drei Lärchen an der ersten Bachbiegung hin und her ging.

Er machte den Eindruck, bemerkte Polly, als wäre er an einem Pendel aufgehängt. Hin und her, hin und her, in Gedanken vertieft, während wir schlapp im Schatten saßen. Wie lange er wohl weitermachen werde, fragte Ian sinnend. Und worüber er wohl nachdenke?

Über uns, das wussten wir. Wir hatten uns schlecht benommen. Am Himmel zog sich ein Spatzenschwarm zusammen und stob sogleich wieder auseinander, als ob es selbst ihnen zu warm wäre, um sich nahe zu kommen.

Er fühlte sich, dachte er, während unter seinen Füßen ein Lärchenzapfen knackte, wie ein Fremder. Ein Fremder unter uns. Im Speisesaal fühlte er sich einsamer als vor einem Jahr, als Ephraim ihn während einer ähnlichen Hitzewelle zum ersten Mal im Rollstuhl durch die Tür in den alten Saal geschoben hatte. Damals hatten wir ihn willkommen geheißen; jetzt waren wir höflich. Stets, doch immer nur, höflich. Wir äußerten keinerlei Vorwürfe. Aber wenn er auf Pietr und Zlaman und Lydia und Bea zuging und versuchte, mit ihnen ins Gespräch zu kommen, spürte er, wie seine Worte ins Nichts glitten, sobald er den Mund aufmachte. Wenn er Abe und Ian vorschlug, gemeinsam ein Buch zu lesen und darüber zu reden, lächelten sie, meinten vage, sie seien anderweitig zu beschäftigt, und gingen. David und Pearl und Celia hatten Ausreden parat gehabt, als er ihnen den Vorschlag machte, mit ihm spazierenzugehen; selbst Kathleen wandte sich von ihm ab, obwohl sie dabei errötete. Wir mieden ihn, mit gesenkten Lidern, unsere wahren Gedanken verbergend. Keiner von uns brachte ihm mehr als den verlangten Anstand entgegen, und keiner fand sich bereit zu sagen – wir hätten es gar nicht genau zu sagen vermocht –, welches Unrecht er begangen hatte. Wir dachten an die Büchereibücher, die Miles' Agenten unlängst kistenweise abgeschleppt hatten, und an die Anordnung, abgewetzte Laken zu flicken, statt neue zu nehmen, die Bettwäsche weniger oft zu wechseln, Lappen, die eigentlich verbrannt gehörten, erneut zu benutzen. *Es ist unsere Pflicht zu sparen*, hatte Dr. Richards den Mitarbeitern und uns gesagt: Aber wir vermuteten Miles hinter den neuen Vorschriften. Miles, der nach Leo griff und uns bestrafte.

Während Leo auf und ab ging, sprang aus der Wiese ein junger Fuchs und schnappte nach einem Schmetterling, der sich mühelos aus seiner Reichweite erhob. Leo blieb stehen, sah zu und musterte dann uns, während wir dem Fuchs zu- und ihn übersahen. Wäre er sicher gewesen, was Eudora für ihn empfand, hätte er vielleicht eher Ruhe bewahrt, aber er hatte seit seinem Verlassen der Krankenstation wenig von ihr gesehen. Er wusste ihre Absichten nicht klarer zu deuten als unsere, und er fragte sich inzwischen, ob sie wirklich gehört hatte, was er gesagt hatte, als er sie zum Film einlud. Er war sich nicht mehr sicher, warum sie an dem Abend gekommen war oder was ohne den Brand zwischen ihnen entstanden wäre. Wie es schien, mussten sie noch einmal ganz neu anfangen.

Eine Handvoll Spatzen, davon einer mit nur einem Bein, landete auf dem staubigen Weg, und er warf erneut einen Blick zu uns herüber. Unbeholfen, hartnäckig wandten wir unsere Blicke ab, während Otto, der sich wegen Naomis Brief schämte, ihm vollständig den Rücken kehrte. Über einen Monat hatte dieser Brief, aufgehalten zunächst durch ihre nachlässige Anschrift und dann durch das Chaos nach dem Brand, mit der anderen Post für das Sanatorium im Dorfpostamt gelegen. Als die Säcke endlich geliefert und die Postsendungen sortiert waren, hatte Otto den an

Leo adressierten Umschlag entdeckt und, damals noch in guter Absicht, in ihr gemeinsames Zimmer mitgenommen, um ihn Leo bei seiner Rückkehr zu geben. Nachdem allerdings das Summen begonnen hatte, hatte er ihn vorsätzlich versteckt. »Nicht meine Schuld«, hatte er vage gesagt, als er sich schließlich dazu durchgerungen hatte, ihn Leo zu geben: Längst war ihm die Äußerung peinlich. »Ich habe ihn in ein Buch gesteckt und dann vergessen.« Und so kam es, dass Leo erst an dem Abend, bevor wir uns im Pavillon versammelten, las:

9. Mai 1917

Leo – ich weiß nicht, warum ich so dumm gewesen bin. Du hast alles Mögliche getan, um es mich wissen zu lassen, und ich habe trotzdem alle Zeichen übersehen. An dem Nachmittag in Deinem Zimmer hast Du es mir wieder gezeigt – ich habe gesehen, wie sorgfältig Du mein Gesicht gemieden hast. Wie Du hinter uns die Tür zugemacht und dabei die rechte Hand um die Kante gelegt hast, damit Deine Finger für mich bis zum letzten Moment zu sehen waren. Dein Hemdkragen hatte sich geöffnet, sodass ich den Pulsschlag an Deiner Halsbeuge sehen konnte.

Ich habe gedacht, ich wüsste, was Sehnsucht ist, aber ich habe mich getäuscht. Du bist überall bei mir, immerzu. Die Vögel sind Du, die Füchse sind Du, die Pflanzen, die unter den Bäumen sprießen, und die Bäume selbst, ihre Stämme und Äste, von der kleinsten Nadel bis zu den Wurzeln, die sich durch den Boden ziehen. Die Vorhänge im Haus meiner Mutter und die Silberbestecke in den Schubladen. Alles. Was wir füreinander empfinden, die tausend Fäden, mit denen wir verknüpft sind – ich spüre alles, was Du mir sagen willst, Du musst kein Wort sagen. Dass Du krank bist, hat keine Bedeutung. Keine. Du wirst gesund werden, sobald wir zusammen sind, fort von hier; ich bin gesund genug für uns beide, und meine Kraft wird auf Dich übergehen.

Triff mich Freitag beim Film. Setz Dich nach hinten und warte auf mich, ich muss Miles irgendwohin bringen, aber danach komme

ich zu Dir. Ich habe etwas, was ich Dir geben muss, etwas, was Dir gehört, was ich schon zu lange behalten habe; das war mein Fehler, aber ich weiß, dass Du mir verzeihen wirst, und dann können wir einen Plan machen. Ich habe das Auto, ich weiß, wo wir unterkommen können. Ich habe Geld genug für unsere Reise. Wir müssen nur den Tag bestimmen, und dann können wir unser altes Leben hinter uns lassen.
In Liebe
Naomi

Er erinnerte sich an Eudoras vertrauensvollen Blick an dem Nachmittag, als sie in seinem Zimmer gewesen war, und die Art, wie sie ihn hilfesuchend angesehen hatte. Er hatte Naomi kaum bemerkt, während sie offenbar jede seiner Bewegungen beobachtet hatte. Bei der Vorstellung, dass sie sein Gesicht immer wieder gezeichnet und dann den Brief geschrieben und sich neben ihn gesetzt hatte, kribbelte seine Haut, als marschierten Insekten in Reihen darauf auf und ab. Sehnsüchtig blickte er über die Wiese zu den Wohnhäusern der Mitarbeiter. Irene, die in einem davon wohnte, hätte ihm vielleicht helfen können, seine Empfindungen zu klären. Doch sie hatte mit ihrem Brief, in dem sie sich bei Dr. Richards für ihn einsetzte, schon so viel getan, dass er sich scheute, sie erneut zu beanspruchen.

Im Westen sammelten sich Wolken, ein Wetterumschlag aus Kanada. Wir wandten unsere Gesichter der Brise zu und sahen, wie auch Leo, vielleicht unbewusst, den Kopf drehte. Er blieb mitten auf seiner Strecke stehen, auf der Hälfte zwischen der Lärchengruppe – Lärchen hießen in der Gegend Tamarackbäume, wie wir vor Jahren erfahren hatten – und der Weide. Miles, dachte er, glaubte nicht wirklich an seine Unschuld; er übte Druck auf uns andere aus, um ihn auf diesem Wege fertigzumachen. Und tatsächlich unterhielten wir uns, als die Brise unsere Gesichter streichelte, gerade über Miles' neueste Einmischung: das Eintreffen, am vergangenen Montag, eines eigens für uns bestellten Vier-Minuten-Mannes. Überall im Land, behauptete Miles, würden diese Freiwilligen bereits in Theatern und Kirchen mit flammenden Reden ihr Publikum dafür begeistern, Kriegsanleihen zu kaufen, Siegesgärten anzulegen, Lebensmittel zu sparen, längere Arbeitszeiten auf sich zu nehmen, mit Kohle zu haushalten. Gewiss brauchten wir so eher mehr als andere; wie wäre es, wenn wir einmal die Woche zur Abendessenszeit einen solchen Vortrag einplanten und uns von diesen schmissigen Rednern anspornen ließen, während wir aßen? Vielleicht um ihn zu beschwichtigen, war Dr. Richards auf den Vorschlag eingegangen, und so wurde uns zu unseren mit Käse überbackenen Makkaroni ein Mann aufgetischt, der mit gewölbter Brust auf einem Stuhl stand und mit der Geschwindigkeit eines Auktionators schnatterte, damit er in der Zeit durchkam, die es gedauert hätte, an einem unserer Filmabende eine Rolle zu wechseln.

Sein Thema: Wie wichtig es sei, die Regeln unseres Sanatoriums noch exakter zu befolgen als früher. Je härter wir arbeiteten, desto schneller würden wir gesund. *Das Aufbauendste* am *Krieg gegen Tuberkulose ist die Tatsache, dass dafür kaum neue Waffen oder unbekannte und komplizierte Munition für die einfachen Soldaten erforderlich sind*, sagte er. Sahen wir wie Soldaten aus? *Unsere Waffen sind Nahrung, frische Luft und Schlaf. Wenn Sie das tun, was Ihnen gesagt wird, und sich daran halten, werden Sie Ihre Kuren um Tage verkürzen. Und jeder verkürzte Tag stellt Mittel frei für unsere Kämpfe in Übersee.*

Wir konnten das Messer spüren. Je mehr Miles seinen Druck verstärkte, umso mehr rückten wir von Leo ab – dem an seinem Platz zwischen der Weide und den Lärchen schwante, dass er wohl fortgehen musste. Hier war nichts, hier war nie etwas gewesen als unsere Gemeinschaft, und die war durch den Brand zerstört. Er hasste das Zimmer, das er sich früher mit Ephraim geteilt hatte, er hasste sein Plätzchen auf dem Balkon. Er hasste den chaotischen neuen Speisesaal mit den überfüllten Tischen, in dem sein Tablett gegen unsere Tabletts klapperte und seine Ellbogen an unsere stießen, wir uns aber über ihn hinweg und um ihn herum unterhielten. Er hatte keinen Freund und war doch nie allein. Wäre er allein, ohne das Flüstern und die nächtlichen Geräusche von Otto, Arkady und Abe, könnte er vielleicht schlafen und dadurch vielleicht denken. Er hatte seit seiner Rückkehr in unsere Mitte kaum geschlafen, und jetzt war ihm, als wäre die ganze Anstalt verseucht.

Die Glocke läutete zum Abendessen, sechs Schläge hallten durch die Luft. Wir drehten uns alle gleichzeitig um, wir drehten uns als Gruppe um, und Leo sah, wie wir in einer Reihe zusammen eintreten, zusammen unsere Plätze aufsuchen und in den paar Minuten, die er brauchte, um hinterherzukommen, zusammen über ihn tuscheln würden. Wenn er allein durch die Tür zum Speisesaal trat, würden wir uns zusammen zu ihm umdrehen oder ihn zusammen ignorieren: Beides war unerträglich. Er musste weg. Aber nach New York würde er nicht wieder gehen; nie wieder würde er in eine Großstadt gehen. Er wollte irgendwo sein, wo keiner war wie er, wo keiner Russisch oder Deutsch sprach, keiner an die Atlantiküberfahrt zurückdachte oder zu sechst und acht in einem Zimmer schlief und so tat, als wäre das eine akzeptable Lebensweise. Er wollte frische Luft, Tiere, offenes Land; andere Leute einzeln oder zu zweit, aber niemals in Gruppen: zu Ephraim in Ovid in der Nähe der Finger Lakes. Zu Ephraim, seinem Freund.

An der Tür zum Speisesaal erhob sich der Lärm unserer gleichzeitig redenden Stimmen wie eine Betonwand. Er teilte der diensthabenden Schwester mit, dass er sich nicht gut fühle, ging auf sein Zimmer und holte seine Tasche. Er schrieb rasch eine Nachricht an Dr. Petrie und dankte ihm für seine Hilfe. Er schrieb eine weitere an Irene und bedankte sich für die geschenkten Bücher und ihr Vertrauen in ihn; sowie für ihren Brief, den er nicht gesehen hatte. Auf einen dritten Umschlag schrieb er Eudoras Namen, steckte den Brief von Naomi hinein und schrieb selbst noch eine Notiz dazu. *Ich gehe weg*, schrieb er. *Ich werde noch einmal von vorne anfangen; ich will nicht sagen wo, aber ich bin sicher, Sie wissen es. Mit meiner Gesundheit geht es gut bergauf, und der letzte Rückfall war ohne Bedeutung. Mein Wunsch wäre, dass Sie mir nachreisen, sobald Sie mögen. Ich liebe Sie. Leo Marburg.*

Er verließ uns mit kaum mehr als dem, was er ins Tamarack State mitgebracht hatte. Noch in derselben Nacht, mit einer kleinen Tasche, die eine Garnitur Kleidung zum Wechseln und die kleine Schachtel von Eudora enthielt, ließ er sich von Roger, unserem Nachtwächter, der einberufen worden war und wusste, dass sein Abschied unmittelbar bevorstand, den Berg mit hinunternehmen. Voll Verständnis für jeden, der auf und davon wollte, ließ Roger Leo am See aussteigen. Dort verbrachte er eine Stunde auf der Bank, auf der sich Miles und Dr. Petrie unterhalten hatten. Bei Tagesanbruch ging er zum Bahnhof im Dorf, den er noch nie gesehen hatte. Roter Backstein, ein quadratischer Turm mit einem Oberlicht im Dach, über dem Eingang ein von grünen Fliesen gerahmter Natursteinbogen. In den Stein waren die Worte gemeißelt, die ihn begrüßt hätten, wenn er freiwillig gekommen wäre, mit Geld in der Tasche, um in einer Pension wie der von Mrs Martin zu wohnen: *Willkommen, Heilungssuchende!* Er nahm den ersten Zug Richtung Süden.

24

Wenn wir uns schämten – Otto, Abe und Arkady vor allem; wenn uns die Art und Weise bedrückte, wie wir Leo im Stich gelassen hatten, so wurde das dadurch ausgeglichen, dass beinahe unverzüglich die Spannung wich. Noch immer kamen die Vier-Minuten-Männer und hielten ihre Vorträge; noch immer kam Miles ein paarmal die Woche, um sich mit Dr. Richards zu beraten. Aber unsere Tage wurden nach Leos Verschwinden ruhiger, als ob sich Miles für uns andere nicht genügend interessierte, um uns weiter das Leben schwerzumachen. Neugierde, auf unser Verhalten bezogen, war etwas, das später kam; anfangs waren wir nur wie zuvor mit dem Brand und dessen Ursachen beschäftigt, und der Frage, was mit Naomi geschehen war. Alles, was darüber zu erfahren war, so wussten wir, konnten wir nur von Eudora hören, aber Eudora verbrachte nach Leos Weggang nicht viel Zeit mit uns. Sie machte immer noch Überstunden; sie erfüllte sorgsam ihre Pflichten und war immer freundlich, wenn sie unsere Zimmer putzte. Aber sie ging, sobald sie mit der Arbeit fertig war, und obwohl sie nie ein Wort über Leos plötzliche Abreise verlor, wussten wir, dass sie uns die Schuld gab.

Irene gegenüber, ihrer einzigen Vertrauten, nachdem Leo fort war, gestand sie, wie böse sie uns war (damit rechneten wir) und auch, was uns mehr überraschte, wie böse sie war, dass Leo Reißaus genommen hatte, ohne mit ihr zu reden. Dass er ihr seine Gefühle nicht persönlich, sondern nur schriftlich gestanden hatte: Wie sollte sie darauf reagieren? Damals im Röntgenraum war etwas Zartes und Interessantes zwischen ihnen gekeimt, das sie neben anderen Gründen veranlasst hatte, sich zum Kinoabend mit ihm zu verabreden – und was wegen der ganzen Ereignisse nicht weiter hatte wachsen können. Eine karge Zeile am Ende eines Briefes diente nur dazu, alles zu übertünchen, worüber man hätte reden müssen. Ebenso sehr nahm sie sein erster Absatz mit, in dem er erklärte, dass er nach so langer Zeit endlich Naomis Brief erhalten hatte.

Den Brief selbst las sie mit furchtbaren Gewissensbissen. Naomis Gefühle hatten sich vor ihren Augen so stetig und klar entwickelt wie eine fotografische Platte, aber sie hatte sich verhalten, als ob diese, weil Leo sie nicht teilte, ohne Bedeutung wären. Als sie Naomi vorgeschlagen hatte, Leo zu sagen, was sie für ihn empfinde, hatte sie an ein paar Worte, vielleicht einen innigen Blick am Ende eines Mittwochstreffens gedacht – aber niemals an einen solchen Brief. Aber sie war auch nicht auf die Idee gekommen, dass Naomi an einem Abend, an dem sie Miles zu fahren hatte, heimlich zum Filmabend kommen könnte. All ihre Spaziergänge, Gespräche, Fahrradausflüge, die vielen Dinge, die sie einander anvertraut hatten, die Abende, an denen sie im Licht des über den Bergen aufgehenden Mondes untergehakt auf Schlittschuhen über den zugefrorenen See geglitten waren: All das zählte nichts gegen den Moment, in dem Naomi den Blick aufgefangen hatte, den sie und Leo gewechselt hatten. Naomi war ohne ein Wort verschwunden, ohne den leisesten Hinweis. Und der Brief ließ Eudora vermuten, dass sie nie wieder von Naomi hören würde.

Als sie Ende September dennoch etwas von ihr hörte, geschah dies auf indirektem Wege. In Irenes sauber aufgeräumtem Zimmer sitzend, wo sie jede Woche vorbeischaute und das sich nach und nach mit den Büchern füllte, die Dr. Petrie von Freunden erbettelte, um den im Keller verbrannten Bestand zu ersetzen, blätterte Eudora in einem Handbuch der Röntgenographie. Sie betrachtete flüchtig eine Formel zum Anmischen einer

Entwicklungslösung – die war auch schon wieder veraltet – und dann berichtete sie Irene, ihr Bruder Ernest in New York habe von Naomi erzählt.

Irene griff nach Block und Bleistift. Sie hatte zu dem Zeitpunkt noch immer keine Stimme. *Ich wusste gar nicht, dass sie befreundet sind,* schrieb sie.

»Ich eigentlich auch nicht«, sagte Eudora. »Sie haben sich manchmal bei uns zu Hause gesehen, aber ich hatte nie den Eindruck, dass sie sich *nahe* wären. Ernest hat geschrieben, sie ist in ihren ersten Wochen in New York – ich nehme an, sie ist von hier aus gleich dahin gefahren – irgendwie in Schwierigkeiten geraten und darauf zu ihm gekommen.«

Dann ist sie also wohlauf?

»Laut Ernest ja.«

Da bist du bestimmt erleichtert.

»Ernest weiß nicht, wie sie in die Stadt gekommen ist oder was sie dort anfangs gemacht hat. Aber er schreibt, dass sie eines Abends an seiner Tür erschien – er hat ein winziges Zimmer in einem Dachgeschoss in der Nähe des Central Park – und zwei Monate blieb. Dann erzählte sie ihm eines Tages, sie habe in Brooklyn Arbeit gefunden, und zog am nächsten Tag aus.«

Irene, die bis dahin weder Eudora noch uns anderen gestanden hatte, was zwischen ihr und Naomi vorgefallen war, schrieb: *Was für Arbeit?*

»Als Straßenbahnschaffnerin«, antwortete Eudora und fragte sich, warum das wichtig war. »Vielleicht hat es ihr genützt, dass sie so gut mit dem Auto ihrer Mutter umgehen konnte.« Während Irene den Rand ihres Schreibblocks mit einer gezackten Kante verzierte, fügte sie hinzu: »Aber das Wichtigste ist, dass ihr nichts zugestoßen ist.«

Eudora hatte Irene nach dem Brand einen neuen Handschuh besorgt, die Watte in den Fingern gewechselt, später die hässliche Narbe an ihrem Hals mit einem bunten Schal umwickelt. Sie war in jeder Hinsicht eine ausgezeichnete Hilfe gewesen, und Irene hätte gern ihre Gefühle geschont. Trotzdem musste sie die Frage stellen: *Wissen Sie, warum Naomi fort ist?*

»Ich bin mir nicht sicher«, sagte Eudora.

Irene wartete, den Bleistift über dem Papier in der Luft.

»Sie hat Leo und mich am Kinoabend zusammen gesehen«, gab Eudora zu. Als Irene nickte, sprach sie weiter: »Sie war verstört. Wir waren alle drei verstört. Aber es ist schlimmer, als ich geahnt habe. Sie …« Eudora stockte und sah aus dem Fenster – es war wunderschön draußen, das Laub der Bäume am Teich begann sich gerade zu färben, und die Schwalben schossen eifrig umher –, und holte sodann zwei gefaltete Blatt Papier aus der Tasche. »Das hier will ich Ihnen schon länger zeigen.«

Irene las erst den Brief von Naomi, dann den von Leo. Und dann den von Naomi noch einmal. Sie schrieb: *Was hatte sie Leo weggenommen?* Leos Namen unterstrich sie zweimal.

»Sie hatte an dem Abend eine Tasche dabei. Ich habe Zeichnungen darin gesehen. Zeichnungen von ihm.«

Irene nickte. *Die hat sie mir auch gezeigt.*

»Wirklich?«, fragte Eudora. Sie sahen sich einen Augenblick an. »Vielleicht hat sie die gemeint.«

Vielleicht, schrieb Irene. Sie ließ ihren Blick zu den Schwalben wandern, während sie entschied, was sie für sich behalten wollte. Dann fragte sie: *Was werden Sie jetzt tun?*

Wir waren nicht überrascht, als wir hörten, dass Eudora beschlossen hatte, uns zu verlassen; da das Röntgenlaboratorium zerstört war und Irene nicht mehr arbeiten konnte, hatte sie keinen rechten Grund zum Bleiben. Irene und Dr. Petrie halfen ihr dabei, sich in einer Schwesternschule in Jamestown zu bewerben, wo sie im Schnellverfahren eine Helferinnenausbildung absolvieren konnte. Sie hatte vor, nach Übersee zu gehen, wenn sie fertig war, mit welcher Organisation, war ihr gleich, sie mussten sie nur aufnehmen.

Sobald sie in Frankreich war, konnte sie sich zur Mitarbeit in einer mobilen Röntgeneinheit oder als Assistentin eines Röntgentechnikers in einer Feldstation einteilen lassen. Schlimmstenfalls konnte sie in einem Lazarett arbeiten. *Drei Monate*, teilte sie Leo mit, als sie ihm so weit verziehen hatte, dass sie ihm schreiben mochte. *Ich werde Bescheid sagen, wohin ich versetzt werde, sobald ich es weiß.*

Miles, der sie eines Nachmittags auf dem Rasen in der Nähe des Männerflügels antraf, verschwieg sie sowohl ihre Pläne als auch Leos Aufenthaltsort. Sie erzählte ihm auch nicht, was sie durch ihren Bruder über Naomi erfahren hatte. Hinter seinen guten Manieren steckte nicht, dachte sie, das sanfte Geschöpf, das Naomi so leicht zu gängeln vermeint hatte. Sie mied Miles inzwischen, so gut es ging, und wenn das nicht möglich war, sah sie zu, dass sie alles Wichtige vor ihm verbarg.

»Ich vermute, Leo ist Naomi nachgereist«, sagte Miles bitter. Der Wind blies von Westen und trug den Duft von tausend Meilen Pinienwald herbei. »Sie sind wahrscheinlich im selben Ort. Was haben Sie gehört?«

»Nichts.« Sie drehte sich um und strebte dem Gebäude zu.

Unmittelbar in ihrem Rücken, förmlich auf ihren Fersen, sagte er: »Warum frage ich Sie überhaupt? Sie haben geglaubt, er wäre in *Sie* verliebt.«

»Ich habe mich in so manchem getäuscht«, erwiderte sie. Unter anderem, dachte sie, in ihren Gefühlen für Leo. Während sie ihre wenigen Habseligkeiten zusammengepackt und ihren verzweifelten Eltern erklärt hatte, warum sie diesen Schritt tun müsse, war ihr Zorn auf Leo verraucht. Und ihr wurde klar, dass sie Leo immens gern hatte. Sie sehnte sich danach, ihn zu berühren, für ihn zu sorgen, an seiner Seite zu schlafen – war das Liebe? Sie konnte sich nicht vorstellen, gleich zu ihm zu gehen, ohne dass sie vorher etwas geleistet und mehr von der Welt gesehen hatte, aber sie konnte sich vorstellen, zu ihm heimzukehren.

Nicht lange nachdem Eudora fortgegangen war, setzte der Winter ein, der kälteste Winter seit Menschengedenken. Die Seen um uns herum froren rasch zu, ihre Flächen so blank, dass wir sie von unseren Balkonen wie Spiegel zwischen den Bergen blitzen sehen und die Gleitgeräusche der Kufen hören konnten, wenn die Eissegler von Ufer zu Ufer sausten. In New York fror der Hudson River bis in die Bucht hinein zu und erlaubte staunenden Menschen, von Staten Island nach New Jersey zu laufen, während die Schifffahrt zwischen dort und Albany zum Erliegen kam. In den Mietskasernen erfroren Familien, weil Kohle und Holz knapp wurden. Männer, die im Juli einberufen und in aus Holz und Zelttuch zusammengezimmerte Armeelager befördert worden waren, zitterten nebeneinander auf Feldbetten ohne Decken, machten ihre Übungen ohne Wollsocken und Winterjacken; ganze Regimenter erkrankten an Lungenentzündung. Es gab Untersuchungen, Anhörungen, Zeitungsartikel, in denen die schlechte Behandlung unserer neuen Soldaten angeprangert wurde. Nach dem Waffenstillstand zwischen der Russischen Revolutionsregierung und dem Deutschen Reich wurden die Nachrichten aus dem Krieg noch einmal grausiger, und das war für uns in gewisser Weise ein Segen: Plötzlich hatte keiner mehr Zeit für uns, und wir wurden in Ruhe gelassen.

Im Januar fegte ein Schneesturm nach dem anderen über uns hinweg und legte danach die Ostküstenstädte lahm. Der Wind blies, der Schnee fiel. Es schneite und schneite und schneite, und keiner kam mehr vom Fleck, aber das war uns gleich: Wir konnten sowieso nirgendwohin. In der Bronx gebe es Bolschewiken, hörten wir, die nun keine bewundernswerten Freiheits- und Friedenskämpfer mehr waren, sondern Verräter. Wir ignorierten die Kälte, wir ignorierten die Nachrichten. (Obwohl das Wort »Verräter« uns zu denken gab: Waren *wir* das auch?) Uns an dem festhaltend, was von unseren wöchentlichen Zusammenkünften übrig war, und gleichzeitig allmählich begreifend, was wir getan hatten, machten wir uns an die Arbeit. Einzeln besehen hatte keiner etwas richtig Schlimmes getan. Doch zusammen hatten wir, ohne richtig zu begreifen, auf welche Weise, dabei mitgewirkt, unsere eigene Welt zu zerstören. Wir wollten begreifen, wie wir das getan hatten beziehungsweise wieso wir es nicht verhindert hatten.

Auch als uns die Stunden auf den überfüllten Balkonen härter ankamen, unsere Hände steifer, unsere Gesichter starrer wurden, blieben wir dabei, unsere Erinnerungen zu sieben und zu ordnen. Wir machten bessere Fortschritte, als wir gedacht hätten. Bis Februar hatten wir die verschiedenen Briefe und Dr. Petries Berichte sowie die Zeichnungen studiert, die Eudora uns dagelassen hatte, und dadurch besser verstanden, wie verzweifelt Naomi sich an Leo geklammert hatte. Wir sahen uns die grünen Bücher an, die Irene Leo hatte schenken wollen und die Dr. Petrie gerettet hatte, und lernten daraus etwas über wissenschaftliche Beweisführungen. Das letzte Puzzlestück aber kam von Irene selbst, als sie ihre Stimme so weit wiedergewann, dass sie flüstern konnte.

Sie ist nun, da sie nicht mehr arbeiten kann, ganz und gar eine von uns, eine Patientin so wie früher in ihrer Jugend. Sie gestand uns, dass sie anfangs eigentlich nicht bereit war, wieder etwas mit uns zu tun zu haben, weil sie so enttäuscht war von unserer Feigheit, unserer Engherzigkeit, dem fehlgeleiteten Gemeinschaftsgeist, der uns dazu getrieben hatte, uns gegen Leo zu verbünden und ihn auszustoßen. Doch mit der Zeit begann sie sich einiger Dinge zu entsinnen, die sie bei den Mittwochstreffen in uns gesehen hatte. Unsere Zuversicht, unser Bildungseifer. Unser Glaube, dass wir, krank wie wir waren, einander weiterbringen könnten. Eines Abends schließlich – wir hatten uns in der Küche zusammengefunden, vollkommen gegen die Regeln – erzählte sie uns, was sie in ihrem Brief an Dr. Richards ausgelassen und auch Eudora verschwiegen hatte.

Am Freitagabend, dem Abend des Brandes, hatte sie Röntgenaufnahmen durchgesehen und nach Bildern für Dr. Petries

Zwecke gesucht. Sie hatte vor, später zum Filmabend nach oben zu gehen, aber sie war mit dem Sortieren im Rückstand, und die Arbeit ging langsam voran. Bilder der Verstorbenen legte sie nach rechts, Bilder der Lebenden nach links. Durch die Tür, die sie offen gelassen hatte, um den muffigen Raum zu lüften, hörte sie Schritte die Treppe hinunterstürzen und vorbeirennen, die dann stockten, umkehrten und vorsichtig ins Labor kamen.

Sie erhob sich von ihrem Schreibtisch, der hinter einer Trennwand mit Regalen stand, und ging in den zum Korridor liegenden Teil des Raumes. Im schwachen Licht ihrer Schreibtischlampe sah sie eine junge Frau, die zusammengekrümmt auf der Couch lag. Ihr Kopf lag auf den Armen, und sie weinte.

»Was ist denn los?«, fragte Irene sanft. Die Frau hob den Kopf, und Irene erkannte Miles' Chauffeurin. Obwohl sie beide an einigen der Mittwochstreffen teilgenommen hatten, hatte Irene nicht das Gefühl, sie gut zu kennen. Naomi war übellaunig und hatte eine scharfe Zunge, manchmal hielt sie Eudora von der Arbeit ab; darüber hinaus wurde Irene nicht aus ihr schlau. Aber sie konnte nicht arbeiten, wenn Naomi allein dort im Halbdunkel saß. Sie ließ sich in einen Sessel sinken und fragte Naomi, warum sie so verstört sei.

»Darum«, gab Naomi zur Antwort und warf dramatisch die Arme in die Luft.

Sie sprang von der Couch auf und lief durch den Raum, berührte die Wände, ließ ihre Finger über die Kanten der grauen Papierumschläge wandern, in denen die Filme der Patienten steckten. Wir waren alle dort, alphabetisch aufgereiht, unsere Mappen dicker oder dünner je nach dem, wann wir eingewiesen worden waren und welche Krisen wir durchlitten hatten: Lungen vor während nach, Lungen vernarbt oder geheilt oder von Flüssigkeit und Ablagerungen blockiert. Naomi lief gegen den Uhrzeigersinn im Kreis, den rechten Arm ausgestreckt, ihre Finger klackerten mit einem Geräusch über die Mappenkanten, als würde ein Stock über ein Waschbrett gerubbelt, was Irene zunächst einmal neidisch machte: Es war Jahre her, dass sie sich hätte vorstellen können, ihren eigenen verschorften Fingerstümpfen so etwas zuzumuten.

»Was kann ich tun?«, fragte Irene. In der Küche, wo wir dieser Geschichte lauschten, knallten und zischten die Heizkörper, und wir rückten enger zusammen, als ob sich die Sorge, die Irene empfunden hatte, während sie Naomi lauschte, über die Monate hinweg auf uns übertrug.

Über Naomis linker Schulter hing ein Stoffbeutel, erzählte Irene. Der Beutel – einige von uns erinnerten sich, ihn gesehen zu haben – schaukelte im Rhythmus ihrer Schritte hin und her. Ihr Kopf war gesenkt, ihr Arm ausgestreckt, ihr Kleid rot mit einem frischen weißen Kragen. Als sie zu sprechen begann, klapperten ihre Finger weiter über die Filme. Unzusammenhängende Satzfetzen, unzusammenhängende Gefühle. Ihr Verlangen nach Leo und die Zeichen, die er ihr, ganz insgeheim, den Winter und Frühling hindurch gegeben habe. Seine heimliche Absicht, sich mit ihr zu treffen und mit ihr den Film anzusehen; der Brief, den sie ihm geschickt und den er angeblich nicht bekommen hatte. Eudora habe sie betrogen, belogen …

»Eudora würde nie etwas tun, um Sie zu verletzen«, sagte Irene. »Sollte sie Sie getäuscht haben, so gewiss nur, weil sie nicht wollte, dass Sie verletzt werden.«

»Dass *Sie* ihre Partei ergreifen, war klar«, entgegnete Naomi. »Sie haben alles getan, was in Ihrer Macht steht, um uns auseinanderzubringen, Sie haben sie mir weggenommen. Sie haben mir meine Freundin weggenommen.«

»Das ist nicht wahr«, sagte Irene. *Klack klack klack klack klack* wanderten die Nägel über die Mappen.

»Leo liebt mich«, sagte Naomi, »genauso wie ich ihn liebe. Ich sehe, wie er mich beobachtet, ich *weiß* es. Ich habe den Fehler gemacht, es Eudora zu erzählen, und jetzt versucht sie ihn mir wegzunehmen, genauso wie Sie mir sie weggenommen haben. Wie ihr beide alles an euch reißt.«

Irene atmete tief durch. Wie furchtbar, dachte sie, die Realität so zu verkennen. Sanft – sie fragte sich, ob sie selbst je einen anderen Menschen so falsch verstanden hatte – sagte sie: »Leo träumt schon seit Monaten von Eudora. *Sie* hat er beobachtet, nicht Sie. Er hat Eudora seine Gefühle gestanden. Und ich glaube, sie beginnt auch Gefühle für ihn zu entwickeln. Ich heiße das nicht gut. Ich finde, sie sollte sich auf ihre Arbeit konzentrieren, aber –«

Naomi sah sie wütend an und knallte ihren Beutel auf den Fußboden. »Warum sind Frauen wie Sie so dumm?«, fragte sie. »Sie, meine Mutter – alle beide zu alt und vertrocknet, um überhaupt noch irgendwelche Gefühle zu begreifen.«

Sie langte in den Beutel, zog eine Handvoll Blätter heraus und fuchtelte damit vor Irenes Nase herum. Kinnladen, Ohren, Nasen, Augen; zuerst verstand Irene nicht, was ihr gezeigt wurde. Nach und nach erkannte sie Leos Gesicht.

»Das ist die Realität«, sagte Naomi verächtlich. »Meine Gefühle für Leo. Nicht dass Sie wüssten, wie es ist, einen Mund zu betrachten und ihn auf dem eigenen zu spüren oder zu wissen, wie seine Hände einen berühren würden …«

Einen Moment lang hätte Irene ihr am liebsten eine Ohrfeige verpasst. Natürlich wusste sie das: Als sie und ihr Mann jungverheiratet waren, hatte ihr Herz, wenn sie ihn im Dunkeln auf sich zukommen hörte, oft so schnell gepocht wie das eines Windhundes. Er hatte sie gencckt, indem er seine rechte Hand über ihre Brust hielt, so nahe, dass er sie fast berührte, und sie dort über ihr schweben lassen, bis sie ihm den Körper entgegenhob. Und Jahre später, nachdem er gestorben und sie nach Colorado gezogen war und geglaubt hatte, das alles liege hinter ihr, war sie darüber erschrocken, wie heftig es zwischen ihr und ihrem Schwager knisterte, als sie mit den Röntgenstrahlen zu experimentieren begannen. Sie hatte die von Dr. Richards angebotene Stelle angenommen, um ihre Schwester zu verschonen; dass sie hier war, war just solchen Gefühlen geschuldet. Was für ein unangenehmer Gedanke, dass sie für jemanden in Naomis Alter aussah, als wäre sie immer alt gewesen.

Sie rief sich zur Ordnung und legte Naomi sanft ihre gesunde Hand auf die Schulter. »Ich verstehe Sie ja«, sagte sie und hoffte, dass sie mitfühlend klang. »Ich habe Leo auch gern und kann gut verstehen, warum Sie sich zu ihm hingezogen fühlen. Seine Intelligenz, sein Bildungshunger; er rührt einen. Er hat mir erzählt, dass er in Odessa Latrinen geputzt hat, um sich seine Laborgebühren zu verdienen. Ich weiß, dass Sie auch hart arbeiten. Sie werden das Gefühl haben, ihm dadurch verbunden zu sein.«

Naomi stopfte die Zeichnungen wieder in ihren Beutel. »Wann«, fragte sie – ihre Hände zitterten –, »hat er in Odessa gelebt?«

»Bevor er hierhergekommen ist«, sagte Irene. »Nachdem seine Mutter gestorben und er aus Grodno fortgezogen war.« All diese Zeichnungen, und trotzdem schien Naomi nichts Wesentliches von ihm zu wissen; vielleicht nicht einmal, dass er Chemiker hatte werden wollen. »Eudora hat er erzählt, dass er im ersten Winter, nachdem er von zu Hause weggelaufen war, in einer Speisekammer auf dem Fußboden geschlafen hat.«

Naomi brach in Tränen aus, schleuderte ihren Beutel nach Irene und rannte aus dem Raum. Papier und etwas, das aussah wie ein Kleidungsstück, flog an Irenes Schulter vorbei. Einen Augenblick lang war sie dankbar, dass der Beutel sie verfehlt hatte; er enthielt irgendeinen schweren Gegenstand, ein Buch vielleicht, das ein dumpfes Geräusch machte, als der Beutel auf dem Fußboden unter den Regalen landete.

Wir meinen, dass dieses dumpfe Geräusch von dem alten Fossilienbuch verursacht wurde, das Miles von Edward Hazelius zu Weihnachten bekommen und anschließend Naomi geschenkt hatte, die es offenbar Leo hatte schenken wollen. Das gestohlene

Hemd lag oben auf dem Buch, zusammen mit dem Stapel Zeichnungen. Darunter, meinen wir, muss der dritte Stift gelegen haben. In den Briefen, die Eudora schrieb, seit sie in Frankreich angekommen war und die Arbeit im Lazarett aufgenommen hatte, hatte sie versucht, Irene und sich selbst die Entwicklung ihrer Gefühle für Leo zu erklären. Ohne zu ahnen, was sie damit aussagte, schilderte sie den Nachmittag, an dem sie Naomi dabei ertappt hatte, wie sie in Leos Spind herumschnüffelte. *Ich hätte sie schlagen mögen, als ich sie dort antraf. Damals hätte ich wissen müssen, was mir Leo bedeutete.*

Ich hätte es wissen müssen, sagte Irene zu uns, später, als wir an den Küchenschränken lehnten und die von ihr mitgebrachten Sonnenblumenkerne knabberten. Doch damals an dem Abend im Mai war alles, was sie wusste, dass Naomi weinte. Sie folgte Naomi hinaus auf den Flur und ließ den Beutel liegen, wo er gelandet war. Hinter ihr, so unsere These, zischte aus dem zwischen Buch und Fußboden zerbrochenen Stift eine kleine, außerordentlich heiße Flamme.

Wir haben den Brief von Eudoras Bruder; auf dieser Grundlage stellen wir uns Naomis Leben in New York vor. Wahrscheinlich, denken wir, geht es ihr gut. Sie mag gekränkt sein; traurig über den Verlust von Leo – aber im Grunde wird sie wohlauf sein. Ohne jede Ahnung davon, was sie getan, was sie angerichtet hat. Falls sie einen Bericht über den Brand in der Zeitung gelesen hat, ist sie darauf gekommen, welche Rolle sie dabei spielte? Wir glauben nicht; sie hatte für nichts Sinn als ihre eigenen Gefühle, und sie wäre nie auf den Gedanken gekommen, dass ihre Handlungen Auswirkungen auf andere haben könnten. Wir stellen sie uns in der Uniform einer Straßenbahnschaffnerin vor, wie sie auf einer Strecke in Brooklyn Fahrgeld kassiert und die Fahrgäste anlächelt, vielleicht mit einem jungen Mann schäkert, der aussieht wie Leo. Ein junges Mädchen noch immer; keine zwanzig Jahre alt. Mit der

Zeit wird ihr ein anderer ins Auge fallen. Wer weiß, was dann geschieht? Sie weiß nicht, dass Leo gezwungen wurde wegzugehen, dass Irene für immer nur flüstern wird und dass auf der Lichtung drei neue Steine liegen.

Was sie weiß, ist, dass sie entkommen ist. Auch Leo ist entkommen, was angesichts des Klimas in diesen Zeiten wie ein Glück erscheint. Bei seiner Abreise hatte er keine Ahnung, wie er sein nächstes Leben angehen sollte. Er fuhr zu Ephraim, dem er vertraute, doch musste er bald feststellen, dass Ovid ihm nicht zusagte. Zu viel Familie, schrieb er Dr. Petrie, all diese Verwandten, die untereinander Jiddisch sprachen: Das passe ihm gar nicht. Ein Freund von Ephraim besorgte ihm Arbeit in einer Weinkellerei in Harmondsport, nicht weit entfernt. *Ein hübsches Dorf, wunderschöne Berge,* schrieb er Irene. (Er schreibt Irene und Dr. Petrie; uns anderen, bisher jedenfalls, nicht.) *Eine Gelegenheit, wieder mit Trauben und Fermentationschemie zu arbeiten, wie vor so langer Zeit in Russland. Ich habe ein eigenes Labor.*

Er fühlte sich sicher, seine Briefe per Post zu schicken, denn er wusste, dass Miles, zur großen Erleichterung aller, nicht mehr da war, um sie abzufangen. Im Januar hat Miles, gegen den Rat seines Arztes, Tamarack Lake verlassen. Keiner, sagte er sich vermutlich, konnte Zement herstellen wie er. Und deshalb kehrte er an die Spitze seines Werks zurück: sein Beitrag zum Krieg. Als er abreiste, war es wie das Ende einer Schlechtwetterperiode. Erst tauchten die Baumspitzen wieder auf und dann die Bergspitzen. Die Sterne über den Bergen und der Mond. Wir konnten einander sehen. Wir konnten sehen, wo wir wohnten, was wir getan hatten und was uns geblieben war.

Wie unbedarft kommen wir uns vor, wenn wir heute auf unsere ersten Mittwochnachmittage zurückblicken! Als wir zusammenkamen, um uns von Fossilien, Giftgas, das kommunale Experiment in Ovid, Strawinski und Tschechow, Gewerkschaften und Film und die Relativität der Zeit erzählen zu lassen, wo wir doch alles, was nötig war, über die Welt und den Krieg schlicht hätten lernen können, indem wir unsere eigenen Handlungen und Wünsche betrachteten. Wir haben gelebt, als wären wir bereits tot, als ob wir gestorben wären, als wir unsere Diagnose bekamen, und nichts, was wir danach taten, mehr zählte. Wir haben gelebt, als ob nichts eine Bedeutung hätte.

Trotz der Kälte – an diesem Februartag sind es minus zwanzig Grad – sind wir durch den Schnee in den Garten hinter unserem alten Solarium gegangen, an den Platz, der uns zuerst zusammengebracht hat. Wir versammeln uns um den Springbrunnen, der während des Winters abgestellt ist, und Abe beginnt vorzulesen, was wir aufgeschrieben haben. Früher haben wir aus den Teilen des Stabilbaukastens Schiffe und Türme errichtet. Jetzt stellen wir Hypothesen auf. Darüber, was Naomi getan, was Miles empfunden und wer was zu wem gesagt hat. Darüber, wie der aus Leos Spind verschwundene Stift schließlich quasi versehentlich – wir sind mehr und mehr der Ansicht, dass er das Feuer ausgelöst hat – in Irenes Laboratorium zur Verwendung kam. Und darüber, welche Schuld uns alle trifft.

Abe liest, dann lesen Pietr, Sophie und die anderen; von Hygeias Schultern fliegen die Spatzen auf; Worte vermengen sich in der Luft. Wenn die Stimme, die wir geschaffen haben, um uns alle zu vertreten, von oben zu sprechen scheint, oder aus dem Grab, und zu wissen vorgibt, was wir nicht genau wissen können – was Miles dachte, was Naomi meinte –, dann ist das unsere Art, Sühne zu leisten. Einzeln haben wir Leo Schutz versagt. Einzeln haben wir uns daher zu sprechen verboten. *Dies ist das, was geschehen ist,* sagen wir gemeinsam. *Und das – das! – haben wir getan.*

Anmerkung der Autorin

Ich danke dem Dorothy and Lewis B. Cullman Center for Scholars and Writers of the New York Public Library für ein Stipendium, das den überwiegenden Teil der Recherchen für diesen Roman ermöglicht hat, und der John D. and Catherine T. MacArthur Foundation für ein Stipendium, das mich in die Lage versetzt hat, ihn zu schreiben. Zahlreiche Bibliotheken klein und groß haben mir geholfen, doch der Saranac Lake Free Library bin ich zu besonderem Dank verpflichtet. Rich Remsberg hat fabelhafte Fotos entdeckt, die mich inspiriert und wichtige Details geliefert haben. Zum Titel haben mich die weisen Ratschläge von Ellen Bryant Voigt geführt. Jim Shepard und Karen Shepard haben das fertige Manuskript gelesen und einfühlsamen, äußerst hilfreichen Rat gespendet, während Margot Liveseys brillante Kommentare zu den vielen Entwürfen davor immens zur Verbesserung des Buches beigetragen haben; für die Fehler habe ich allein geradezustehen.

Obwohl dieser Roman in und um ein Dorf in den Adirondacks angesiedelt ist, das Ähnlichkeit mit Saranac Lake im Staat New York besitzt, sind das Dorf Tamarack Lake und alle Einwohner sowie die Heilanstalt namens Tamarack State frei erfunden. Mendelejeffs Buch jedoch ist echt; Leo und ich haben dieselbe Ausgabe benutzt.

Quellenangaben der Übersetzerin

J. Hektor St. John [Saint John de Crèvecœur], *Sittliche Schilderungen von Amerika in Briefen eines amerikanischen Guthsbesitzers an einen Freund in England.* Aus dem Englischen von Karl Gottfried Schreiter. Liegnitz und Leipzig bey David Siegert, 1784. S. 79.

Dimitri Mendelejeff, *Grundlagen der Chemie.* Aus dem Russischen von L. Jawein und A. Thillot, Verlag von Carl Ricker: St. Petersburg 1891. S. 1 bis 3, 7, 35, 375.

Die Familien

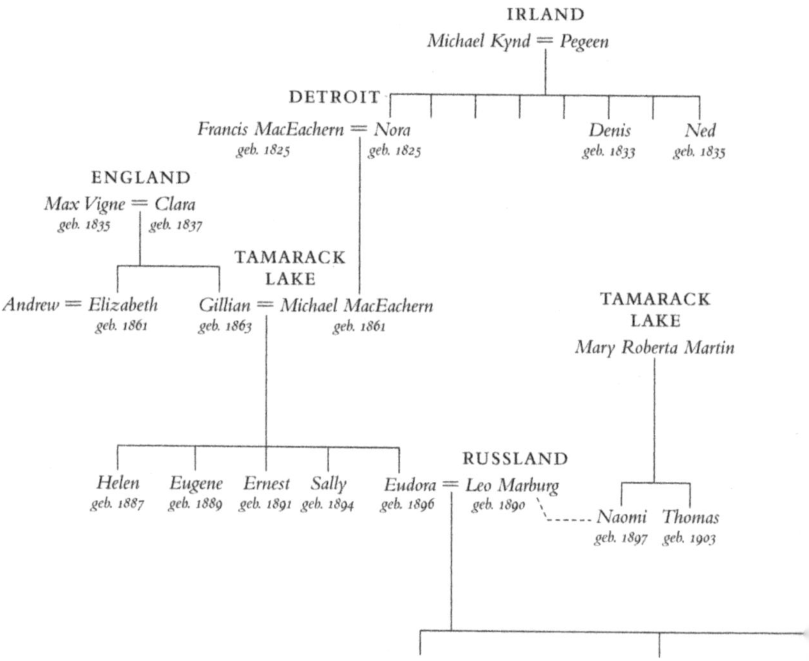

VERWENDETE ZEICHEN:

= verheiratet mit

| Kind

----- starke, nicht durch Ehe oder Verwandtschaft gegebene Bindung

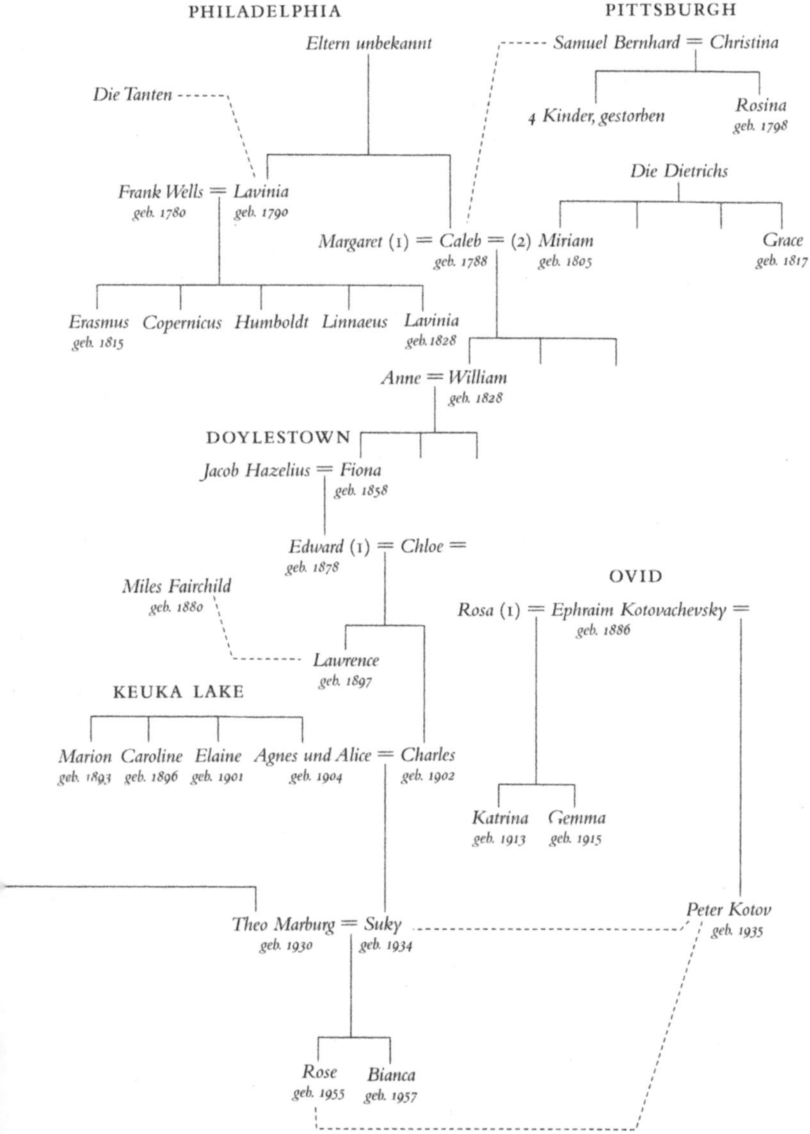
PHILADELPHIA
PITTSBURGH
Eltern unbekannt
Samuel Bernhard = Christina
Die Tanten
4 Kinder, gestorben
Rosina geb. 1798
Die Dietrichs
Frank Wells geb. 1780 = Lavinia geb. 1790
Margaret (1) = Caleb geb. 1788 = (2) Miriam geb. 1805
Grace geb. 1817
Erasmus geb. 1815
Copernicus
Humboldt
Linnaeus
Lavinia geb. 1828
Anne = William geb. 1828
DOYLESTOWN
Jacob Hazelius = Fiona geb. 1858
Edward (1) geb. 1878 = Chloe =
OVID
Miles Fairchild geb. 1880
Rosa (1) = Ephraim Kotovachevsky geb. 1886 =
Lawrence geb. 1897
KEUKA LAKE
Marion geb. 1893
Caroline geb. 1896
Elaine geb. 1901
Agnes und Alice geb. 1904 = Charles geb. 1902
Katrina geb. 1913
Gemma geb. 1915
Theo Marburg geb. 1930 = Suky geb. 1934
Peter Kotov geb. 1935
Rose geb. 1955
Bianca geb. 1957

Die Reise der Narwhal

Der eigenbrötlerische Erasmus Wells ist Teil einer ehrgeizigen Arktisexpedition. Doch die großen Ziele rücken in immer weitere Ferne, als sich der krachende Winter um das Schiff schließt. Barrett erzählt vom Verstehen und Missverstehen einer anderen Kultur und nicht zuletzt von der Bedeutung der Frauen im Schatten der gefeierten Entdecker.

Die Luft zum Atmen

Im Sanatorium am nebelverhangenen Tamarack Lake, weitab von den Wirren des Ersten Weltkriegs, herrscht ein eintöniger Alltag. Bis ein Neuankömmling vorschlägt, sich gegenseitig zu unterrichten – und die Bewohner bald nicht nur die Welt Einsteins und Madame Curies erobern, sondern auch die verloren geglaubte Schönheit des Lebens wiederentdecken.

Schiffsfieber

Das heisere Gezänk nistender Möwen, Vögel ohne Füße und nachtschwarze Jaguare befeuern den Drang, forschend die Welt zu durchdringen. Doch ob Mendel oder Linné, immer wieder locken falsche Fährten, vergehen Chancen. Einfühlsam erzählt Barrett von revolutionären Erkenntnissen, brennenden Zweifeln und der Frage was bleibt, wenn es still wird.

»Barretts Fähigkeit, die tiefsten Geheimnisse des Universums mit so leichter Hand zu behandeln, ist ein Wunder für sich.«
The Washington Post

Das dritte Licht

Irland, zu Beginn der 1980er Jahre: An einem heißen Sommertag liefert ein Vater seine kleine Tochter bei entfernten Verwandten auf einer Farm im tiefsten Wexford ab. Seine Frau ist schon wieder schwanger, noch ein Maul wird zu stopfen sein. So findet sich das Mädchen bei dem kinderlosen Ehepaar John und Edna Kinsella. Es ist ein ungewohnt schöner und behaglicher Ort, es gibt Milch und Rhabarber und Zuwendung im Überfluss. Hier gibt es aber auch ein trauriges Geheimnis, das einen Schatten auf die leuchtend leichten Tage wirft, in denen das Mädchen lernt, was Familie bedeuten kann: Wirkliches Zusammenleben, Zuneigung, Zärtlichkeit.

Durch die blauen Felder

Mit Verlust kennen sie sich aus: der Priester, der seine Geliebte mit einem anderen verheiraten muss; der Bruder, der seine Schwester nicht beschützen kann; der Förster, der einen Hund verschenkt, der ihm nicht gehört; das Mädchen, das sich von ihrem Jugendfreund schwängern lässt. Liebe und Nähe sind rar: Die Männer verstehen zwar etwas vom Land, von Moor und Vieh; ihre Frauen aber, die »Regen riechen können und das Gras wachsen hören«, bleiben ihnen eher fremd.
Auf kleinstem Raum entfaltet Claire Keegan ganze Lebensdramen und lässt uns an dem Augenblick teilhaben, der vielleicht alles verändert.

»Keegan ist wohl die interessanteste Stimme der gegenwärtigen irischen Literatur.« *Frankfurter Allgemeine Zeitung*

Damals, jetzt und überhaupt

Die Sweets – Mutter, Vater, zwei Kinder – leben in einem Städtchen in Neuengland, wo auf den ersten Blick alles beschaulich erscheint. Jamaica Kincaid erzählt vom schwierigen Miteinander und allmählichen Auseinanderbrechen einer Familie. Sie scheut sich nicht, in die Abgründe der Seele zu leuchten, und sie kreist ein, was die Zeit mit den Menschen anstellt.

Die Autobiografie meiner Mutter

Claudette Richardson erzählt ihre Lebensreise in Dominica: Die eigene Mutter stirbt bei der Geburt, sie wächst bei einer Pflegemutter auf. Wie soll sie, gefangen in innerer Einsamkeit, lieben lernen? Stattdessen entdeckt sie ihren Eros und heiratet zuletzt einen reichen weißen Mann, der sie nie glücklich machen kann.

Lucy

Lucy, 19 Jahre alt, kommt von den Westindischen Inseln zum ersten Mal nach New York. Als Au-pair-Mädchen lebt sie bei Mariah und Lewis, einem wohlhabenden Ehepaar mit vier kleinen Töchtern. Alles ist neu für Lucy, sie entdeckt eine vollkommen fremde Welt, die Angst macht und erschreckt. Doch die junge Frau kämpft um ihre innere Unabhängigkeit.

»Die Geschichten, die uns Kincaid erzählt, entfalten eine nachhaltige Kraft, der man sich kaum entziehen kann.«
Frankfurter Allgemeine Zeitung

»Kincaid ist eine unserer tiefschürfendsten Autorinnen. Sie verfügt über ein poetisches Verständnis dafür, wie sich Politik und Geschichte, Privates und Öffentliches überschneiden und die Grenzen verschwimmen.« *The New York Times*

Der verlorene Vater

Eigentlich wollte sie bei der Reise in den Süden der USA ihrem Vater näherkommen und sich bedanken für all die Anregungen, die er ihr schenkte. Doch dann entdeckt die junge Künstlerin, dass ihr Vater keineswegs ein Opfer der Diktatur in Haiti war, sondern ein Folterer, der das Leben unzähliger Menschen zerstörte. Alles, worauf sie ihr Leben baute, bricht nun zusammen. Wie kann Vergebung gefunden werden?
Edwidge Danticats Sprache ist luzide und lyrisch, sie beherrscht die Kunst der Andeutung und Aussparung. Der Leser wird immer tiefer hineingezogen und so zu einem faszinierten und zugleich angewiderten Mitwisser.

»Der Band vermisst achtsam und ohne spektakuläre Gesten historische und menschliche Abgründe. Aus der Verschränkung unterschiedlicher Zeitebenen und Figurenkonstellationen gewinnt er eine Dichte, mit der ungleich dickleibigere Werke nicht aufwarten können.« *Neue Zürcher Zeitung*

»Edwidge Danticat gibt den Kindern von Tätern und Opfern der Duvalier-Diktatur auf Haiti eine Stimme.«
Deutschlandradio Kultur

»Edwidge Danticats überzeugendste Leistung. Die einzelnen Teile fügen sich zu einem Puzzle zusammen, das die furchtbare Geschichte dieses Mannes und seiner Opfer erzählt.«
The New York Times

Ich hörte den Vogel rufen

Sally wächst in Australien auf, in einer Familie, die lauter, schräger und herrlicher nicht sein könnte. Die fünf Geschwister hängen aufeinander wie die Kletten. Die Mutter nutzt Religion – egal welche – als Geheimwaffe. Der Onkel bringt trotz ausgiebigem Alkoholgenuss immer mal wieder ein Huhn vorbei und die Oma gräbt mit Sally frühmorgens den quakenden alten Ochsenfrosch aus. Erst mit fünfzehn aber merkt Sally, das in ihrer Familie noch etwas anders ist als bei den anderen: Ihre Oma ist schwarz. Hartnäckig beginnt Sally, die Geschichte ihrer eigenen Familie zu hinterfragen und erfährt schließlich Geheimnisse, die ihre Welt auf den Kopf stellen.

Wanamurraganya

Sally Morgan machte sich quer durch den australischen Kontinent auf die Suche nach dem unbekannten Mann, der nach Aborigines-Genealogie ihr Großvater ist. Sie fand schließlich Jack McPhee, mit seinem eigentlichen Namen Wanamurraganya, und er erzählte ihr seine Lebensgeschichte. Er erzählt von seiner kurzen Kindheit, von Kuchen aus der Dose, vom Kühe-Ärgern, Känguru-Jagen und Wildpferde-Fangen. Er erzählt, wie er von Farm zu Farm weitergereicht wird, von schwarzen Müttern und weißen Vätern und von einer entmündigenden Regierungspolitik – vor allem aber von der Gelassenheit und dem Humor, die er immer im Herzen trägt.

»Wie die Autorin die Erzählungen ihrer Großeltern rekonstruiert und das Leben von Aborigines, ihre Träume, Bräuche, Ängste, die erlittene Diskriminierung wiederentstehen lässt, ist in seiner Wirkung vergleichbar mit ›Onkel Toms Hütte‹ – ein unersetzliches Stück Zeitgeschichte.« *Die Frau von heute*

Des Kaisers letzte Insel

Die faszinierende Geschichte der Insel Sankt Helena und ihres wohl legendärsten Bewohners – Napoleon Bonaparte, verbannt ans Ende der Welt. Doch selbst auf der kargen, sturmumtosten Insel können sich die Bewacher und der klägliche Rest eines Hofstaats der Aura des einstigen Herrschers nicht entziehen.

Goyas Geister

Der Hofmaler des spanischen Königs ist lange fort gewesen. Er hat Angst vor den ersten Worten seiner Frau, denn er wird sie nicht hören können. Eine Krankheit hat ihn vollständig taub gemacht. Im Alter von siebenundvierzig Jahren verlor Francisco José de Goya das Gehör – Julia Blackburn erzählt die stumme Lebenswelt des großen spanischen Malers.

Daisy Bates in der Wüste

Auf dem vergilbten Foto in der Wüste sieht Daisy Bates Furcht einflößend aus, stolz, traurig, schön und so gefährlich, wie eine Frau ihres Schlags nur sein konnte. Dreißig Jahre verbringt sie bei den Aborigines, taucht in ihre Traditionen ein. »Kabbarli« nennen sie sie, die Großmutter. Julia Blackburn spürt diesem beeindruckenden Leben nach.

»Es ist Mode geworden, Bücher zu schreiben, in denen sich Fakten mit Fiktion vermischen, aber Blackburn war nie daran interessiert, modisch zu sein. Sie war eine Pionierin dieses doppeldeutigen, liminalen Feldes, das sie sich zu eigen gemacht hat. Sie schreibt, als male sie ein Stillleben: Sie wählt jedes Bild sorgfältig aus, so vorsichtig, als gelte es, eine Frucht zu betasten und zu prüfen.« *The Guardian*